ちくま文庫

# 詩歌の待ち伏せ

北村薫



筑摩書房

# はじめに

『詩歌の待ち伏せ』が、一冊本としてよみがえります。

昔の仕事部屋に入り、壁の額を見返しました。石垣りんさんからいただいた「悲しみ」の詩稿が、そこにあるのです。「八、」に書いた通りです。ひとつひとつきちんと原稿用紙の升目に置かれた、石垣さんの文字が、二十年前と変わることなく、わたしを見下ろしています。

——こういう形にしてください。

と、書いてくださったのです。

当時まだ、この詩は、本で読むことが出来ませんでした。石垣さんが逝かれて何年か経った後、小学館から出た『永遠の詩』シリーズの第五巻『石垣りん』には、「かなしみ」という題で収められています。そちらが最初に雑誌に載った形でしょう。行あきはありません。こちらは五連の形になっています。

初出は、

なおっても元のようにはならないと
病院で言われ

ですが、こちらでは、

なおっても元のようにはならない
と病院で言われ

となっています。石垣さんの大切な言葉が並んでいます。結びの、

おばあさんではありません。

は、行あきの後に、独立して置かれています。
それなのに石垣さんが逝かれた後に出た、前の文庫版では、これが繋がり、四連の形になってしまいました。単行本で、この前の、

今も私は子供です。

がページの終わりになり、めくったところに最後の言葉が来たためです。文庫化は、遅れて二〇〇六年。石垣さんに、お詫びする機会はもうなくなっていました。
額の中の石垣さんの文字を見上げると、ずっと、この時を待っていてくださったような思いになります。
失われた一行の空白を、新しい文庫で取り戻せる。それだけでも、生きて来た意味を感じます。

北村　薫

# 詩歌の待ち伏せ　もくじ

# 詩歌の待ち伏せ

本文挿画　群馬直美

# 一、「集団」アンドラージ

## 1

学生時代、『日本童謡集』（与田準一編・岩波文庫）のページをめくっていて、『大漁』という詩に出会いました。その瞬間の衝撃は、忘れられません。ページが、不思議な色に染まったようでした。それまで聞いたこともなかった金子みすゞという名を、図書館で探しました。しかし、他の作品にたどりつくことは出来ませんでした。

俵万智の登場を夕刊で知った時の記憶も鮮やかです。引かれていた二首を読んで、早速、神田に向かいました。三省堂で聞いたのですが、本はまだまだ出ていませんでした。お店の方は、「歌集は売れませんからねえ」と残念がってくれました。本当に追いかける気があれば雑誌のバックナンバーを探すところですが、わたしの場合は、この辺で止

まってしまうのです（小説でも、そういうことはありました。――実は《た》ではなく現在進行形で、一つあるのですが、それはまた別の話になります）。

　金子みすゞも俵万智も、今では日本全国、どこでも手に入ります。そういう一冊を手に取り、巻頭から巻末へ、順を追って読み進んで行くのが、正当な鑑賞方法でしょう。――後世の編ではなく、著者の意図によって作られた本ならなおさらです。

　例えば、三好達治の『測量船』。よく知られた詩が、冒頭から次々に現れます。まず最初に、《春の岬　旅のをはりの鷗どり　浮きつつ遠くなりにけるかも》が左の一枚にゆったりと収められ、読者を迎えます。次から三ページにわたる「乳母車」が《この道は遠く遠くはてしない道》と閉じられた隣に、《太郎を眠らせ》の「雪」の二行がある。ページをめくると、続いて「甃《いし》のうへ」の《花びら》が流れています。

　こう書いていても、うっとりしてしまいます。全集のように、詩句がぎっしりと詰められてしまっては、この感慨は薄い。詩は言葉の芸術だといっても、いや、だからこそ、それが印刷されていればいいというものではありません。書き手が言葉の周囲にどのような空白を配したか、分かる方が望ましい。それが、詩を読む速度とも関わって来るのです。

　こういうわけで、詩集の場合は最初の形態で読みたいのです。わたしには、初版本を集める趣味はありません。だから、古いものである必要はまったくありません。復刻本で十分なのです。ほとんどは新本で買いましたが、もし希望の方がいらしたら、神田神保町あたりに出掛け、その手の古本屋さんを覗けば、綺麗なものが簡単に手に入ります。詩は、文庫化の場合も、作品のレイアウトを初版と揃えてもらいたいものです。ページ数は増えるでしょうが、空白もまた作品のうちなのですから。

心魅かれる詩人がいたら、そういう『詩集』で読むのが本筋です。

しかしながら、いきなり、そこに行く読者も少ないと思います。きっかけが必要です。まず、どこかでちらりと出会うのだと思います。わたしは、《ほしがれひをやくにほひがする　ふるさとのさびしいひるめし時だ》と始まる、田中冬二《ふゆじ》の「ふるさとにて」には、中学生の時、実力テストで出会いました。その時、何点取ったかは忘れても、この詩を忘れることはありません。

そういった具合で、「木下夕爾《ゆうじ》の詩のことは新聞に河盛《かわもり》好蔵が書いていたっけ」、あるいは、「友達が自作の小説の中に、齋藤史《ふみ》の《定住の家をもたねば朝に夜にシシリイの薔薇やマジョルカの花》を引用していたっけ」などと、様々な出会いを思い出します。

小説以上に、詩や短歌、俳句は、こういう偶然の出会いから、それぞれにとって大事なものとなることが多いのではないでしょうか。わたしなどは、系統立ててというより、その時々、手に触れたものを読んで行く方だから、なおさらです。

そういったように、いわば心躍る待ち伏せをしていて、否応無しにわたしを捕らえた詩句について、ここで述べてみたいのです。読者諸氏には、すでにおなじみの言葉が、次々と登場することでしょうが、《あいつは、そんなところで、そんな出会いをしたのか》と思っていただければ幸いです。

## 2

一番、新しい経験をあげましょう。図書館の児童書コーナーに『あなたにおくる世界の名詩』川崎洋編（岩崎書店）というシリーズが並んでいました。全十巻。こういうのを見ると、つくづく、今の本好きの子は幸せだと思います。

その第二巻、『愛・家族』を手に取って見ていたら、こういう詩が目に飛び込んで来ました。作者はカルロス・ドルモン・ジ・アンドラージ。田村さと子さんの訳です。

集団

ホアンはテレサを愛していて　テレサはライムンドを愛していて
ライムンドはマリアを愛していて　マリアはホアキンを愛していて　ホアキンはリリーを愛していて
リリーは誰も愛していなかった。
ホアンはアメリカ合衆国へ行ってしまい　テレサは修道院へ
ライムンドは思いがけない事故で死に　マリアは独身でとおし
ホアキンは自殺し　リリーは平凡な男　J・ピント・フェルナンデスと結婚した。

これには、捕まえられてしまいます。そうではありませんか。

この人間関係は、一読してラシーヌの『アンドロマック』を想起させます。オレストはエルミオーヌを愛していて、エルミオーヌはピリュスを愛していて、ピリュスはアンドロマックを愛していて、アンドロマックは死んだ夫を愛しているのです。

愛する人のためなら何でもしたオレストに、エルミオーヌが向けたのは憎しみの視線だけです。終幕でオレストは、何もかも失ったと独白します。わたしは、テレビの舞台中継を観ました。演じたのは、若き日下《くさか》武史でした。下手《しもて》より座り、抜き身の剣を弄《もてあそ》びます。その剣は、血塗られたものです。あどけない子供が玩具をいじるように、彼は、半ば夢心地で、殺人の道具を動かしつつ、長い台詞を紡ぎ出して行きました。

この詩は、同様の不毛の愛の見取り図です。しかも、心の鎖を断ち切るリリーは《誰も愛していなかった》。

愛する者たちが、次々と挫折する姿はわたしたちを引き付けます。いってみれば、これは愛に収斂《しゅうれん》して見せた、理想と現実のドラマです。理想は人間にとって、手の届かぬ高みにあるものです。だからこそ、ここにある痛ましさに、胸を打たれるのではないでしょうか。そして、《自殺し》の次にあるのは、誰も愛さぬリリーが、《平凡な男》と結婚したという、まるで田舎町の新聞にでも出て来るような事務的な言葉です。

リリーは、きっと恐ろしく、ものの見えている女性なのでしょう。理想というものの、もろさ、あるいは極論するなら、うさん臭さを知っている。だから、孤独なのです。リリーは、その認識によって、すでに生きながら《自殺し》ているのでしょう。

この詩の怖ろしさは、そういう独りぼっちの人間だけが、結婚し得るところにあります。人間たちは、そこまでは、名前だけで出て来ます。そのせいで生きて見える。しかし、結婚相手だけはフルネームで呼ばれます。これによって、彼は《J・ピント・フェルナンデス氏》といった、よそ行きの姿に見えます。一つの姓名、一枚の写真に過ぎないように。

愛の詩は、世に数多くあります。しかし、このように見事に、夢見ぬ心を、愛の荒涼を、歌いきってしまった例は少ないのではないでしょうか。

ここには、紛れも無く、ある方向から見た人生の真実があり、哀しみがあります。リリーは泣かずに、死の時まで生きて行くことでしょう。しかし、それを見つめる読者の心は震えます。

ここにも忘れ難いヒロインがいる、と、わたしは思いました。

付記　この詩は『ラテンアメリカ詩集』世界現代詩文庫⑦　田村さと子訳・編（土曜美術社出版販売）にも、収められています。

# 二、「師よ　萩原朔太郎」三好達治

1

昭和二年。——遠いけれど、確かにあったその年の初めです。正月六日の黄昏。永井荷風《かふう》は、銀座に行こうと《簞笥町崖下の小径》を歩いていました。

『断腸亭日乗』によると、この時、荷風を見た子供たちが、彼の名を連呼します。《驚いて顧るや群童又《また》一斉に拍手哄笑して逃走せり、其《その》状さながら狂人或《あるい》は乞食の来るを見て嘲罵するものと異る所なし》。

冬の日の逢う魔が時、手を舞わせ、足を踏み鳴らし、奇声を発する子供たちは、小悪魔のように見えます。荷風は《現代の児童の兇悪暴慢なること》を憎むといいます。昔はこうではなかった、と。——その兇悪暴慢なる現代の子供たちも、今は八十ぐらいになるでしょう。

子供というものは――と他人事のようには書けません。わたしも、昔は小さかった。振り返ればこういった類《たぐ》いの、人を傷つけることをしたことがあります。何ともだらしのない例があります。学校の帰り道、脇を車が走り抜けて行く。一緒に歩いていた友達が、

「あれは止まれないから、馬鹿野郎といってみよう」

と、提案しました。大人の頭で考えれば、そんなことをする方が、卑怯者の大馬鹿野郎なのですが、その瞬間には、これがゲームだったのですね。よし、といい、次に来た車に向かって、二人で声を揃えて、

「馬鹿野郎ーっ！」

と、いいました。すると――、止まらない筈《はず》の車が、急ブレーキをかけて、キキキ、と止まったのです。そして窓から、いかにも危なそうなあんちゃんが、すっと顔を出しました。

「――何だとお？」

眉を吊り上げて、鋭い声でいいます。いやあ、降りて来られたらどうしようと思いましたね。幸い、子供だったせいかボコボコにされることもなく、睨《にら》まれただけで終わりました。

そういう行為は、昔に返り、消しゴムを使うように消して来たいのですが、そうも行きません。

さて、悪童たちは、荷風の名を呼びました。親などから彼を文筆の徒——つまりは、変わった人間と聞いていたのでしょう。昔は、異分子に対して眉をひそめる度合いが大きかった。そういう意味で、子供たちの格好の標的となったのは、萩原朔太郎《さくたろう》ではないでしょうか。

実は、『断腸亭日乗』のこの部分を読んで、すぐに連想したのは、朔太郎なのです。どこでかは覚えていないのですが、この大詩人が歩いていると、子供たちが嘲罵哄笑した、というくだりを読んだ記憶があります。

郷里では、仕事もせず父親の財産を食いつぶしている息子、という評判があったでしょう。また、考え事をしながら散歩していると、心はあらぬ方《かた》をさまよいます。我が子と顔を合わせてもそれと気づかなかったりしたというのですから、これはまさに、悪意を持って待ち構えている子供たちの好餌《こうじ》です。

ここでまた、実はわたしも、といいましょう。今度は、あらぬことを考え、やられた方です。

わたしは、小学校一年の頃、学校の帰り道に友達がいないと独り言をいう癖がありました。頭の中で、漫画などのストーリーを反芻《はんすう》し、その台詞を口走るのです。自分は、

その世界に没入している。無意識にそうなるのです。そうしたら、ある日、話したこともない小学生から、いきなり、

「ほら、馬鹿が来た、馬鹿が」

と、吐き出すような口調で、いわれました。それで、自分の声が人に聞こえるほどのものなのだな、と分かりました。気のせいなのかも知れませんが、その時の相手の顔は、実に凄まじいものに感じられました。人を傷つけたいという願望が、子供らしく、露骨に出ているように見えました。

2

詩歌のふい討ちというなら、これから、お話しすることなどが、最もそれらしいのかも知れません。
七、八年前のことです。隣の市のデパートに出掛けました。催事場で、書道教室の作品展示会をやっていました。時間つぶしのつもりで、ふらりと足を踏み入れました。わたしは、字を書くのはまったく苦手で、こういう書道展に対する認識もありませんでした。ただ、《元旦》とか《富士山》などと書いた紙が下がっているのかと思いました。ところが、これが面白い。上級者になると、自分の好きな詩句を選んで、そのイメージを視覚化するのですね。

なよやかな言葉はやさしく、剛毅な言葉は力強く、文字をデザインし配置する。なるほど、なるほど、と思いながら、見て行ったら、途中で動けなくなってしまいました。これに、ここで会うか、という詩句が、抑えた激情――といった調子の筆遣いで書かれていたのです。

　この詩は、そこで知ったわけではありません。しかし、改めて強い感銘を受けました。そういう意味では、《出会った》といっていいでしょう。

　わたしは、小さく声に出し、墨痕《ぼっこん》鮮やかに書かれた言葉を、何度も読み返しました。

　家に帰って、雑誌『四季』の復刻版を取り出しました。神田で安く買ったものです。昭和十七年九月、萩原朔太郎追悼号。室生《むろう》犀星《さいせい》の詩に始まり、堀辰雄作成の年譜で終わっています。朔太郎は、この年、五月十一日に亡くなっているのです。

　そこに、わたしを捕らえた詩が載っていました。三好達治の「師よ　萩原朔太郎」。長い詩です。《都會の雑踏の中にまぎれて　（文學者どもの中にまぎれてさ）　あなたは》《影のやうに裏町をゆかれる　いはばあなたは一人の無頼漢　宿なし　旅行嫌いの漂泊

者　夢遊病者《ソムナンビユール》　零《ゼロ》の零《ゼロ》》《そしてあなたはこの聖代に實に地上に存在した無二の詩人かけがへのない　二人目のない唯一最上の詩人でした》。

外ならぬ朔太郎に関してなら、これらの言葉もまったく掛け値のないものになります。

そして、わたしがデパートで目にしたのは、結びの以下の部分でした。

黒いリボンに飾られた　先夜はあなたの寫眞の前で
しばらく涙が流れたが
思ふにあなたの人生は　夜天をつたふ星のやうに
單純に　率直に
高く　遙かに
燦爛として
われらの頭上を飛び過ぎた
師よ
誰があなたの孤獨を嘆くか

手放しで敬愛している弟子だけにいえる言葉でしょう。この繋がりに至福のものを感じます。感情を叩きつけるような結びには、《これしかない、これをいってもらいたかったのだ》という気になります。だからこそ、口に出して読んだのです。

一方で、これに衝《う》たれ、書にした人がいた――ということが、わたしの思いを二重にさせました。

悼詩《とうし》が、特定の人から人に贈られるものであることはいうまでもありません。筆をとった人は、朔太郎を思い、朔太郎を思う三好達治を思っている――それはそうなのでしょう。しかし、同時にこのような孤独のあり方に共感もしたのでしょう。

『月に吠える』の詩人は、まさに唯一無二の才能の持ち主です。だが、我々、世慣れた凡人のうちにも、朔太郎とはまったく比較にならぬながらも、柩《ひつぎ》を覆われた時、天空に向かって飛び行く、知られざる孤独の何かがあるかも知れない。

筆をとった人は、この詩で、いつかは眠る自分と、その時、共にひっそりと消える、内なる孤独を悼んだのかも知れない――とも考えたのです。

# 三、「佛頭光」「ある朝の」石川啄木

## 1

前回、雑誌『四季』復刻版のことが出て来ました。その手のもので、忘れられないのは『小天地』です。

元は石川啄木編集の同人雑誌、盛岡で明治三十八年に刊行されました。復刻版の方は、昭和五十二年にノーベル書房から出ています。神田の古本屋さんの店先に積んであるのを見つけました。

手にとって、開いてびっくりしてしまいました。何に——だと思います？　同人の顔触れ、表紙、広告——いえいえ、違います。活字の組み方と大きさに、です。

週刊誌サイズの、五十ページほどの雑誌です。啄木が、中央文壇に依頼して送ってもらったであろう岩野泡鳴《ほうめい》や与謝野鉄幹、小山内薫、正宗白鳥らお歴々の作品、また地方同人の詩や文章が二段に組まれ、ごく普通の形で並んでいます。

俳句のコーナーの最後が四十一ページ目で、その左下最終行に藤原藤花という人の《啄木君へ》と前書きのある挨拶の句が置かれています。曰く――《面白く木をたゝくなり啄木鳥》。

ページをめくると藤花の句を受けるようにして、啄木の長詩、「佛頭光」が始まります。その活字の大きさに驚いてしまいました。特に題名が大きい。直前の、俳句欄に使われているものの、長さにして三倍、つまり、面積にしたら九倍ぐらいあります。誌面の見た目は、他のページに比べ拡大コピーをかけたようです。そして、当然のごとく「佛頭光」だけが一段組。

実際に見ると、これは異様です。何事が起こったのかと思ってしまいます。しかも長い。延々と続き、雑誌の五分の一弱を占めています。

復刻版には、別刷りの解説がついています。どなたが書いたのか、署名がないので分かりませんが、そこには当時の評が引かれています。おおむね好評なのですが、中に《巻末啄木の長詩「仏頭光」題を初号活字に全篇を四号活字にて堂々九頁を埋めしは啄木子余りに自尊に過ぎずや（雑誌『山鳩』）》という言葉があります。

――そうだよなあ、そりゃあ、驚くよなあ。

と、頷いてしまいます。同人誌の編集をまかされたとしても、普通、こういうことは出来ないでしょう。大恩ある先生の作品を頂戴したのなら、特別扱いして巻頭か巻末に載せることでしょう。その場合でも、ここまでやったらおかしい。あまりにも他とのバランスを欠きます。

いい換えるなら、自分の詩なのに——いいえ、だからこそ、すらりと入れられる《啄木子》は普通ではない。ちょっと、怖くさえある。それが一目で伝わって来ます。

ちなみに、この雑誌のスポンサーとなってくれたのは、文学仲間の呉服屋さん、大信田落花。小説を載せたかったのですが、短歌の欄に七首採られているだけです。巻末の「社告」によれば、《同人落花の小説『龍膽の花』小生の『不來方の記』等は紙面の都合にて次號に廻せり》。——嗚呼！

さて、思いがけないところで出会った、という意味では、これもまた《詩歌の待ち伏せ》でした。しかし、わたしは、この「佛頭光」の内容を、まったく覚えていないのです。啄木の作でなければ、見たことさえ瞬時に記憶から抜け落ちていたでしょう。いい換えるなら、この場合には、題が仮に「序破急」でも「起承転結」でも、書かれているのが「いろは」でも「あいうえお」でも、わたしには同じことなのです。

何とも珍しい例ではないでしょうか。この雑誌『小天地』全体の流れを受けての置かれ方であり、作者兼編集者が《石川啄木》だからこそ、並ぶ活字の大きさが《一つの詩》となって、わたしを衝《う》ったのです。
出だしのところだけ、組み方を再現してみましょう。これが原寸大です。

佛頭光

佛頭光

ここは生命《いのち》の森か、さは
秀樹《ほつぎ》の枝の葉の色も
神の息《いき》をや染めぬらむ。

この時、啄木は二十歳。《小生のいのちある限りは》続くと語った『小天地』は、創刊号のみの雑誌となりました。

2

それでは、啄木のもので、（当たり前のことですが）作品として待ち伏せを受けたものはないのかというと、あります、あります。小学生の時、味噌の袋の上で、啄木が待っていたのです。

俵万智さんの『サラダ記念日』が評判になった時、サラダ油の会社から《使わせてくれないか》という問い合わせが随分あった、と新聞に出ていました。それと同じ形です。メーカー名は分かりません。母が買って来た、味噌の袋を見たら、そこにこういう歌が刷ってあったのです。

> ある朝のかなしき夢のさめぎはに
> 鼻に入り来し
> 味噌を煮る香よ

勿論《もちろん》、後になって知ったことですが、『一握の砂』の「我を愛する歌」の中に収められているものです。

これには、もう一目でやられてしまいました。子供にも分かる。実感がある。ただし、昨今では、普通の家から和室がどんどん減って来ているらしい。また、世間が、どんどんと宵っ張りの朝寝坊になりつつあります。

　この場合は、勿論、畳に布団を敷いて寝ているのですね。そこに、すうーっと新しい味噌汁の香りが漂って来る。季節が、もし冬であるとすれば、枕元に茶碗を置いたら、飲みかけのお茶が凍るぐらい。そういう自然の空気の中を、あの懐かしい香りが流れて来る。

　横になった《わたし》は、まだ目を閉じているわけです。一方、一家の主婦は、暗いうちから起きて、一人で火をおこし、朝食の支度をしている。その物音、気配が台所にある。

　起きてから電子レンジでコーンスープをチンし、椅子に座って食べるような生活をしていたら、この感じは想像するしかない。物事が、だんだんと伝わりにくくなるわけです。

その実感に満ちた味噌汁の《香》が、くるむのは何か。《かなしき夢》。これが絶妙。実に甘く切ない。子供のロマンチシズムをくすぐります。

作者名は《啄木》と書いてありました。――いいなあ、と思ったことを、今も覚えています。

もっとも、子供の頃には、あまり悲しい夢を見た記憶はありません。

芥川龍之介は、『あの頃の自分の事』の中で、文学青年だった学生時代を振り返っています。その終わりで、大風の日、友人松岡譲《ゆずる》の下宿を訪ねます。松岡は徹夜で戯曲を書きかけたまま、死んだように寝入っていました。帰ろうとした芥川は、友の涙を見ます。芥川は、《寝ながら泣くほど苦しい仕事なんぞをするなよ》と、自分まで涙ぐみます。

どういうものか、わたしもやはり、二十頃《はたち》から、まれに、夢を見て泣くようになりました。眠っている時には感情が解放されています。ちょっとのことで涙腺が緩むのです。ただし、どんな夢を見たのかは、ほとんど覚えていません。

目覚めて、自分が泣いていたことを知ると、どんな悲しみがあったのだろうと、ふと遠い国を思うような、不思議な気分になります。

# 四、「じ」松田豊子

## 1

かなり前のことです。書店で、文庫本の『外国ジョーク集』を手に取り、ぱらぱらと見たら、こういうのが載っていました。――夕闇迫る頃、はりねずみの子が迷子になり、サボテンの温室に迷い込む。あちらに触れ、こちらに触れ、「ママなの、ママなの？」

その顔が見えるようです。何て可愛いんだろう、と、思いました。当然、買ったのですが、今、とっさには見つからず、失礼ながら、出典を示すことが出来ません。けれど、これを目にした時、思わず頬が緩んだことだけは、はっきり覚えています。

なぜ「可愛い」のか。当のはりねずみクンは、「冗談じゃないよ」というでしょう。そうです、冷静に考えるなら、彼が置かれているのは、微笑んだり出来ない悲劇的状況なのです。しかし、わたし達の内には、これを読んで「可愛い」という感情が湧き起こります。――念のため、娘二人で試してみたところ、共に、にこっとして「可愛い」といいました。

たまたま手元にあった『新明解国語辞典　第二版』を見ると、「可愛い」とは《自分より弱い立場にある者に対して保護の手を伸べ、望ましい状態に持って行ってやりたい感じ》となっている。なるほど、これならぴたりです。惻隠《そくいん》の情は誰にでもある。「ママはこっちにいるよ」と、連れて行ってあげたくなります。

ところが、納得しかけて、また考えてしまいます。――実はこれは、理性が働き助けたくなる以前に、もう「可愛い」のですね。格別、こちらが保護する必要のない場合、例えばママがすぐ後ろにいるのに、やっていたとしても、同じ気持ちが起こるでしょう。いや、心配せずにすむ分、こちらの方が、「可愛い」という感情を、より楽しめそうです。「後ろにいるよ」と、すぐに教えず、あどけない姿を、ちょっと見ていたくなりま す。勿論、はりねずみクンがパニックに陥っているなら話は別ですが、だとしたら、もう「可愛い」などという気持ちは起こらないでしょう。

当人にとって望ましくない状態に目を細めているのですから、これは《定義》とは、いささかずれる。

「可愛い」といえば、椎本才麿《しいのもとさいまろ》に《猫の子に嗅《かが》れてゐるや蝸牛《かたつむり》》という句があります。

これも読む者に、そういう気持ちを引き起こさせる。同感していただけると思います。

そこでアンケートを取ったとします。「可愛い」のは《猫の子》なのか、それとも《蝸牛》か。ほとんど全員が前者と答えるでしょう。

流れとして、視線は《蝸牛》に収束して行きます。そこが焦点となる。季語も《猫》の春ではなく、《蝸牛》の夏です。しかし、読み終えた時、読者の眼というカメラは必然的にぐっと引かれ、再び《猫の子》の方を向いてしまう――と思うのです。生まれて初めて見た不思議な物体に初々しい関心を示す彼の、ひくひくする小さな鼻が見えるようです。ところで、この場合、ピンチに陥っているのは、勿論、後者です。そうなると、《定義》はどうなるのでしょう。

いや、そうではない、と、また引っ繰り返すことも出来ます。イメージ的には、猫クンの方は《幼き者》であり、蝸牛氏の方は我が道をすでに歩いている《大人》です。だから、我々は《猫の子》の像に、意識するしないにかかわらず、ほのかな懐旧の情を抱き、手を差し伸べてやりたくなるのだ、と。

理屈は、このように色々つけられます。しかし、この場合、思考は足の遅いランナーです。《はりねずみクン》や《猫クン》を見た瞬間にやって来る微笑みに、追いつくことは出来ません。

## 2

ここでわたしは、旋風のように襲った笑いのことを思い出します。《はりねずみクン》や《猫クン》より少しだけ大きな子供の詩を読んでいた時のことです。『少年少女つづり方作文全集』（滑川道夫編・東京創元社）の第十巻は、『ぼくの詩わたしの詩』。明治大正昭和三代の膨大な資料を元にして編まれた、児童詩のアンソロジーです。

そこで、こういう作品に出会いました。

「じ」

松　田　豊　子
京都・竹田小四年

おとうさんは
「じ」だった
せんそうに行かれなかった

でも
せんそういけなかってよかった
ばくだんで
家のとんだ人
おとうさんに死にわかれた人
しょういだんでやけ死んだ人

おとうさんは
「じ」でよかった
「じ」でよかった

（きりん）昭和31

不謹慎だと思いながら、この最後のリフレーンで吹き出してしまったのです。笑いは、ほとんど暴力的に、わたしを捕らえたのです。そして、この詩の力は、まさにそこにあると思うのです。

これについても、子供達に見せてみました。二人とも吹き出しました。《「じ」でよか

った》の部分については、

「うーん、まったく、そうなんだけどねえ」

と、いいながら、しかし笑っていました。

さて、《理屈》を述べてみましょう。まず、『日本国語大辞典』（小学館）では《名語記―二「（前略）ぢは痔とかけり。寺をしたがへたる字をば、おほくぢとよめる也」》とありますが、これは勿論、旧仮名の話。金閣寺には《きんかくじ》とルビを振ります。『屋号・商標100選　CIのルーツをさぐる』（島武史・日本工業新聞社）という本を読んでいたら、明治屋は《創業時より一貫して〝ｍｅｉｄｉーｙａ〟を使用しているが、これは創立者の磯野計が、明治の「治」は「ぢ」であるから、da・di・du・de・doのdiが正しいという意見から〝ｍｅｉｄｉーｙａ〟と綴ったのがその起源である》と、書かれていました。高校の古典入門の時に明治屋の商品を持って行くと、生きた教材になるでしょう。それはさておき、正規の現代語では、無論「じ」です。現代人には、広告のおかげで《ぢ》

という表記が浸透しています。かえって新仮名に抵抗があるかと思うので、一言申し添えておきます。

さて、わたしは、こういう素材は苦手です。どうも、この単語は口にしにくい。しかし、人がそういう感情を持つということ自体が、ここでは肝心なのです。そしてまた、《小四年》という年齢も、いうまでもなく作品のうちです。

わたしは、子供の感覚というのは大人が見る以上に、したたかなものだと思います。作者は、はっきり意識はしなかったでしょう。しかし、本能的に《今の自分の年なら、これを書いても大丈夫、あざとくならない》という直感があったような気がします。それは、決して嫌らしいことではない。むしろ、人間らしいことだと思います。無論、まったく無心に書いたものでもいいのです。どちらにしても、並んだ言葉は力を持っています。

病気にユーモラスなものなどあり得ません。これが、つらく、苦しいものであるのは勿論です。ただ、普通は詩として、友達に、町の人に、全国に発表したりはしないことです。それが、堂々と歌われる。そのことにより、読むものは吹き出しつつも、笑いと引き換えに《よかった》という響きを、強く受け止めます。これは忘れられない。

わたしは、これを読みながら、同時に笑いとは無縁のところで亡くなったり、生き残ったりした多くの《おとうさん》、戦争の時代を生きた《おとうさん》達を思い、子供達を思わずにはいられませんでした。

付記　その後、たまたま『続　子どもの詩が生まれた《きりん》の詩集2』灰谷健次郎編（理論社）という本を手に取ったら、そこにも、この『じ』が採られているのを発見しました。再度の巡り合いで、嬉しくなりました。

また、冒頭の『外国ジョーク集』は河出文庫の『わんぱくジョーク』（関楠生編訳）でした。

# 五、「不運つづく」「醫師は」塚本邦雄<br>「じりじりと」佐佐木幸綱

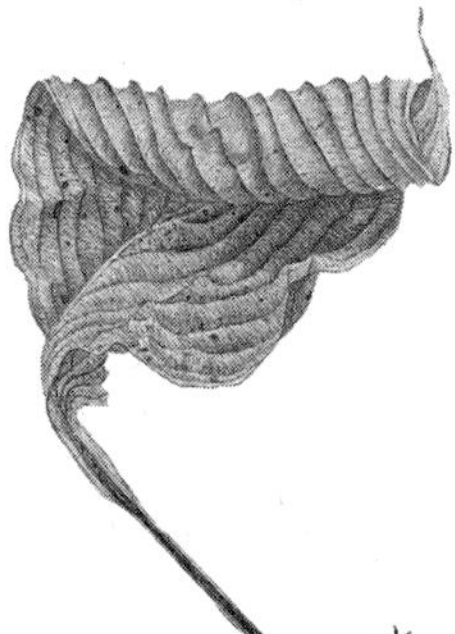

## 1

本屋さんの棚の様子も、随分変わりました。増えたものは漫画で、減ったものは――というより、殆どなくなってしまったのが、『文学全集』でしょう。大都市の、よほど大きな書店に行かないと見られない。昔は、これが日本中、どこででも手に入った。いい換えれば、全国に『文学アンソロジイ』が溢れていたことになります。中学生、高校生の本好きの子が、文庫の次に、それに手を伸ばすのは、ごくありふれたことでした。身近な読書案内になっていたわけです。アンソロジイの常として、同じ作家に関して、あちらの全集ではあれが採られ、こちらの全集ではこれが採られている、などと見比べるのが楽しみなものでした。

ところで今回は、わたしの出会った中で、最も小さなアンソロジイの話をしましょう。選者は不明、紙に刷られたものでもありません。

大学時代のことです。一年で、保健だったか体育理論だったか、とにかくそういう種類の単位を取ることになっていました。文学部の端にある建物に行き、《スウェーデン体操の起こりと発展》などという講義を受けました。広い教室に長机、長椅子が置かれていました。わたしは比較的真面目な学生でしたから、内職もせずに、きちんと聴いていました。座席は自由です。毎回、違います。

ある日、座って机を見ると、そこに歌が二首、記されていました。青の万年筆で書かれていたような気がします。誰かが講義を聴きつつ、（先生には申し訳ありませんが）退屈紛れに書いたものでしょう。

一目見て、まず、

「うわあ、気持ち悪いなあ」

と、思ってしまいました。一首目は、こうでした。

不運つづく隣家がこよひ窓あけて眞緋《まひ》なまなまと燿《て》る雛の段

当時、《アングラの芝居》も観たことがなく、寺山修司も読んでいなかったわたしですが、イメージだけで、《アングラの一場面を見るようだ》と思い、《寺山かな》と思いました。

不運つづき、普通なら窓を閉ざすべき隣家が、《窓あけて》いることの怖さ。ぽっかりと開いた口から、悪しき運命がこぼれ出て来そうです。これだけでもう、後に何が続いても怖い。そして《こよひ》の闇の黒を背景とする《眞緋》の不気味な明るさ。

これが芝居だとすれば、演じられる舞台は広くない。しかし、一方で《雛》という言葉は容易に、大劇場の悲劇、『妹背山婦女庭訓《いもせやまおんなていきん》』山の段を連想させます。満開の桜、雛人形。そして娘雛鳥《ひなどり》の、切られる首。《眞緋なまなま》と、くねって来る《ま》の音は、どろりとした血の流れそのものに思えました。

最後の《雛の段》でそれが完結する。そこに来た瞬間、人形は一斉にかっと目を見開き、異様な祝祭の管弦楽が、フォルティシモで鳴り響く。

この歌からは、そういった感じの、強い印象を受けました。自然に頭に入り、覚えてしまいました。

もう一首も不吉なもので、病気が重いということと、自転車屋さんで自転車が逆さに吊られているというのが、ダブルイメージになっていた――と思いました。

しばらくして、寺山修司の歌集を読みましたが、これには行き当たらず、また、肌合いも違うと思いました。

そのまま、数十年も経ったところで、短歌新聞社から出ている文庫本、『日本人霊歌』を買ったところ、『不運つづく』に行き会ったのです。塚本邦雄だったのです。となれば、もう一首もそうでしょう。

現代短歌に詳しい友達がいますので、聞いてみました。すぐに、答えが返って来ました。「自転車はねえ、逆さ吊りじゃないんだけど、でも、これだと思うよ。『綠色研究』の中にある」

醫師は安樂死を語れども逆光の自轉車屋の宙吊りの自轉車

「果實埋葬」という章の掉尾《とうび》に置かれているそうです。《それだ、それだ》と思いました。《逆光》が、記憶の中で《逆さ》になってしまったのでしょう。

さて、この場合は一首ではなく、二首並べてありました。そこが値打ちだと思うのです。膨大な塚本作品の中から、二つを抜き出し、揃えて置く。そこに選者の目があり、意図があるわけです。

おかげで、繋がる気分というものが生まれる。ごく俗にいってしまうなら、同じ町内の風景のように思える（それにしても、何という町でしょうね）。《不運つづく》が前夜だとすると、これはその翌日、光ある時のことですね。胸苦しい宙吊りの不安が迫ります。選者は、教室の机の上にそういう町を作ったのです。

さて、三一書房の『現代短歌大系』第7巻には『緑色研究』が全て収められ、続く「抄」の中に《不運つづく》が入っています。しかし、当時はまだ、この本も出ていませんでした。先程の友人によれば、そこまでのものをまとめた『全歌集』が出たのも、少し後らしい。つまり、塚本の仕事を丹念に追いかけていなければ、この二首を抜くことは出来ないのです。

アンソロジストは、どんな学生さんだったのでしょう。今は、何をしていらっしゃるのでしょう。

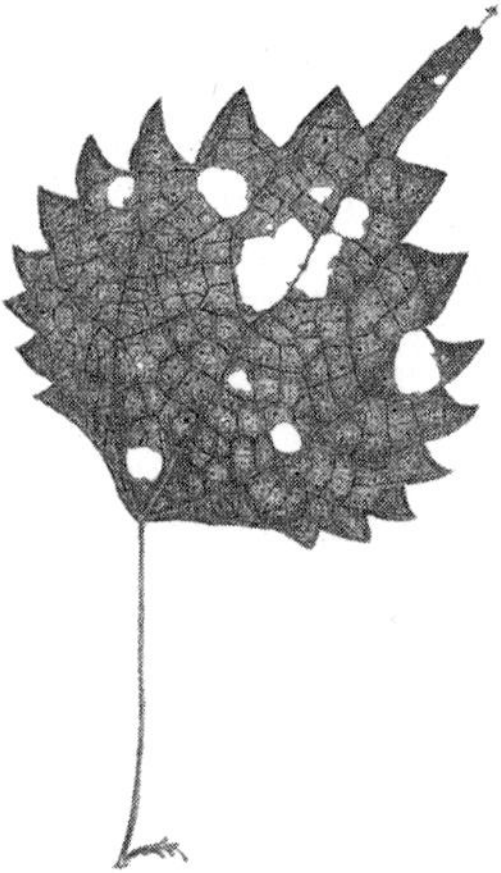

## 2

塚本邦雄の声は、『現代歌人朗読集成』(大修館書店)のテープで聴くことが出来ました。その中に、忘れ難い朗読が幾つかありました。

授業の机の上というのも意外な出会いの場ですが、まったく意外なことから、その朗読の一つを思い出しました。

　子供が、椎名林檎のCDを聴かせてくれました。歌詞には《ずっと》と書いてあるところを、《ずっと　ずっと》と歌っている。《もっと》は《もっと　もっと　もっと》となっている。思わず、口走ってしまいました。

「あっ、佐佐木幸綱《ゆきつな》だ」

『朗読集成』の中で、佐佐木幸綱は『充実のわが馬よ』十六首を読んでいます。ギターの調べにのって、《生と死とせめぎ合い寄せ合い水泡《みなわ》なす渚蹴る充実のわが馬よ》と始まる、若々しい声が、まさに疾駆していました。

　それが六首目から、原作通りに読まないところが出て来る。ある部分で言葉が繰り返される。どうなることかと、どきどきしてしまいます。

　例えば、《白波の胸ざわぎつつ漆黒の確信の馬先《さき》行かすなり》では、《さわぎつつ》が上下にかかるように、重なって読まれる。《白波の胸さわぎつつ――さわぎつつ漆黒の確信の馬先行かすなり》となります。

　そして、

じりじりと追い上げてゆく背景としてふさわしき新芽の炎

では、歌い出しが実に三回繰り返されます。ここに、激しいスリルが生まれます。《じりじりと、じりじりと——じりじりと追い上げてゆく背景としてふさわしき新芽の炎》。

こういう読み方は、作者でなければ出来ないし、許されないでしょう。勿論、周到に練習された上での朗読です。しかし、こちらの耳には、計算によるものではなく、今まさにそこで歌が生まれているように、——文字に定着される以前の、息づく思いそのものが、響くように聞こえました。

かといって、書かれた言葉が間違っているわけではありません。一回の《じりじりと》の内に、それだけのものが凝縮されているわけです。三度、書いてしまえば拡散してしまう。また、三回読むのが正しいというものでもない。同じ作者が、表記通りに読む場合も、当然あるでしょう。この辺が、文字というものの、そして自作朗読の妙味だと思います。

付記　その後、平成二十年に大修館書店版に二十名を加えた『現代短歌朗読集成』（同朋舎メディアプラン）が出ました。ＣＤ版です。

# 六、「サキサキと」佐佐木幸綱
# 「胸に抱く」舘岡幸子

1

前回、佐佐木幸綱の自作朗読のことを書かせていただきました。

さて、わたしはある物語に《さきちゃん》という女の子を登場させました。愛する愛する子です。最近になって、この《さき》という名前には出典があるのではないか――と考えるようになりました。佐佐木幸綱の、よく知られた短歌、

サキサキとセロリ噛みいてあどけなき汝《なれ》を愛する理由はいらず

です。

一度読めば目から耳に、音として伝わり、残る歌です。男は、彼女の全存在を肯定している。

《汝》は《セロリ噛》む姿を間近に見つめることを許しています。男は、彼女の全存在を肯定している。歌われているのは、この距離――あるいは二つの《個》が溶け合っている状態、つまり距離の無さでしょう。至福の瞬間がここにあります。

そういう一瞬は、誰の手からも、こぼれ落ちてしまうものです。だからこそ、輝く時が、ここに生きたまま固定されていることに、我々は、感謝に近い喜びを感じます。最初に読んだ時、わたしの眼は作者のそれと重なり、《汝》を見つめ、《汝》を愛し、この歌を愛しました。セロリというのが実に効いていると思ったのです。青臭さ、片仮名の洒落た感じ、新鮮さ――噛むのだから、新鮮に決まっています、ついでにいうなら、《サキサキ》という音から健康な歯が見えます、その白さと生野菜の緑の鮮やかな対比。これらが、青春そのものに思えました。

しかし、二度目に見た時には、《女性の立場で読んだらどうだろう》と思いました。あどけないといわれるのは、そういう瞬間だからこそ嬉しいのでしょう。自分が女だったら、そうは思われ続けたくない。《十年、セロリを噛み続けるわけにはいかないよ》と、いいたくなる。また、《ずっとセロリを噛んでいてくれ》という男では、一緒にいられないでしょう。

女としての魅力がないといわれたら、つらいでしょうが、女としての魅力しかないなら、そちらの方がより耐え難い。相手の男が、あどけなさはさておき、人間である自分のどこに《敬意》を払っているのかが、気になる筈です。

また、《十年後の目》を仮定し、そこから見ると、実に哀しい歌にも思えました。セロリの印象が強いので、《十年、新鮮さを保つセロリはないだろう》と思ってしまうからです。それもこれも、描かれているのが甘美な瞬間だからでしょう。

2

万物は、人間に《ああ思われよう、こう思われよう》と考えて、存在するものではありません。しかし、こちらの方で、勝手にイメージを抱いたりする。かつて、タモリ氏がテレビで、

「蜥蜴《とかげ》は真面目、イグアナは不真面目！」

と断じていました。謹厳実直なイグアナもいることでしょう。しかし、妙に頷いてしまいました。確かに、そんな気になってしまうのです。同感。

そこで先程挙げたようなセロリのイメージも、万人に共通のものだと思っていました。ところが、この歌のことを話していたら、ある編集者の方が、

「わたしは、セロリと聞くと、《野性的》という言葉を連想します」

と、おっしゃいました。三十代、女性の方です。《洒落た》という感じは、まったくないそうです。《洗練》の逆。人前でセロリを齧《かじ》るというと、そのイメージは、――女性に使うにはそぐわないのですが《精悍》《猛々しい》になってしまうらしい。

わたしの場合は、逆です。これほど《都会的》なものはない。

## 胸に抱く青きセロリと新刊書

という舘岡幸子の句には、『衣食住』中田雅敏（俳句創作百科・飯塚書店）の中で、初めて巡り合い、一目で好きになってしまいました。

セロリの句は少ないようです。『日本大歳時記』の食物の項を抜き出した『日本たべもの歳時記』（講談社＋α文庫）を見ても、これともう一句が出ているだけです。

この背景も、どちらかといえば都会でしょう。セロリと本。もう、たまらない取り合わせです。抱く人の、生き生きとして知的な瞳が見えるようです。

一般的にいって、セロリは新しい食材でしょう。

「いつ頃、伝来したか知っていますか」

と、編集者の方に話しました。

「さあ……」

「豊臣秀吉の御側衆が伝えたそうです」

「そうなんですか」

「セロリ新左衛門」

「……」

こうやって、人は信用をなくして行くものです。しかし、後で『グラフィック100万人の野菜図鑑①』(野菜供給安定基金/講談社)を見ると、まさにその時期に来たという説もあるのですね。加藤清正が大陸から持ち帰り、《「キヨマサニンジン」とよばれ》たそうです。栽培されたのは江戸末期からで、この頃は《オランダみつば》。現在の市場ではセロリより、セルリーといわれるそうです。我が国で一般的になったのは昭和三十年代以降らしい。

《何だ、それならかなり昔じゃないか》と、おっしゃるかも知れません。しかし、我が家では違いました。セロリは長いこと、金持ちのキッチンにあっても、我々の台所にはない野菜、耳に聞くだけのものでした。《ポリポリと胡瓜《きゅうり》齧《かじ》りて》という日常はあっても、食卓にセロリが現れることはなかったのです。

初めて食べたのは二十の頃でしょう。《香り——というより実感としては臭《にお》い——が、きつくてまずい》と思いました。それから、頻度としては十年に一回ぐらいの割で、口に運んでいると思います。

今はスーパーの野菜売り場にも置いてあるようです。いや、見てきましたから、《ある》と断定出来ます。しかし、食べ物としての関心がなかったので、見れども見えずの状態でした。

こんなわけで、頭の中のセロリは、どんどん俗を離れていったのです。わたしにとって《サキサキとセロリ噛》む女性は、非現実のもの、抽象的存在です。雲に乗る女に似ている。だから、いっそう、愛らしい。

佐佐木幸綱氏は、『佐佐木幸綱歌集』（現代歌人文庫・国文社）中の「日録」によれば、昭和五十二年四月十三日、《セロリとレタスのサラダ。ベーコン三枚。パン一切れ》の朝食をとられています。氏にとっては、セロリは日常のものだったのですね。そう思うと、《汝》は、最初に感じた以上に、肉を持ったものに見えて来ます。

伝達の材料としての言葉は、辞書的にならら、ある程度《正しい》意味というものがあります。しかし、個人個人のイメージは、辞書で縛るわけにはいきません。困りもするし、また面白いところです。

最後に、セロリを女性に譬《たと》えた忘れ難い例を引かせていただきましょう。堀口大學の言葉です。関容子さんの絶妙の筆によって再現されています。ある方について、関さんが、どんな女性だったかを問いました。詩人はこう答えました。

《――中の芯コばかりになってしまったような人、というのか。え？　芯コって、セロリのさ、回りの太い茎をどんどん取っていくと、中に黄色い小さい十センチ程のばかりが残るでしょう。あれが芯コ。僕はそれに塩つけて齧るのが好きなんだ、酒の肴に。なかなかおつなものですよ、香りはいいし。

栄さんは、磨きに磨いてそういう芯コばかりになったようなか弱い人でね》

『日本の鶯　堀口大學聞書き』（角川書店）の一節です。

# 七、「山国の」望月紫晃

1

若竹七海さんに御教示いただいたところによると、前回、最後に引いた《セロリの芯コ》の話は、『最後のちょっといい話』戸板康二（文春文庫）にも出て来るそうです。早速、調べてみました。

同じ内容ですが、戸板氏の筆を通すと、こうなります。《「磨きあげて、か弱い感じで」といったあと、「セロリの茎をむいてゆくと、中に黄色い十センチほどのが残る。私は酒の肴に塩をつけてかじるのが好きだ」といった。その女性がまるでセロリのような話し方であった》。

面白いことに、言葉遣いによって、語る堀口大學の像がまったく違ったものに感じら

れます。関容子さんの本の詩人は、聞き手に心を許し、くつろいでいます。一人称は《僕》です。柔らかい。こちらの大學は、《私は》と語る寸分の隙もない老紳士です。怜《れい》悧《り》な感じがします。

さて、そういう御指摘をいただいたのをきっかけに、『ちょっといい話』のシリーズを、ぱらぱらと見返しました。堀口大學のところに入学案内請求の手紙が来た、などというエピソードに、《ああ、これは読んだな》などと思いました。勿論、偉大な忘却力のおかげで、殆どが初めて読むようなものです。

一冊目の『ちょっといい話』に、《宮城まり子さんと、「オリバー」の初日に、帝劇の廊下で会った》と書いてありました。

今の帝国劇場は、わたしが高校生の頃に出来たのだと思います。雪の日に、『風と共に去りぬ』を観に行ったのを覚えています。舞台に馬が出て、演技をすると評判になっていました。

その『風』に、宮城まり子が出ていました。召し使いプリシイの役を好演していました。かん高い声を、今も覚えています。

『オリバー』の方は、ミュージカルだったと思います。わたしは観ませんでしたが、友達が、

「日比谷を歩いていたら、建物の壁のドアが開いていた。何げなく入ったら、細い通路

が続いていた。暗い中を、進んで行くと、しばらくしてまたドアがあった。押したら、帝国劇場の舞台で、『オリバー』をやっていた。手近の椅子が空いていたから、座って観て来た」

と、いっていました。真顔でした。都市伝説の類いですが、『不思議の国のアリス』が地下に潜って行くのに似た奇妙な味があり、好きな話です。暗い小道が、いきなり光と音の溢れる、絢爛《けんらん》たる舞台になるところが、またいい。

その友達の席が、どの辺だったのかは分かりません。『ちょっといい話』の宮城まり子も、役者としてではなく、観客として登場します。こう続いています。

《ベルが鳴ったら、劇場の人が、「お席は二階の正面、浩宮様のそばです」と告げた。まり子さん、大変てれて、こういった。

「まァいいわ、わたし、宮城《きゅうじょう》だから」》

ところで、十五年ほど前、石垣りんさんの講演を聞いたことがあります。滋味溢れ、考えさせられる、素晴らしいお話でした。自作の詩を読み、それについて解説を加えて行くという形でした。内容のない人にやられたら、耐えられないでしょう。しかし、いつまでも聞いていたくなる。子供が甘いものを欲しがるように、《もっと、もっと》と思ってしまうのです。

そのお話の中で、深く印象に残ったことの一つに、この《宮城》の問題がありました。

石垣さんに『略歴』という詩があります。幸い、石垣さんの詩集は、今、手に入りやすくなっています。全文を引く必要はないと思います。

『略歴』は《私は連隊のある町で生まれた。》と始まり、《私は金庫のある職場で働いた。》と続き、《私は宮城のある町で年をとった。》と閉じられます。まさに日本の現代史が、そこにあります。

ところが、石垣さんは、《わたしは、びっくりしてしまいました》とおっしゃいました。伝え聞いたところによると、何と、《大学を出て社会人になった方》が、

「この詩の最後の《宮城》って何だろうね」

といったそうです。

わたしも、びっくりしました。《宮城》という言葉が分からないなどとは、考えつかなかったのです。まして、石垣さんの世代なら、認知度としては《海》や《空》と同レベルの単語でしょう。

その講演からさらに、十五年が経ってしまいました。

冗談ではなく、耳でだけ《私はキユウジョウのある町で年をとった。》と聞いたなら、若者達は東京ドームや甲子園を思い浮かべるだけかも知れません。

先程の『ちょっといい話』の、《名字が宮城《みやぎ》だから、宮城《きゅうじょう》に通じ、縁がないわけではない》という洒落は、まさに自明のものとして語られています。しかし、現在では注釈

が必要なのかも知れません。この場合は、《ああ、そうなんだ》ですみます。

しかし、詩では困ります。《最終的に、意味が分かればいい》というものではありません。説明が一つ入るのと、いわずもがなの言葉として、直接、通じるのとでは、胸への響き方が違うでしょう。かといって、これを《皇居》といい換えたら、もう別のものになってしまいます。

難しいものです。

## 2

石垣さんの講演で聞いた詩の中に、忘れ難いものがありました。本を開いて見たわけではありません。これこそ、本当に待ち伏せを受けたという感じがします。

今、活字になったものがないので、表記が分かりません。それは、ちょっと待っていただいて、経験によって、言葉の解釈が違う例をあげてみましょう。——もっとも、《戦前、戦中を生きたかどうか》などと比べたら、実にのどかな例です。

ある俳句のアンソロジイを見ていたら、こういう句が載っていました。

山国の汽車待つ汽車よ遅桜

作者は望月紫晃。鑑賞文には《急行が通過するのを待っているか、接続する時間調整の汽車なのだ》と書かれていました。そうかも知れません。しかし、俳句は十七字しかありません。正解もない。解釈が作者の意図と違っていても、勿論いいわけです。各々《おのおの》が、それぞれに感じることが出来ます。

わたしには、これは急行列車など通ることのない、ひなびた路線に思えました。また、この駅も接続を待つようなものではなく、山間に孤立していなくてはいけない。では、なぜ《汽車待つ汽車》ということになるか。簡単です。――単線だからです。

昔の田舎では線路に上り下りの別はなく、列車のすれ違いは駅で行います。そのためにダイヤグラムというものがあり、時間の網が張られるのです。

とことこと走って来た汽車が上りだとすれば、そこで下りの相棒を待たねばなりません。走り出せばぶつかってしまいます。こう考えると、現代人が当たり前と思っている複線、さらには追い越しのための複々線などは、大変な贅沢品ですね。

わたしには、《遅桜》に合うのは、どうしてもこちらの《待つ》に思えてしまいます。考えをめぐらしたわけでもなく、この句を見た瞬間に、そう感じてしまったのは、高校時代、単線の電車を利用していたからです。《列車待つ列車》は、ごく日常的に経験することでした。東京に住んでいたら、そんなことは、考えもしなかったでしょう。

前回の《セロリ》もそうですが、同じ言葉に向かい合っても、人によって思うことは違うものです。

# 八、「悲しみ」石垣りん

## 1

学生時代、魚返善雄《おがえりよしお》氏の『漢文入門』（現代教養文庫）を読みました。勉強になるかな、という実利的な気持ちから手に取ったのです。しかし、授業の肝心の部分より脇筋の方を覚えている——というのは間々あることです。この本でも、いまだに忘れられないのは次の一節です。

旧制高校華やかなりし頃の、一高の記念祭——まあ、今の文化祭なのでしょう——が舞台です。他の部屋が《みなきれいに飾られているなかに、ひと部屋だけなんの飾りもなく、ただ学生がノウノウと寝そべっていました。枕もとに張り紙していわく——「寝臺白布受之父母、不敢起床孝之始也。」》。

洒落た話だなあ、と感じ入りました。いかにも、昔の高校生らしい。不精髭を生やしたバンカラな顔が見えるようです。

勿論、この出し物は《身体髪膚《はっぷ》之を父母に受く。敢えて毀傷《きしょう》せざるは孝の始めなり》なら、誰もが知っている——というのが前提です。そうでなければパロディの意味がない。枯れた幹に接ぎ木するようなものです。

『中国古典名言事典』（諸橋轍次・講談社学術文庫）を取り出し、調べてみると、元は『孝経』。——ちなみに《孝の終わり》は《身を立て道を行い、名を後世に揚げて、以て父母を顕わす》ことです。《身を立て　名を揚げ　やよ励めよ》は、ここから来ているのですね。恥ずかしながら、どちらも出典まで考えたことはありませんでした。

それは知らずとも、《身体髪膚——》は、《犬も歩けば棒に当たる》同様、耳に親しかった。改めて考えると、学校でやったわけではない。多分、三遊亭金馬あたりの、親孝行の落語からでしょう。前後関係から、当然、意味も理解していました。

似た例をあげるなら、《博愛衆ニ及ホシ》というのも知っていました。誰かが親切なことをしていると、「おお、《博愛衆ニ及ホシ》だね」などといっていました。

何で見たかというと、文春の『漫画讀本』。親戚の家に行った時、置いてあるのを読みました。更衣室の穴から覗いている男がいる。その穴の前に、女が雑誌のヌード写真を下げてやっているのです。男は外で歓喜の表情。外国の一コマ漫画でした。それに付けられた題が『博愛衆ニ及ホシ』。うまいものです。原作より、はるかに面白くなっている。――『教育勅語』の一節だと知ったのは、はるかに後のことです。

こういう風に、一時代前まで《常識》だった言葉は、次の世代までなら、何とか伝わります。幼少年期に、一般に使われているのを見聞きするからです。だが、その次の世代までが難しい。

さて、《身体髪膚――》ですが、響きを知っていた。意味も分かった。しかし、実感としてはどうだったか。

わたしは、小学生の時、《身体》を《毀傷》しました。骨折です。けれど、親の感情を思いやり頭を垂れたかというと、どうも、いい答が出せません。むしろ、《心配したって、なるようにしかならないよ》といった調子でした。

子が傷ついた時の親のつらさは、頭では理解していました。しかし、ひたひたと迫る切なさとして実感し、《ごめんなさい》と思えるようになったのは、四十を過ぎてからです。つまり、『孝経』のあの言葉が重くなって来たのです。記念祭の出し物のエピソードに関しても、《いかにも昔の高校生らしい》と手を拍《う》ったのが、年と共に《高校生らしい》の部分に、より若さの傲慢をも感じるようになりました。

というと、《それは、自分も子を持ったからだろう。親になったせいだろう》と、お思いでしょう。確かに、我が子に何かあった時は、いいようのない思いになりますし、それが解消した時には、歓喜し、あらゆるものに礼をいいたくなります。

しかし、問題は別なのです。これは、あくまでも《子》としてのわたしと、《親》との問題なのです。――つまり、子を持ったからというより、親を失ったから、強くそう思うようになったのです。

## 2

今回は、本当に嬉しいのです。この連載を始めさせていただいてよかった、と、思いました。

石垣りんさんの講演会で聞いた詩が、心に残って忘れられない――と、書きました。石垣さんは《最近、ある雑誌に頼まれて書いた童謡です》と、おっしゃっていました。いろいろ調べたのですが、どの本にも載っていませんでした。初出の雑誌名も分からない。最後の手段として、編集部の方が、直接、石垣さんに問い合わせて下さいました。

そうしたところが、《雑誌は見つかりませんが》とおっしゃり、わざわざ書いて送って下さいました。何と御礼を申し上げていいか、分かりません。

そうです。この詩です。

悲しみ

私は六十五歳です。

このあいだ転んで
右の手首を骨折しました。

なおっても元のようにはならない
と病院で言われ
腕をさすって泣きました。
お父さんお母さんごめんなさい。

二人とも、とっくに死んでいませんが
二人にもらった身体です。

今も私は子供です。
おばあさんではありません。

幼い日の、自分の骨折のことを思い出しました。後から知ったことですが、《なおっても元のようにはならない》という言葉は、母がいわれました。父は、真夏の焼け付くような日に、レントゲン写真を持って、東京の慶応病院まで相談に行ってくれました。それでも、子供のわたしは《腕をさすって泣き》ませんでした。

この詩を、二十代で聞いたら、覚えていなかったかも知れません。わたしは、三十半ばで聞いたのです。やがて、この気持ちが自分のものになることを予感したのだと思います。

『悲しみ』――詩の題としては、説明的に見えます。しかし、それは、骨折したことを悲しんでいる場合にいえるのです。この場合は違います。いわば、最初に《悲しみ》という謎の一石が投じられ、続いて波のように広がる一行一行によって、それがどのようなものか示されて行くのです。深い悲しみの波紋。動かすことの出来ない、必然の題といえるでしょう。父母が亡くなってから、この詩は日々に親しいものになります。その辺りの心の動きは、実は、どう説明してもし尽くせないような気がします。《まったく、そうだ》という以外に、言葉はいらないとも思います。

『孝経』は、古くは孔子の作といわれ、今では疑義があるそうです。しかし、わたしには、誰々という名前はいらない。ただ、あれは親を失い、独りになった者の言葉のように思えます。——《身体髪膚之を父母に受く。敢えて毀傷せざるは孝の始めなり》。

そこには、すでにない両親が自分の内に生きている、生命の灯が繋がっている、という思いもある。

また、現実の存在ではなくなった父母、——わたしをどこかから見つめている空想の父母の前では、たやすく幼児になれます。時を越えた存在の前では、こちらも時を感じなくなる。最早、声の届かぬ人だからこそ、手放しで《お父さん、お母さん》と呼ぶことが出来ます。いうまでもありませんが、いつもではない。ある瞬間に、ふっとそういう感じになるのです。

肉体的なことに限りません。苦しい目に遭い耐えていると、親の哀しげな顔が浮かびます。《親が泣くぞ》というのは非道なことをした子への決まり文句です。しかし、ふっと、《泣いているだろうな》と思うのです。

# 九、「れ」豊田敏久「いたそうね」岡山孝介

1

夏の日、夕立のあった後に、これを書き始めました。湿気は増したのですが、思ったほど涼しくなりません。

今日の午前中、隣町の図書館まで、自転車で行って来ました。調べ物があったわけではないのです。ただ、子供が借りた『お菓子の作り方』の本を返しがてら、覗いて来たのです。冷房の効いた中をぶらぶらと歩き、あちらこちらの書棚を眺めました。その時、紅色の背表紙が日に飛び込んで来ました。白抜きになった文字は――『ママに会いたくて生まれてきた』川崎洋。読売新聞社の本です。

《いずれ、『れ』のことを書こうかな》と思っていたところでした。思いがけない待ち

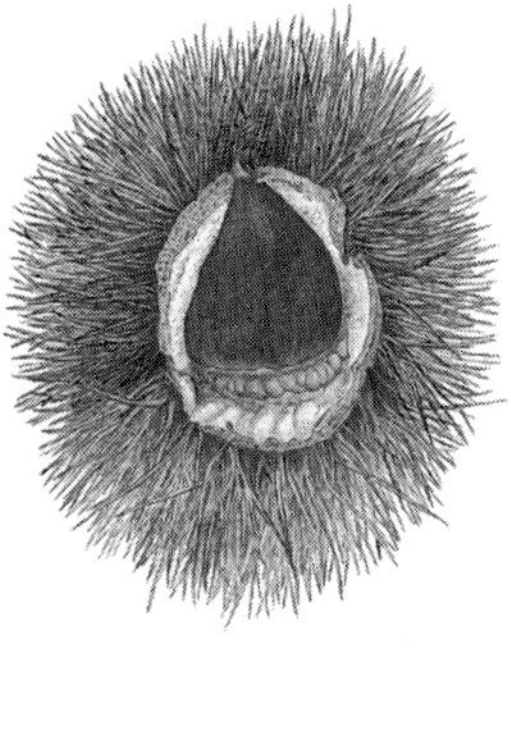

伏せに、びっくりしました。《どうして気づかなかったのだろう。題から考えて、多分、あのアンソロジイに違いないな》と、直感しました。

開いてみると、やはり、川崎氏が読売紙上で選をしている《こどもの詩》の本です。今まで、この棚の前は、何度も通っています。いつも借りられていた——ということもないでしょう。見ていて見なかったのです。

『れ』というのは、そこに載った三歳の子の《作品》です。川崎氏が、《投稿は、まだ字を知らない幼児が口にしたことを親が書きとめたものも詩として受けつけてい》るからです。

では、わたしは読売新聞でそれを読んだのか。——違うのです。何年も前のことになります。本屋さんの平台に積んであった『ＶＯＷ』という本を手に取りました。カラーグラビアのページを、ぱらぱらとめくって見ると、ごく普通の幼稚園の前に《なぞの幼稚園》と大書した看板がかかっています。要するに《はなぞの幼稚園》の最初の《は》が落ちてしまったのですね。偶然が、超現実的な風景を生んだわけです。——無作為が作った不思議の国。これを写真に撮って発表するのは、立派な創作です。凄いと思いました。早速買いました。

話は、ここで終わらなかったのです。

この本は、シリーズ化されていました。写真に限らず、投稿者が身の回りで見た《へンなもの》を送る、という趣向です。ついでに、もう一冊買ったのですが、そちらを読んで行くうちに、考え込んでしまいました。この本は、印象が強いので、いまだに取ってあります。『ＶＯＷ４』。中に、《詩人の血》というコーナーがあり、こういう詩が紹介されていました。

れ

ママ
ここに
カンガルーがいるよ

投稿者の言葉は《オーストラリアにでも住んでいらっしゃるのでしょうか?》。続いて、編集者のコメントが、《タ、タイトルが「れ」。凄いな。れ。しかもただの子供のたわごとだしなあ。れ。》。

何をいっているのだろうと思いました。

《オーストラリア》などという言葉がどうして出て来るのか、《タイトルが「れ」》であることに、なぜ驚くのか、分かりませんでした。考えてから、《ああ、カンガルーをみた子が、びっくりして「れっ?」といったと思っているのか》と、気が付きました。

いうまでもありません。この《カンガルー》は本物ではない。ここに並ぶ言葉を見て、素直に思い浮かぶのは、どういう情景でしょう。

《れ》に関してなら、わたしは、ひらがなを書いた四角い幼児用の札を思い浮かべました。それを使って、お母さんと文字遊びをしている場面です。勿論、絵本を見ているのでもいい。ひらがなの《れ》の字を見た坊やが、小さな指でそれを指し、いったに違いない。

「ママ、ここにカンガルーがいるよ」

――前にちょこんと突き出された手、膨らんだお腹の袋、右に長く伸びた尻尾。まさに《れ》という形は《カンガルー》そのものです。

この言葉を読めば、幼な子の口の動きが見え、自分の発見を大好きなお母さんに伝える喜びが伝わって来ます。我が子を見つめる母の瞳も浮かんで来ます。《三歳》という年齢が書かれていました。書き留めたのは当然《ママ》ということになります。となれば、そうせずにはいられなかった心の動きまで、手に取るように分かります。

理屈は必要ない。見た瞬間に、こう思えてしまう。詩句をどう受け取るかは自由です。しかし、この場合に限るなら、別の解釈は無理でしょう。

それなのに、ここでは伝わるべきことが伝わっていない。

何とも無残な感じがしたのは、コピーされた紙面の、作者名《敏久》君の前の名字と、埼玉県に続く都市名が、黒く塗りつぶされていたことです。それを出したら失礼だ――ということでしょう。つまり、恥ずかしいものとして扱われていたのです。

恐ろしいと思いました。口の端を吊り上げてするような嘲笑だけが、活字が消えない限り、ここでは、いつまでも響いているのです。

――次に、もっと恐ろしいことを考えてしまいました。紙面のコピーには《こどもの詩》と書かれ、見覚えのあるVサインのカットが描かれていました。うちは読売も取っていますから、《ああ、あのコーナーか》と分かったのです。とすれば、選者、川崎洋氏の寸評が、付いている筈です。

『VOW』の同じ箇所には《こどもの詩》から、別人によって、さらに二つが投稿されていました。そちらには、寸評まで載っています。ところが、『れ』では切られているのです。偶然とも考えられます。しかし、そこに《ひらがなが、カンガルーの形そのものだ》と書かれていたかも知れないのです。

ここから先は、小説的な妄想になります。実際に投稿なさった方とは関係のない、わたしの創作です。それをお断りした上でいうなら、――全て承知の上で《この評を切って出したら、載せてもらえるかも知れない》と思う人物すら考えられるのです。

色々なものが、わたしの子供の頃とは変わって来ました。世の中は、非常に便利になり、楽が出来るようになりました。一方で消えたものもあります。《貧しくとも健気に生きて行く、子供漫画の主人公》などというのもその口でしょう。彼は、金持ちのお坊ちゃんに、いじめられます。家計を助けるため牛乳配達をすると、その牛乳をお坊ちゃんに取られてしまったりする。罵《ののし》られても、ひたすら耐える。勝つための手段は、ただ誠意です。こういう、平凡な日常の中を生きる、地味で真面目な主人公は、今の少年週刊誌のヒーローにはなりにくい。逆に笑いの対象になってしまうでしょう。

テレビなどの笑いの質も変わりました。昔の芸人の多くは、自分が笑われていました。そういう役を、真面目に演じていた。ところが、いつの頃からか、誰かを嘲笑《あざわら》う芸が増えて来ました。野球の珍プレー集や、NG集といった番組も出て来ました。前者は見たことがありません。後者は一回だけ、見ました。確かに面白い。だから、次々と作られてしまう。

恐いのは、笑ってしまうと、そこで人が繋がらなくなってしまうことです。ミスをした選手の姿を見て、滑稽だと腹を抱えた時、同時に彼の胸中を思う人はま

れでしょう。

嘲笑とは見下すことであり、それ故に自己防御の快感があります。しかし、同時に他を拒否することにもなる。高みに立って、笑ってやろうと身構えてしまえば、人の心は見えなくなります。

## 2

《なぞの幼稚園》という風景を切り取るのは、こういう本がなければ出来なかったことでしょう。センスがある。――というより、品のある芸です。一方で、品はなくとも、思わず笑みのこぼれてしまう、罪のないおかしさも拾われています。

だから、この企画を否定する気はありません。ただ、『れ』と並んだ他の《こどもの詩》の寸評について《それにしてもいつ読んでも感動的ですね、川崎さんのコメント》と書かれているのを見たりすると、――その通りなのですが、茶化しているとしか読めません――嫌なものを見てしまったという気になります。幼児の詩などは、一般の詩以上に、鑑賞者次第で値打ちが決まるところがあります。そこに宝物を見つけようと思うからこそ、幼い言葉が輝き出すのです。その照り返しが読む者を豊かにしてくれます。

『れ』のことは、人には随分、話しました。いつかは書きたいなと思いながら、ここまでそうせずに来た原因の一つに、《作者の姓が塗りつぶされていて分からない》ということも、ありました。読売新聞を虱潰《しらみつぶ》しに調べればいいことですが、そこまでしない内に、時が経ってしまいました。

今回、『ママに会いたくて生まれてきた』のページを、どきどきしながらめくると、――出ていました！　『れ』の作者は、豊田敏久君でした。黒塗りの下の名字が、時を越えてようやく分かりました。

ただ、この本は、川崎氏が新たに長文のコメントを付す形になっているので、新聞掲載時の寸評は読めませんでした。前書きによると、それ《ともども収録した『子どもの詩』が花神社からすでに三冊刊行され》（平成八年当時）ているそうです。

そちらに当たってから、筆を執るべきかも知れませんが、今回は、巡り合いを大事にして、一気に書いてしまいました。

この本をめくっていたら、嬉しいことに、嘲笑とは最も遠い心の持ち方をした時、人がどれほど人に近づけるかを示すような詩に、出会うことが出来ました。

最後にぜひ、それを引かせて下さい。

いたそうね

岡山　孝介（東京　小四）

ぼくが　くりのいがを
手でもったら　とても
いたかったよって
ママに話したら
ママが
いたそうねって
顔をしかめた
ママってかわいそうだね
おはなしをきいただけで
いたくなるなんて

付記　その後、もう大人になった豊田敏久君の、お母さんから丁寧な御礼のお手紙をいただき、わたしの心も温かくなりました。

# 十、「閑かさや」松尾芭蕉 「親類の子も」十四 「かもめ来よ」三橋敏雄

## 1

日本一有名な俳句といえば、《古池や蛙飛こむ水の音》でしょう。聞いたことのない人を探す方が難しそうです。

結婚式などでは、新郎が新婦に初めて会ったのはどこどこだった、などといいます。しかし、《古池や》との初対面がいつ、どこでだったか、答えられる人は少ないと思います。それくらい、色々な形で耳にしたり眼にしたりします。落語の『錦明竹《きんめいちく》』の一節にも、《古池や蛙飛こむ水の音。これは、風羅坊《ふうらぼう》正筆の掛け物》と出て来ます。子供の頃は、《芭蕉の句なのに、風羅坊って何だろう？　字のうまい人なのかな？》と首をひねったりしました。何のことはない、たくさんある号の一つでした。

さて、《閑かさや岩にしみ入る蟬の声》もまた、よく知られた句です。『奥の細道』の旅の途中、山寺立石寺で作られました。これとの初対面も、どこだったか分かりません。しかし、何度目かに思いがけないところで出会いました。銭湯の脱衣場です。

小学生の夏でした。浴場から板の間に出て来て、手拭を腰に巻き、扇風機の風に当たるのが、とても気持ちよかった。風は高いところから、降りて来ます。右に左に振られる扇風機の首を見ながら、《うちにも、あったらなあ》と思いました。しばらくして、その願いはかないます。しかし、ちょっとした拍子に指を突っ込んで怪我をすることになるのです。まあ、そんな運命が待ち構えていようとは、神ならぬ身の知る由もなかった頃です。

脱衣場には、こちらは安全な道具――団扇《うちわ》も何本か置いてありました。その一本を取ると、確か、焦げ茶色っぽい絵の具で水車小屋が描かれていて、《閑かさや》の句が書かれていたのです。

「うーん、いいなあ」

と、思いました。どこかで聞いたようでしたが、その時には夏ということもあって、しみじみ団扇に見入ってしまったのですね。

がっしりした大きな岩が目に浮かぶようでした。夏でも、ひんやりとした木陰。そこに、ただ一匹の油蟬の声が長く長く響いて来る。他には、一切の音がない。苔むした岩に《しみ入る》ような蟬の声が、暗夜の一点の光が闇を際立たせるように、静寂をいやが上にも深める。

そう思ったところで、パタパタと団扇を使いました。風情があります。クーラーでは、こうはいかない。

この句に関して、他の情景は、まったく考えませんでした。ニイニイ蟬や法師蟬では軽すぎるし、日暮らしはもともと寂しい声だから使えないと感じました。油蟬が一匹だから、ジー、と染み込んで行くのです。

ところが、大きくなってから、「閑かさや」の解釈には諸説あることを知りました。現在では、蟬は少数で、種類は《にいにい蟬（蟪蛄《けいこ》）であろうということにおちついている》（『芭蕉全句』加藤楸邨・ちくま学芸文庫）そうです。

多数という説があるのに驚きました。感じ方は色々あるものです。それは面白かった。しかし、《作られた時と場所を考えると、いた蟬はこれこれだ》――などという迫り方には、《ああ、そう》としか思えませんでした。正しくとも、あまり有り難みを感じません。事実と真実は違います。

ちょうど今、『図解　電池のはなし』池田宏之助編著　武島源二・梅尾良之著（日本実業出版社）という本を読んでいます。世界最古の電池は約二千年前、パルティア人によって作られたそうです。人間というのは、なかなか凄いものです。

その本の中で、単一電池の太さは、どうやって決まったか——という疑問が提示されています。単一とは、懐中電灯などに入れる、昔ながらのタイプです。

答——作ったルクランシェという人が、外側になる亜鉛缶を《手元にあったスコップの柄を使って丸めたところからきているといわれています》。

素晴らしいですね。なるほどと納得する。本当かどうか分かりませんが、いかにもありそうな話です。そして、一本のスコップの柄のコピーが、無限の数となって地上に広がるところに、何ともいえないドラマがあります。知って、どきどきする答というのはあるものです。

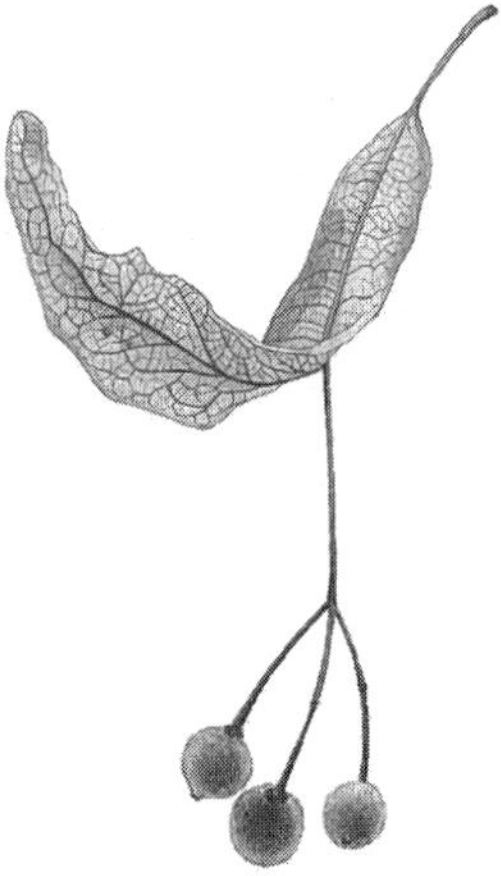

2

感じ方は色々——といっても、論外ということがあります。後から《うわー、何をやってるんだろう、俺は》と、赤面するような例なら幾らもあります。

『川柳でんでん太鼓』（田辺聖子・講談社文庫）を読んでいた時のことです。——と、書きかけて、もう止めたくなるのですが、白状しましょう。こういうのがありました。

親類の子も大学を落ちてくれ

（十四）『番傘川柳一万句集』

見た瞬間に、《何て嫌な句だろう》と思いました。自分の子が滑った時のことでしょう。確かに、人にそういう心がないとはいえない。けれど、剝《む》き出しにされては堪らない、と思ったのです。

しかし、続く解説には、こう書かれていました。《『一万句集』の中でも有名で、私も好きな作品の一つ、この「くれ」は命令・願望ではない。連用止めである》。

あっ！　と思いました。

当然のことです。《親類の子》は《落ちてくれ》たのです。そうでなければ川柳にならない。微妙な感情を、見事にとらえた名作です。いわれなければ、愚作としてさっと通り過ぎていました。どうして見た瞬間に、感じ取れなかったのでしょう。恥ずかしいし、何より、口惜しい。とにかく、後ろを振り向いて、誰か見ていないか確認したいような気持ちでした。

同書の中から、《――くれ》で終わる別の句を引けば《貸す金はないがときつねとってくれ（高橋散二）》。これは命令形と解釈しようがない。しかし、まったく同じように、《親類の子――》も、連用止めとしか考えようがないのです。

今度は俳句の例を挙げましょう。あるアンソロジイで出会いました。

かもめ来よ天金の書をひらくたび

作者は三橋《みつはし》敏雄。つまり、著名俳人の、よく知られた句なのです。そんなことは知りませんでした。ただ、《ああ、いいなあ》と共感しました。読書という行為が、そのまま、ここに表現されていると思ったのです。

鑑賞文には、天金の《本を海辺で、あるいは海の上で潮風に吹かれながら読んでいるのである》とありました。違うと思いました。《かもめよ、来い》と夢想するのに、場所が海辺ではいけません。現実の鷗の色を帯びてしまうからです。この《かもめ》とは象徴。書をひらく時、羽を広げる思いであり、喜びの筈です。となれば、この句の舞台は、最も海から離れた書斎に決まっています。

いかにも蛇足ですが、天金とは、本の上の小口《こぐち》、つまり立てた時、埃《ほこり》の溜まる部分に金を塗った本ですね。この場合は、具体的に、どんな本という必要はない。ただ、その響きが示すように、自分にとって貴重な書物であればいいと思いました。

鑑賞文の続きは、《何の本なのだろう。この本を開くたびに、純白の鷗よ飛んで来よ！　青い心の海から》と、結ばれていました。鑑賞者も、勿論、《かもめ》を抽象のものと捉えています。それなら、場所を海に持って行くのは誤りのように思えたのです。

さて、須永朝彦氏の『扇さばき』（西澤書店）を読んでいたら、この句について書かれていました。《早ければ十五歳、遲くとも十八歳くらゐ、ともかくも十代の作である事は疑ひを容れない》というのに、まず、びっくり。《聞けば、「天金の書」とは改造社版・現代代表自選歌集の中の任意の一冊であつた由》――だそうです。なるほどぴったり、とは思うものの、驚きはしません。聞かなければ、分からないことだからです。

しかし、次の読みには、目を開かされました。

その契機は、手に開いた一册の本をふとそのまゝ眼の高さに据ゑ、地側の切口を水平に見た一瞬に在つたのかも知れぬ。擴げられた書物をかやうに眺めれば雁《かりがね》の遠く空を渡る形に想ひ至らう。

いいえ、開かされたというより、これにはもう、くらくらさせられました。思いもよらなかった。しかし、いわれて見ればその通りです。ページをめくる度に、《かもめ》は白い翼を広げ、一羽、また一羽と飛び来るのです。

もとより句は、謎々でも頭の体操でもありません。理屈がついて、なーんだと小さくなってしまうのでは仕方がない。ここにあるのは理以上の理です。この読みは、現実の《擴げられた書物》の形を越えて、心を揺さぶります。

続く、ひと文字ひと文字を追いながら、嚙みごたえのある鑑賞だと思いました。

> 其處《そこ》に得た感興を、歸雁の月並的風雅に寄せることなく、「かもめ來よ」と翹望もて顯《あらわ》したところに天才少年の稟質が窺《うかが》はれる。か丶る翹望の無垢（作られたものゆゑ一應疑つてはみるが塵ひとつ立たぬから、藝の力だとしても垢は無いとせねばなるまい）は、古く後京極攝政の歌や二世夜半亭の句に認められるなつかしさだが、鷗が誘《いざな》ふ海の幻像と本來は洋書の装飾技術たる天金の匂ひとが流石に感覺として鮮《あたら》しい。モダンな詩型である俳句に勤《いそ》しむに適《ふさ》はしい才質が充分に窺はれるのであり、十五歳か十六歳の作であれば天才少年と呼ぶほかはない。

作品があればそれで十分——というのは、潔い態度のようです。しかし、一人の読む力には限りがあります。

作品に関する作品が存在するのは、有り難いことだと思います。このように、見えない世界を開いてくれるのですから。

# 十一、「閑かさや」松尾芭蕉<br>「おうた子に」園女

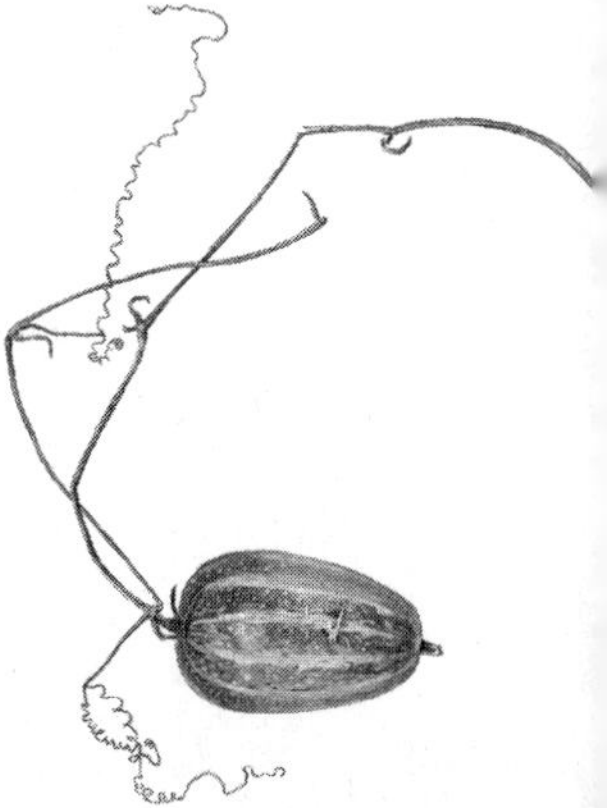

## 1

前回、芭蕉の《閑かさや岩にしみ入る蟬の声》について書きました。わたしは、この《蟬》の数を、《一匹》と感じました。しかし、実際には諸説あります。定説――つまり多数派の意見は《少数》らしい（ややこしい）。

毎回、カットを描いてくださっている群馬直美さんが、これを読んで、お便りを下さいました。

実は、私は一匹のセミじゃなくて、無数のセミの鳴き声だと思ってた口です。というのも、小さいころ、私の家は田んぼに囲まれていたので、夜一人で勉強していると、

カエルの鳴き声がものすごかった。何万匹、何十万匹とも思えるカエルが、いっせいに鳴くのだから、うるさいのなんの。でも、しばらくすると耳はそのうるささに慣れ、全然、気にならなくなるのですが——そうすると、カエルの鳴き声はピタッとやむのです。その時の静けさといったら、本当に静かだった。

だから、ずっと無数のセミの鳴き声と思っていました。

浪人時代、予備校で「閑かさや……」のイメージで1枚絵を描いてくるようにという夏休みの宿題がでました。休み明け、各自が描いた絵を並べ、「無数のセミが……」などと話し始めたら、先生も友だちも、口をそろえて「セミは一匹だよ」と言われ、とてもビックリしました。今回、いろいろな説があることを知り、なるほどなるほどと思いました。

素晴らしいですね。定説がどうであれ、これも勿論、大正解でしょう。

作品に向かい合うのは、人間という鏡で、それが一枚一枚違っている。同じ像は結ばない。影がずれつつ重なり合うことにより、作品はより深くなって行きます。群馬さんの場合も、はっきりと個性的な像が結ばれています。《何となく》多いのではない。——といっても、わたしは《何となく》を軽視しているわけではありません。一番の基本は、まさにそれだと思うのです。言葉にならない感じです。《何となく》よくて、一日中でも、一年中でも、あるいは一生見ていられる絵、などというのに巡り合えたら、こんな素晴らしいことはないでしょう。要は、投げやりな《何となく》もあり、心からの《何となく》もあるということです。

さて、詩歌ではないのですが、わたしという鏡が、おかしな像を映した例を思い出しました。萩原葉子さんの『父・萩原朔太郎』（中公文庫）を読んでいた時のことです。よく知られた「手品」の結びに来ました。朔太郎の死後、大事そうに鍵のかかった引き出しが残された。しかし、入っていたのは、安っぽい手品の種ばかりでした。

> 赤や青の薄い絹の布や、（中略）トランプのちぐはぐになったみたいなのや、時計のこわれたようなのや、どれもこれも、三文の値打ちもないものばかりが、宝物をしまうように大切に入れられていた。
>
> 私は父の亡きあと、まもなく一人で二階に行って、それらの入った引出しを見た時、唖然として立ちすくんでしまった。私は、そこに父の姿を目《ま》のあたり見たように思い、もう父はこの世のどこにもいないのだという激しい悲しみが改めて全身を襲ってきた。
>
> なんてことだろうと思った。こんなものが、こんなに大切だった父の孤独の心を思うと、しばらくは悲しみのため、そこを動くことができなかった。

これを読んだ時に、わたしの体も固くなりました。何の説明もいりません。悲しみは、読むものの胸に、我がこととして伝わって来ます。

しかし、二度目に読んだ時、《待てよ》と思ってしまったのです。どうなるかを知っていたせいもあるでしょう。《手品の道具》が《三文の値打ちもないもの》というところで引っ掛かったのです。《こんなものが》という言葉で、また考え込んでしまいました。

わたしの周囲には、手品の好きな人がかなりいます。大学時代からの友人にも、作家の方にも、です。その人達が、手品の道具を《こんなもの》といわれたら、どんな気がするか。そう思えてしまったのです。

お書きになった萩原さんが予想もしなかったであろう反応が、わたしの内に起こりました。自然にそうなってしまうのです。理屈を越えた感情なので、止めることは出来ません。経験、立場、嗜好、性格などによって、つまり、――人によって、感じることはこのように変わります。

問題は、こうして起こる読みに値打ちがあるかないか、なのです。この場合には、ありません。

まず、父は、繰り返すまでもなく萩原朔太郎、日本近代の生んだ最大の詩人です。その彼は《ぎこちない手つき》で手品をする人として書かれています。この間に、天地の差があります。もし、日本近代の生んだ最大の手品師が、鍵をかけた引き出しに《三文の値打ちもない詩》を残していたとしたら、どうでしょう。その《差》に、鋭敏な娘が父の孤独を感じ、慟哭《どうこく》したとしてもおかしくありません。残された手品の道具が《こんなもの》であることは必然なのです。

さらに、《男性的》という点について考えてみます。男と来れば、筋骨逞しいとか豪《ごう》放磊落《ほうらいらく》とか連想するのが通り相場です。しかし、冷めた目で見て《三文の値打ちもないもの》に情熱を注ぐのは、何とも男性的なことではありませんか。

実はわたし自身も、この間、秋葉原に出掛けた時、駅前でやっているパズルと手品の実演販売が面白くて、五種類、買って帰りました。中には《トランプのちぐはぐになったみたいなの》もあります。やってみて、機知に富んだ仕掛けに感心し、人に見せて驚いてもらい、してやったりとにんまりしています。

勿論、女性のマジシャンがいないわけではありません。しかし、奇術にとどまらず、世間的には無価値な《くだらないもの》の収集に走る人にも、圧倒的に男性が多いのではないでしょうか。

となれば、父の残した手品の道具に対して、このような価値判断を本能的にするのは、いかにも女性的です。つまり、娘の目の存在を読者に強く訴えるものです。こういってくれる目を、読者として共有するからこそ、我々は、白の上に置いた赤のように鮮やかに、男性朔太郎の孤独を見、突き動かされるのです。

さて、要するに、わたしの内に自然に起きてしまった反応は、《言葉を読んで文章を読まない》類いのものだから、価値がないのです。

それを秤の片方の皿に載せても、もう片方の皿の上の《感銘》の方が重いのです。

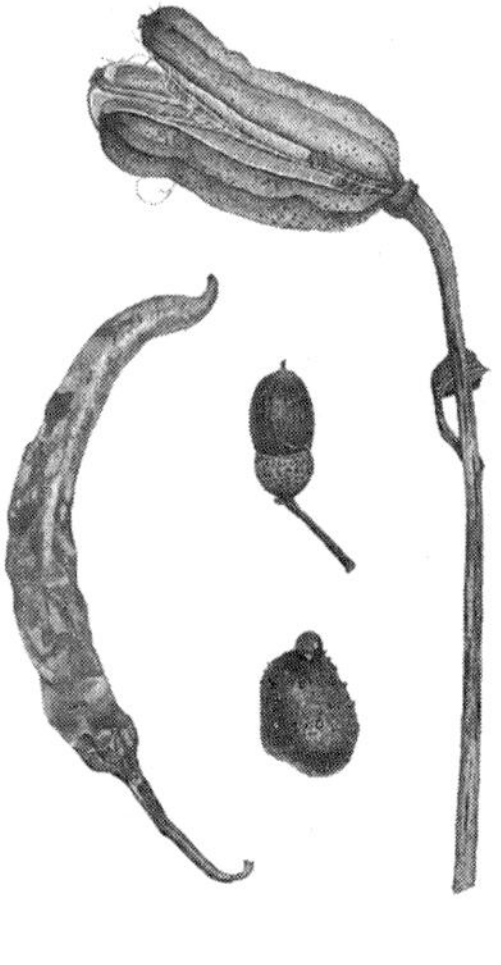

これは突飛な例でしょう。しかし、人という鏡が、思いがけない像を結ぶ例ではあります。それが想像を越えた《豊かな意外さ》であれば、尊いものになるのです。

咄嗟《とっさ》に思い出すのは、秦恒平氏の『名作の戯れ』（三省堂）における、谷崎の『蘆刈』、漱石の『こころ』についての読みです。全く意外で、完全に納得させられてしまうところなど、最上の本格推理小説を読むような快感すらありました。

## 2

置かれた立場によって、感じ方は違うわけですが、実はわたしには女の子が二人います。

そのせいか、娘によって、父のことが書かれた本には弱いのです。『晩年の父』（岩波文庫）では、小堀杏奴《あんぬ》が鷗外のことを語ります。

愛する父は、仕事の都合で長く家をあけることがありました。父の《アンヌコ》と呼ぶ声も聞こえません。笑いを忘れた日々を送っている杏奴に、母は、わざと《喜ばせるために父の帰って来る日をいわないで黙ってい》ました。

私は父のいない時毎日のように父の書斎に行って、父の坐った蒲団の上に坐って見たりして慰めていたので、その日も学校から帰って直ぐ父の部屋に行くと思いがけなく不断著《ふだんぎ》を著た父が蒲団の上に坐って此方《こっち》を見て懐しい笑いかたをしていた。

私はこんな魂の消えるような喜びにあった事がなかった。

この一節が、忘れられません。空隙《くうげき》が、思いがけない輝きに満たされた瞬間。人の一生に、こういう純粋な喜びは、確かにそう何度も訪れるものではないでしょう。

子供と接していると、確かに《生涯にこういった種類の喜びは、もう味わえないだろう》という――そこだけが無垢に輝き、人生の中に独立しているような瞬間に巡り合うものです。

そういうわたしも、以前は子供だったわけです。今回は大分、回り道をしましたが、いよいよ『詩歌の待ち伏せ』を受けた話になります。

わたしの母が、夏のうだるように暑い日、ぽつりといったのです。

「こういう俳句があるけど、こればっかりはやられた人じゃないと分からないね」

おうた子に髪なぶらるゝ暑さ哉

母には、よほど印象の強い句だったのでしょう。

同じ頃に聞いた落語と混同したせいか、千代女の句と記憶していました。しかし、『千代尼句集』をめくっても出て来ません。そこで不精をして人に聞いたら、芭蕉の弟子、斯波園女《しばそのめ》の、有名な句でした。

岩波『日本古典文学大系』(以前の版)、小学館『日本古典文学全集』、どちらの『近世俳句俳文集』にも出ています。共に、うちの本棚にあり、俳句の部分は読んでいました。だから、記憶がより鮮明になったのでしょう。

句の内容ですが、これは想像出来ます。子育ては本当に大変な作業です。その上、昔のお母さんには、電気洗濯機もガス台も電気掃除機も、――それから勿論、家事を手伝う旦那さんもないのです。炎熱の中、背中の子を《よしよし》と揺らし、だましだまし働かねばなりません。一人でいても暑いのに、背中に、体温の固まりのような赤ん坊が乗っている。首筋にも汗が吹き出し、髪が張り付く。後ろ頭に子供が手を伸ばす。

現在では、暑いなあと思えばクーラーをつけてしまいます。汗疹《あせも》というものも、昔ほどひどくはならない。ここまでの体験は、なかなか出来なくなっているでしょう。

この句を、《まさに実感》として感じる女性は少なくなっているでしょう。そう考えるにつけ、母を思い、《わたしも母に背負われ、髪に手を伸ばしたりしたのかなあ》と思います。

付記　《閑かさや》の句の蟬の数については、『文芸漫談　笑うブンガク入門』いとうせいこう×奥泉光＋渡部直己（集英社）でも取り上げられています。第二章「小説的グループ」で、まず、何匹かという問いに、いとう氏が《いっぱいいますよ。複数性ですね。単体の声ではないから岩にしみいるんだと》と答えます。そして、やり取りの末、奥泉氏が《なんでぼくたちが「岩にしみいる蟬の声」と聞いて、それをたくさんだと思うのか。学校で特別に教えてるわけじゃないでしょう。「みなさん、この蟬はたくさんですよ」と先生が言わなくても、だいたいわかる》という流れになります。

ところが、学校で、俳句界の定説を教えたら《蟬は少数》となってしまうのですね。

わたしが、この句に出会ったのは、前述の通り、小学生の夏、銭湯の脱衣場で――です。わたしが生まれ育った辺りは平地で、森も林もなく、大勢の蝉がコーラスをするということはありません。一匹の油蝉が直線的に鳴いているというのは、最もよく耳にする例でした。そういうことも、解釈に関係したかも知れません。いとう、奥泉両氏のいっていることは、よく分かります。しかし、わたしにとっては一匹になってしまう。こういうところが、読む面白さですね。

# 十二、「セレナーデ」堀内敬三訳

1

『鶴八鶴次郎』を読んでしまいました――というのも妙ですが、はるか昔、文庫本になっているのを見、手に取りながら、買いませんでした。そこで、《今度こそ、読んじゃったなあ》と、つぶやいたのです。いうまでもなく川口松太郎の名作。人情話をじっくりと聴く良さがありました。

女の鶴八が三味線を弾き、男の鶴次郎が語るという、新内の名コンビの物語。鶴次郎は、愛する鶴八のために人生の幸せを投げ捨てます。新派の代表的な出し物で、花柳章太郎の十八番。終幕、居酒屋の場のやり取りは録音を聴き、暗記しています。テレビでは、中村勘三郎の鶴次郎を観ました。

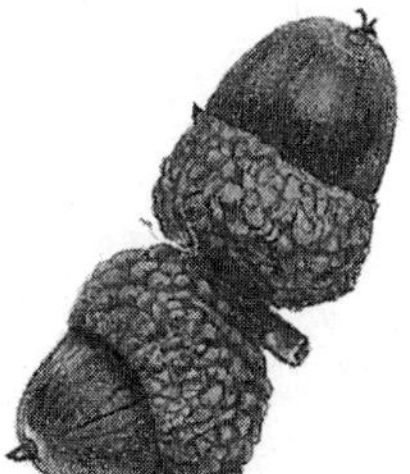

どうして今、原作を読んだかというと、気になることがあったのです。わたしの記憶では、居酒屋の場で花柳章太郎が、ふっと、つぶやいたような気がするのです。

「……これも誰《たれ》ゆえ、桜姫か……」

ここが実によかった。何とも粋だった。桜姫は、男のために身を持ち崩します。地下鉄の駅で『桜姫東文章《さくらひめあずまぶんしょう》』の広告を見かけ、そのことを思い出しました。しかし、確かめるすべがない。そこで、小説の方を開いたわけです。

新派の舞台に、あまりに近い構成なのでびっくりしました。《次郎さん》などと書かれていると、これは《じろうさん》ではない。《じろさん》なんだなと、耳に声が蘇って来ます。しかし、原作の鶴次郎は粋ではありません。実直な堅物でした。だからこその悲劇――という面が、舞台以上に強い。勿論、桜姫のことを口走ったりはしません。となると、あれは花柳章太郎の創作なのでしょうか。

新派の台詞には、わたしの記憶違いと分かるものもあります。『湯島の白梅』です。御存じの名台詞を、わたしは長いこと、こう覚えていました。

お蔦《つた》　別れろ切れろは芸者の時にいう言葉。今の蔦には死ねといってくださいましよ。（ちらりと白く咲く梅に目をやり）、梅には枯れろ、蔦には死ねと……いってくださいましよ。

ある時、テレビで観たら違うので、びっくりしました。ちなみに鏡花の『湯島の境内』ではこうなっています。

お蔦　切れるの別れるのツて、そんな事は藝者の時に云ふものよ。…私にや死ねと云つて下さい。蔦には枯れろ、とおつしやいましな。

わたしが覚えているように演じられた舞台があったのかも知れませんが、多分、勝手に作ってしまったのでしょう。また、『滝の白糸』の橋のところの名場面も、わたしの記憶ではこうです。

欣彌　しかし、縁もゆかりもない人にお金をいただくわけには……
白糸　縁？（と、微笑み、橋を指し）縁といやぁ、そら、あそこに見えるあの橋も、渡らばこその橋じゃございませんか。あなたがこのお金を受け取れば、それが一つの縁じゃあございませんか。

隣の市に新派が来た時、――今の八重子がまだ水谷良重だった頃だと思うのですが

――行って観ているとこうではなかった。

そこで、鏡花の『義血俠血』を開くと、こうなっている。


「然し、縁も由縁も無いものに……

……」

「縁といふのも始《はじめ》ハ他人同士、茲《ここ》でお前様《まいさん》が私の志を受けて下されバ、其が畢竟《つまり》縁になるんだらうぢやありませんかね」


うーん、分からない。自分で作ったにしては手がこんでいます。どこかで《あそこに見えるあの橋バージョン》のセリフを聴いたようにも思えます。これというのも、わたしがちゃんと舞台を観ていないからです。新派に詳しい人なら、たちどころに答えてくれるのでしょう。

これが、歌謡曲の歌詞となると、最初から変えて覚える例があります。

例えば、《つらいことには泣かないけれど　人の情けが欲しくて泣ける》などと耳に

入ると、気になって仕方がない。《何だ、それじゃあやっぱり、つらくて泣いてるんじゃないか》と思う。だから、すぐ、頭の中で《つらいことには泣かないけれど　人の情けが嬉しゅて泣ける》としてしまう。
《敗けて死ぬのは死ぬよりつらい》といわれると、これは意味より《死ぬ―死ぬ》という音の響きを選択したのだろう、とは思うものの、到底、受け入れられない。そこで、《敗けて泣くのは死ぬよりつらい》と記憶してしまう。
《さびしさに耐えかねて死んだのさ》という娘が《恋をしたこともなく悩みもないのに》となると、《死ぬほどのさびしさは、悩みじゃないのか》と思ってしまう。だから、即座に《恋をしたこともなく口づけも知らずに》と変えてしまうのです。

　勿論、人に強制するわけではない。ごく個人的に、そう覚えるわけです。また、人にいっても駄目でしょう。歌詞の場合、往々にして、理屈より気分の方が重要視されるからです。

『シクラメンのかほり』という曲がヒットした時、当然のことながら、《かほり》という日本語はない、誤りだと指摘されました。現代仮名遣いなら《かおり》だし、旧仮名遣いなら《かをり》だからです。日本語の古語なら《にほふ》ことや《かをる》ことはあっても、《にをふ》ことや《かほる》ことはありません。

　しかし、作者は《正誤は問題ではない、わたしのイメージはこちらである》として訂正しませんでした。《祈る子と書いて祈子《れいこ》》というヒロインの登場するテレビ番組もありました。人名の場合は、実際にはない読みで届け出ても受理してもらえます。そこに愛があるのですから、大切にしなければなりません。素敵な《かほりさん》は、世の中に大勢いらっしゃいます。

作者としては、わが子である作品に、どうしても『かほり』とつけたかった、つまり《ほ》の字の柔らかさを採りたかったわけでしょう。これなどは、古語とは別のものです。個人的に作られ、今ではかなり多くの人が使うようになった、現代特殊仮名遣いですね。

ただし、受験生の方が読んでいたら、いいですか、『源氏物語』の《薫》を旧仮名で書けといわれたら、《かをる》ですよ。《かほる》ではありません。

――そんな問題、出ないか。

## 2

さて、わたしの記憶は、前記のように当てになりません。

わたしが中学生になった頃、町に小さなレコード屋さんが出来ました。間口が狭く、縦に長いお店でした。

そこで生まれて初めて買ったレコードが、ドーナッツ盤の『禁じられた遊び』でした。

ナルシソ・イエペスの演奏で、表に二曲、裏に二曲入っていました。そのうちの一つが今にして思えば『アメリアの遺言』で、当時は、「あれっ、これって『シャボン玉ホリデー』で、ザ・ピーナッツが《おとっつぁん、お粥が出来たわよ》、ハナ肇が《いつも、すまねぇなあ》、続けて《それはいわない約束でしょう》――と、なるところの音楽じゃないか」

などと、思ったりしたものです。

足を運んでいるうちに、お店のおばさんと親しくなり、あれこれ話すようになりました。そうなると、いいことがあるものです。

ある日、お店に入って行くと、おばさんが待っていたように、いいました。

「これ、あげるよ」

現代の子供達には分からなくなってしまいましたが、ソノシート（『大辞林』だと、《ビニールなどで製した薄いレコード盤》となっていますね）を何枚かまとめて、本として売っていた頃です。それでした。

「え、いいんですか！」

「うん。ずっと置いてあるけど売れないから」

もう手元にありませんが、ブラームス『ハンガリア舞曲集』と、ビゼーの『スパニッシュ・セレナーデ』から始まる『セレナーデ集』、そしてチャイコフスキーの『白鳥の湖』でした。

この三冊は、よく聴きました。『セレナーデ集』の中には、有名なシューベルトの曲がありました。他は器楽による演奏でしたが、これだけは女性歌手が歌っていました。レコード針を下ろすと、《秘めやかにやみをぬう　わが調べ》と、声が流れました。

それから数十年の歳月が流れ、わたしは福武文庫から出たハーバート・E・ベイツの短編集『クリスマス・ソング』（大津栄一郎訳）を読みました。そして、某誌にこういう文章を書きました。


表題作の主人公はクララ。がさつな世間に心から溶け込めずにいる。華やかな妹の方は、街の人気者。クララは声楽を教え、楽器やレコードの店をやっている。いかにもベイツらしい設定である。

そこに、恋人に贈るためのレコードを買いに、若い男がやってくる。しかし、欲しい曲の名前が分からない。メロディもはっきりしない。クララは幾つか歌ってやるが、正解に行き着けない。夜遅く、クリスマス・パーティに引っ張り出されそうになった彼女の前に、青年が再び現れる。そして冒頭の歌詞を思い出した。シューベルトだった！

クララは歌う。しかし、《最初の一節を歌い終わると、なぜかその後がどうしても思い出せなかった。秘めやかに、闇を縫う――わが調べ――でも、その次はどうだったか、思い出せなかった》。

この物語の結びは、こうなる。レコードを渡し、パーティに向かうクララは思う。《秘めやかに、闇を縫う――わが調べ――それから、どうだったかしら？》

読んだ人は、気になったろう。どうなるか分からなくとも余韻は残る。それでいいわけだ。しかし、わたしのウロオボエによると、翻訳の歌詞はこう続く。――《わが胸の秘め事をそは歌いつ》。

中学生の頃に繰り返し聴いた歌に、こんなところでめぐり逢うとは、と思いました。ところが、これが間違っていたのですね。正しくは、こうでした。まず、一番、

セレナーデ

レルシュタープ
堀内敬三訳

秘めやかにやみをぬう　わが調べ
静けさははてもなし　来よや君
ささやく木の間を　もる月影　もる月影

ひとめもとどかじ　たゆたいそ

そして、二番がこうなります。

# 十三、「セレナーデ」堀内敬三訳「セレナード」峯陽訳

## 1

本題に入る前に、ご報告します。以前、《テレビのNG集は一回だけ見たことがある》と書きました。しかし、この年末年始に家族で、一回半も見てしまいました。黙っているとフェアではないような気がして、いうわけです。

《確かに面白いけれど、人の失敗を見物するのは、いい趣味ではない。高みから笑う感じになるから》と書きました。しかし、個々の番組を見ると、そうともいえない。これは、テレビという、映画や舞台よりも身近な媒体が開発した、特殊な分野だ――と思えたのです。

俳優のミスを見た時に生まれるのは、失笑ではありません。《いい趣味》ではないが、

しかし、親しみの笑いです。その時、見る者は撮影現場に居合わせ、製作過程を共にするような気になります。視聴者は、しくじった彼や彼女の肩を叩き《やっちゃったね》といいたくなるのです。本質はそこにある。

本来、見られない筈のものであればあるほど、人は、なおのこと見たがる。楽屋内を覗きたいという欲求は、自然なものでしょう。江戸の昔から、役者の楽屋を描いた浮世絵が作られ、商品化されていたと思います。

ただ、NGは芸ではない。喜劇などでは、《失敗》を、意識して見せることがあります。相手役を笑わせたり、揚げ足を取ったりするのを、芸にしてしまう。それは実はミスではなく、笑われる相手との緻密な連携プレーにほかなりません。最も見事な例は藤山寛美の舞台で見られました。

商品として見せるからには、芸でなければなりません。NGは違う。となれば、それを芸にするのは、番組を製作する人間です。いかに切り取り、いかに構成するかが勝負でしょう。いい間違いや、台詞に詰まった場面を、だらだら並べても仕方がない。こういった番組にこそ、心地よい機知と愛情が不可欠なのです（実は、一回半見た内の《半》がつまらない方の例で、子供がうんざりしてチャンネルを替えてしまいました）。

この手の番組が作られるような、受け手との垣根の低さこそ、テレビの特質でしょう。ブラウン管のあちらとこちらが仲間になり、許しあってしまう。取り返しがつく程度の失敗なら、目くじら立てずに楽しもうと、賞さえ出してしまう。――これは、至って現代的な柔軟さでしょう。

しかし、それも《本来は、見せない筈のものだ》という認識があってこその、洒落だと思います。楷書があって草書があるようなものです。この点に関して、NG集を作る局は、お堅い局があることに感謝すべきでしょう。

2

お待たせいたしました。『セレナーデ』（堀内敬三訳）の続きです。

君きくや　音《ね》にむせぶ夜の鳥
わが胸の秘めごとを　そは歌いつ
鳴く音にこめつや　愛の悩み　愛の悩み
わりなき思いの　かのひとふし
深き思いをば　君や知る
わが心さわげり

待てるわれに出で来よ君　出で来よ

わたしは、一番の歌い始めに、二番の続く部分の歌詞を繋げて覚えていたのです。いいわけめきますが、よくあるパターンだと思います。《秘めやかにやみをぬう　わが調べ——わが胸の秘めごとを　そは歌いつ》。

落ち着いて考えれば、《わが》が続き、《秘め》が重なるからおかしい。しかし、口ずさむと何となくそれで形がついてしまいます。

ベイツの『クリスマス・ソング』を読んだ時、わたしの頭に、これが蘇って来たのです。

主人公クララは、自分の人生という本には心ときめく恋愛の章はないと気づき始めた女性です。彼女が愛するのは声楽です。しかし、クリスマス・パーティに呼ばれ、どんちゃん騒ぎの中で歌っても、町の男達は、《およそ見当ちがいな箇所で拍手をした》り、掛け声をかけたりする。

啄木流にいうなら、《歌ふことなき人人の　声の荒さよ》となるところです。クララには、町の人が普通で、自分の方が異分子なのだと分かる。今年は、もうパーティに行くまいと思う。そこに、繊細な感じの若い男がレコードを探しに来たのです。恋人へのプレゼントです。しかし、曲名が分からない。

幾つか試しに口ずさむ彼女に、男はいう。《「とても声がお美しいんですね」》、そして《「あなたにもあの歌は気に入ってもらえたでしょうに」》。彼は、クララの大切なものを、やはり大切に思う種類の男だったのです。彼の頭にあるのは、シューベルトの『セレナーデ』でした。その曲名に行き着くまでの、イブの夜の心の歩みが、彼女にとって、おそらく最初で最後の、異性と同じ道を行く旅になるのです。

レコードを手にした男は、《よいクリスマスでありますように》と去って行きます。クララは、心ならずも、今年もまたパーティに引っ張り出される羽目になります。クララが、熟知している筈の『セレナーデ』の歌詞を、思い出せないところで物語は終わります。《秘めやかに、闇を縫う――わが調べ――それから、どうだったかしら？》

このもどかしさ。時はクリスマス・イブ。しかし、次の言葉は、天から彼女のもとには降りて来ないのです。背景にあるのは、雪の白と冬の冷気。まことに巧みな作品です。

問題は『セレナーデ』の歌詞です。イギリスでは、これに、どれほどの一般性

があるのでしょう。作中の若い男も思い出せないのですから、誰でも知っているようなものではない筈です。しかし、あまり特殊なものでもいけない。この微妙なバランスが必要なのですね。冒頭しか浮かばないというのがポイントですから、ベイツは、続きを書きませんし、書けません。

小説には、多かれ少なかれ、こういう問題がつきまといます。説明し過ぎると、物語の世界を壊してしまいます。分かる人には分かる。仮に分からなくとも、恋の想いを歌い上げるものだと想像はつきます。だから、作品としては、これでいい筈です。

けれど、理屈は理屈です。実際にはやはり、答のないクイズは気になってしまいます。わたしはといえば、読み終えた時、《わが胸の秘めごとを　そは歌いつ》だよ、とほくそ笑みました。しかし、これが記憶違いだったのです。

正解は、——《静けさははてもなし　来よや君》。

3

さあ、こうなると今度は、堀内訳がどの程度原文に忠実なのかが気になります。多少は変えられている可能性もあります。これは勿論、誠実不誠実の問題ではありません。歌の場合、言葉を調べに乗せなければならないからです。

そうしたところが、ドレミ楽譜出版社から新訳が出ていたのです。女声三部合唱用の楽譜、『魔王』です。

シューベルトの『魔王』というのは、中学校の時、鑑賞曲になっていました。曲もさることながら、その内容が音楽の教科書の挿絵ともども印象深いものです。詩の作者はゲーテ。うちの子の中学校の教科書にも出て来たようで、懐かしく思い出しました。もっとも、その時には、子供に向かって、出鱈目《でたらめ》な節で《父よー、父よー、恐ろしい魔王がいるよー、そりゃ、あんただよー》などと歌って、顰蹙《ひんしゅく》を買いました。これは、まったくの余談。

さて、新訳をなさったのは峯陽氏で、《もともと訳詞は、曲と原詞にしばられて厄介な仕事なのですが、それに旧訳が重なってきますから、なおさらのことです》と、御苦労を語っていらっしゃいます。まさに、その通りでしょう。

新訳の題は『セレナード』。冒頭は、こうなっています。

> ひそやかに伝われよ　わたしの歌
> 静けさの夜をこえ　あの人に

意味が多少、違っています。

堀内訳では、《わが調べ》が静かな闇を縫って流れる中、わたしは《君》に向かって

《来よや》と願っています。峯訳では、夜のしじまを越えて《わたしの歌》が《あの人》に《伝われよ》と願っています。

いずれにしても、憧れの相手と心を通じたい――という想いは共通です。おそらく、新訳の方が、より原典に近いのでしょう。何はともあれ、ようやく、クララの探した言葉にたどりつくことが出来、ほっとしました。

物語の中に、詩や流行歌が出て来ることは、よくあります。それが話に奥行きを与えてくれます。しかし、『クリスマス・ソング』のように、《思い出せない》という形で登場するのは珍しいでしょう。ここでは、その空白が雄弁なのです。

我々日本人が、日常生活で度忘れする代表的なものは、漢字だと思います。《「いくら容易《やさし》い字でも、こりゃ変だと思って疑ぐりだすと分からなくなる。この間も今日《こんにち》の今字で大変迷った。紙の上へちゃんと書いてみて、じっと眺めていると、何だか違ったような気がする。仕舞には見れば見るほど今らしくなくなってくる」》と書いたのは漱石です。

《「お前《まい》そんなことを経験したことはないかい」》という問が続き、《「まさか」》と受けられます。しかし、これは多くの人が《経験》することではないでしょうか。

作品は何かというと『門』の冒頭の部分。問うたのは主人公の宗助で、答えたのはお米《よね》です。外は秋日和の上天気。暖かな光が満ちています。この前のところで、縁側に寝転がった宗助が《「近来の近の字はどう書いたっけね」》と聞きます。座敷で縫い物をしていたお米は、物指で近の字を書いて見せます。フローリングにテーブルでは、この感じは出ません。子供の頃、縁側でひなたぼっこをした最後の世代になるのかも知れないわたしは、学生時代、このくだりが大好きでした。

ここでは、思い出せないことを、お米が答えてくれます。はずれて落ちそうになる爪の先が、この世にひっかかります。心が落ち着きます。

この一節は、精神安定剤になります。世界に向き合えぬ彼らですが、とりあえず、今は二人なのです。

『クリスマス・ソング』のクララは、騒々しいパーティの場に向かいます。枯れ草を覆った霜が凍りつき、踏む度に鳴ります。《それから、どうだったかしら?》という、彼女の胸中の言葉を聞くと、ふと、『門』の敷居を挟んだやり取りを思い出しました。

# 十四、「そうだ村の」

1

愛読者の方から、柴犬や、猫のスコティシュフォールドや、ミヤコヒキガエルなどなどを頂戴しました。

――というと、どうやって育てるのだろう、と思われてしまいます。不思議ですね。実はこれ、本物ではありません。某メーカーで作っているチョコエッグというお菓子のおまけなのです。卵形のチョコレートを割ると、プラスチックのケースが入っている。その中に精巧な、動物のフィギュアが眠っているのです。

ケースの中にあるのが何か、外からは分かりません。一度にぱっと開けるのが勿体なく、少しずつ開き、覗き込むような具合いになってしまいます。

これがブームになっているようです。書店に行くと《チョコエッグ本》というのが山積みになっていました。わたしも、お菓子としてではなく、まず本として知りました。何だろう、と手に取り、面白そうだ、と買いました。

百を越える種類が載っている図鑑を見て、《子供時代の自分だったら、夢中になったろう》と思いました。

わたしが小学生だった頃、町の駅の売店に、ミルキーの大箱が下がっているのを見ました。ミルキーは珍しくない。しかし、普通のお菓子屋さんで売っているのと違って、それにはおまけが付いていたのです。ワニのフィギュアでした。焦茶《こげちゃ》一色の単純なものでしたが、ものがワニですから、充分リアルに見えました。これが、とてもほしくなった。値段は、百円ぐらいだったでしょう。となれば、当時のわたしの十日分の小遣いです。子供には大きい。数日迷いましたが、結局、買ってしまいました。

畳の上にそのワニを置いた時、わたしが見ていたのは一匹のワニではありませんでした。その隣には、同様のライオンやキリンが浮かびました。広がるのは空想の動物園であり、あるいは、アフリカのパノラマでした。

それは今の子が、テレビゲームの画面に異世界を見るのと似ていたかも知れません。ただ、昔の子供には今ほど《出来合いの世界》が与えられませんから、多くの部分は自分で想像し、創造するしかないわけです。

話がちょっと飛びますが、迷路の中を主人公があちらこちらに移動するゲームがありますね。ああいったことも、子供の頃、やりました。オケラを捕まえたことがあります。今の子は、あまり見ないでしょう。ちょこちょこと動く虫です。ふと考えて、積み木を並べて迷路を作り、その中にオケラ君を置いたのです。《彼》がとことこと歩いて行くのを、子供のわたしは上から見ていました。

これも不思議な感覚でした。動くオケラは、空想の中では大迷路を行く人間となり、わたしはそれを俯瞰《ふかん》する神でもあり、また、同時に迷路を行く《彼》そのものでもありました。あれもテレビゲーム的体験だといえるでしょう。

さて、ミルキーのフィギュアにも仲間の動物がいたのかも知れませんが、我が家の動物園が、それ以上に大きくなることはありませんでした。

ワニは、中が空洞の硬質ビニール製のようでした。尻尾の先に、製造工程の関係でか、穴が開いていました。水を汲んだ洗面器の中に入れ、胴体を押してへこませ、それを緩めると、スポイトのようにお腹に水が吸い込まれる。外に出してから、胴を押すと、尻尾の先端から水鉄砲のようにしぶきが飛び出しました。

それから、何十年かの月日が流れました。

チョコエッグの存在を知ったわたしは、デパートやスーパー、あるいはコンビニなどで、気が向くと買ってみるようになりました。すでに図鑑という資料があります。出て来たフィギュアを説明と突き合わせるのも楽しい。

うちの子達は、あまり興味を示してくれませんでした。だから、これは、もう一人の別の子、つまり、ワニのフィギュアに眼を輝かせた頃の自分に、買ってあげているような気になりました。

そんなわけで、機会があった時に数回、チョコエッグに関心がありますと、書いたり、いったりしたのです。それに眼をとめてくださった方々がいらしたわけで、まことに有り難い限りです。

2

さて、チョコエッグと同じように、昔を思い出させるものと出会いました。古書店の平台にあった『日本傳承童謡集成　第六巻歳事唄雑謡篇』北原白秋篇（国民図書刊行会）という本を買いました。

これをぱらぱらと見ていると、どこかで見聞きした文句が次々に出て来ます。

例えば、六代目桂文治は、江戸から明治にかけての名人ですが、彼を語った文章の中に、《桂文治は落語家《はなしか》で、と歌われたほどだった》とあるのを読んだ記憶があります。何の本だったか忘れてしまったので、ここに出典をあげられないのが残念です。

それが、この本の東京地方の尻取り唄に出て来るのです。《牡丹《ぼたん》に唐獅子《からじし》竹に虎、虎を踏《ふま》へて和藤内《わとうない》、内藤さんは下り藤、富士見西行後ろ向、むきみは蛤ばかはしら、柱は二階と縁の下、下谷上野のやまかつら、桂文治は落語家《はなしか》で——》となります。

これをもって、当時の文治が落語家の代名詞だったというのは危険です。《下谷上野のやまかつら》に続くのですから、次に出るのは《かつら》という音を持った人なり物なりに限られるからです。柳亭も柳家も三遊亭も当てはまらない。——しかし、少なくともベスト何人かに入る位置にいなければ、歌われないのも、また確かでしょう。

唄はこの後、まだまだ、この七倍ほど続きます。昔の子供達は、こういう唄を分からないながらに歌い、覚えたのでしょう。そして、成長と共に、歌舞伎や絵画を見たり、あるいは色々なところに出掛けたり、様々なことを経験したりする中で、その言葉の意味の幾つかを、追いかけるように知っていったのですね。まさに文化です。今、東京でこれを歌える子は一人もいないでしょう。残念です。

さらに、この本の中には、直接、わたしの子供時代を思い出させる唄もありました。まずは岐阜のものです。《蜜柑、金柑、酒のかん、親は折檻子はきかん、角力取や裸で風邪ひかん、田舎の姉さん気がきかん》。

これを見て、すうっと記憶が蘇って来ました。小学校の低学年の頃は、うちにまだテレビが入らず、ラジオを聞いていました。そこから、こういう、塗り薬のコマーシャル・ソングが流れて来たと思います。――《蜜柑、金柑、酒の燗、嫁御《よめご》持たせにゃ働かん》。布団の中で耳にして、その音の響きを《面白いなあ》と思ったものです。

実際に、自分が口にした記憶のあるものもありました。栃木の、こんな数え唄です。《一口きけば、にくらしい、さんざんなこと、しやがつて、ごうつくばりの、ろくでなし、七めんどうだ、八とばせ、くせになるから、十つつあいろ》。この結びはよく分かりません。《取っつぁいろ》と読んで、《取っつかまえろ》という意味なのでしょうか。

わたしが生まれ育ったのは、栃木の隣の埼玉です。ほぼこの通りを、確かに耳にしました。友達からだったかどうかは覚えていません。しかし、《よく出来ているなあ》と感心した記憶があります。《耳触りをよくするためには改善の余地がある》と思い、どこか直したと思います。その上で、わたしが口にしたのは、出だしが《一々すること》、結びが《とっちめろ》となるバージョンです。

愛知の《子供と子供が喧嘩して、そこへ親が飛んで来て、ひとさんひとさん聞いちよくくれ、なかなかほらん薬屋さ

ん》も、いわれてみれば思い出します。わたし達の方では、《子供と子供が喧嘩して、薬屋さんが飛んで来て――》と、順に指を合わせて行く。そういう型だったような気がします。

愛知のところには、よく覚えているこんな唄も載っていました。

そうだ村の村長さんが、曹達を飲んで死んださうだ、葬式饅頭大きいさうだ

これは埼玉でも、ほぼこの通りでした。わたし達は、《そーだー村の村長さんが、そーだー飲んで死んだそーだー。葬式饅頭でっかいそーだー》と、いっていました。《そ》音の繰り返し、そして子供というのは、いってはならないことを口にするのを好みますから、そういう意味でのタブーとしての《死》が登場しています。

本には、岐阜バージョンとして《そうだ村の村長さんの總領息子が――》と《そ》音をもう一つ加えたものや、山梨バージョンとして《さうだ、さうだ》の囃しを多くしたものも並んでいます。しかし、シンプルなものが、一番記憶に残るようです。

ふと考えて、干支《えと》で一回りぐらい下の方々に聞いてみたら、

「あ、《そうだ村》は知ってますよ」

「それは聞きました」

という答えが返って来ました。

念のため、三省堂の『日本地図地名事典』を引いたら、高知県の蜜柑の産地《桑田山》は出て来ましたが、《そうだ村》はありませんでした。それでは、と『幕末以降全国市町村名検索辞典』西川治監修・太田孝編著（東洋書林・発売元原書房）を見たら、愛知、岡山に惣田村、島根、福岡に早田村、香川に造田村があったようです。音の上からは、《そうだ村の村長さん》がいたわけです。失礼な話になってしまいますが、語呂合わせですから、ご勘弁下さい。

しかし密かに期待したのですが、さすがに《曹達村》はありませんでしたね。子供のフィクションの世界には、いくつもの非現実の村が存在します。これだけ広く知られているとなると、その地名事典に《そうだ村》の項も加えて良さそうです。

ただし、わたしから二回りぐらい下になると、もう、この唄をご存じないようです。ちょっと寂しい。

聞いた方々から得た情報では、小学校によっては、地域の童唄や遊びと親しむ時間を設けているそうです。素晴らしいと思います。しかし、なかなかそういう場で、先生の音頭のもとに《死んだそーだー》とは、合唱しにくいでしょう。

ちなみに最初に御紹介した東京の尻取り唄の、終わりの部分は、こうなります。

《――かはいけりやこそ神田から通ふ、通ふ深草百夜の情け、酒と肴は六百だしやままよ、ままよさんど笠ちよと横かぶり、かぶりたてにふる相模の女、女やもめに花が咲く、咲いた桜になぜ駒つなぐ、駒が勇めば花が散る》。

こういうのを無邪気に歌う女の子の声が、横町から流れて来るのを聞いてみたいものです。

# 十五、「夕立や」其角
# 「咲いたヤア櫻に」

1

口から口に伝えられる歌は、伝言ゲームめいてきます。必然的に細かい部分が変化していく。『註釈小唄控』（文雅堂書店）の冒頭で、監修者の木村荘八――『濹東綺譚』の挿絵などで有名な、あの木村荘八――は、こういっています。

よく知られた歌であっても、活字化されたものは《大袈裟に云へば、本に依ってそれぞれに違ふ、千差万別に書き示されてゐます》、と。

確かにそうでしょう。そうなると元の形が分からなくなる。歌われていた当時は、自明であった言葉が、後代になると意味不明になったりするから、なおさらです。

木村荘八は、例として《夕立や田を三囲《みめぐり》の神ならば、葛西太郎の洗ひ鯉》という一節をあげています。この《葛西太郎は平岩と云った家で後年「千歳湯」と云ひ、向島の秋葉神社の土手下にあった川魚料理店。文化文政頃から流行し、蜀山人の狂詩にも出ている》のだそうです。

しかし、葛西太郎を河童だと思う人がいる。そういう人は《洗ひ鯉》を《笑ひ声》と聞き、《つまり「カッパが笑ったのだ」と判断するような、飛んだ滑稽さえも生じて来る始末だ》、と慨嘆しています。

河童のことを河太郎といいます。葛西太郎も河童か——と連想しても無理ではありません。いったん、変形されて伝われば、元に戻すのは至難の業《わざ》です。《笑ひ声》を、実は《洗ひ鯉》じゃないか、などとは、ちょっと考えられません。

ちなみに、前半の五七五の方は、この文章の書かれた昭和三十三年には、いうまでもないものだったのか、一言の説明もありません。寶井其角《たからいきかく》のポピュラーな句です。江戸向島の三囲神社で作られた雨乞いの句。句の後に添えられた言葉がいい——《翌日雨ふる》。

岩波の『日本古典文學大系』の表記に従えば、こうなります。

夕立や田を見めぐりの神ならば

のでしょう。

《見めぐり》と《三囲》がかけてあります。向島の縁で、《葛西太郎》に繋がって行く

この句は、若い頃、《下町うまいもの巡り》といった感じのガイドブックの中で、団子や桜餅の隣に並んでいるのを見ました。これもまた、詩歌の待ち伏せですね。古典の本などで読むより、ずっとよく覚えているものです。

2

そういうわけで、伝承歌は文字化された場合、本によって食い違いが生じ得る。前回引いた《牡丹に唐獅子竹に虎》の『尻取り歌』はどうか。

実は、書き終えた後、気になって《桂文治は》という部分について触れている本はないかと、『落語名人伝』関山和夫（白水Uブックス）を見てみました。丹念に、愛情をもって書かれた名著です。そこに、あの尻取り歌が出て来たのです。《桂文治は》の部分は問題ありませんでした。《虎を踏へて和藤内》が《虎をふんまえ和藤内》となっているのも、ただ語調の違いです。

しかし、次の所で、あれっと思ってしまいました。『日本傳承童謠集成』で《柱は二階と縁の下》となっている部分が、《柱は二階の縁の下》なのです。

考え込んでしまいました。漠然と《柱は、二階と縁の下に通じているものだよ》と考

え、何かそういう慣用句があるのかと思っていました。しかし、後者なら、《ここにあるこの柱も、二階から見れば縁の下だよ》といった意味になる。こちらの方が、ひねってある。

たった《と》と《の》、一字の問題ですが、意味が違ってしまいます。そこで、──《見なかったことにしよう》というわけにもいきません。

これは宿題だな、と思いました。この件について、何か教えてくれる本はないかと思って探したら、『東京のわらべ歌』尾原昭夫（日本わらべ歌全集7・柳原書店）という本に行き当たりました。

この本にも『牡丹に唐獅子』が載っていました。早速、見てみると問題の箇所は、『日本傳承童謡集成』と同じく《二階と縁の下》でした。意味はどうなるのかと思ったところ、この本には註釈がついていたのです。それを見て、膝を打ちました。

こう書かれていたのです。──《忠臣蔵七段目、由良之助が柱にもたれつつ文を読むのを、二階のお軽と縁の下の九太夫がうかがう様》。

これはもう、すとーんと腑に落ちてしまいました。歌舞伎が皆なの関心の的であり共通知識であった時代です。ましてや忠臣蔵なら、歌に出て来ても不思議はない。

いつだったか雑誌で、江戸言葉に関するエッセイを読んでいたら（どなたが書かれたものか、忘れてしまったのですが）、禿頭のことをタルホといった、と記されていました。いわゆる逆蛍というやつですね。だからホタルを引っ繰り返して、タルホ。

読んだ瞬間、なるほど、稲垣足穂《いながきたるほ》というのはそこから来ているのか、洒落てつけたのかと、思いました。――実際には《足穂》は本名のようですから、これは妄説ということになります。いくら何でも、そんなことを考えて名前をつける親はいないでしょう。しかし、まことしやかですよね。お酒でも飲みながら、「ところで、稲垣足穂というのは――」と、切り出されたら、人に話したくなってしまいます。増殖する可能性を持った、異端邪説ではないでしょうか。

ともあれ、何かと何かが結びついて腑に落ちた時には、よく出来たミステリの解決編を読んだような快さを感じるものです。

歌舞伎の演目で《柱》といわれて真っ先に連想するのは、わたしなら『鳴神《なるかみ》』ですし、すぐ頭に浮かぶ七段目の場面では、由良之助が柱にもたれて密書を読んでいなかったような気もします。《柱は》という部分が、ちょっと弱い気もする。しかし、《二階と縁の下》の説得力は、圧倒的です。多分、これでいいような気がします。

《二階の縁の下》という形は、口伝えのうちになまったものではないでしょうか。

この『東京のわらべ歌』では、『牡丹に唐獅子』について、あっといった部分がもう一箇所ありました。

採録されたのが中間部を省略されたバージョンで、注の形で最後に補われていました。そこに、こういう部分があったのです。《三べんまわって煙草にしょ　正直正太夫伊勢のこと》。

「斎藤緑雨《さいとうりょくう》なんか、出て来なかった筈だぞ」

と、思わず口にしていました。すぐに『日本傳承童謡集成』を確認すると、《正直しよたい伊勢のこと》となっています。これだと《正直所帯》のようで、伊勢にそんな一家がいたのかということになります。《正直正太夫》ならどうか。わたしが咄嗟に斎藤緑雨と考えたのは、《正直正太夫》が緑雨のよく知られた別号だからです。

しかし、この尻取り歌は、幕末から歌われていたらしい。緑雨では時代が合いません。実は彼は、この皮肉なペンネームを、歌舞伎、『伊勢《いせ》音頭《おんど》恋寝刃《こいのねたば》』の登場人物から借りて来たのです。――なるほど《伊勢のこと》です。綺麗に繋がりました。

その《正直正太夫》なる人物は、三枚目の仇役です。白水社の『歌舞伎オン・ステージ　3』版台本における初登場の部分が凄い。伊勢神宮の神職を務める身でありながら、皆なが神楽を上げている最中に、《この間にちょっと口々を〳〵》と、嫌がる女性に接吻を迫ったりします。『名作歌舞伎全集　第十四巻』（東京創元新社）の方では《この間にちょっと返事を〳〵》なので、いやらしさがトーンダウンしています。

その後も、主人公を陥れたり殴ったり、やりたい放題、その上で《名さえ正直正太夫》と胸を張るのです。舞台写真では、中村勘三郎がいかにも気持ちよさそうに演じています。誰々の演じる何の役は観ておきたかったと悔やむ場合がありますが、中村屋のこれも絶妙だったでしょうね。

毒舌家で皮肉屋の緑雨が選ぶのに、ぴったりのペンネームだったといえます。

さて、『牡丹に唐獅子』の、『日本傳承童謡集成』版と『東京のわらべ歌』版との最も大きな違いは、結びの部分でしょう。

『わらべ歌』の方は《咲いた桜に　なぜ駒つなぐ　つなぐかもじに　大象とめる》と終わっています。

尻取り歌であることを考えれば、これが妥当かもしれません。一貫してはいます。しかし、わたしには、収束感がないように思えます。尻取りのままでは、《とめる何々》と、さらに続いていくような気がして、落ち着かないのです。

冒頭に引いた木村荘八監修の『註釈小唄控』には、当然のことながら、人口に膾炙《かいしゃ》した、この小唄が載っています。

咲いたヤア櫻になぜ駒つなぐ、駒がヤア勇めば花が散るナアえ

『集成』版は、前回、引用した通り、この《駒が勇めば花が散る》で終わっています。尻取り歌の最後に、小唄が待ち伏せをしているとは、何とも粋です。

これを、終わりにはめ込むことによって、もう尻取りではなくなる。やれやれ、ゴールにたどりつきました、と、楽曲の最後の音を聴いたような気になる。……そうではないでしょうか。

蛇足ですが、前回引いた結び近くの部分に《かぶりたてにふる相模の女》とあります。『東京のわらべ歌』によると、これは《相模女は情にもろいといわれる》からだそうです。――神奈川県の女性の皆さん、そうだったんですか。

いずれにしても、前の時代からの様々な情報のパッチワークのような、こういう歌が、子供達の口にのぼらなくなるのは寂しいことです。柳原書店の『日本わらべ歌全集』には、そのメロディーも採譜してあります。こういうものは本来、旋律と共に浮かんで来てこそ、味があるものでしょう。

子供が昔の格好で、路地裏あたりで、あまりうま過ぎない程度に歌うのを、テレビで、まとめて放映してくれたら嬉しいですね。

『註釈小唄控』には、《「たけくらべ」の正太は筆屋の店先で「忍ぶ恋路」を唄ひますし、同じく三五郎は「北郭全盛見渡せば」（日清談判破裂して、の替歌）を唄ひますが、双方共、端唄調だったと思はれます》などとあります。こういうのは、実際に聴いてみたい。他にも、太宰治の『雀こ』などなど、番組に取り入れられるものは色々あるでしょう。面白いものになると思いますが、いかがでしょう。

# 十六、「ふらここや」「ふらこゝの」炭太祇

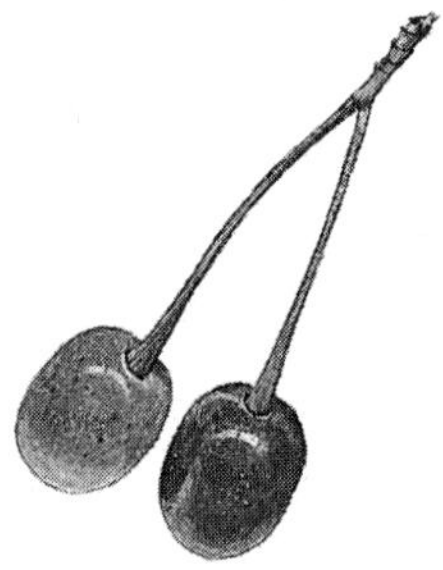

## 1

書庫を引っ繰り返していたら、何十年か前に買った『近世俳句評釈』松浦一六《いちろく》（古川書房）という本が出て来ました。

この本には、実に変わったところがあります。松浦氏は、本文中で《たしか一茶の句にも、焚くほどは風がもてくる落葉かな　と言うのがあったと記憶する》と書いています。ところが、氏は、「あとがき」で《私は本書の欠点を発見した》として、その部分をあげます。――そして《これは良寛の句である》と難じているのです。

活字二字です。一茶を良寛に直すぐらい、造作なく出来そうなものです。また、仮に「あとがき」を書いた時点で、すでに校正が間に合わなかったのなら、《あれは記憶違い

であった》と述べ、おわびして訂正するところでしょう。他人事のように《私は本書の欠点を発見した》というのは珍しい。不思議なユーモアがあります。

さて、この本の中で、『太祇句選《たいぎくせん》』の、こういう句が紹介されています。

ふらここや隣みこさぬ御身代《ごしんだい》

炭《たん》太祇は蕪村と親しかった、江戸中期の俳人。《ふらここ》とは、ぶらんこのことです。これには、乗ったことのない人を探す方が難しいでしょう。

わたしはぶらんこでは、随分、痛い思いをしました。小学校低学年の頃、たまたま一人でぶらんこに座っていました。側に友達がいたら、追いかけっこなどになったのですが、その時は一人だった。退屈のあまり、脇の両手を少し下げてみました。大丈夫です。よし、もう少しと下げてみます。そうして、座っている板の部分まで下ろしたら、――当然のことながらバランスが取れなくなった。こけしでも倒したように、くるりっと引っ繰り返り地面で頭を打ちました。

そりゃあそうだよなあ、と思いながら、激痛に耐えたのを覚えています。

遊具では、もっと恐ろしいこともありました。友達が乗っている遊動円木《ゆうどうえんぼく》の端を、えいっと押したら、ぐっと前に進み過ぎ、手が離れつんのめって地に這いました。この時は高学年でした。咄嗟《とっさ》に《押されて向こうに行った遊動円木が、すぐに返って来る。頭を上げたら、打たれる》と思って、顔を地に伏せました。背中の上を、行って戻って来る遊動円木が、ぎりぎりに通り過ぎました。

匍匐《ほふく》前進の反対に、匍匐後退して這い出し、シャツの前面にべったりと着いた、黄な粉のような砂をはたきながら、

「頭、上げてたら、俺、死んでたぜ」

と、いったのを覚えています。

子供の頃の、頭の怪我では、もっともっと壮烈なのもあります。でも、あんまり並べると、《それで、おかしいのか》と、いわれそうですから止めておきます。

――ぶらんこの話でした。漢字で書けば《鞦韆》。内に秋の字を含んでいます。しかし、俳句では春の季語です。なぜか。鞦韆は春の寒食《かんしょく》の時のものだから――などと、あっさり説明している本もあります。しかし、《寒食》というのが分からない。『広辞苑』には、これが《中国で、冬至の後一〇五日目の日は、風雨が烈しいとして、火の使用を禁じて冷食した古俗。転じて、冬至後一〇五日目の日》となっています。

ぶらんこのことが出て来ない。

そこで平凡社の『世界大百科事典』を見ると、冷たいものを食べるこの風習は、晋の文公の功臣、清廉の人、介子推《かいしすい》《の焼死をいたんで、一日、火の使用を禁じた》ことと

結び付けられる——となっています。文公、即ち重耳《ちょうじ》や介子推は、今は宮城谷昌光によって、多くの人の知るところとなっていますね。一方イギリスでは、国王爆殺を計ったガイ・フォークスの藁《わら》人形を、引き回して焼くガイ・フォークス祭というのがありました。あちらの小説には、よく出て来ます。同じ火にからんだ風習も、介さんとガイさんでは扱われ方が、かなり違います。

寒食の起源についてですが、こちらでは『広辞苑』流の火災防止が二番目になっていて、春を招く改火儀礼というのが、最初にあげられています。

ここでも、鞦韆にはたどりつかない。

そこで《ぶらんこ》を引いてみました。こんなことが書いてあります。——《中国のぶらんこは春の太陽のよみがえりを促す改火習俗たる寒食節（寒食）の行事で、カフカス、マケドニア、ブルガリアのスラブ人は春の太陽祭にぶらんこをする。またイタリアとスペインでは元来が冬至祭であるクリスマスに》ぶらんこに乗るそうです。

冬至というと、まさに冬のものに思えます。しかし、そこから太陽は高くなる。春を迎える祭りこそが冬至祭であり、本来のクリスマスということになります——そこで丸谷才一の『忠臣藏とは何か』（講談社）と、クリスマスを結び付けて論じたのが瀬戸川猛資氏（『夢想の研究』〈東京創元社〉中、「太古の祭り」の章）ですが、この辺りは、瀬戸川氏の著作を読んでいただければいいでしょう。

実は、この後、夏至にぶらんこに乗る例も出ています。しかし、その地は北欧です。寒いから、外遊びが夏のものになるのでしょう。それを特例とすれば、《ぶらんこに乗る行為》は、多く、春を象徴するものらしい。

なぜ、こんなに、ぶらんこ遊びが時候と結びつくのか。——容易に想像されるところですが、弧を描きつつ、行って戻る周期性によるのでしょう。なるほどそれは、天体の運行を思わせます。

大百科事典の先を見ると、《つまりぶらんこ自体は天父太陽であった》。それに《女が乗ることで聖婚が果たされたのである》。なるほど、そこで新しい春が生まれるわけなんですね。

シェークスピア劇などは、様々な演出がなされます。ぶらんこの登場する舞台もありました。一方、古典歌舞伎の方で新演出がなされることは、まずありません。

しかし、こういう記述を読んでしまうと、浮かんで来るシーンがあります。拍子木《ひょうしぎ》の音と共に、浅葱《あさぎ》幕が落とされる。桜、菜の花の溢れる春の景。そして振袖姿のお軽がぶらんこに乗っている。ゆらーん、ゆらんという動きと共に、清元、浄瑠璃――《落人も見るかや野辺に若草の……》。

魅惑的な絵だと思います。

2

絵といえば、わたしの頭の中では、長いこと、《ふらここ》に関する一つの句と一枚の絵がペアになっていました。

句は、冒頭にも出て来た俳人、炭太祇のもので、

ふらこゝの会釈こぼるゝや高みより

これには、小学館の『日本古典文学全集　近世俳句俳文集』で、出会いました。まさに人生の春にいる、若い娘の微笑みが描かれています。一読して忘れ難い。若い頃なら、なおさらです。

今回、同全集の新しい版を見たら、加わっている注釈がありました。《従来「ふらここ」と読まれているが、「ぶらここ」とすべきか（気多恵子「ふらここ考」〈俳句界　平成十二年十一月号〉）》。そして、本文も、《ぶらこゝの――》と改められています。

ここでは親しんだ《ふらここ》のままで、話を進めさせていただきます。

これに出会った頃のことです。神田の古書店街を歩いていました。美術書の原色版を切り離し、ばら売りしている店がありました。一枚一枚めくって見て行ったら、フラゴナール描く「ぶらんこ」が出て来ました。

明るい庭園の緑の中で、うら若い娘がぶらんこに乗っている。高く高くこいでいる。下には若い男がいて、それを見上げている。いかにもロココ調の、優雅な靄《もや》に包まれたような絵です。

遠いフランスの絵ですが、内から《ふらこゝの会釈こぼるゝや高みより》が響いて来るような気がしました。値段も安かったので、買って帰りました。

しばらくして何かの本で、その絵の解説を読んだら、ちょっと違うのですね。要するに、女の子がそうなると、あられもない格好になる。そこを下から男が覗くという、艶笑趣味の絵だったらしい。知ってしまうと、どうも《ふらこゝ》の句と取り合わせるようなものではない。いつの間にか、その絵はどこかへ消えてしまいました。

そんなこともあったおかげで、より記憶に残った句ですが、さて、ぶらんこというのは、あまり時代劇には出て来ません。どういう状況で、どんな娘が乗っているのかは、分かりませんでした。

ところが、たまたま買った松浦氏の本に、前述の通り、《ふらここや隣みこさぬ御身代》が紹介されていたのです。同じ太祇の作です。

松浦氏は書きます。《御身代は武家というより、豪商か、旧家か由緒ある立派なお宅という意味だろう》《大きな屋敷で隣の家が全然見えない塀をめぐらした庭であろうか》。なるほど、ぶらんこに乗っているのは金持ちのお嬢さんなんだな——と思ったのが、もう数十年前になります。

今回、ここまで書いたのもいい機会だと思って、『俳文俳句集』（日本名著全集刊行会）を開き『太祇句選』を見てみました。《春》から始まっています。《ふらここ》の句は並んでいるのだろう、と思いました。

案の定、

鞦韆《ふらこゝ》や隣みこさぬ御身躰
ふらこゝの會釋こぼるゝや高みより

となっていました。ところが、さらに続いて、

寒食に火くれぬ加茂を行や我
介子推お七がやうになられけむ

と、なっていたのです。介さんが、待ち伏せしていたわけで、思わず、

「やあ、ここにいらしたんですか」

と、いいたくなってしまいました。

俳句を専門になさっている方なら、自明のことかも知れません。しかし、わたしなどには、こういう手順を踏んで来たからこそ、そう思えるわけです。焼死から、八百屋お七が連想されているのも（ただそれだけのことですが）、江戸時代らしいですね。

# 十七、「黄泉路かへし」星野慶子<br>「亡き子来て」五島美代子

## 1

《ふらここ》を季語とする、こういう句もあります。

> 黄泉路《よみじ》かへし　母よふらここ　押したまへ

作者は星野慶子。

現世に新しい命の芽生える春に、不在の母を呼んでいます。明るく、どこか、とろりとした空気の中の《ふらここ》が、まさに必然であり、動かし難い。現実のものではないだけに、ぶらんこでは駄目ですね。《ふらここ》の《ふ》が、《押したまへ》の《へ》

に、花びらのように柔らかく響いています。

この句には当然、幼き日、ぶらんこに乗る背を、母に押してもらった記憶が二重写しになっています。その記憶は、作られたものであってもいい。幻灯で映し出されたような春の景の中で、小さな背を確かに押してくれるような存在——それこそが、母というものでしょう。

そこで思います。若い頃に戻りたいというのは、人類共通の願いでしょう。なぜか——と問えば、

「そんなことは決まっている、少年少女には未来がある、健康な肉体もある」

と、いわれそうです。しかし、自分がどうなるこうなる、というだけではない。もし昔に帰れたなら、若かりし日の父母に会えるのです。これは多分、十代二十代の人からは、返って来ない答でしょう。

レイ・ブラッドベリの連作短編集『火星年代記』（小笠原豊樹訳・早川書房）には『第三探検隊』という作品が収められています。

——火星に到着した探検隊が見たものは、古きよきアメリカの街でした。そこの住民は、今は一九二六年だといいます。宇宙旅行の間に、時間がねじれたのでしょうか。しかし、すぐにそんな詮索をする者はいなくなります。《「ああ、隊長、あれは——」と、ラスティグは言い、いきなり泣き出した。指はふるえ、ねじれ、顔にはおどろきと、よ

ろこびと、信じられぬといった気持がみなぎっている。声は今にも幸福感に発狂しそうな感じである》。隊員たちは、それぞれに、懐かしい家族や友人たちと出会ったのです。

そんな彼らを見て、隊長は、職務を忘れるなと叱咤します。しかし、八十歳の彼もまた、自分の名を呼ぶ声を聞くのです。《「ジョンじゃないか、こいつ！」青年は駆け寄り、隊長の手を握って、背中を叩いた。「兄貴か」と、ブラック隊長は言った》。二十六で死んだ兄が、昔のままの笑顔を見せているのです。そして、いいます。父も母も、昔の家で待っていると。

老人は懸命に走ります。思い出の家が現れ、《戸口にはママ。桃色の頰、肥った体、輝かしい姿。そのうしろにパパ。胡麻塩あたま。手にはパイプ。「ママ、パパ！」隊長は子供のように階段を駆け上った》。

――わたしが、これを読んだのは大学生の時です。それを再び思い出したのは、両親の衰えが甚だしくなりだした頃でした。

こういう話があったというのは、細い糸のようになった記憶でした。それを手繰りつつ、暗い台所で読み返したのですが、これに続く部分の甘美な切なさといったらありませんでした。

老人は、昔のままの家で、その夜を過ごします。両親はちっとも変わっていません。父親も昔と同じように、葉巻の端を嚙み切り、火を点けます。夜になると、子供の頃、食卓に出た料理が並び、《おなじ通りのほかの家々からは、唄声や、ピアノの音や、ドアのあけたての音が伝わってきた》《母親が蓄音機にレコードをかけ、ジョン・ブラック隊長は母親と踊った》。

就寝の挨拶をして子供部屋に行くと、《黄色い真鍮のベッドがあり、昔のカレッジの三角旗と、かびくさいアライグマの毛皮のコートがあった。無言で、愛情をこめて、隊長はそのコートを撫でた》。彼はいいます。《「なつかしさでズブ濡れだ」》。どうして、こういうことになったかは、読んでのお楽しみです。ブラッドベリは、その種明かしを一応しています。けれども、おそらく、彼の書きたかったのは、こういう、胸を甘く切なく揺さぶる懐旧の思いそのものでしょう。

眼前に展開されるのが、どんなにあり得ないことでも、人として、こういうことが起こったら、もう理屈は出て来ないでしょう。大きな感情の波に、圧倒されて当然ではないでしょうか。

読みながら、父母の数十年前の日常が浮かんで来ました。それは自分の幼き日々の細

かい記憶の再生に繋がって行きます。

　小学生の頃、住んだ家の間取り、様子、日差しの具合、空気、そして寝ていた布団の柄――木靴を履いたオランダ娘と風車の連続模様までが、よみがえって来ました。

　わたしは、その頃、模型工作が好きでした。既製のプラモデルなどの他に、紙や木を使って、船やパノラマのようなものを作りました。ある時、《自分の住んでいる家を縮小して作っておいたなら、後になって懐かしいだろうな》と思いました。実際に寸法まで考えたのです。しかし、ふすまの模様などまで綿密に再現するとなったら、全体が大きくなり過ぎます。そこでストップしてしまいました。

　今となってみれば、《あの頃の家の原寸大の模型があったらなあ》と思います。空気の穏やかな春の日にでも、その中に入ってごろんと寝てみたいと思うのです。

　こういう気持ちは、ある程度の年齢にならなければ分かりません。

　家族というものも、生まれ、成長し、年老い、やがて消えて行きます。その過程の中で、子供達が結婚すればそこに新しい家族が芽を出す。その連続が人間という織物を織って来ました。

　両親が健在であれば、まだ子として、前の船に乗る一員でもあります。わたしが、ブラッドベリと再会したのも、船が沈む予兆だったのかも知れません。

　床に就いた父も母も、今はもういません。わたしは、もう《子》ではなくなりました。

介護に明け暮れた日々も、遠のきつつあります。しかし、失われた船への無量の思いは、簡単に、いい表せるものではありません。

ただ若い頃には、弔辞の紋切り型にも思えていた《待っていて下さい。いずれわたしも参りますから》が、文飾ではなく、土に水が染み込むような、ごく自然な言葉だと思えるようになりました。

それは後ろ向きの哀しみの文句ではあってはならない。それでは両親にすまない。《だからこそ、一日一日を大切に生きよう》という意志でなければなりません。

いずれにしろ、人は誰も、それぞれの火星に、音もなく揺れる《ふらここ》を持つものでしょう。

2

この句を胸に置きながら、たまたま集英社の『大歳時記1　句歌春夏』を開きました。《ぶらんこ》の項を見たのです。

そうしたところが、子の親への思いを、寄せる波とすれば、響いて返す波のように、母が亡くした子を思う歌を見つけました。

この『大歳時記』は、俳句だけではなく歌や詩も載っているのが特色です。だから出会えたわけです。

作者は、五島美代子。胎内《うひ》にある時から、母の歌に詠まれて来た子は、大学生となったある日、《この向きにて初におかれしみどり児の日もかくのごと子は物言はざりし（長女ひとみ急逝）》という時を迎えます。

そして、次の歌。

亡き子来て袖ひるがへしこぐと思ふ月白き夜の庭のブランコ

その揺れが、天体の周期に似た遊具――ぶらんこは、人の様々な感情をかき立てるものだと、さらに深く思いました。

# 十八、「別れの唄」アロオクール／西條八十訳

## 1

同じ時期に、別の本の中に、繋がりのある一節を見つけることがあります。不思議な糸に引かれて、巡り合ったような気になります。

東京創元社から、『江戸川乱歩貼雑年譜《はりまぜねんぷ》』という、ずしりと重い二冊本が出ました。簡単に言えば、乱歩が自分に関連した、雑誌や新聞の記事、広告類を中心にまとめたスクラップブックの、念入りな復刻版です。点字の部分は、実際に点字タイプで打った紙が貼ってあり、当時の封筒や全集の内容見本なども現物通りに再生してあるという凝り方。その内の幾つかは、乱歩の回想録で、すでに紹介されています。しかし、時代の空気そのものを感じさせる原資料を、居ながらにして見られる嬉しさは無類です。

限定二百部。赤字は覚悟の上でしたが、案の定、半分注文が来たところで足踏みしていた。しかし、テレビで紹介された途端、残りの百部も忽《たちま》ち売れてしまったそうです。テレビの浸透力というのは、本当に大きなものです。こう聞くと、欲しい本の存在自体を知らないまま終わる場合も多々ある——という当たり前のことに今更ながら気づき、無念だなあ、と思ったりもします。

さて、その『貼雑年譜』の昭和五年のところに、《ドイル死ス　七月七日九時十五分》とあります。そして、シャーロック・ホームズを生んだ作家の逝去を伝える『東京日日新聞』『国民新聞』『時事新報』『報知新聞』の、それぞれ八日の切り抜きが貼られています。乱歩の談話が載っていますが、ドイル逝去の記事なら、いずれにしろ切り抜かれ、ここに貼られたに相違ありません。

この同じ八日の新聞を、博多の地で、ある人が手に取っていたのですね。

『父　西條八十《やそ》』西條嫩子《ふたばこ》（中公文庫）を読んでいたら、西條八十は、この日、博多湾に面した柳町の水茶屋で遊び、名妓の唄などを聞きました。そして、宿に帰って新聞を見、ドイルの死を知ったそうです。

八十は、こう書いているといいます。《ドイルの小説を読んだ人は多いが、彼に傑《すぐ》れた一巻の詩集のあるのを知つてゐるものは少いであらう。総じて抽象的な詩であつたが、彼の詩篇には一種天稟の細かい神経の閃《ひら》めきがあつた。ゾラやモオパッサンの詩とおなじく、あまりに一方散文作者として有名であるがために、読まれずに終つてしまふであらう彼の詩の短い一、二篇を想ひ出しつつ、微吟しつつ眠る》。

西條八十は大変な読書家で、特に専門のフランス詩の読書量は古今無双だったようです。嫩子さんが、《書庫をあちこち調べると三千冊に近い仏詩書のどの本の中にも朱筆の線や、父特有のデリケートな鉛筆のそえ書が限りなく書きこまれ埋めつくされているのに驚いた》そうです。

ドイルの死を報じた前述の新聞に、彼の詩業について触れたものはありません。しかし、極東の一人の詩人が、旅の夜の床で、世を去った、遠いイギリスの——詩以外の文業であまりにも有名になり過ぎた一人の男の、それゆえに顧みられることの少なくなった詩篇を、そっと口ずさむ姿は、心にしみるものです。

『貼雑年譜』の、《ドイル死ス》に続くページの表題は《ドイル　放送　七月十五日夜》。乱歩がＮＨＫの『趣味講座』で、ドイルについて語った内容が記事になっています。貴重なのは、その後に貼られた、原稿用紙の裏に書かれた文章です。《マイクロフォンノ前ニ置イテ見ナガラ喋ッタ講演草稿ガ残ッテヰタノデ序ニ貼リツテオク》。

最後の《ツテオク》は《ツケテオク》の誤記でしょう。それはともかく、乱歩は、ここでドイルの多彩な仕事を紹介しています。周到な彼らしく、ドイルの文業の一つとして《詩》の一字が、落とされることなく、きちんと入っています。

ところで、これらを読んだすぐ後に、『昭和ミステリ秘宝　失楽園殺人事件』小栗虫太郎（扶桑社文庫）の中のエッセイ『三重分身者の弁』を読んでいたら、《一度西條八十氏に、小栗虫太郎の小説は探偵小説ではなく、一風変わった浪漫文学であると言われたことがあった》という一節に出会いました。八十は、虫太郎まで読み、しかも感想を述べていたのです。

そこで、西條八十がミステリについて書いたものはないか、とうちの書庫を探したら、昭和二十二年、探偵小説専門誌『宝石』に寄せたエッセイが見つかりました。この内容はスペースの関係で次回に譲りますが、戦前のミステリをかなり読んでいたことが分かります。そして今は詩人でもある城昌幸を愛読しているといい、文をこう結んでいます。《やはり、詩のわかるひとのかいたものが、自然わたしたちの胸に觸《ふ》れるのであらう》。

2

アメリカのハードボイルド作家レイモンド・チャンドラーの、最もよく知られた名台詞といえば、《あなたのようにしっかりした男がどうしてそんなにやさしくなれるの？》と聞かれた時の、フィリップ・マーロウの答え――《しっかりしていなかったら、生きていられない。やさしくなれなかったら、生きている資格がない》（清水俊二訳、早川書房、以下も清水訳）でしょう。

わたしはハードボイルド・ファンでも、チャンドラー・ファンでもありませんが、ミステリ・ファンですから、これが彼の最後の長編、『プレイバック』の一節だと知っています。この件についてもっと詳しく知りたかったら『遊び時間2』丸谷才一（中公文庫）の中の『角川映画とチャンドラーの奇妙な関係』を読んでみて下さい、ぐらいのこともいえます。

しかし、ここで、取り上げたいのは二番目に有名な台詞なのです。多分、『長いお別れ』の中の《さよならを言うのはわずかのあいだ死ぬことだ》が、それだと思います。何かの拍子に、ふっと口をついて出てしまう言葉です。

いきなり、こんな話になって面食らっている方も、おいででしょう。どう繋がるのかというと、――ここで再び、『父　西條八十』になるのです。

八十は、昭和十年十月、読売新聞社が購入した飛行機〝スチブンソン号〟に試乗し、富山から東京までの空の旅をしました。現代の物差しでは計れないような大冒険です。台風期のアルプス越えとなった機中で、彼は、《愛誦しているフランスの詩人アロクールの詩句を思い出した》といいます。続いて、こう書かれていたのです。

「別れるといふことは幾分死ぬことだ、
愛する人から死ぬことだ、

　　人間は、幾分づゝ自分を残してゆく、
　　　どんな時間の中にも、どんな場処にも……」
　〝パルチール・セ・ムーリール・アン・プウ……〟と。

　実は、ここのところを、電車の中で読んでいたのですが、びっくりしましたね。まさか、西條八十の評伝の中で、チャンドラーが待ち伏せしていようとは。無論、チャンドラーも、この詩句を引いたのでしょう。

　都合のいいことに、その日、東京で藤原伊織さんにお会いすることになっていました。顔を合わせるやいなや、ご挨拶もそこそこに聞いていました。

「《さよならを言うのはわずかのあいだ死ぬことだ》というのは、どういう形で出て来るんでしたっけ」

　さすがは藤原さん、間髪を入れず、

「チャンドラー自身の言葉じゃありませんよ。確か、フランスにそういう文句があるということでした」

それなら、まず間違いない。本を見せると、驚かれて、

「メモさせて下さい」

と、おっしゃいました。ちょっと得意な気持ちになります。

家に帰ってから、『長いお別れ』を見ると、こうなっていました。

《私たちは別れの挨拶をかわした。車が角《かど》をまがるのを見送ってから、階段をのぼって、すぐ寝室へ行き、ベッドをつくりなおした。枕の上にまっくろな長い髪が一本残っていた。腹の底に鉛《なまり》のかたまりをのみこんだような気持だった。

こんなとき、フランス語にはいい言葉がある。フランス人はどんなことにもうまい言葉を持っていて、その言葉はいつも正しかった。

さよならを言うのはわずかのあいだ死ぬことだ。》

『長いお別れ』が書かれハミッシュ・ハミルトン社から出版されたのは一九五三年、つまり昭和二十八年です。そこに引かれ、後に多くのハードボイルド・ファンが口にするようになった詩句を、昭和十年、西條八十は、日本アルプスの上を飛びながら、口ずさんでいたことになります。

この詩は、『西條八十全集　第五巻　訳詩』（国書刊行会）には、こういう形で載っています。作者名はこちらでは、アロオクールとなっています。

別れの唄　　　エドモン・アロオクール

出発するということは、いくらか死ぬことである、
愛するひとに対して、死ぬことである、
人間は一々《いちいち》の時間の中に、一々の場所の中に、
自分を少しずつ残してゆく。

それはいつも願望の喪失《そうしつ》であり、
詩の最終の言葉《ことば》、
出発するということは、いくらか死ぬことである。

出発なんか、至高《しこう》の別離すなわち死の別れに較《くら》べれば
遊びのようなものであるが、
その死の時まで、人間はさよならを言う毎《たび》、
自分の死を、そこに植えてゆく、

だから、出発するということは、いくぶん死ぬことである。


こちらの方が、『父　西條八十』に引かれたものに比べて、滑らかさに欠けます。特に最後の連など、固い理屈がごつごつと表に出て、味気無く思えます。

解題を見ると、初出が昭和四十二年の『マドモアゼル』九月号となっています。となると、西條八十は《愛誦》していたこの詩を、最晩年まで、訳して発表しなかったことになります。なぜでしょう。

また、それなら『父　西條八十』に引かれた訳は、エッセイなどから採られたものなのでしょうか。残念ながら、このあたりのことは、よく分かりません。

さらに、〝スチブンソン号〟の上で八十が口にしたのは、《別れるといふことは幾分死ぬことだ》なのか、それとも《パルチール・セ・ムーリール・アン・プウ…》なのか。

そして、八十は、はたして『長いお別れ』を読んでいたのでしょうか。

色々な疑問も浮かびますが、ともあれ、わたしには、西條八十とレイモンド・チャンドラーが、洋の東西を隔てて、同じフランスの詩を好み、口の中で転がしていたというのが面白く思えてなりません。

そういえば、チャンドラーもまた、若い頃には、詩を書いていたのでした。

# 十九、「蝶」西條八十

## 1

西條八十は、昭和二十二年のエッセイ「むだがき」の中に、ミステリ読書歴を記しています。

まず、自分にあるのは《探偵趣味ぢやなくて怪奇趣味》だといいます。不可解な謎が解ける前の《縹渺《ひょうびょう》とした夢幻の気持が好きなの》で《そこに詩めいたものを発見する》、《数理的な推理に興味を持つ人たちとは全然ちがふ》。

《探偵小説の味を覚えたのは、伊原青々園《せいせいえん》の「五寸釘寅吉」「海賊房次郎」「邯鄲《かんたん》返し」などであつたか。それとも原抱一庵《はらほういつあん》の「聖人歟《か》盗賊歟《か》」か、森鷗外の飜訳だつたかよく覚えてゐない》というところから始まり、あがっている作家だけを拾っても、ドイル、

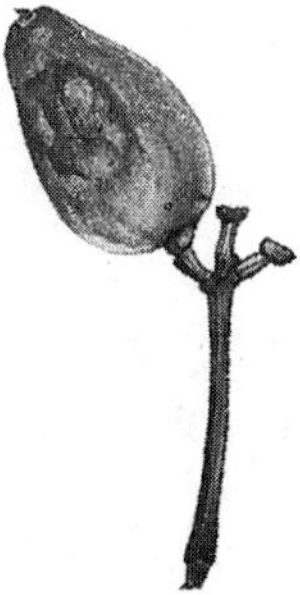

ヴァン・ダイン、フィルポッツ、ウォーレス、ルルー、クリスティ、ハガード、ビアス、ルブラン、シムノン、岡本綺堂からブラックウッドと、多彩です。

しかし、こちらが知っている作家でも、あげられた作品は何か、と首をひねってしまいます。フィルポッツの「レッドメイン家の人々」などというのは、すぐに分かります。しかし、ルルーとなると『黄色い部屋の謎』でも、『黒衣婦人の香り』でもない。パリで枕頭に置いたのは「シエリビビの捕物」とくる。調べてみて、そういうシリーズ物があったと分かりました。

ニューヨークで読んだのは、クリスティの「崖の家」。はてな、と思いますが、多分、『エンド・ハウスの怪事件』でしょう。

芥川龍之介が、アンブローズ・ビアスを好んだことは有名ですが、八十は芥川と《競争で讀》み、限定版の『ビアス伝』を《日本で買つたのは、たしか芥川氏とわたしだけだつた》と語ります。評伝『父　西條八十』によれば、東京生まれの八十は、故郷らしい故郷を持たないことを嘆いていた筈です。しかし、ここではビアスを好むようなところを、《江戸つ児共通の趣味だ》と芥川にいわれています。

ドイルは『赤毛連盟』を読んで好きになり、濫読し、ホームズ物を訳してもいます。

また、ルパン物が日本で映画化された時、《テーマソングを書いたのはわたしのたのしい想ひ出のひとつだ。それは「怪盗小唄」といつて「ビクター」でレコード化した》

と語っています。――『怪盗小唄』！　いいですねえ、何とものどかで。今では、絶対に商売にならないCDでしょう。盗みはするが非道はせず、などと見得をきっても、《何だ、そりゃ？》といわれてしまいそうです。

「むだがき」は、戦後すぐにでた、わずか六十四ページの雑誌『宝石』に載った文章です。こういう機会でもないと、なかなか、お眼にとまらないと思い、長々とご紹介しました。

西條八十は、他にもミステリの翻訳をしていますし、実は書いてもいるのですね。童話の『花束の秘密』がそれです。毒を入れることなど出来ない筈の料理に、次々と毒薬が混入され、被害者が出るという、奇妙な犯罪を扱ったものです。不可解な謎に合理的な解決がついています。

そこで、この道のことなら何でも知っている東京創元社の戸川さんに、

「西條八十は、ミステリと縁が深いのですね」

と、いったら、

「僕にとっては、西條八十は、詩人であるより先に、まず講談社版『少年少女世界探偵小説全集』の監修者でしたよ」

という御返事。八十は、江戸川乱歩などと共に、そこに名を連ねていたそうです。

## 2

ところで、何のために『父　西條八十』を読んだのか――というと、ある詩のことが気になっていたからです。

いつかは触れようと思っていた、その作品とは、三十年ぐらい前、神田の古本屋さんで出会いました。

店頭に、詩の入門書が積み上げてありました。著者には申し訳ありませんが、何が書かれているかより、どんな詩が例にあげられているかを見たくて、ぱらぱらとページをめくりました。島崎藤村などの、まあ、一昔前のこの手の本にならよく載っているような作品が並んでいたと思います。

その中に、これがあったのです。

蝶

やがて地獄へ下《くだ》るとき、
そこに待つ父母《ちちはは》や
友人に私《わたし》は何を持つて行かう。

たぶん私は懐《ふところ》から
蒼白《あおざ》め、破《やぶ》れた
蝶の死骸をとり出すだらう。
さうして渡しながら言ふだらう。

一生を
子供のやうに、さみしく
これを追つてゐました、と。

細かい解説は、ついていなかったと思います。本は一応買ったのですが、これだけ書き写して処分してしまいました。しかし、この詩の作者だけは忘れません。西條八十です。

わたしは、高校時代、『現代詩の鑑賞』草野心平編（現代教養文庫）という本を愛読していました。その中の八十の項（新藤千恵担当）には、処女詩集『砂金』で、象徴詩人として華々しいスタートを切りながら、昭和に入って《その技巧は流行歌謡の作詞者として大をなすと同時に、その個性を大衆の中に解体してゆくことになった》と書かれていました。

《しかし『砂金』一巻はそのことによって価値を損なうことがない》と続くところに、かえって《そのこと》に対する否定というより、むしろ断罪の調子を感じてしまい、ああ、そうか、西條八十というのは、詩壇から見れば唄を忘れた金絲雀《かなりや》なのかと、簡単に納得してしまいました。

わたしには、最晩年の西條八十をテレビで見た記憶があります。そこで八十は、自分がなぜ、歌謡曲の歌詞を書くようになったかを、確か、こう語っていました。

――関東大震災の時、焼け出されて戸外で一夜を過ごした。その時、少年が吹いたハーモニカの通俗的なメロディーが、不安と哀しみの淵に沈む人々の心を救った。それ以来、自分は、大衆のための作品も書こうと思うようになった、と。

このエピソードは、『父　西條八十』にも出て来ます。有名なものなのでしょう。しかし、テレビを観ていたわたしは、《ああ、そうだったのか》と膝を打ちませんでした。ひねくれているのかもしれませんが、それだけではなかろうと思いました。

逆に、もっと簡単にいってしまえば、書きたかったから書いた——でもいい筈だと思いました。わたしには、老詩人の言葉は断罪に対する弁明に聞こえました。西條嫩子《ふたばこ》は、父は《世間の誤解などつゆ心にかけず、むしろ誤解のなかに身をさらされるのを本懐としてきた》《人生にこわいものなし》の《偽悪者》だったといいます。しかし、テレビで語っていたのは、やさしげな年老いた人でした。わたしは、耳に親しい多くの歌詞の作者に、こういわせるものを残酷だと思いました。だから、茶の間のテレビに映ったその場面が忘れられないのです。

西條八十もまた、功なり名とげながら、誰もがそうであるように何かを得られなかった人であるように思えました。

俳句の場合は、五七五の後に俳名が置かれることで、ちょうど文にピリオドがついたように、完結するといいます。『蝶』の詩の《西條八十》という作者名も、わたしにとっては、あるべき所に置かれた、動かし難いものでした。

『父　西條八十』では、この詩は意外なことに、「盲目の母への哀恋」という章に出て来ました。西條嫩子は、《「哀れな母がたまらないので、すべての女性に優しくなった」》というのが八十の口癖だったといい、『蝶』の詩を引きます。そして、こう語ります。《「蝶」から女性のはかない幻想を父は蝶を追う自分の心にたとえたのであろう》。意味のとりにくい文章ですが、《はかない幻想である女性像を蝶とし、それを追う自分の心を描いたのが、この詩であろう》という風に読めます。

一般的にいうなら、この《蝶》は《女性》ではあり得ません。異性は《子供のやうに》追うものではないからです。しかし、《母》という要素を二重写しにした《幻想》であるなら、確かにそうも取れそうです。

しかし、だとしたら《蝶の死骸》は、死者達の世界で待つ《父や友人》か、あるいは《母》自身に向かって示されるべきものではないでしょうか。

《父母や友人》と並べてしまっては、それらが等価のものになってしまいます。いいかえるなら《母》が埋没してしまう。この詩の《蝶》が《母＝女性》であったとしたら、こういう書き方にはならないように思えます。

解釈というのは、読者の数だけあるわけです。勿論、こういう読み方があってもいいのですが、わたしは釈然としませんでした。何より、そうであったとしたら、この詩は途端につまらないものになってしまいます。

わたしが、学生時代、古本屋さんの店先でこの詩に出会った時、まず、最初の一行に、どきりとしたのです。

——やがて地獄へ下るとき
自らの終わりを、《地獄へ下る》と表現するのです。この眼の冷たさ。凄まじいまでのペシミストぶりではありませんか。さらにまた、父母も友人もそこにいるのです。行く末、誰もが地獄へ下るようなもの、それが人生なのだと、作者はいっているのです。そんな人生だからこそ、わたしにとっての真実、蝶を追う。一人、さみしく追う。死の時に手の内につかみ、地獄で、父母に、友に、見せられるものは、しかし蝶ではない。その蝶の《蒼白め、破れた》《死骸》なのです。この世では何事もかなえられない、何物をもつかめない。

若い時には特に、こういう詩にも魅かれてしまうものだと思います。真冬に北の海岸に行ってコートの襟を立て、眉根を寄せてみるような趣味ですね。八十には、こういう絶望的な作品が多くあります。

そんな八十が、死の直前にこういったと知るのは嬉しいことです。『父　西條八十』の「あとがき」の一節です。

《父の逝く二日ほど前の夜明に起きて、コーヒーとパンを食べる父の傍へ着がえもせずに何気なく行くと、

「ふたばこ、いい夢を見たよ。お前に銀色の笛をあげたんだ。とてもよい音が出る小さな綺麗な笛だったよ」と父はほのぼのとした表情で囁いた。》

この世の夢の中で、父は愛する娘に、最後に蝶の死骸などではなく、可憐な銀の笛を渡せたのです。

# 二十、「玻璃の山」西條八十

## 1

西條八十の童謡、歌謡曲以外の詩は、その気になって探すまで、四、五編しか読んでいませんでした。わたしにとっては、《ハアー　踊り踊るなら　チョイト東京音頭ヨイヨイ》や《若く明るい歌声に》などの作者が、同時に『蝶』の作者でもある、というだけで、ひとつの物語であり、そこで完結していたのですね。

だから、『黄昏かげろう座』久世光彦（角川春樹事務所）で、『トミノの地獄』を読んだ時には、びっくりしました。それでも、まだ手を伸ばさず、最近になってたまたま詩集『砂金』の復刻本を、神田で手に入れたのです。この中の『トミノの地獄』、あるいは『桐の花』や『顔』、そしてまた巻末の散文詩を知っていたら、もっと早く、探す気

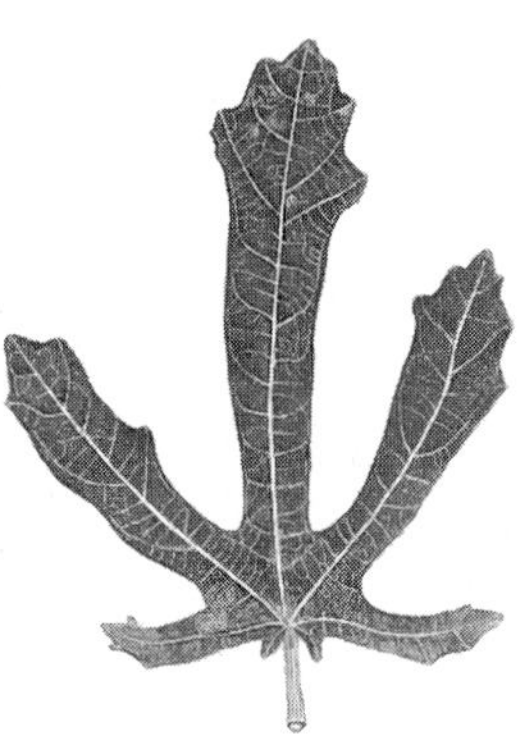

になったでしょう。八十は、城昌幸（詩人、城左門）の作品を愛読したといっていますが、これらの散文詩は、城昌幸のショートショートによく似ています。中の『曠野』などは、疎外感や、前途というものに対する悲観的見方が色濃く出た一編です。

——ですが、ここでは童謡の世界に目を向けてみたいと思います。わたしが、子供の頃、開いた雑誌にも、八十の童謡がよく載っていました。母の肩をたたきながら、自然に『肩たたき』などが浮かんで来たものです。《お縁側には日がいっぱい　タントン　タントン　タントントン》などと口ずさむと、昔の家の廊下が、目に見えるようです。

大学に入ったら、同期の、そんな趣味ではなさそうに見える男が、「実は、《お菓子の好きな巴里娘　ふたり揃へばいそいそと》という、あの歌が好きなんだ」というのを聞いたりしました。

しかしですね、八十は、童謡にも、ちょっと変わったものがあります。——例えば『桃太郎と桃次郎』。

《桃次郎》というのはアイデアとしては、《駄目な弟》として、割合すぐに出て来そうです。実際、阪田寛夫にも『桃次郎』という忘れ難い短編があります。こちらにも歌が出て来ます。《兄きに　似てない　桃次郎　よわむし　寒がり　ひねくれや　よいやさきたさ》となるのですが、凄いなあ、と思うのはこの《寒がり》ですよね。《よわむし》は誰でも書ける。《ひねくれや》もひねり出せる。しかし、間の《寒がり》には唸るしかない。実に、情けなくて真実味があっておかしい。いかにも阪田寛夫です。この桃次郎は、鬼が島に行って当然のことながら、やられてしまいます。

では、西條八十の場合はどうか。桃太郎は拾われました。《けれど　誰にもひろはれず　流れていつた桃次郎》。こうなるのですね。

《川から海へ　どんぶらこ　兄さんと別れて　ただひとり　どこで大きくなつたやら　誰《だアれ》も知らない桃次郎》。

2

大正の終わり頃、川上四郎を中心とした画家の美しい絵に飾られた『童話』という雑誌がありました。わたしは子供の頃、そのうちの二冊を、繰り返し読みました。いくら何でも、わたしは大正育ちではありません。どうして読めたかというと、父が中学生の頃、その雑誌に投稿しており、採用された号を、保存していたのです。

こういうわけで、わたしにとって『童話』は懐かしい雑誌です。幸い、この雑誌は岩崎書店から復刻版が出ているので、手に入れることが出来ました。

昔の雑誌を見ていると、投稿欄やコラムなどが面白いものです。『童話』には、神戸在住の、あの淀川長治少年が、実にこまめにお便りを出しています。大正十五年の二月号では、神戸の初雪のお知らせと共に、正月号の出来栄えを絶賛しています。その細やかな内容もさることながら、《まあ！素的ですね》と始まり、《では、サヨナラ》と終わっているところが、後年のテレビでの口調を連想させ、淀川さんの一生を思わせ、何とも不思議な味があります。

この雑誌で育ち、当時の選者や読者からも高い評価を受けていたのが金子みすゞです。彼女は、投稿欄で《西條黨で、本居黨》といっています。この雑誌で童謡の選をし、彼女の詩に深い理解を示していたのが西條八十なのです。なお、本居とは本居長世《もとおりながよ》のことで、『童話』巻頭を飾った八十の詩に、多く曲をつけていました。

八十は、後年、無名のまま消えていったみすゞを語る、温かい文章を残しています。矢崎節夫氏による、金子みすゞ再発見など誰にも、想像出来なかった頃です。

今は、図書館の方や、編集者の方でも、「西條八十という名前は聞いたことがない」という人がいます。八十の読み方が分からないという人もいました。我々の世代では考えられないことです。時代は移ります。現在では、あれほどポピュラーだった西條八十という名前より、金子

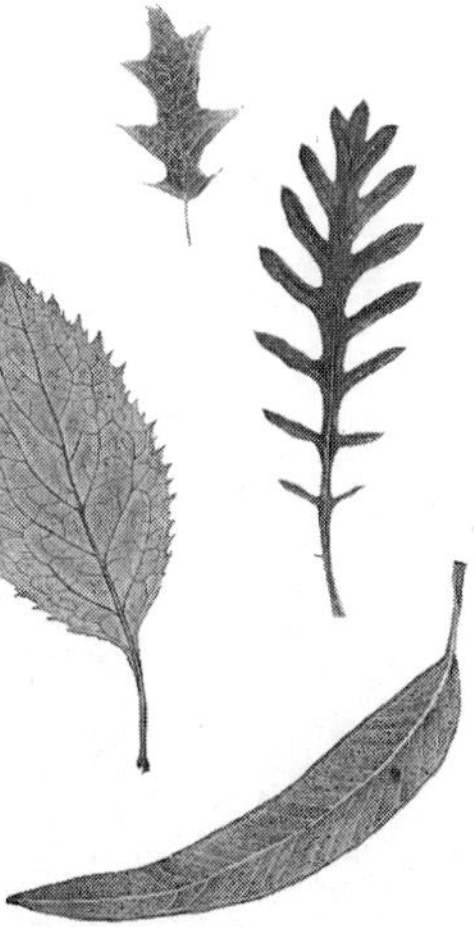

みすゞの方が一般によく知られているのかも知れません。

さて、『童話』復刻版を見ていて、大正十二年正月号を開いた時、おや、と思いました。西條八十の、こういう巻頭詩が、そこで待ち伏せしていたのです。まず、最初の三連を引きます。

玻璃《がらす》の山

玻璃の山のてつぺんに
黄金《きん》のお城がありました。

城の塔にはお姫さま
囚《とりこ》になつて居りました。

王子は姫を救はうと
山のまはりを回《まは》ります。

ガラスの山のイメージは、わたしにはかなり強いものとして残っています。子供の頃、読んだ雑誌に、主人公がそれを馬で登る挿絵があったのです。ガラスの山は、丁度、西瓜を半分に切って伏せたような形に描かれていました。透き通った半円の、巨大な山でした。ただし、物語の方は覚えていない。

図書館で《ガラス》で検索したら、『ガラスの山のおひめさま』バージニア・ハビランド　乾侑美子訳　レオナード・ワイスガード画（学校図書）が出て来ました。ノルウェーの民話です。細かいところは省略しますが、よくある婿取りの難題ものでした。滑りやすいガラスの山の上にお姫様が待っている。馬でそこまで行けたものが結婚出来るというのです。

何となく、違うような気もしました。そこで、児童文学にも詳しい東京創元社の戸川さんに、またまた聞いてみました。調べて下さって、

「グリムにありましたよ。ガラスの話というのは、カラスの話です」

という、冗談のようなご返事をいただきました。

『グリムの昔話』フェリクス・ホフマン編・画　大塚勇三訳（福音館書店）だと、第一巻の『七羽のカラス』と第二巻の『カラス』がそれです。共に、カラスに姿を変えられて、ガラスの山にいる少年（あるいは少女）を探す物語です。

はるか昔、新聞の番組欄を見ていて、アメリカのテレビドラマの題が『錨と怒り』になっているのを発見しました。「へぇー、そんなことってあるの？」と思い、原題が字

幕で出るのを楽しみにしていたら、ちゃんと『アンカー・アンド・アンガー』となっていました。実に珍しい偶然ですね。訳した人も、あれあれ、と声をあげたことでしょう。ガラスとカラスの方は、日本語になってから音が揃いました。

前者では、妹が兄達を探します。兄達はガラスの中にいます。しかし、後者では、男が馬でガラスの山に登って行くのです。そして、頂上のお城にいた娘の呪いを解き、結婚します。

つまり、ガラスの山の上に可愛いお姫様がいるのは、ヨーロッパの昔話の一つのパターンなのですね。

ただ、ガラスの山と聞いても、浮かべるイメージは人様々です。ワイスガードの描いたのは、凹凸のある普通っぽい山で、何と木まで生えています。ホフマンのはカットされた巨大なダイヤモンドのようです。我らが川上四郎は、瘤《こぶ》が重なって盛り上がったような山を描いています。物語を解釈するのは、受け手の特権であり喜びなのだと、まざまざと見せつけられます。

しかし、絵の訴える力は強い。わたしには、やはり最初に見て、脳裏に刷り込まれている半球の山が、《本物》に思えてしまいます。後からの理由付けになりますが、抽象性が強い分、より魅力的ではありませんか。

もし、絵がなければ自分ではどういう山を想像していたことでしょう。そう考えると、文字だけの世界というのも、子供には必要ですね。

ところで、西條八十の『玻璃の山』に、話は戻ります。

さあ、この設定がグリムにもある普遍的なものだと分かれば、囚われのお姫様が救われ、王子と結ばれて終わる筈だと、先は見えてしまいます。ところが——、

玻璃の山の滑らかさ、
馬の蹄もいくすべり、
落ちて、のぼつて十九年
王子の劍も錆びました。
お姫さまは待ちつかれ
つひに果《はか》なくなりました。
王子もいつか老《とし》つて
麓の村で死にました。

お城の姫の亡骸《なきがら》は
眞紅《まつか》な薔薇になりました。
王子を埋めた麓には
青い龍膽《りんだう》が咲きました。

本居長世の曲がついています。金子みすゞは、この年、大正十二年から『童話』への投稿を始めます。

不思議な童謡です。八十の本音が、ちらりと出ているように思います。こういう厭世的な傾向というのは、昔の童話には間々ありました。それが、戦後、批判の対象にもなったわけです。子供向きではないし、第一、読んで面白くない、といわれた。しかし、正直にいうと、子供時代のわたしには、小川未明の作品などにある、暗い、将来に何の希望も持たせないような調子というのも、それはそれで面白かったですね。

ともあれ、こういう童謡もあり、《てんてん手鞠《てんまり》てんてん手鞠》もあり、《ジャズで踊つてリキュルで更けて》や《待てば来る来る　愛染かつら》があって、詩もある多面体が、一人の西條八十なのですね。

# 二十一、「山城の」「御先祖は」

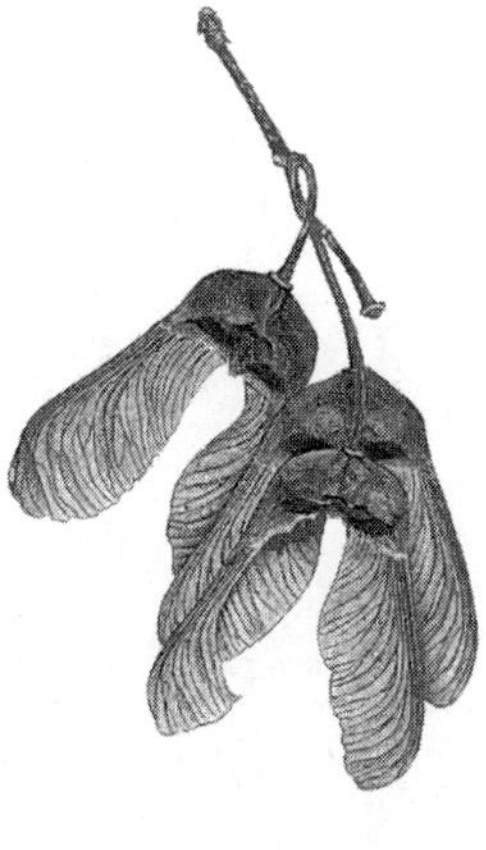

## 1

竜虎、といった具合に二人を並び称することがあります。また四天王という場合もある。しかし、その間の三羽烏が競う例も少なくありません。

お古いところでは、歌舞伎の団・菊・左、浄瑠璃の津太夫、古靫《こうつぼ》太夫、土佐太夫。コメディーではテレビ創成期に、猫八、貞鳳、小金馬のお笑い三人組、ラリー、モー、カーリーの三馬鹿大将がありました。そういえば前者の主題歌は《ぼーくらは、おわらいさーんにんぐみ》、後者は《ぼくらは、さんばかたいしょーだ》と似た結び方をしていましたっけ。意識したわけでもないでしょうけれど。そして、歌謡界の三人娘や御三家。最後に歌舞伎にかえって、往年の三之助に、今の三之助がいますね。

こんな名前が即座に出て来ます。ところで、今回書くことについて、あれこれ考えていたら、《佐野何とか左衛門》というのが、何とトリオで浮かんで来たのです。——どういうことか。

話があちこちに飛んで、ややこしくなりますが、まず昭和三十年代の貸本屋さんから始まります。レンタルといえば、今はビデオですが、当時は貸本屋さんが日本中にありました。といっても、その頃は子供でしたから、自分の町内のことしか分かりませんでしたけれど。

わたしの町にも、小学校の正門前に一軒、出来ました。ここに、毎日のように通って、漫画を読んだものです。

貸本用の漫画雑誌というのが作られていた頃で、それが何冊も置かれていました。忍者物、ハードボイルド物など、色々ありました。そういった中に時代もので、犯人当て推理を描いている人がいました。今も絵柄はよく覚えているのですが、名前が浮かんで来ません。

当時、『私だけが知っている』という推理番組をやっていました。わたしは、その最後のあたりに間にあって数回見たものです。

『幻のＮＨＫ名番組　私だけが知っている』（光文社文庫編——となっていますが、山前譲さんのお仕事でしょう。光文社文庫）に載っている「その頃のこと」（鮎川哲也）によれば担当ディレクターが局長賞を貰う程、高視聴率を稼いだそうです。ミステリ・ブームだったのですね。

それの漫画版のような感じで、問題編があり、凝っていることには、解決編が雑誌の後ろの別なところに載っていました。

交換殺人もありました。風呂で溺《おぼ》れさせて水死に見せかけるものは、子供心にとても怖かった。文字の入れ墨をした男達が次々に殺されていく話もありました。被害者は昔、犯罪グループだった連中で、入れ墨は組の印だったのです。文字を並べると《一生安楽山猫組》（漫画ではひらがな）になっていたことなど、鮮明に覚えています。

その漫画家さんが、ある時、田沼騒動の漫画を描きました。推理物ではなく、歴史物です。――江戸中期のいわゆる田沼時代には、田沼意次《おきつぐ》、意知《おきとも》親子の専横が目にあまった。耐え兼ねた佐野善左衛門は、意知を城中で斬り、自らも切腹となり世直し大明神と称えられたというのです。

しかし、今、平凡社の『世界大百科事典』を見たら、善左衛門は私憤で斬りかかったようですね。漫画家さんが、何によったのかは分かりません。もしかしたら、講談あたりかも知れません。

その漫画は、《事件を受けて、こういう狂歌が詠まれた》――と結ばれていました。二首ありました。まず、

## 山城の白き着物に血がつきて赤年寄と人はいふなり

四十年近く前に一回見ただけですが、推理物の漫画同様、これまた、鮮明に覚えています。多分、有名な落首なのでしょう。専門の本で確認していないので、記憶が正しいかどうか分かりません。しかし、大きく違ってはいないと思います。

なぜ、鮮やかに覚えているかといえば、面白かったからでしょう。田沼意知が《山城守》で《若年寄》だったから、こうなる。漫画では、佐野が絶対的な善、田沼は悪役として描かれていました。だから、抵抗なく読めたわけです。

この辺が、落首の落首たるところですね。子供でも瞬時に覚えられるようなのがいい。それでこそ口から口へと伝わる。風刺するわけですから、詠み手と読み手は、こちら側にいる善であり、向こう側にいる悪を一方的にたたく。そこに曖昧さはなく、分かりやすい。

不況も何も全ては田沼のせい、田沼憎し、と見る民衆は喝采を送ったことでしょう。しかし、田沼側から見る目を持てば、死の尊厳を踏みにじる、何ともやりきれない揶揄です。

大きな集団があれば、公理のような定まった見方が生まれます。集団の中にいて、一方的でない目を持つのは、非常に困難なことでしょう。

## 2

さて、もう一つが、これです。

> 御先祖は梅松桜鉈《なた》で切り我は刀で山城を切る

佐野善左衛門は、あの『鉢木《はちのき》』伝説で有名な、佐野源左衛門の末裔だというわけです。

——と、ここまで考えて、突然閃いたのです。《佐野何とか左衛門というと、トリオになるな》と。そうです。歌舞伎の世界の著名人物に、『籠釣瓶《かごつるべ》花街酔醒《さとのえいざめ》』の主人公、佐野次郎左衛門がいました。

奇妙な暗合です。前述の通り、佐野善左衛門は城中で刃傷《にんじょう》に及びました。一方、あの中村勘三郎の名演でおなじみの佐野次郎左衛門は野州佐野から出て来て、刀を振り回し人を斬ります。このパターンの話は《佐野八橋物》といわれ、先行する作品が幾つかあるようです。

そこで東京創元社『名作歌舞伎全集　第十七巻』を開き、『籠釣瓶花街酔醒』の解説を読むと、こう書かれていました。《佐野次郎左衛門という男が、江戸吉原の八つ橋という女を嫉妬の末に殺害したという事件は、享保年間の出来事として文献にのこっている。》（戸板康二）。

佐野善左衛門（イニシャルでいくとZ・S）の半世紀ぐらい前に、佐野次郎左衛門（訓令式ではこちらもイニシャルZ・S）が刀を振るっていたのですね。名前の魔力といったものを感じてしまいます。二人の使った刀が、同じだったなどとこじつけると、因縁物の種になりそうです。

ところで、読者の中に佐野何とか左衛門さんという方がいらしても、気になさる必要はありません。これは《江戸時代の佐野さん》の話ですから。それに何より、トリオのもう一人は実にいい役です。

『鉢木』伝説は、大河ドラマの『北条時宗』にも出て来ました。――北条時宗の父、最明寺入道時頼は、身分を隠して諸国を廻っていました。雪の夜、貧しい家に泊めてもらう。その家の主人は、《何もないが、せめてものもてなし》と、大事にしていた梅、松、桜の鉢の木を燃し、暖をとらせてくれました。彼こそ、佐野源左衛門常世《つねよ》。

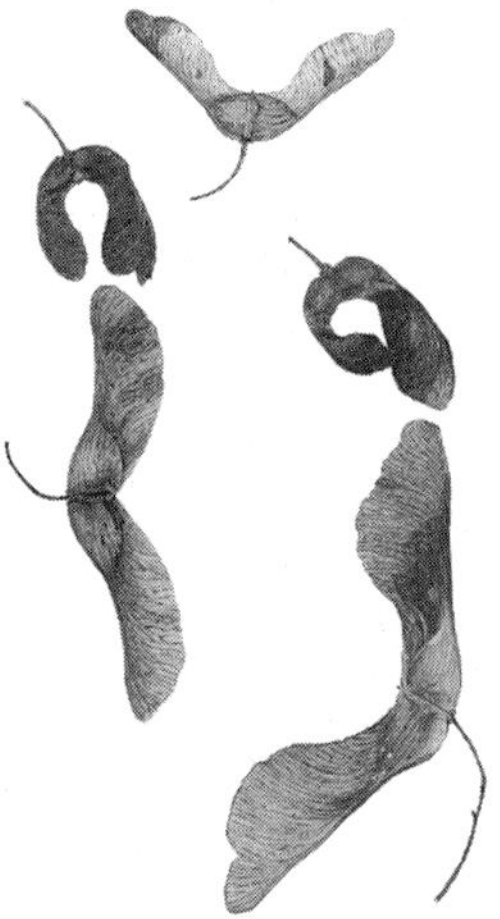

時頼は、その家に古めかしい武具のあるのを見て、わけを問う。すると源左衛門は《落ちぶれていても、いざ鎌倉という時には馳せ参じる覚悟。そのためです》と答える。時頼が鎌倉に帰って、諸将を召すと、みすぼらしい鎧に馬で源左衛門がやって来る。その誠を賞して、時頼は彼に、燃した鉢の木にちなんで梅田、松枝、桜井の三つの荘を与えた。――こういう話ですね。

田沼騒動の漫画にも、この話が描かれ、善左衛門は源左衛門の子孫となっていました。だから、《御先祖は梅松桜銃で切り》となるのです。

しかしながら、大百科事典を見てびっくりしました。源左衛門は《架空の人名》となっていたのです。伝説通りのことはなかったろう、しかし、佐野源左衛門常世という《人物》くらいは存在したのだろうと、今まで思っていたのです。いかにも、まことしやかな名前ですからね。

架空の人物では、子孫も何もない。しかし、当時の江戸の人々の、世直し大明神に寄せる好意が、そういうことにしてしまったのでしょう。

わたしは、子供の頃、この鉢木の話に三回出会っています。前後は、よく覚えていません。一つが、この漫画です。

もう一つが、小学校の修学旅行の時、鎌倉で買ったおみやげです。といっても家族にではなく、自分のために買いました。『鎌倉歴史絵語』という、小型のトランプぐらいの大きさのカードです。十五枚一組で、表に鎌倉にまつわる出来事の絵、裏に解説が書かれています。

数カ月前、神田の、古い品物を扱うお店に、このカードが箱入りで出ているのを見つけて、懐かしかったものです。でも、買いませんでした。——今も持っているからです。その一枚が、『佐野源左衛門常世召に応ずる図』なのです。こういうのを、子供の時に興味を持って見ておくと、後々、助かります。文化は、そういうものの集積の上に成り立っているのですから。

例えば、カードの別の一枚は、『青砥《あおと》藤綱滑川《なめりがわ》に銭を拾わせる図』です。戦前の方なら、常識として知っている故事でしょう。しかし、我々の世代では分からない人が殆どです。歌舞伎で青砥藤綱の名前が出て来ても、なじみがない。

太田道灌《どうかん》や児島高徳《たかのり》のことは、落語で知りました。昔は、漫画やらおみやげやらも含めて、まだ、そういう《一世代前の常識》に、あちらこちらで接することが出来ました。しかし、次第にそういうことが難しくなって来ました。

父親の日記などを見ていると、自分が、何とものを知らないのだろうと思います。世の中の動きが速くなると、そういうことの度合いが激しくなる。続く世代が加速度的に新しい知識を得る代わりに、古い知識を投げ捨てていくようでそら恐ろしくなります。

さて、鉢木伝説に接した三番目はテレビの子供向けドラマで『風雲児時宗』とかいうものだったと思います。これは変わっていました。佐野源左衛門が、梅田、松枝、桜井を貰うところまでは同じです。――というか、それは前置きなのです。源左衛門はすでに老人になっている。その時、鎌倉幕府への反逆グループが活動を開始するのです。彼らこそ、為政者の満足の為に、しかも語呂合わせで荘を取り上げられ、無念の涙を吞んだ者達の子供だったのです。

子供心に、この設定は面白かった。出来事を逆の面からも見るというところに唸ったのです。立場によって、受け取り方は違う。

なるほど、真実は一つと決まったものではありませんね。

# 二十二、「星落秋風五丈原」土井晩翠

## 1

プリガフォンを、ご存じですか。わたしは知りませんでした。外部から、胎児に話しかけるための道具です。聴診器のようなもので、両端が漏斗《じょうご》状になっているらしい。その片方を、お母さんのお腹に当て、片方を、話しかける者が口に当てるのです。そして、しゃべる。

「もしもし、赤ちゃんですか―」

児童文学者、渡辺茂男さんに『心に緑の種をまく　絵本のたのしみ』（新潮社）という素敵な本があります。

その冒頭が、お孫さんの本との出合いについてです。これが早い。いつだと思います

——といっても、もう答えを最初に書いてしまいましたね。そうなのです。渡辺氏の御長男はプリガフォンを手作りし、夜ごと、まだお母さんのお腹の中にいる赤ちゃんに向かって、話しかけたのです。《寝る前に決まった曲順で歌を五、六曲歌い》《一日のできごとを話し》《絵本を何十冊か読んだ》……。

渡辺氏は、《長男の体験は、私のそれと比べて眩しいほど生き生きとした積極的なものでした。私はもう一度父親をやり直したい、と淡い羨望さえおぼえました》と語ります。

お孫さんは《生後三か月で、胎内にいたときに両親に読んでもらった絵本の数冊に実に生き生きとした反応を示しはじめた》そうです。

この文章からは、何よりも、生命を受け継ぐ小さな者へ真っすぐに向かう、きらめくような愛情が伝わって来ます。プリガフォンを使うかどうかよりも、そういう心に、まず、赤ちゃんが包まれているということが大事なのですね。

これが、おそらく、最も早く《読書》した例でしょう。ここまでいかなくとも、幼い頃に接する本というのは、とにかく特別の輝きを持つものです。自分の場合を振り返ってみても、小さい頃は実にやすやすと、お話に没頭出来ました。物語の海に潜水出来る、その素晴らしい力が、色々なものが身につくと共に失われてしまう。ぷかぷかと、日常世界に浮きやすくなってしまう。まことに残念です。

そういう黄金時代に読んで、一番面白かった本は何か。わたしの場合は、黄色い背表紙に赤いこけしのマークの入った、『名作物語文庫』（講談社）の一冊です。園城寺健の『三国志物語』。

同じ講談社から『世界名作全集』というハードカバー、箱入りの本が出ていましたが、一冊二百円しました。一方、『名作物語文庫』の方は、二百五十六ページで百円。安かったのです。この差は大きい。『巌窟王物語』『家なき子物語』など十数冊、買ってもらいました。

『クオレ物語』の中に、父親の事務仕事がはかどらないのを見た子供が夜中に起きて、こっそりペンをとるという話がありました。子供は寝不足で、「近頃、様子がおかしいわね」などと怒られる。一方、父親の方は何も気がつかない。「最近、調子がよくて、仕事がどんどん進むんだ」と上機嫌なのです。《そんなわけないだろうっ》と、突っ込みを入れてしまいました。最後に、事情が分かって、主人公は褒《ほ》められます。母親が焼きリンゴを焼いてくれる。疲れて眠っている主人公のところに、いい香りが流れて来るのが結び。『名作物語文庫』では確か、そうなっていたと思います。この《焼きリンゴ》というのが、実においしそうでした。

『白いきば物語』の主人公は狼の子です。彼がまだ川というものを知らずに、「すべすべして歩きよさそうなところだな」と思って、足を踏み入れ、溺れてしまう場面がありました。幼児のように判断力がなくて落ちるのなら分かる。しかし、こういう《思考経過》を経た末に溺れるのはおかしい。川は知らずとも、水は飲んでいた筈です。とすれば、そこにあるのが押せばへこむ大量の水だと気づきそうなものです。しかも、谷川は流れている。《歩きよさそう》な筈がない。わたしが生まれ育った家の側には大きな川があります。そこに行って、波立つ水面を見ながら、おかしいなあ、と考えました。

こういった具合に、どの本にも思い出があります。中の一冊が『三国志物語』でした。

2

その後、『三国志』は何種類も読み、漫画版も読みました。ＮＨＫの人形劇も、何回目かの再放送の時、子供と一緒に観ました。この時は、終わりに近づくと、次週予告が、《『関羽の死』、お楽しみに》《『張飛の死』、お楽しみに》などと続き、《変だよねえ》《――ご期待下さい、でも、おかしいしなあ》などと、話し合ったものです。

しかし、やはり、一番最初に出会った『三国志物語』ほどに引き込まれたものはありませんでした。勿論、子供だったということが大きいのです。しかし、それだけでもない。今、見返しても、リライトした園城寺健氏が、原典を大好きだということが、よく分かります。

この本には、孔明死去の場面が、こう書かれています。

われにかえった孔明は、姜維《きょうい》をよんで、

「わしの命はおわった。息のあるうちに、日ごろ、じぶんのまなんだ兵法をつたえておくぞ」

と、十万四千百十二字の兵書と、二十四編のはかりごとの書とをあたえた。（中略）

そして、空をあおいで、

「わしは敵に勝つことができなかったのに、空はあんなに青いよ」

と、涙をながした。

いならんだ諸将も、声をあげて泣いた。

祁山《きざん》悲秋の　風ふけて
陣雲くらし　五丈原《ごじょうげん》
零露《れいろ》のあやは　しげくして

草かれ　馬はこゆれども
蜀軍の旗　光なく
鼓《こ》角《かく》の音も　いましずか
丞相《じょうしょう》　やまい　あつかりき……

これは、故土井晩翠の有名な「五丈原《ごじょうげん》」の詩であるが、まことによく情景をうつしている。

園城寺氏は、主に江戸時代の訳本『通俗三国志』と、吉川英治の『三国志』によったようです。

戦前の人は、『通俗三国志』を広く読んでいました。誰だったか、明治あたりの落語家が蚊帳を売って『通俗三国志』を買ってしまい、一緒に住んでいた仲間に文句をいわれた。そこで、枕元で音吐朗々と関羽張飛の活躍を読み上げながら一晩中、蚊を追っていた――というエピソードを、何かの本で読んだような気がします。そこで、有朋堂文庫版の『通俗三国志』を見ると、《二十四篇　計《はかりごと》　十萬四千一百十二字、内に八務七戒六恐《きょう》　五懼《く》の法あり》となっている。同じ部分を立間祥介訳、『三国志演義』（平凡社）で見ると、《二十四篇、十万四千百十二字の書物に著しておいた。中には八務七戒六恐五懼の法がある》となっています。

してみると、《十万四千百十二字の兵書と、二十四編のはかりごとの書》と並列して書くのは誤りでしょう。《二十四編、十万四千百十二字のはかりごとの書》となるべきところです。それぐらいなら、いっそのこと、ただ《はかりごとの書》とすればよかったのか。——違うと思います。ここが面白い。子供向けの本だから簡略に、という考え方もあるでしょう。《はかりごとの書をあたえた》と書いた場合、世間一般の常識から見れば誤ってはいない。しかし、どちらがより物語の《気》を伝え得たかという尺度によれば、誤っている園城寺版の方が、正しいのです。

ここを、自分の言葉にしようとする作者もいます。吉川英治なら《今日まで学び得たところを書に著したものが、いつか二十四編になっている。わが言も、わが兵法も、またわが姿も、このうちにある》（講談社・吉川英治歴史時代文庫）、といった具合。はっきりと自分の物語にするため、古調を避け、数字をあげない人もいます。

続く孔明が《空》を仰ぐ場面は『通俗三国志』にはありません。立間訳『三国志演義』ではこうなっています。《「もはや二度と陣頭に臨んで敵と戦うこともできなくなるのか。この空も、なんと無情なことか」と言い、長い間、嘆息していた》。吉川『三国志』は、ここで、孔明に《瑠璃《るり》の如く澄んだ天を仰いでは、「——悠久、あくまでも悠久」》と、いわせています。この吉川版の《瑠璃の如く澄んだ天》から《空はあんなに青いよ》が出て来るのですね。園城寺版の方が、より感傷的になっています。孔明が涙まで流しています。

　多くの版で孔明は嘆息しても、泣いてはいません。独自の物語世界を作り上げた北方謙三の『三国志』（角川春樹事務所）では、それを象徴するかのように、こうなっています。《闇が、近づいてくる。その闇に、孔明はかすかな、懐しさのようなものを感じた。闇が、さらに歩み寄ってくる。自分が、笑ったのがわかった》。

　園城寺版は、最もウェットで——簡単にいえば、筆者も泣いているわけです。普通は、よくない。しかし、その感傷を、すっと引いて詩で受けます。

　この《祁山悲秋——》の詩はすぐに覚えてしまいました。子供ほど、こういうものを、よく記憶します。作者名に、《つちいばんすい》とルビが振ってあり、それが幼い頭に染み付きました。現在、晩翠の最も知られている作品は、滝廉太郎の曲を得て親しまれている『荒城の月』でしょう。ところが、音楽の教科書に出て来た作詞者名は《どいばんすい》でした。《どい》さんだと思っていたら《つちい》さんだった——というのなら納得できます。後の読みが珍しければ、前のが単純ミスだったのだな、と思えます。逆だったから、腑に落ちませんでした。

　これは、晩翠が途中で読み方を変えたせいなのですね。最終的な姓は《どい》です。平凡社の『世界大百科事典』では《どいばんすい》。しかし、『大辞林』では《つちいばんすい》、『広辞苑』は以前は《つちいばんすい》、今は《どいばんすい》ですから、ややこしい。どう呼んだらいいのか、迷ってしまいます。三船、勝と並べて萬屋といわれても、我々にはどうもピンと来ない。最終的にどうであろうと、錦之助にはやはり、中村が似合うようなものです。二つの読み方が出て来てしまう。

さて晩翠の詩ですが、これを子供の頃、覚えたというだけなら、取り上げなかったでしょう。実はこの詩について、ある発見があったのです。それが、わたしには、とても面白かった。

まず第一段階ですが、柴田錬三郎の『柴錬三国志　英雄・生きるべきか死すべきか』（講談社文庫）を見てみましょう。これも、孔明死去の後に、晩翠の詩を引いているのです。こうなっています。

土井晩翠の詩に、

陣雲暗し五丈原
零露の文は繁くして
草枯れ馬は肥ゆれども
蜀軍の旗光無く
鼓角の音も今しづか

☆

丞相病あつかりき

というのがあるが、たしかに巨星墜ちた蜀の国は、その力を半減した。

# 二十三、「星落秋風五丈原」土井晩翠

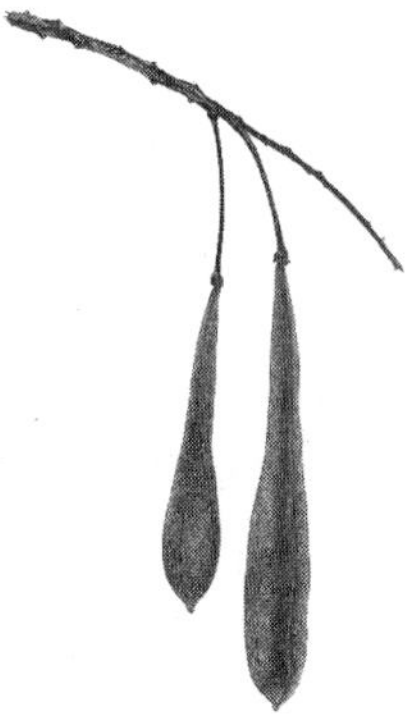

## 1

園城寺版と柴錬版は、同じ詩を引いています。しかし、微妙に違っているのです。表記の問題は、前者が子供向けなのでやさしくなっています。また、一行空きの部分を詰めています。それらを別にしてもです。

まず、これが何なのかというところから入りましょう。土井晩翠の詩集『天地有情』中に収められた『星落秋風五丈原《ほしおつしゅうふうごじょうげん》』の冒頭です。

文学史的にいうなら、晩翠は、明治期、藤村と並び称された存在。『天地有情』は彼の第一詩集であり、実によく売れたらしい。

わたしは子供の頃、『三国志物語』を読んで、《こういう詩を引くなんて、書いた人は物知りだなあ》と思いました。しかし、実はこれ、戦前の方なら、大概、知っている一節なのですね。

角川書店の『日本近代文学大系　18　土井晩翠　薄田泣菫　蒲原有明集』を見ても、月報では中野好夫氏が《大正中期ごろまでの中学国語教科書というのには、ほとんどまず例外なく晩翠詩――それも『天地有情』には決っていたが――の一篇か二篇かは採られていたのである。とりわけ極めつけは「星落秋風五丈原」であった》といい、「編集後記」では、（R）氏が《かつて文学に志すと否とを問わず、あらゆる青年たちのこころを魅了し、ひたむきなその愛誦に任されたのは、土井晩翠の「星落秋風五丈原」（中略）でありました》と述べています。いいですか、《あらゆる青年》――ですよ。

他にも、この詩を載せている本には必ずといっていいほど、《今も、暗唱出来る》という言葉が寄せられています。それほどポピュラーな詩だったのですね。

もう数十年前になってしまいますが、シェークスピアの舞台で、《つまり――どうにも止まらない、というわけですな》という台詞《せりふ》が大受けしていました。山本リンダの歌が流行《はや》っていた頃です。今では、もう通じません。

最近、あることから森の石松が話題になりました。我々が子供の頃には、浪曲の『石松三十石船』が、どこからか聞こえて来たものです。《鮨食いねえ》《神田の生まれよ》、というあれです。漫画や映画、テレビなどにも、頻繁に登場しました。石松はポピュラーな存在でした。だからパロディの対象にもなり得ました。

しかし、現代の若い子が『清水次郎長伝』と接する機会など、まずない。試しに二十《はたち》ぐらいの子に、

「森の石松って、知ってる?」

と、聞いてみました。

「え、──燃える石松?」

と聞き返されてしまいました。ガッツ石松が奮闘しているようです。

同様に、戦前の学生なら誰でも知っていたらしい『星落秋風五丈原』も、我々の頃には、学生の誰もが知らないものになっていました。

わたしも『三国志物語』で覚えた冒頭部分こそ口ずさめましたが、続きを知ったのは、はるかに後のことです。

原典の形を記してみましょう。

祁山悲秋の風更けて
陣雲暗し五丈原
零露の文は繁くして
草枯れ馬は肥ゆれども

蜀軍の旗光無く
鼓角の音も今しづか。
＊　＊　＊　＊　＊
丞相病篤かりき。


これが原詩で(1)としてくくられた中の、さらに第一連。アルファベットのAのような部分です。明治三十二年版の復刻本を見ると、＊マークの数や位置など、違うところもあるのですが、ここでは角川の『日本近代文学大系』に従っておきます。

柴錬版は、空きのところのマークが☆になっています。しかし、それより何より、まず目につくのは最初の一行がない、ということです。実に不思議です。いってみれば『荒城の月』に《春高楼の花の宴》がないようなもの、『明日があるさ』が、いきなり《若い僕には夢がある》と始まるようなものです。

柴田錬三郎がうっかり落としたのでしょうか。仮にそうだとしても、校正者が気づきそうなものです。この詩に当たるのは造作ないことですから。いや、柴田錬三郎も当時の校正者も、本を見るまでもない。暗唱していておかしくない。となると、何らかの意図、いや、そこまでいわなくとも、第一行を落としたくなる《気持ち》があったのではないか。

これが面白いことの一つです。

2

子供というのは諳《そら》んじるといっても、意味などはあまり考えず、まず音を覚えてしまうものです。わたしも、ただ《きざんひしゅうのかぜふけて、じんうんくらしごじょうげん》と繰り返していました。それで大体のところは、感じられるのですね。

しかし、大人の頭で考えてみましょう。《風更けて》とは一体、どういうことか。《風吹きて》なら、分からない人はいない。しかし、音調がいかにも軽くなってしまう。

ここで使われている動詞は、連用形が《ふけ》で、漢字の《更》があてられている。となれば、現代語の《更ける》、古語の《更く》ということになります。

理解出来ないのにそのままにして、改めて人に聞きもしないようなことがあるものです。《そんなことも分からないの？》という目で見られるのが恥ずかしいからです。この問題もそうでした。

《更ける》や《更く》の使い方として、すぐに浮かぶのは、《秋が更ける》《夜が更ける》《あの人も更けたねえ》などといったものです。だが、これらでは《風更けて》の説明にならない。そこで、《どういうことなのだろう》と考えるべきところです。

この詩についての、二つ目の、そして本当に面白い発見というのは、ここに関係して来ます。

『日本近代文学大系』の月報には、中野好夫氏の文章が寄せられていますが、実は、中野氏にとって、晩翠は、《岳父――つまり、亡妻信子の父という関係》なのです。思いがけないところで、繋がりがあるものなのですね。

さて、中野氏は、晩翠詩との縁は、奥様とのそれより古いと語ります。中学生時代、『星落秋風五丈原』には作者不明のメロディーがついていて、盛んに歌ったそうです。そして、氏はそれを《記憶だけをたよりに》楽譜にして紹介しています。

ふーん、そうなのか――と思って何げなく、楽譜に眼をやったわたしは、肝心のメロディーよりも、おたまじゃくしの下に書かれた片仮名の詩句を見て、あっといってしまいました。

キザンーヒシューノアキフケテ

違っているのです！　ここでは《風更けて》ではなく《秋更けて》になっている。《カゼ》を《アキ》にするような誤植はない。中野氏の原稿のままでしょう。

わたしは、小学生の時に読んだこの詩を覚えています。若い頃、頭に入ったことは、なかなか消えないものです。単なる書き間違いとは思えません。中野氏達、当時の中学生がこう歌っていた――と考えた方がいいのではないでしょうか。

あらゆる青年に親しまれた筈の詩が、誤って愛誦されていた。これは実に興味深いことです。なぜ、そうなったかが、手に取るように分かるからです。

わたしが、ひっかかっていたのも無理はなかったのです。当時の中学生にとっても《風更けて》は不自然だったのです。だから、

祁山悲秋の風更けて

を、自主的に、そして、あまり意識せずに、こう改変した。となれば、音は同じでも《アキ》に繋がる《ヒシュー》が《悲秋》ではあり得ない。多分、こうなるのでしょう。

祁山悲愁の秋更けて

意味は、《孔明が幾度も本営とした祁山においては、悲しい愁いの思いに閉ざされた秋が、いよいよ深まり》となり、まったく問題ありません。勿論、これは、歌うための改変です。文字として見た場合には、《悲愁の秋》という、《心》と《秋》の並びが邪魔になります。しかし、口ずさむのに《秋更けて》は、まったく自然です。『日本近代文学大系』本の初版は昭和四十七年。わたしが見ているのは平成三年の第五版です。その間、月報のこの部分にある《カゼ》と《アキ》のずれは、直されていないことになります。読んで、まったく抵抗がないからだと思います。念のために、角川書店の方に聞いていただきました。当時、この全集にかかわった方の間で、この点が問題になったことはないそうです。

わたしは、微かな疑問を感じつつも、『星落秋風五丈原』が有名な詩であるために、ひたすら、《きざんひしゅうのかぜふけて》と繰り返して来ました。しかし、こうなると、《風更けて》に抵抗を感じるのも、あながち無理とはいえないようです。

柴錬版で、冒頭の一行が切られたのは、ここに引っ掛かるものがあったからではないか。そう考えると、疑問に対して、一つの結論は出るのです。

『日本近代文学大系』には、幸い注がついています。さっそく、問題の箇所を見ましたが、《悲秋の風更けて「悲秋」はもののあわれを感ずる秋、ものがなしい秋。劉兼の詩に「間庭欹」枕正悲秋」とある。》となっています。上の方の《悲秋》には詳しい説明がありますが、《更けて》については、何とも書かれていません。ここには、何の問題もない、見れば分かる、という扱いです。

勿論、――これは、

「《悲秋の風》が吹くと共に《秋》はいっそう深まり、という意味だよ。それを、《悲秋の風更けて》といっている。そこに詩的なジャンプがあるわけだ。あるいは、《悲しい秋には、風の内に感じ取れる秋らしい愁いの思いが深まって》と考えてもいい。《悲秋》、《風》――しみじみとしてるじゃないか、そんなことは、いうまでもないよ」

と、たしなめられれば、

「そうですねえ」

と答えるしかない。実際、そうなのです。

しかし、形の上では、どう見ても《風更けて》は異例です。《更けゆく秋の夜》や《秋の夜は更けて》などという言い回しが耳に親しいだけに、《更けるなら、秋か夜だろう》といいたくなってしまいます。

――風更けて。

一体どこから、こんな変わった表現が出て来たのだろう――と思って調べたら、何と数百年の時をさかのぼり、日本文学史上の大スターの名が浮かんで来ました。そこでまた、膝を打ってしまった。

この人なら、やるでしょう。

# 二十四、「さ筵や」藤原定家
# 「思かぬる」慈円

## 1

まるで、ミステリの犯人探しのようになってしまいました。《風更けて》と最初にいったのは誰か。

まず、こんな表現が詩歌にあるか、といった場合、日本ならそれは、和歌にあるか、という疑問になります。となれば、見るのは『国歌大観』（角川書店）です。

以前なら索引と合わせ全二十冊の、あちらこちらを見なければいけなかった。それが今は、千百六十二の歌集（万葉集も夫木《ふぼく》和歌抄も、一つと勘定する）を収めた『国歌大観』が、たった一枚のＣＤ－ＲＯＭになっています。大変な時代です。

パソコンにセットして、まず《風》というキーワードを入れて検索します。これが、

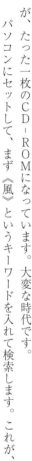

三万四千四百八十七首。同じ作品が、色々な歌集に採られていますから、のべの数です。平仮名の《かぜ》にすると、一万五千百五十一首。単純に考えて、《風＝かぜ》という語の入っている歌は、四万九千六百三十八首あることになります。

そこで、問題の《風更けて》という表現が、その中にどれぐらい含まれているか。どきどきしますね。まず、《風更けて》でやると——ゼロ。びっくりします。しかし、ないと決まったわけではありません。別の表記が考えられるからです。

結局、こうでした。

風更けて……………○
風ふけて……………十九
かぜ更けて…………一
かぜふけて…………三

のべ二十三、一覧を画面で見て、重なるものを除けば、実数は十一首。あの膨大な『国歌大観』の、浜辺の砂ほどもある歌の中から、これだけです。

さて、ためしに《風吹けば》という、ごく普通のいい回しを検索してみました。

風吹けば……百八十二
風ふけば……五百二十五
かぜ吹けば……十四
かぜふけば……百九十四

総計、九百十五。
ついで、語調からいって和歌には少ないだろうと思われる《風吹きて》で、試してみました。

風吹きて……三十
風ふきて……三十一
かぜ吹きて……六
かぜふきて……百九十四

こちらでも、二百六十一。《風更けて》は、珍しい表現といっていいようです。
こんな言葉遣いを初めてしたのは誰だろう、と思ってしまいます。歌の一覧を画面に呼び出してみました。そこで、「なるほど」と頷いてしまいました。

――藤原定家でした。

さ筵《むしろ》や待つ夜の秋の風更けて月を片敷く宇治の橋姫

二十三例中の実に七例が、この歌でした。――つまり、定家の自撰家集『拾遺愚草』を始めとして、『新古今和歌集』など七つに採られているのです。

《風更けて》を使った最初の作というにとどまらず、即代表作なのですね。定家ファンなら先刻御承知のことでしょう。歌の解釈は、『新古今』の注釈を始めとして色々な本に出ています。ここでは、木全体より枝葉を見ていきます。

塚本邦雄の『清唱千首』（冨山房百科文庫）によれば《建久元年九月十三夜、時に定家二十八歳》の作。この頃の定家は、斬新奇抜な言葉をあやつり、難解な歌を作り、それを反対派から達磨《だるま》歌と非難されていました。達磨さんは座禅をしているわけです。わけの分からないことを、《禅問答みたいだ》といいますね。まあ、あいつは自分だけで悟って、わけの分からない歌を作っている、といった非難でしょう。

で、この歌の《風更けて》や《月を片敷く》などというのが、その典型なのです。《かたしく》とは、どういうことか。《きりぎりす鳴くや霜夜のさ筵に》と始まり、百人一首にも『新古今』にも採られ、よく知られている藤原良経《よしつね》の歌の、下の句が《衣片敷

きひとりかも寝む》。つまり、下に敷いて寝るわけです。《月に》衣をかたしくのなら分かる。この場合は、《月を》となっています。月光そのものを敷いてしまうのですね。奇抜な、しかし魅力的な表現です。

同様に、《待つ夜の風に秋更けて》なら素直でしょう。だが、そうはいわない。《待つ夜の秋の風更けて》――夜も更け、秋も更け、それが風に感じられるのを、《風そのものが、更ける》といってしまう。言葉という役者に、そういう複雑な表情をさせている。要するに定家語なのですね。

さらに『清唱千首』や岩波の新日本古典文学大系を見ていたら、まさにこの《風更けて》を取り上げて、『方丈記』の作者にして、歌人の鴨長明が難じていると書いてありました。

わくわくしてしまいました。何げなしに芝居小屋に入ったら、大変な役者達が舞台にいたようなものです。早速、『無名抄』を開くと長明が、確かに《風更けて》などの言葉について語っています。曰く、最初は目新しく面白くても、こういった特殊な言い回しを真似したら、浮ついたものになるだけだ、と。

ところが、この危険な言葉を定家と同じグループの、『愚管抄』の作者にして、練達の歌人慈円が、早速、使っているのです。《さ筵や》の歌を定家が作った数年後、『六百番歌合』に源信定の名で、こういう歌を出している。

思《おもひ》かぬる夜はの袂に風ふけて涙の河に千鳥鳴くなり

これが、慈円の家集『拾玉集』など、四つの書に収められています。《風ふけて》を使った二番目に有名な歌、ということになります。《夜は》は《夜半》。夜も更け、風が深夜のものになっていくわけでしょう。

歌合なのだから、当然、相手があり判定があります。この歌は藤原有家の《玉章《たまづさ》のたえぐ〵になるたぐひかな雲井の雁の見えみ見えずみ》と対し、勝ちをおさめています。判者は定家の父、歌の道の権威である藤原俊成です。

いくら泣きに泣いても、溢れる涙の河に千鳥が鳴く——とまでいうのは凄い。相手方から、そこのところは《さすがに如何》といわれています。あんまりじゃないの？　というところです。

ジャッジの俊成は、慈円の歌に対し、《「夜はの袂に風ふけて」といひ、「涙の河に千鳥鳴くなり」といへる姿詞《すがたことば》、尤《もつとも》宜《よろ》しく聞ゆ》（『六百番歌合』新日本古典文学大系・岩波書店）と、こういった新しい表現を評価しています。

こう見ると、《風更けて》というのは、《秋》や《夜》を伴って使われる詩語だ、と分かります。それでこそ意味を持つ。

『星落秋風五丈原《ほしおつしゆうふうごじょうげん》』も、まさに公式通りです。《祁山《きざん》悲秋の風更けて》なのですから。

しかし、これは一般的とはいえない表現でしょう。――若き日の中野好夫が、《秋更けて》と、いい換えていたように。

それなのに、『星落秋風五丈原』の出だしはいかにも無理がない。言葉は、自然にすらすらと紡《つむ》ぎ出されているようです。晩翠にとって《風更けて》は、格別凝った表現ではなかったのでしょう。

晩翠はどこから、この詩語を持って来たのでしょう。『新古今』でしょうか。それとも、まったく違う、別の道があったのでしょうか。

土井晩翠に詳しい方には自明のことかも知れません。何しろ、彼の作品のうち、最も有名――といっていい一節についての問題なのですから。

そういう専門的なことはさておき、わたしには、『日本近代文学大系』の月報の、それも楽譜に書かれた片仮名の《アキ》という二字から、ことがこれだけ広がったのが、実に面白く思えます。

『柴錬三国志』を読んだのは、かなり前のことです。その時には、なぜ『星落秋風五丈原』の第一行のみを落とすのかというのは、漠然たる疑問に過ぎませんでした。《アキ》を見た瞬間に、それに対する自分なりの解答が出た。

正しいかどうかは、さして問題ではありません。原詩の言葉をいい換えて《アキフケテー》と歌う中学生中野好夫が浮かび、《風更けて》がどこか引っ掛かり唇を突き出すようにして顔をしかめる柴田錬三郎の像が二重写しになる。さらにそこで、時の歯車が何百年も巻き戻り、苦吟する青年歌人定家が見え、それを読んで膝を打つ慈円が見える。慈円の歌に、勝ちの判詞を書く老大家俊成がいて、一方、《風更けて》は奇をてらった危うい表現と首を振る鴨長明がいる。――そして、明治に至り、土井晩翠が『星落秋風五丈原』の筆を執る。

このように、時の帯の上に、言葉を巡って人々の姿が浮かんで見えたのが、何とも嬉しいのです。

2

さて、ここで《風更けて》から始まった探索の旅は終わる筈でした。

しかし、ＣＤ‐ＲＯＭ版『国歌大観』という、実に面白いものを手にしてしまったために、もうちょっとマウスを動かす気になりました。昔なら、膨大なカードをめくり、揃え、勘定しなければ分からなかったことが、一瞬にして出て来るのです。

まず、《風更けて》の、のべ二十三例という数値が、《更けて》全体から見て、どれぐらいの頻度で出て来るのか確認しようと思いました。

更けて………二百五十七
ふけて…………八百四十

千九十七分の二十三。五十首に一首というところです。一覧を画面上に呼び出してみると、ほとんどが《夜ふけて》あるいは《小夜ふけて》でした。

「……そうだよなあ」

と見ていったら、確率的には、勿論、少ないのですが、《風》以外にも《更ける》ものがあるのです。

中世和歌に親しんでいる人には、常識なのでしょうが、門外漢は、そうかそうか、と頷いてしまいました。代表的なのが、体感する《風》に対して、聴覚の《音》や、視覚の《かげ》でした。

# 二十五、『伏見院御集』伏見院

## 1

季節や夜が深まるのを、直接に《秋更けて》とか《小夜更けて》とかいうのに対し、深まりを実感させるものをあげて、何々が《更ける》という——そんな表現が、『新古今』の頃から出て来たのですね。

コンピューター検索をかなり続けて、自分なりに納得しました。出て来た語について調べようと、『歌ことば歌枕大辞典』久保田淳・馬場あき子編（角川書店）を開きました。具体的には、藤原良経の《潮風に与謝の浦松音ふけて月影よする沖つ白波》というのを見て、《与謝の浦》を引こうと思ったのです。そこでふと思いついて、

「そんなことまで出ていないよな」

とつぶやきながら、問題の《更く》の項を見ると、何と、きちんと書いてありました。執筆者は山本登朗《とくろう》氏です。

――『万葉集』の頃は、①《更く》は《夜・小夜》のみを主語にしたそうです。②やがて漢語の《春深》などの影響から季節に使われ出し、③ついで定家の、前回引いた《さむしろや》の歌が紹介され、《「風ふく」や「露ふく」「音ふく」などの表現が流行し、鴨長明『無名抄』はこれを新風的表現の典型とする》と、簡潔に書かれています。④一方で、《「夜」と「世」の掛詞を媒介と》して、年をとることについての更けるが出て来るそうです。

実に分かりやすい。頭の中が、すっと整理されました。こんなところに、近道があったのです。

①〜④の数字をつけたのはわたしです。このうち、①②④については、どの辞書にも出て来ます（いうまでもありませんが、趣味などに《耽る》や、芋が《ふける》などは別の語です）。

手近な辞書で、③についても触れられていたら――と思いました。何しろ、《戦前のあらゆる青年たちが、ひたむきに愛誦していた》詩に使われているのです。わたしのように、首をひねる人間もいるでしょう。

ですが、すぐに手に取れる辞書に載っていたら、わたしも、パソコン版の『国歌大観』まで使わなかったでしょう。何か調べることがあるのは嬉しいものです。その過程で様々なものに巡り合える。それを思うと、すぐ答えが見つからなかったことに感謝すべきかも知れません。

さて、《更けて》の用例を検索してみた結果、《風更けて》以上に多く使われていたのが《かげ更けて》や《音更けて》です。定家の一つ前の世代の西行が、もう《秋のよのつきのひかりのかげふけてすそ野のはらにをしかなくなり》と詠んでいます。《かげ》と来れば、大体は光のことで、それから光を受けているもの、最後に影の意味もあります。ここでは《ひかりのかげ》ですから、秋の夜の光を浴びている世界そのものなのでしょうね。視覚には月光、そして聴覚には牡鹿の声が秋の深まりを感じさせます。

《音ふけて》では、定家のグループの天才歌人良経の歌を先程あげましたが、一方、慈円にこういう作品があったのも楽しい。《網代木にいさよふ波の音更けてひとりや寝ぬる宇治の橋姫》。この歌も『新古今』に採られています。定家の《風更けて—宇治の橋姫》と、慈円の《音更けて—宇治の橋姫》が競演していたわけです。

## 2

ところで、パソコン版『国歌大観』を見たおかげで、巡り合った歌人がいます。システム上、そうなったのです。

どういうことかというと、画面上には歌と歌集名が出て来る。個々の作者は分からないのです。歌の横には、《新古今、玉葉、月清、拾玉、延文百、九十番》などと三字以内の略称が並びます。例えば、《続古今》とあって《あすかかぜかはおとふけてたをやめのそでにかすめるはるのよの月》と出ています。これを手がかりに『国歌大観』にあたると、作者は中務卿《なかつかさきよう》親王。さらに、それが誰か調べて、鎌倉から追われた六代将軍、宗尊《むねたか》親王だというところに、たどり着くわけです。

ところが、そのものずばり、画面に名前が出ている人がいました。

——伏見院。

どうしてかと言うと、『伏見院御集』という歌集があるのです。だから、歌集名のところに《伏見院》と出る。また、この人が《更けて》をよく使うのですね。だから、検索している間、この三文字と頻繁に出合いました。

伏見院は鎌倉後期の人。定家のひ孫である京極為兼《ためかね》と同世代です。為兼に命じて編ませたのが『玉葉和歌集』です。

さて、《風更けて》を検索していて出て来たのがこれです。

> 秋の夜のをぎのうへこす風ふけてかきほもしろき庭の月かげ

荻は、川辺などの湿地に生える大型のすすき、といった感じのものです。眼にし手にしていると思いますが、すすきとの区別がよく分かりません。『季寄せ　草木花　秋上』加藤楸邨・冨成忠夫・本田正次（朝日新聞社）には《ススキの穂に比べて全体が銀白色に見える》とあり《風聞草》ともいうそうです。揺れる風情が風を聞いているかのようだ、というのでしょうか。

伏見院の歌で、今、眺めているのは庭です。今の感覚なら、野生の荻がそこにあると

は思えない。秋の夜の風が、風聞草の銀白の穂の揺れを連想させ、幻想させると考えた方が面白いかも知れない。しかし、当時は《軒端の荻》などという決まり文句さえありました。わざわざ植えたのですね。

伏見院の《をぎ》の歌を探すと、《をぎのうへをばながするゑもしづかにて秋風みえぬゆふぐれのには》。分かりにくい。《荻の上をば流す絵も――》などと読んだら、わけが分からなくなります。一部、漢字にすると、こうなるのでしょう。《荻の上尾花が末も静かにて秋風見えぬ夕暮の庭》。こういった無風状態から、《しらつゆもおきだにあへず秋風のふきしく庭ののきのしたをぎ》など何首もあります。

さて、《秋の夜の――》の歌ですが、――わたしの頰を撫でる、この風は、更ける秋の、更ける夜の、庭の荻の穂の上を渡って来るものだ。風と共に、秋は深まり夜は深まる。荻の銀を、ここに持ち来ったような月の光が、垣根をありありと明るく照らし出している。

こういった意味でしょうか。

子供の眠りは深いものです。床に就くと朝の光がさすまで起きない。講談社の『名作物語文庫』で『クオレ物語』や『白いきば物語』を読んでいた子供の頃、初めて真夜中に目覚めて、トイレに行ったことを思い出します。硝子戸の向こうの、深夜の庭を生まれて初めて見ました。

わたしの育った家も庭も、もう跡形もなくなっています。わたしの頭の中にだけあるものです。庭の中ほどに無花果《いちじく》の木がありました。子供の眼からは大きく見えました。何事にもまめな母は、庭の手入れもよくしていました。薔薇やサルビアの咲く小さな花壇がありました。そこに、人間の動く昼間とは違った月の光が皓々とさし、無花果の木の影が白い地面にくっきりと落ちていました。

普段、何でもなく眼にしている風景が、不思議な水に満たされたように見え、この明るい、人のいない世界が、外に歩き出せば庭から、川に、田畑に、野に、どこまでもつながっているのだと思いました。

そんな夜のことを、思い出させるような歌でした。

萩の方は、『万葉』で最もよく歌われた植物だといいます。『大和路　万葉の花暦』田中真知郎・猪股靜彌（朝日ソノラマ）で百四十一首、『花の図譜　秋』太陽シリーズ（平凡社）では百四十二首となっています。

『国歌大観』のパソコン検索では、《萩・はぎ》が百四十四首。《荻・をぎ》は、これに対して五首。

これは面白いと、全体で検索すると、《萩》二千九百五十八首、《はぎ》二千七百三首。そして、《荻》二千二百九十首、《をぎ》千二百六十首。『万葉』ほど極端ではありません。

『古今』では、《萩・はぎ》は十六、《荻・をぎ》ゼロです。ゼロだと比率の意味がなくなりますが、これを《小数点以下だよ》といった具合に考えれば、ほぼ『万葉』並みといえます。これが『新古今』になると《萩・はぎ》が二十、《荻・をぎ》が二十九と、何と逆転しています。荻の銀白色が、時代の色に見えて来ますね。

他に『伏見院御集　冬部』という別の本に、

よひのかぜふけてしづまる冬の夜のやみもさやけき庭のゆきかな

という歌も出て来ました。しかし、これは形の上では《風更けて》でも、意味から考えれば、《宵の風（が夜が）更けて静まる、（そういう）冬の夜の――》ということでしょう。『伏見院御集』の方には、この歌が《よひのかぜのふけてしづまる》という形で入っています。この《の》があった方が、調べに時の流れが出るような気がします。

冬の夜といえば、《かげふけて》の例もそうです。

かげふけてすさまじき身のたぐひかなしもの庭なるありあけの月

霜の庭の有明月の光が、荒涼たる冬の深まりを感じさせます。

ところで、伏見院が編ませた『玉葉和歌集』についても、わたしは何も知らないので小学館の新編日本古典文学全集の『中世和歌集』をぱらぱらと見てみました。そうすると《勅撰集で、犬そのものを詠んだ歌をとり上げたのは、この集がはじめてである》と書いてあり、「へえー」と思ってしまいました。時代が動いているのだなあ、と感じますね。定家などの、犬の吠える歌が載っていますが、中の一つが伏見院の、

さ夜ふけて宿守《も》る犬の声高し村しづかなる月の遠方《をちかた》

です。この《しづか》さは、我々から隔絶した、遠い昔という感じがしません。
そこで、《音ふけて》から一首。

たれかゆくしも夜のくるまおとふけてさえしづまれるみちのべの月

ここに見えるのも、鎌倉というより、父母の時代のようです。――というより、自分自身が子供で、冬の布団にくるまり眠りに就いていた時、外の、霜の降りた道を、月光に照らされ、この《くるま》が通って行ったような気がします。

# 二十六、「卒業歌」江隈順子

## 1

いつか読もうと思いながら、書棚に入れたままになっている本というのが、あるものです。中央公論社の『チェーホフ全集』が刊行された時、同じ装丁で『チェーホフの思い出』という別巻も出ました。これを三十年ほど前に買って、ずっと置いてありました。この秋から冬にかけて、『三人姉妹』を観に行ったり、その会場にあったちらしで《チェーホフ演劇祭四十日間》という催しがあることを知ったりし、チェーホフづいてしまいました。そのおかげで、眠っていた本を手に取りました。

中に、年少の友、イワン・アレクセーヴィチ・ブーニンが、敬愛する先輩について語った文章、『アントン・チェーホフ』（佐々木千世訳）がありました。この出だしが、実

に面白い。

二人でヤルタの海岸通り（『犬を連れた奥さん』は、ここから始まりますね）を歩き、公園のベンチに腰を下ろした時、チェーホフがいいます。

「海を描くのは非常に難しい」

そして、ある学生のノートの中にあった海の描写をうまいというのです。

空欄を埋める問題を見せられたようです。どれほど膝を打つような言葉が続くのか、と思い、身を乗り出してしまいますね。――こうなります。

「《海は大きかった。》それだけですよ」

ブーニンは、この賛辞は断じて、いやらしい《気取り》ではないといいます。そうでしょう。いったのは、チェーホフです。だからこれは、人を語り、表現について語るエピソードになります。

わたしは、ここを読んだ時、この文章は有名なチェーホフの臨終の言葉で結ばれるのではないかと、思ってしまいました。あの――《私は死ぬ》です。

そうではありませんでした。そう運ぶのは、それこそ、いやらしい落ちかも知れません。しかし、人生最後の時に、これほど簡にして要を得たことは、なかなかいえないものでしょう。

もっとも、今回、オリガ・クニッペルの『夫チェーホフ』（佐々木千世訳）を読んで、

チェーホフは、そういった後、シャンパンを口にしてから、微笑し、

「僕はながいことシャンパンを飲まなかったね……」

といった、と知りました。だとしたら、こちらが本当の最後の言葉です。しかし、世に知られているのは前の一言です。それこそがチェーホフだ、と皆が思うからでしょう。

これもまた同じ本の『チェーホフとモスクワ芸術座』（山本香男里訳）の中で、スタニスラフスキイは、『三人姉妹』の練習をしていた時、作者から届いた手紙について述べています。妻というものについての《二頁にもわたる見事なモノローグ》があったのですが、チェーホフはそれを差し替えたいといって来たのです。示されたのは、一言、《家内は家内です！》。

長々とした熱弁、凝った言い回し、気のきいた比喩は、発せられた瞬間から、すぐに腐り出すということでしょう。『かもめ』の若い小説家は、ついそちらの方向に筆が向かってしまう自分を嫌悪します。《海は大きかった。》は、思いのある人間が見れば、様々な意味を内に含んでいます。チェーホフには、この大きさこそが、大切なものだったのでしょう。

2

表現者が、動かし難い一語を探すという話は、いくらもあります。東でいえば《推

敲》にまつわるエピソード自体がそうですね。西では、モーパッサンが書いた『ピエールとジャン』の、前書きの一節、――師フローベルの、《あることを表現するのに適切な語は、ただ一つである。それを探せ》という教えなどは、おそらく後に続く小説以上に知られている筈です。

短歌俳句の、一字の働きについては、これまた、どれほど書かれているか分かりません。

さて、随分前に『微苦笑俳句コレクション』江國滋編著（実業之日本社）で読んだ句の中に、こういう作品がありました。作者は、江隈順子さん。

卒業歌あの先生が泣いてはる

印象が強い。なぜか。

編者江國氏は《べつにどうということもない句だが、「あの先生」の「あの」がいい》といいます。しかし、わたしには《あの》も、別に《どうということはない》ものに思えたのです。では、どこに魅かれたのかというと、《は》です。《い》ではない、という一点です。

仮にこれが《卒業歌あの先生が泣いている》だったら、ただのつぶやきです。文字にする意味もない。

ところが、《泣いてはる》は、いわゆる共通語ではありません。それを使ったことによって、通常の卒業式のそれとは違う、柔らかな空気に辺りが包まれます。

内容からいっても当然そうですが、この調子だけでも、《泣いてはる》と思ったのは女学生でしょう。普段は活発な子かも知れないが、卒業式という場であるだけに、いささか、おとなしくなっている。しかし、泣いてはいません。

その瞳に、豪快そのもののような男の先生——生徒指導などを担当して、三年間、煙ったがられて来たような先生の姿が映る。彼の無精髭の似合いそうな頰に、一筋の涙が伝っている。そういう情景が浮かびました。

《男》というのは、見ている主体が女学生ですから、それと比べた時、《秤の向こう側に置かれるのはより対照的な存在であるべきだ》と感じたからでしょう。実際には直観なので、理屈は後から追いかけたものです。

とにかく、《卒業歌あの先生が泣いている》なら、それだけで終わってしまうものが、一字替えただけで、きちんと一つの空間を作っている。関西弁の力を感じます。わたしには、そこが印象深かったのです。

江國氏は、《ふだん、生徒から鬼のように恐れられている、きびしいだけの女性教師だろう》といいます。それがまた面白くて、人に会った時、

「この先生は、どんな人だと思います？」

という問いを投げかけると、思いは様々。男説、女説、それぞれにありました。ところが、最近、ある女の方が、見ている生徒について男子説を唱えたのです。まったく考えてもいなかったので、びっくりしました。

どういうわけで、そう思うかというと、

《女性が卒業式などでセンチメンタルになる》というのは、一方的な思い込みで、むしろ、そういう時には、冷静なのだそうです。教師が、鬼の目にも涙を見せたぐらいではとおっしゃる。むしろ、そういう、よくいえば純情、悪くいえば単純な反応は男に似合う、という説でした。

《泣いてはる……》とはならない。《泣いてはる》はあっても、《……》の部分はない、

さあ、そうなると、男も《泣いてはる》というのだろうか、と思いました。確かに、上方落語などを聴くと、男性の登場人物も《居てはりますかぁ？》などといいます。辞書を見ると、関西弁の《はる》は、尊敬、まれに丁寧とありました。となれば、面と向かっていうのならともかく、内面の思いなら、男とは感じられません。《先生、泣いてるぞ！》というのが、男の心の言葉でしょう。《泣いていらっしゃる！》とは思わない。

とにかく、こうなったら、現地の方に確かめるのが一番だと思って、大阪の有栖川有栖さんに電話しました。

事情を手短かに説明して、うかがうと、

「《泣いてはる》——なら、男もいうでしょうねえ。ただ、普通には、《泣いとる》かなあ」

　というご返事。

「《泣いとる》は、女は使いませんか」

「いや、使います。男言葉というなら、《泣いとおる》とか、《泣いとるで》でしょうね」

「はあ」

「しかし、そうなると、好感を持ったいい方ではありません。《あの先生が泣いとるで》となったら、《いつも、偉そうなこといっとるあの先公が泣いてやがるぜ。けっ！》といった感じですね」

「そうですか。《泣いてはる》だと、物柔らかな感じがするんですけれどねえ」

　そう、お話しして、受話器を置きました。

夕方、今度は有栖川さんの方から電話がありました。これが、わたしには実に意外な電話だったのです。

「もしもし、先程の件ですけれど」

「はい」

「あれ、うちのが帰って来たんで、聞いてみたんですよ。そうしたら、あの句の《生徒》ね——」

「はい？」

嬉しそうな声である。何だろう、と思う。

「——《男》だっていうんですよ」

二人目の、男子生徒出現である。

「どうしてまた？」

「いやあ、北村さん、さっき、《泣いている》から《泣いてはる》に一字替わったから、柔らかな世界になったとおっしゃったでしょう。黙って聞いてましたけど、我々だと、そうも思わないんですよ」

「は？」

「つまり、関西に住んでたら、《はる》は当たり前なんです。普通にしゃべってる言葉ですから。つまり、北村さんのいう《卒業歌あの先生が泣いている》と同じ語感なんですね」

　これには、虚をつかれた。

「女生徒が《あ、あの先生が……》と思うんじゃあ、当たり前過ぎるというんですよ。それなのに、わざわざ句になっている。ということは、ちょっと斜に構えているんじゃないか。そこで、《おいおい、あいつが泣いてるぜ》という気持ちで《泣いてはる》。だから、男じゃないかというんです」

「なるほど」

「うちのは京都に知り合いが多いんですが、京都は大阪より、《はる》に敬語の度合いが少ないらしいです。《泣いてはる》といったのが男でも、全く不自然ではないそうです」

　狭い日本です。しかし、どこに住んでいるかで、言葉の感じ方にも、これだけの差が出て来るのだと、改めて感じ入りました。詩は翻訳不可能といわれますが、同様の問題が国内でも起こり得るわけです。

　この句に関していうなら、作者が仮に関西在住の方でも、まず、《共通語で作る》という前提があると思います。その上で生まれた《卒業歌あの先生が泣いてはる》でしょう。だから、作品なのだと思います。

　地方の言語で書かれた詩や文章には、その響き、香りで、まず我々を衝《う》つものがあります。それだけの生々しい生命力が、言葉にあります。それは間違いないことだと思います。しかしここで、共通語を知らず、その言語だけで育った人の耳に、心に、それがどう響くのか――ということを考えました。それは、もはや永遠の謎なのかも知れません。

# 二十七、「てんごう」大川宣純

1

翻訳についての文章中に、《ドイツなまりの登場人物の、堅い口調を表現しようと、薩摩弁で訳した例があった》——と書かれていたような気がします。江戸人などの目を通して作られたであろう、薩摩弁に対する《無骨》というイメージを当てはめたわけです。

確かに我々は、地方の言葉を聞いた時、逐語訳的に意味を知るだけではありません。独特の色合い——薩摩弁の実直さや京言葉の柔らかさなど——をも感じ取ります。しかし、それを翻訳に当てはめたら、効果的というより奇妙でしょう。《おいどんは、何々でごわす》といわれたら、ドイツなまりの堅い調子とは響かない。翻訳ものを読んでいるのに、《この外国人は鹿児島育ちかしら》と思ってしまう。いや、思いはしなくとも、より始末の悪いことに、感じてしまいます。

その辺のおかしさを、効果的にねじ伏せるには、いっそ全体をある地方の言葉で訳すか、あるいは、登場人物全員に各地方の言葉を割り振るような荒業が必要でしょう。勿論、性格によって分けるのです。そこまで行けば、独特の演出のついた舞台のようになります。実際、京言葉で現代語訳された『源氏物語』や、関西弁のシェークスピアなどもあるようです。地方語には、それに応えるエネルギーがあります。

方言自体は、共通語の普及と共に、昔のままではなくなりつつあるようです。テレビで《鹿児島に行って、自分のことを、おいどんといっている人を探そう》という企画があったそうです。いないからこそ、番組が成立するのでしょう。純粋なお国言葉は古老しか知らない、という地方もあるでしょう。

皮肉なことですが、そういう共通語の普及によって地方語の力が感じられるようになった、ともいえるのではないでしょうか。基準として、いわば当たり前の言葉が白地のように存在する。だからこそ上に置いた赤は、赤地に塗った赤よりも赤くなるのです。

さらに、共通語を公的なものと感じれば、その裏返しとして、地方の言葉には、より《私的》な色合いが強くなります。どこでも、テレビからは同じ言葉が流れ、式典などでもそれを使うなら、自然、我々は公的ではない方の言葉に、飾らない《本音》を感じるようになります。

2

川崎洋氏の『日本方言詩集』（思潮社）は津軽から沖縄群島までの、地方の言葉で語られた、《方言詩》九十篇以上のアンソロジーです。

川崎氏は「あとがきに代えて」で、こういっています。《「方言」というと、「標準語」の権威を仰ぎみるような語感が現在でも尾をひいているように感じるが、「方言詩」というジャンルが定まりつつある今、わたしとしては右記のような不躾《ぶしつけ》な語感はきっぱりと切り離して使っていきたい》。

この魅力的な本の中に、何の先入観もなしに読んだわたしを捕まえて離さない作品がありました。高知県の方言詩です。

長くなりますが、全文を御紹介させていただきます。

てんごう　　大川宣純

あしあ
根が百姓ぢゃった

その外に能がなかった
けんど
ひょっとしたことで
みょうな女を知ってから
しょうこともの好きになった

好きぢゃ言うたち
どうせ好いちゃくれんきに
ほんで絵を描くようになった
描きよると
その女がたまにほめてくれるもんが
ちょいちょい描ける様になった

百姓じゃきにだれるきに
夜は寝にゃいかんとづかれもって
やっぱりやちもない絵を描きよったら
そのあげっさに

と丶胸をわづろうた
ご体に申し分が出来て
ほでがた丶んようになったらのうし
せえから
おとうとおかあが毎日ひにちふすべた
あんまりぞうくそがわるいきに
俳句ぢゃ詩らあをつくる様になった
そうこうしよるうちに女のひとは
とっと遠いのどこやら
知らんくえいた
どだいこたひこんで
ちっくとの酒ぢゃてっしんきに
焼酎のあぶと呑みをやったら
その時から
酔狂のくせがついた
家の中がぐれて

おもしろうないきに
ほんとうは
あしが目にかからんやうにせんといかんろう
もう出てゆかあそう決めちょる
渡世ゆうたち土方するより外に
みびきすることあ知らん

ひびの入ったごたいで土方しよったら
ぢっきにごたいがこわれて
一力《いちりき》たゝんようになって
とんと
それでしまひよ
人並のことを一つもせんづゝ
てんごのかはをして
ご体がやくにたゝんやうになったきに
寄ってたかってやしべられる
ゆうたち云うてゆくさきもない

もうこれが命ぢゃあと思うて
すわりをつけて
死ぬまで絵を描かいでどうすりあ
あしあ誰れまはり
好きになれんけんど
ほんでもまだ
ちくとの友達が残っちょる
まだ好きな人が居る
あしあそれでかまん
もうそれだきでええ

これ以上、何をいう必要もない、という気になってしまいますね。高知弁がしゃべれるわけでもないのに、無性に声を上げて読んでみたくなります。そうすると、一つの人生が浮かんで来る。

『日本方言詩集』では、この詩に、川崎氏が片岡文雄氏の添削を仰いで作ったという意訳が付けられています。そこでは、《づかれもって》は《小言を食らいながらも》、《やちもない》は《下手くそな》、《ほでがたゝん》は《腕が利かない》、《ふすべた》は《嫌味をいうようになった》、《やしべられる》は《馬鹿にされる》となっています。なるほど、と思います。

《てんごう》といえば、普通には《てんごう、しやしゃんすな》といった具合に、悪ふざけや悪戯といったイメージがあります。だから、《てんごのかはをして》、というのは、子供のように後先見ずに、したい放題のことをして来て――という意味に思えました。ただし、これは我が来し方を振り返っての自嘲的ないい方ですよね。世間から見れば人並みのことをしない悪戯者でも、当人は一途に生きて来たわけです。その《一途さ》が受け入れられない。

ただ、意訳では《いらぬことをして》、また西岡寿美子氏の丁寧な注には、《てんごう…余分な手出し、おせっかい、自分で買って出る行為》とあります。高知でいう《てんごう》とは、そういうことなのでしょうか。しかし、《おせっかい》の類《たぐ》いは、この場合、当てはまりませんから、《やらずもがなのことをして》という感じになるのでしょう。

これを読んで、誰もがすぐに連想するのは、同じ高知県の「土佐源氏」（宮本常一『忘れられた日本人』所収・岩波文庫）でしょう。社会からドロップアウトした男の独白、女性への純な思いという点で重なりますが、違う部分の方が大きい。それでも、「土佐源氏」を思ってしまうのは、ここではない、今ではない、普通ではないような一生を語りながら、その《語り》が、心の奥底で、永遠に、全ての人と繋がっているからでしょう。「土佐源氏」は一人芝居となって、長く舞台で語られレコードにもなりました。ＣＤがあるのかどうかは知りません。「てんごう」も耳で聴いてみたいものです。

出典は、『大川宣純《のぶずみ》詩集』（大川宣純詩集刊行委員会）。後で知ったのですが、『ふるさと文学館　高知』片岡文雄編（ぎょうせい）にも収められています。表記が、『日本方言詩集』では《百姓ぢゃきにだれるきに》、《一力たたんようになって》となっていますが、原典と『ふるさと文学館』では、《百姓じゃきにだれるきに》、《一力たゝんようになって》となっています。ここでは、原典の表記によりました。

さて、簡単に原典といいましたが、実はそこにたどり着くまでが大変でした。《大川宣純詩集刊行委員会》の手になると書いてあります。いかにも、故人の遺した詩文を周囲の人がまとめた――という感じです。大川宣純とは、一体、どういう人なのだろうと思いました。刊行は一九六九年ですから、もう三十年以上前の本、ということになります。

《これは、国会図書館で探すしかないな》と考えました。皆な、そう思うでしょう。ところが、あの国会図書館にも『大川宣純詩集』はなかったのです。

こうなったら地元の図書館に頼るしかありません。問い合わせていただいたところ、高知市民図書館にあるということでした。そこから、東京の都立中央図書館に郵送していただき、閲覧することが出来ました。現在の図書館ネットワークというのは、たいしたものです。ただし、コピーは不可でしたから、要所要所をメモしました。――それもまた昔めいて、もどかしいが楽しいことでした。

何でも便利なのが、いいわけではありませんね。

# 二十八、「冬」「登山記」大川宣純

## 1

はるか高知から届いた本の表紙を飾っていたのは、胴と脚の、上から押し潰されたように太い鶏の絵でした。薄紫の地に、ちょうど絵筆に赤紫の朝顔の汁を搾《しぼ》って含ませ、絵筆をふるったような色合いの絵です。

巻末には「大川宣純・その稚拙の時代」という、大崎二郎氏の、友を語る文章が載っていました。思いのこもった素晴らしい回想録です。

まず、大川自身が、雑誌『無頼派』（昭和二十四年五月、宮地佐一郎発行）創刊号に寄せたという略歴が引かれます。

吹雪の日、長男として、高知市吉野、鷲尾山麓に、大正十四年二月五日、鉗子の力により辛うじて出生。東京の某美術学校に学びし記憶あり。昭和十八年病を得て帰郷、以来ほとんど絵を描かず。句作せし、一時期あり。戦後、佐一郎らの「詩座」による。昭和二十四年再び絵を描きはじめる。

「てんごう」を読んで、何となく作者は高知で一生を終えた人のような気がしていました。東京で絵を学んだことがあるというのは意外でした。

大川は、詩と絵に夢を託しつつ、日夜、酒に溺れました。大崎氏は、こう書いています。

《ボロボロのレインコートをなびかせ、右に左に大きくゆれながら禿鷹さながらギョロッと鋭く血走った眼を据えて大音声でやってくるのだった》。《或る時は夜中の二時にやってくる。猛烈に吠えやまぬ犬にも無頓着、戸を叩き近所七軒どころか、はるかにまでひびきわたる大声で〈ジローサンヨー〉と起きるまで叫ぶのだ》。

小説中の登場人物について、《道で会うなら犬がいいが、動物園で見るなら狼がいい》と論じた評論家がいます。作中人物だけでなく、創作者としての芸術家もまた、多くの場合、強い個性の持ち主でしょう。しかし、実際、友達に狼がいて、深夜にやって来られたのでは身が持ちません。明日の生活があり、妻がいて子がいる。大崎氏は、縁先に顔を出し、長い時間をかけてなだめ、大川に帰ってもらう。しかし、遠くなって行く友の後ろ姿を見ては《激しい羞恥に似たものと、表現しようのない寂しさに襲われた》といいます。

もとより、彼を愛するからですが、観念としての《彼》を心の中で慈しむのと、現実の来訪を受けるのとは違う。断らせる立場に追い込み、自責の念すら起こさせる相手を、このままで行けば、自覚せずとも憎むようになったかも知れません。

寒中の夜明け、大川が外から叫ぶ。出ると彼は、レインコートのポケットの中から、つぶれた鮒《ふな》をつかみ出して、《〈おまんが鮒が好きぎゃと思うて、来る道、神田川へ入って摑んできたぜよ〉というではないか。たしかその冬一番の凍るように冷たい夜明けだった。昨夜の焼酎か、離れて立っているのにあたりの冷えびえと澄み切った空気に強烈な酎の匂いが厚い乳色の層をなして流れわたるのだ》。

大崎氏は、八キロはある道を《歩いてやってくる途中闇にさだかでない川に入り、ズボンをコートをぬらし、凍らして鮒を摑まえている時の大川の心》、《そして間断ない酔いに足をすくわれ、この遠い道のりを歩いてきたその時間》を思います。

今から半世紀近い昔、確かに四国の大崎家の縁先で、このようにして見つめ合った二人がいたのです。書かなければ跡形もなく消えた一瞬が、『大川宣純詩集』の中には、こうして閉じ込められています。

大川は、昭和三十六年四月四日の朝、アスファルト工事現場の軒先に、酔って倒れ伏し《海鳴りのような大鼾をかいてねていたという》。《ポカッと穴があいたような静寂がきた。「死んぢゃあせんか?」と仲間の一人がいった。冗談のはずだったが、本当に死んでいたのだ》。

三十六歳。翌週、ソ連のガガーリンが初めて宇宙を飛び「地球は青かった」といいます。大鵬、柏戸が横綱となり、『上を向いて歩こう』がヒットした年。日本が、まだまだ貧しかった頃です。

2

『大川宣純詩集』は、それから八年経って刊行されています。短いとはいえない月日が間にあります。それがかえって、彼への思いが歳月によって薄れなかったことを、示しているようです。友人達に、死後、ますます生き生きと回想されるような人だったのでしょう。

わたしが見たのは、図書館の本です。最近ではコンピューターシステムが導入され、書籍に貸し出し記録の残らない場合が多いと思います。しかし、この『詩集』は古い本だったせいか、スタンプで借りられた日にちが記されていました。刊行された年には話題にもなったのでしょう。九回、借りられています。

それから七年間は書棚に眠っていたようです。一九七六年になって、誰かが借りました。数年置きに、ぽつりぽつりと利用され、八九年のみが異例の五回となっています。誰か、大川に関心を持った方がいて、一人で複数回、借り出したのかも知れません。

そういう記録を、この目で見るのも、何か不思議な感慨のあるものです。顔も知らない遠い誰かが、同じ本を手に取り、ここにある大川の言葉を、共に読んでいたのだなあ、という思いです。

ここ十年ほどの記録はありません。システム変更で、本に直接、記さないようになったのかも知れません。

おそらく、こういう郷土の芸術家ですから高知に行けば、専門に研究なさっている方がいるのかも知れません。わたしは、もっと知りたいようでもあるし、もうこの本だけで十分とも思います。おぼろなイメージの中から、「てんごう」の一語一語が浮かんでくる——それでいいような気がするのです。

本を手にするまでは、方言詩が多くを占めているのかと予想していましたが、実際には、それは「てんごう」だけでした。短い、つぶやきに似たものもありました。「冬」と題する五行詩です。

てんらくの　きざし

とこなへの　いのち
きしみわたるこゝろのうづき
さえわたるふゆのはれ
ともすれば　なみだにじむも

最後の《も》は、改行が前にあるので最終行は独立している、つまり、古めかしい詠嘆の終助詞と取る方が自然でしょう。しかし、逆接と考えて、《なみだにじむも　さえわたる》と前に返すのも、独特の響きがあり、捨て難いところです。ただ《きしみわたる》と《さえわたる》が対句ですから、無理があります。《とこなへ》は、おそらく《とこしなへ》の誤記でしょう。《てんらくの　きざし》は《きしみわたるこゝろのうづき》に繋がり、《とこしなへの　いのち》は《さえわたるふゆのはれ》のイメージと重なります。それらが、《にじむも》と古雅に結ばれます。思いがけないほど瀟洒な言葉の並びです。

次に引くのは、「登山記」と題された一篇です。

（一）

草になり
石になり
あるひは土になり
波うちながら
岩をわたりわたり
日にやかれ
草いきれの中で
風化され
しら〳〵死にし径を
あへぎあへぎ影に追はれ
しら〳〵死にし径を
あへぎあへぎ影に追はれ
あなたとわたし
つかずはなれず

今はたゞのぼりゆくべく

（二）

ひてり
ひかげり
あるひはもの、影となり
汗を流し　洗はれ
風に吹かれては
たちどまり
蟬が鳴き
はろかをのぞみ
ふりかへり
つかれを知らず
け落として来たいくつもの石ころの
反響にうたれ
渉って来た谷水を
ぬけて来た青葉を思ひ

ちゝはゝを思ひながらに

（三）

海が見え
雲が湧き
いたゞきに夢のごとくに
みちとぎれ
ひるの虫が鳴き
あるき
とゞまり
放心の歌をうたひ
ばったが飛び
あなたは立ちわたしはすわり
あなたは海を見　わたしは雲を見
はかなきことに
あなたは　おそれ　わたしは　おそれ
かたくなにあるきめぐり

（四）

ひぐれ
ぼんやりきりにぬれ
日にてらされ
萬葉の歌人の碑のかたへ
ふるぼけてほろ〳〵ほぐれる桧皮《ひはだ》に
いくへにもいくへにもつゝまれた
小屋の中で
潮騒《しおざい》を聞き
いつしかに　たれかれの如く
夜のはげしい息つきながら　おのゝきながら
ともした朱のろうそくの尽きるまでの
ふたりだと
どちらからともなく
耳をすまし

係助詞の「は」が、この詩の性格を決定づけています。《あなたは立ちわたしはすわり》のように違う動詞を伴ったり、《あなたは海を見　わたしは雲を見》のごとく違う対象を持つなら、この用法も自然です。しかし、それだけでも、この二人の像の重なりを拒否するような不安感があります。

さらに大川は、心の動きを示す同一の動詞を使いながらも「は」というのです。——《あなたは　おそれ　わたしは　おそれ》と。共に《おそれ》るのではありません。恋愛詩にしては絶望的な、その調子が、これをまさに《放心の歌》と思わせます。

# 二十九、「かむへのこと」「初夏の雨の日」大川宣純

## 1

大川の詩は、こういう機会でもないと、めったに読まれないでしょう。もう少しだけ御紹介します。《あなた》、あるいは《おまえ》について語ったものに限り、その中からいくつかあげてみます。

これらの詩は、「てんごう」があることによって、その白い繊細な根のように輝きます。大川の詩は、このような形で普遍性を持つのではないでしょうか。

無論、ここで語られる女性が「てんごう」の《みょうな女》と、実際に同一人物かどうかは分かりません。「初夏の雨の日」に描かれる女性は、彼と絵画の趣味を共にしています。《みょうな女》は、大川の絵を《たまにほめてくれ》ました。そこが通じ合い

ます。「かむへのこと」の《童女》は絵を贈られますが、一方的なものだったのかも知れません。確かなことは分かりません。

けれど、ここでは現実の戸籍調べをしているわけではありません。いわば、大川の心の戸籍を見ているわけです。

彼の内なる、結ばれることのない《あなた》、永遠の《おまえ》が、ここにいます。

かむへのこと

とある　ゆうがとうの　引かれそめた村の　だい三化めい虫の　ころの
記憶の　りゅういきのデルタともいふべき　ガソリン屋のある国道の側
に　最初のあなたは　少女であった　ゆあがりの　かくれんぼのくらが
りの一すみで僕は青い絵をおくる
そうして　稲の花から　夏はひるがへる　豊作の　うるふとしの　ま昼
汗をぬぐってあなたは童女で終る

この詩には、編集に携わった方の手になるのであろう、《かむへ＝鴨部（かもべ）地名》という注が付されています。してみると《かんべ》と読むのか、とも思われます。

しかし、詩の本文には、《ゆうがとう》《デルタ》など、ほとんどの場合、濁点の表記がしてあります。あるいは印象深い固有名詞だから、ここは特別なのかも知れません。旧仮名遣いについては、今まで御覧になった通り、大川の書き方自体、かなり混乱しているのです。おそらくは、元々が殴り書きのメモだったのでしょう。この詩も、独り言めいていています。

《だい三化めい虫》は《三化螟蛾《さんかめいが》》の幼虫。稲の茎に食い入る、農作の大敵。平凡社の『大百科事典』によれば、年に三回発生するので、こう呼ばれるそうです。日本の南西半分に生息する。四国高知も、勿論、その生息圏内です。

わたしは、「かむへのこと」を読んだ時、まず、《あれっ、二化螟虫の間違いじゃないの？》と思いました。関東の人間だったからですね。《二化――》の方を耳にしたことがあるのです。こちらは全国的に分布している。そして、南には《三化――》がいるようです。

その《三》という数字に、《だい三化めい虫》と《第》の字が冠せられています。続いて《ころの》と、時を振り返る言葉が来る。

そこでわたしは、何となく地質時代の《第三紀》を連想してしまいました。こちらは、やはり『大百科事典』によると六千五百万年から二百万年前までの、気の遠くなるほど長く、そしてまた遠い過去です。陸では哺乳類が発展し、海には様々な生物が産まれた。

そうなると《第三化螟虫》も、現実を離れて三葉虫めいたものに思えて来ます。三葉虫がいたのは古生代で、五億九千万年から二億四千八百万年前だといいますから、思いはさらに遠のいたわけです。こういった連想から《第三化螟虫の発生したあの頃》というのが、現実の時を越え、茫洋とした御伽噺の昔のように感じられました。

《りゅういきのデルタともいふべき》は《ガソリン屋のある国道の側》にまで掛かっているのでしょう。その辺りが地形的にどうこういうのではない。《デルタ》は農業に向き、人が集まります。《ガソリン屋》近辺に集落があるのでしょう。

　幼き日を共に過ごした《あなた》に、《僕は青い絵をおく》ります。青春ともいえない、遠い青です。

《稲の花から　夏はひるがへる》というのは、唐突な転調ですが、一面の稲穂の揺れを、そこに感じさせます。

　次に《豊作の　うるふとし》とあります。《うるふとし》と書けば《閏年》だと思うのが常識的な解釈でしょう。しかし、《潤《うるお》う》には《潤《うる》う》という読みもあります。思い出の中のこの年は、実際に《閏年》だったのかも知れません。しかし、文の続きを考えるなら、《豊作で潤う年》と考えた方がいいでしょう。そうすると、ここの《とし》に濁点がないのも、意味のあることになります。さらに《潤う》という語の感触は、《汗》にまで、響いて行くようでもあります。

僕との繋がりにおいては、ついに童女のままで終わった《あなた》の姿が、黄金の年の真昼時を背景に、輝かしく懐かしく浮かびます。

2

次の詩では、ある日の出来事が淡々と語られます。

初夏の雨の日

ゆきずりの
あなたにおそれ
ふるい記憶をひきずりながら
長いこと
逃避の道をあるいてきたが
今日の
はげしいはつなつの雨のとぎれに
ふと

きえんうまれ
つゝしみわすれ
ひとへにあなたを
われにもあらず
たづね来にしを

しらかべにつゝまれ
国立病院六十五号病室の
かずかずの
このころの
むらさきの花花かざられし
しんだいに
あなたはたしかに起きあがり
おとろへ見せず

私たちに
ねんごろに

笑まひつづけるあなたの
ふせてゐるまつげのまばたきに

あたりはぼんやり
匂にほぐれ
ほのぼのと身はつかれはしたが
あはれこゝろ弱くあなたにおそれ
おづおづと
あたゝまりくる私に
はかないうらぎりつゞき
失はれつゝある私に
それでもすがりつゞけてゐたが

雨後の
はつなつの
今日のゆふべのすなほな風に吹かれ
せいけつなあなたのかなしみにうたれ

もはや
かへり見るなく
かならず快くなるだらうらいねんの
このころを
つれだちて
グレコ見に
くらしきへゆくことや

さりげなき愛情の
ほうふつとかゞよふ
ちひさきおのが絵をゆくりなく
あなたの室にさゝげることを
ほのかに約し

私はそゞろわたしにたえて
けふの日のいのちたふとび
いまははや

いとまつげて
あほくらき風の中の
山のふもとの
ともしびさして
おのがじし
かへるほかなく

《きゑんい》は《機縁》でしょう。友達が、ひょっと《彼女の見舞いに行こう》といい出したので、思わぬきっかけが出来た――といったところでしょうか。会うことを避けて来た《あなた》は《国立病院六十五号病室》の白壁の、紫の花々に飾られた部屋に、寝ていました。

《はかないうらぎりつゞき　失はれつゝある私に　それでもすがりつゞけてゐたが》というのは、彼女を避けようという心が崩れて行く様でしょう。しかし《雨後の　はつなつの　今日のゆふべのすなほな風に吹かれ　せいけつなあなたのかなしみにうたれ》、大川の頑なな心もほどけて行きます。

君はきっとよくなる。来年には、倉敷の大原美術館に、一緒にグレコの絵を観に行こう。今度、来る時は、僕の絵を持って来よう――と、自制も忘れ、胸を張って約束してしまう。

《たえて＝絶えて》では意味が通じませんから、ここは書き誤りで《たへて＝耐へて》でしょう。叫びだしそうな愛の思いを抑えつつも、思いがけず巡って来た今日の出合いを、宝物のように胸に抱くのでしょう。そうすると、前の《そゞろ》は、この場合《何となく》や《わけもなく》より、《ひたすら》の意であってほしくなります。《あほくらき》も、当然、《あをくらき》の誤記。仮に「かむへのこと」の童女が、この詩の彼女だとしたら、幼い日に贈った絵の《青》と、この詩の《あほくらき風》は、哀しい対比を見せています。

一人の家に、悄然と帰るしかない大川です。

3

今回、大川の詩を読んでいて、別の二人の人物を思い浮かべました。それも、また待ち伏せといえるでしょう。

大川には「あられふる」という詩があります。

たちどまる……と
あられがふりはじめるのだ

と始まり、《高なる　あられの道へ　ともどもに歩きだすことが　出来得なかった》女への思いが綴られています。
その一節に、このような部分があります。

おまえ　せめて

あられふる日は
一列系の告白に　羞恥する
われに寄りそい

もろともに
このにほんのくらい天からふる
かなしいあられの音に
耳すませ……

《一列系の告白》とは、あまり聞かない表現です。理科学あるいは数学の用語かと思って、そちらの辞書を引いてみました。しかし、《一列系》は出ていませんでした。

意味を取ること自体は難しくない。要するに、《一途な、一筋の愛の告白》ということでしょう。この言葉が、ある詩を連想させたのです。

# 三十、『今やわれ心やさしきシナラの下に在りし日のわれにはあらず』アアネスト・ダウスン／矢野峰人訳

## 1

《一筋の愛》というと反射的に浮かぶのが《恋ひわたりたる君》というフレーズです。何々わたる――というのは広がりを表す言葉ですね。雄叫びが轟きわたったり（「快傑ハリマオ」）、あるいは瀬々の網代木が現れわたったり（藤原定頼）します。こういうのは、空間的な広がりになります。しかし、《恋ひわた》る――は違う。いうまでもありませんが、大勢に恋しているわけではない。示されているのは、時間的な広がりです。一人のあなたを、ずうーっと思い続けているわけです。

　このフレーズに出会ったのは中学生の時でした。駅通りの貸本屋さんの棚に、《私はこの事件の犯人であり、探偵であり、そしてどうやら、被害者にもなりそうだ》と始ま

る、魅力的なミステリがありました。都筑道夫の『猫の舌に釘をうて』です。

仕掛けの妙もさることながら、本を閉じた後も耳に響いたのは、英国世紀末の詩人、ダウスンの——というより、日本語に移された、その詩句でした。物語の主人公は、こう語ります。《矢野峰人《ほうじん》訳の『われはわれとてひとすじに恋いわたりたる君なれば、あわれシナラよ』という一行は、ほとんど私の口ぐせになっている》。勿論それが、ヒロインに対する、彼の報われぬ思いと重なっているわけです。

訳に添えて、原文の《I have been faithful to thee, Cynara! in my fashion.》も引かれていました。しかしながら、直接、訴えて来るのは、やはり日本語です。

この詩にはダウスンの、ある少女に対する悲恋の思い出が投影されているともいわれます。しかし、そんな詮索はさておき、まず矢野訳の、それこそ一筋に流れるような、哀しい熱を帯びた調子は、ひとたび聞くだけで胸に残ります。思わず口の中で繰り返させる力を持っています。

さて、昔、小論文対策の本を読んでいたら……、と書いたら、どう続くのかと思われるでしょう。これが繋がるのです。

その本の中に、受験生が書いたという文例があげられていました。——《『風と共に去りぬ』の最後で、スカーレット・オハラは、「トゥモロー・イズ・アナザ・ディ」、即ち「明日は明日の風が吹く」といいます》。

評者は、《この英文和訳は取り違えもはなはだしい、こういう事実誤認があるだけで、小論文としての値打ちは、全くなくなる》――と断じていました。その通りです。スカーレットの強い意志表明と「なりゆきまかせ」では、全く違う。受験生君の言語感覚は責められて当然です。しかし同時に、可哀想だな、とも思いました。なぜかというと、どこからこんな滑稽な誤りが出て来たか、手に取るように分かるからです。

以前、文学全集に入っていた『風――』の解説に、確か《「トゥモロー・イズ・アナザ・ディ」、即ち「明日は明日の風が吹く」》と書かれていました。これが誤りの元凶でしょう。「風」という言葉を含む訳になるから――と、無理やりこじつけたのですね。さすがに本文は、まともに訳されていたと思います。高校生の時に読んで、《百八十度、意味合いの違う言葉なのに……》と驚いたものです。普通の人なら気がつく。しかし純朴な受験生君は、活字になっていることだから、と真に受けてしまったのでしょう。

しかし、その解説にはもう一点、悪い意味ではなく忘れ難い説明もあったのです。……というところで、繋がります。

その全集本は、今、手元にありません。しかし、記憶に

よればそこに『風と共に去りぬ』という題名は、英国の詩人ダウスンの「シナラ」から採ったものだ——と書かれていたのです。『猫の舌に釘をうて』に続けて、『風と共に去りぬ』。中学生、高校生と続けて、二つの小説の中で、「シナラ」が待ち伏せしていたのです。これは忘れ難い。

そういうわけで、わたしは矢野峰人訳を探しました。そして読みました。《昨夜《ゆふべ》、ああ、昨宵《よべ》、たはれ女《め》とかたみにかはす接吻《くちづけ》を》という出だしを覚えていますし、《風——》の元になったという部分は、英文と一緒に記憶しています。《I have forgot much, Cynara! gone with the wind.》——《われは多くをうちわすれ、シナラよ、風とさすらひて、》。

## 2

ところが、改めて自分の本棚を探すと、この訳詩がどこにあるか、すぐに分からなかったのです。

最初は単純に、ダウスンの短編全集『ディレムマ　その他』(平井呈一訳・思潮社)の解説に引かれているのだと思いました。それを開いたところが出ていない。かといって読まなかった筈はない。何しろ、詩句が浮かんで来るのですから。

訳詩集を幾つか見ても出ていない。現在、手に入る英国詩選の類いを見ても、「シナラ」は載っていても、新しい口語訳だったりするのです。見つからない。虚空に《われはわれとて》のリフレインが浮かんでいるような、妙な気持ちになってしまいました。

記憶の糸を巻き戻した末に、ようやく分かりました。うっかりしていましたが、英宝社の英米名作ライブラリーの短編集、『ブリタニに咲くりんごの花』（こちらの作者名はダウソンになっています）も買ってありました。探し出して、解説を開くとその最後に《絶唱「シナラ」を矢野峰人博士の名訳とともに鑑賞しよう》とあり、原詩と訳詩の全文が載っていました。

「これだ、これだ！」

と、しばし懐かしく眺め、小声で読み上げたりしました。

しかし、気になることが残りました。

ダウスンのこの詩は、矢野峰人訳があったからこそ、多くの人の胸に——というのが大袈裟なら、一部の人の胸に強く——残って来たのでしょう。実際、都筑道夫は、文章には凝りに凝った師、大坪砂男が、矢野訳をよく口にしていた、と記しています。その懐かしい記憶が『猫の舌——』の中に生きているのでしょう。

ポオの『大鴉』の訳の中で、日夏耿之介の仕事は、やはり特別なものでしょう。この場合も、それと同じことがいえるのではないでしょうか。少なくとも、この詩について何かが語られる時には、矢野訳があることに触れ、伝えていただけたら——と、どうしても思ってしまうのです。

これが読めないなら、今の読者は随分、損をしていると思い、編集の方に調べて貰いました。そうしたところが、昭和五十二年に、人間の星社というところから、この訳詩一篇だけで一冊の豪華本となって出版されているのです。これまた、この訳が愛されていたことの証しでしょう。

矢野峰人が手を入れた最終形が、これのようです。作者名は、アアネスト・ダウスンとなっています。

今やわれ心やさしきシナラの下に在りし日のわれにはあらず

昨夜《ゆふべ》、ああ、昨宵《よべ》、たはれ女《め》とかたみにかはす接吻《くちづけ》を
あはれシナラよ、ながが影のふと遮りて、その息吹《いぶき》
ゑひほほけたるわが霊《たま》の上に落つれば、
われはしも昔の恋を想ひ出でてここちなやまし、
さなり、われこころやぶれて額《ぬか》垂れぬ。
われはわれとてひとすぢに恋ひわたりたる君なれば、

夜もすがら、わが胸の上《へ》にその胸の動悸をつたへ、
よすがらわれにいだかれて甘睡《うまい》むすべり、たはれめは。
一夜《ひとよ》妻なれ、その紅き唇《くち》のあまさよいかならむ。
さはれ、昔をおもひ出てわれうらぶれぬ、
むすびかねたる手枕《たまくら》の曙の夢さめしとき。
われはわれとてひとすぢに恋ひわたりたる君なれば、
　　　　　　　　　　　　あはれシナラよ。

われは多くをうちわすれ、シナラよ、風とさすらひて、
世の人の群にまじはり狂ほしく薔薇《さうび》を投げぬ、薔薇をば。
色香も失せし白百合の君が面影忘れんと舞ひつ踊りつ。
さはれ、かの昔の恋に胸いたみ、こころはさびぬ、
そのをどりつねにながきに過ぎたれば。
われはわれとてひとすぢに恋ひわたりたる君なれば、
　　　　　　　　　　　　あはれシナラよ。

いやくるほしき楽《がく》の音《ね》を、またいやつよき酒呼べど、
宴《うたげ》の果てて灯火《ともしび》の消えゆくときは、
シナラよ、あはれ、なが影のまたも落ち来て夜を領《し》れば、
われは昔の恋ゆゑにここちなやみてうらぶれつ、
ただいろあかき唇《くちびる》を恋ふるこころぞつのるなれ。
われはわれとてひとすぢに恋ひわたりたる君なれば、

あはれシナラよ。

矢野峰人の編んだ『世界名詩選』（毎日新聞社）という本も読むことが出来ました。その序文で峰人は、《詩は、翻訳たると創作たるとを問わず、本来、国語の美の結晶たるべきである》と、語ります。そして、「名詩」の邦訳は相当あるが、「名訳」でなければ採らなかった、と小気味よいことをいいます。そこに収められた詩の多くが、文語定型となっているのが、かれの姿勢を示しています。

こういった訳は、現代の読者には難し過ぎるとか、理解出来ないという声もあるでしょう。しかし、分からないという人なら昔だって、いくらもいたのです。そして、この響きに魅かれる人は、今もいる筈です。ある瞬間に、《われはわれとてひとすぢに恋ひ

わたりたる君なれば、あはれ○○○よ》と、口ずさんだりするのは、心地よい筈です（○○○には、各自が適当な名詞を代入するわけですね）。

しばらく前の「天声人語」に、「碩学」という言葉を使ったら、そういう言葉は避けるように《書き方を工夫された方がいいのではないか》と《ご忠告》があった、と書かれていました。インターネットで大学生十人に聞いてみたが、その言葉を知らなかったというのです。

《だから使え》というのが、普通の考え方だと思います。人は知らない言葉を聞くことによって、語彙を増やして行くのです。誰だって、そうして来たじゃありませんか。

その言葉を知らなくとも、大抵は前後関係で分かるものです。分からなければ調べればいい。少なくとも文系の大学生が「碩学」程度の言葉を避けていたら、本など読めるわけがありません。高跳びのバーを次から次へと下げて行くようなやり方が、競技の水準を、上げるか下げるか。答えは、分かり切っています。

忠告者の意見に従うなら、ついには国中で、幼児語をしゃべるしかなくなるでしょう。

# 三十一、「芹の根も」加藤楸邨

## 1

大川宣純の詩から連想される、もう一人の人物について書く予定でした。ところが、ある俳句の《待ち伏せ》があったのです。今回は、そのことを書きます。

さいたま文学館のポスターを見ました。企画展のもので、右に『加藤楸邨《しゅうそん》と埼玉』とあり、左は若き日の楸邨の写真です。面長の誠実な顔立ち、昔風の丸眼鏡の奥から、揺るがない眼がこちらを見ています。

ポスターの地は、小豆色味を帯びた、懐かしいような紫。そして、企画展名の横に埼玉での日々を語る次の句が、枯草色というか——輝きを抑えた金泥の色で書かれていたのです。

芹の根も棄てざりし妻と若かりき

……ああ、いいなあ。

と、思いました。

加藤楸邨については、今更、何の説明もいらないでしょう。ただ、楸邨が俳句に開眼したのは、埼玉県立粕壁中学校に国漢の教師として奉職していた頃で、この中学の後身こそ、わが母校、春日部高校である――というのは、いわないと分かりませんね。

わたしの高校時代の、国語の教科書には、《つひに戦死一匹の蟻ゆけどゆけど》、《鮟《あん》鱇《こう》の骨まで凍ててぶちきらる》が載っていたと思います。授業の中で、楸邨が他《ほか》ならぬこの学校で教鞭をとっていた、と教わりました。

そういうわけですから、普段から自然に《楸邨先生》と呼ぶことになります。ここでは、敬称ははぶかせていただきますが、実は、そうするのが何とも落ち着かない気分なのです。

さて、五月のある日、桶川市のさいたま文学館に出掛けました。さまざまな資料、写真、ビデオなどに接し、また、改めて《芹の根も》の句を見つめ直しました。楸邨の顔写真の裏から、その五七五が響いて来るようでした。

展覧会のパンフレットを開くと、まず学芸員の宮瀧交二氏の言葉があります。《昭和四十五年、久しぶりに春日部を訪ねた楸邨は、かつての暮らしを振り返りつつ次のような句を作っている（『吹越』所収）。万感胸に迫る思いがあったのではなかろうか》。――そして、《芹の根も》があげられているのです。

楸邨も、代表句といわれるものを幾つか読んでいるだけのわたしです。こういう句があるとは、まったく知りませんでした。普通の楸邨秀句選を見ても、これは出て来ません。

俳句の場合、作られた作品の中から、これぞというものを選び出す行為も、またひとつの創作といわれます。本来は、句会や俳誌などでのことでしょう。しかし、『加藤楸邨と埼玉』という企画展全体に、常に響く主旋律として、この句を配したのは、見事な創作だと思いました。

《芹の根も棄てざりし妻》というところに鮮やかに時代が浮かんで来ます。現代では、冷蔵庫の中の上肉でさえ、つい使いそこねて捨てるようなことが珍しくありません。冷蔵庫のなかった時代には、その都度、必要な分だけを、買物籠を持って、町に買いに出掛けました。大根の葉も、漬物にしておいしく食べました。

清貧といいますが、そういう昔は確かに空気が清く美しかったように思い返されます。もう二十年以上前のことですが、自動販売機の前でショックを受けたことがあります。

お金を入れると、紙コップがカタンと受け皿に落ち、上からジュースやコーラが注がれる機械でした。

　わたしが、そこでコーラを飲んでいると、高校生が来ました。自販機に硬貨を入れる。――カタン。そして、ジュースが落ちる。ところが、高校生君は、注ぐ音が終わった途端に、さっと紙コップを取り出したのです。今でも覚えています。これは、ショックでしたね。

　どういうことか。この手の機械は、我々の子供の頃からありました。しかし、我々は、落ちるジュースの流れが止まっても、続くポタポタ……ポタ、という滴の落下が終わるまで、コップを取らなかった、いえ、取れなかったのです。

　太宰治は『人間失格』の中で、《お弁当箱に食べ残しのごはん三粒、千万人が一日に三粒ずつ食べ残してもすでにそれは、米何俵をむだに捨てたことになる（中略）などという「科学的統計」に、自分は、どれだけおびやかされ、ごはんを一粒でも食べ残すたびごとに、（中略）自分がいま重大な罪を犯しているみたいな暗い気持になったものですが》――と、世の中に対する反発の声をあげています。しかしながら、我々は、そうやって押し付けられたのではありません。割合、自然にコップを取れなかったのだと思います。

　単純に、ポタポタの分まで飲みたいから――でもないと思います。滴の落下を待つ数秒の待ち時間は、その報酬に値するとも思えない。それより、我々は、飲めば飲める数滴を流してしまうことができなかったのですね。一滴のジュース、地に落ちて死なば、それは無意味なものとして終わってしまう。千万人がそれをしたらどうなる——などという理窟ではない。ただもう目先のポタポタを無駄にすることを、《罪》と感じてしまうのですね。

ところが、その《罪》を何の苦もなく犯せる若者を見た。それはもうショックだった。時代が変わったなあ、と思いました。

そういう我々も、前の世代からは、考えられないほど物を粗末にしている、と見えるわけです。随分昔の、確か『フジ三太郎』の中で、サトウサンペイ氏が描いていました。湯船になみなみと湯がある時、若者は、どっと溢れさせて入ることができる。一つ前の世代は、お湯を湯桶にいったん汲んで、溜めておかずにはいられない（出てから、また戻すわけですね）。その前の世代は、そうしてからさらに風呂の蓋を首のところまで閉めて熱を逃がさないようにしてしまう——というのです。リアリティがありますね。

時代により人の心も変化するからこそ、《芹の根も棄てざりし妻》に、過ぎ去った時が浮かびます。しかし、この状況が進むと、そういった味わい自体が分からなくなるのでは——と不安になります。

さて、芹が春のもので香気を持つことも見逃せません。季節は人生の春に当然繋がります。また、芹の香気は、初々しい妻のイメージそのものです。その妻と自分が《と》で結ばれる。一体化した二人の生活が《若かりき》と結ばれるところが実にいい。

2

ところで先日、東京に行く時、外に出たらもうかなり日差しが強い。上着は置き、半袖のシャツだけになって出掛けました。しかし、電車の冷房が効き過ぎていた。腕の芯まで冷えてしまいました。

――冷房の効いているビルに入ったら困る、何かひっかけるものでも買おう。

と思いました。新御茶ノ水で外に出て、神田の方に歩きながら見て行ったら、Tシャツの安売りをやっている。段ボール箱に入った、未包装のものが、何と一枚百円。白無地の半袖なので、よほど寒かったら下着替わりになります。

――こいつはいいや。

と、買って、待ち合わせた女性編集者二人に、

――いくらだと思います？

と聞いたら、二人とも、

――千円。

勝った、と気を良くしていたら、そこに某女流作家が現れました。三連勝を狙って、

同じ質問をしたら、即座に、

——百円っ！

がっかりしたら、女流作家は《甘い甘い》という表情をなさって、

——わたしねえ、この間、靴下が爪にひっかかって破れちゃったんです。替えの靴下、ないかな？——と思ってその辺見たら、ちょうど安売りやってたんで、一足二十円の買いましたよっ！

完敗でした。ちなみにその靴下は、今も健在で役に立っているそうです。この方は、印字した紙も無駄にしては勿体ないと、裏まで使ったりなさいます。

しかしですね、人にいわないけれど、実はその一方で、ずっと発展途

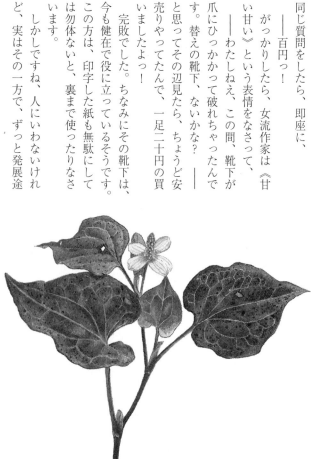

上国の児童への援助などを続けていらっしゃるんです。そういう方が、《一足二十円の靴下を買った》と嬉しそうにいうのを聞くと、何だかとっても美しいものを見たように感じます。何てまっとうな人なんだろう——と思うのです。

さて、《芹の根も》については、まだ続きがあります。これを書くに当たって、念のために、講談社＋α文庫の『日本たべもの歳時記』を開いてみました。《芹》の項を見ると、例句の中に、この作が入っていました。

見て、あっといってしまいました。

芹の根も棄てざりし妻と若かりし

連体形止めになっている。

当たり前に考えれば、《ああ、誤植だ》で、すんでしまうところです。しかし、この歳時記、大元が講談社の『日本大歳時記』で、その監修者が、水原秋櫻子《しゅうおうし》、加藤楸邨、山本健吉なのです。《芹》の例句に、この作があがっている本は、実に珍しい。入れたいという明確な意志があって、入ったのでしょう。しかも、この項では、楸邨自身が平畑静塔の《芹摘みが来れば空港白々し》の鑑賞文を書いているのです。

《棄てざりし》——《若かりし》という連続は、いかにも妙だとは思いつつ、自分に自信がないから、《もしかして、これが楸邨の選んだ最終形なのかな》とも思ってしまいました。《若かりしことよ》の意の余情表現――なんて場合もあるのかな？　つまり、《若かりし……》かな？　――と、半信半疑にもなったのです。

こうなったら、専門家に聞いた方がいい。さいたま文学館に電話をしたら、宮瀧交二氏が丁寧に対応して下さいました。そして、《念のため》と、わざわざ楸邨先生（やっぱり、敬称を付けずにはいられなくなってしまいました）の御次男の奥様であり、俳人の加藤瑠璃子さんに連絡をとって下さったのです。

そうしたところが、《若かりき》は動かない言葉である、『日本大歳時記』の場合は、膨大な量の俳句を扱う中で、たまたま起こった単純なミスだろう――ということでした。お墨付きをいただいて安心しました。

『日本大歳時記』は様々に形を変えて、何度も出版されています。大事な一字について、この機会にはっきり出来て、ちょっと嬉しい。

喜んだことは、それだけではありません。宮瀧氏が、瑠璃子さんに《芹の根》について聞いて下さり、以下のようなことを教えて下さったのです。

楸邨先生は、芹の根を油で炒め、きんぴら風に、醤油と砂糖で味付けしたものが、お好きだったそうです。《芹の根も棄て》なかった奥様の味だったのでしょう。

芹の根がない時は、根三葉を代用にしていたといいますから、本当に大好物だった。

無駄にならず、おいしいのですから、こんなにいいことはありませんね。

ポスターとの出会いがなければ、楸邨先生の愛した芹の根料理まではたどり着かなかったわけです。香ばしい、炒めものの香りを、実際、嗅ぐような気になりました。

# 三十二、「生くるてだて」「茶の中に」坪野哲久「さながらに」谷中安規

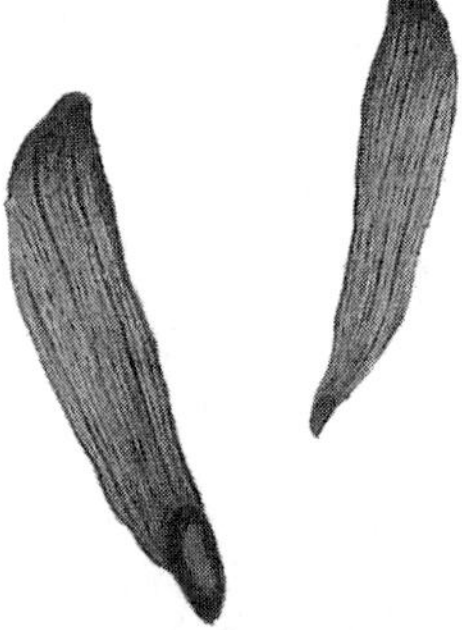

## 1

大川の詩集を読んで、連想したのはダウスンと、それからもう一人、谷中安規です。

谷中安規は、人名事典風に説明すれば、版画家です。棟方志功と同時代を生きました。志功が名声を得たのに比べ、どちらかと言えば一部の人に高く評価されるにとどまっていました。しかし、近年では再評価の声が高く、彼の作品が収蔵され展示されている美術館も少なくありません。彼はまた、多くの短歌を作り、ある雑誌の短歌欄の選者までしていました。

わたしがそのことを知ったのは、版画家の大野隆司さんを通してです。大野さんの作品に魅かれ、挿絵をお願いに出掛け、色々なお話をうかがいました。

大野さんは、最初、珠算塾の先生をしていました。しかし、谷中の作品を一目見た時、その力にうたれ、自分もこの道に進もうと心に決めたそうです。『谷中安規ものがたり』という絵物語を作り、

「きょうからのおはなしは　ほんとうに　いきていたひとのことです」

といって、塾の子供達に配ったりもしました。布教活動ですね。当時の教え子達は日本で一番、この《ほんとうに　いきていたひと》に詳しい子供達だったわけです。

タニナカ・ヤスノリというのが正しいらしい。しかし、ヤナカさんとも呼ばれていた。名前の方も、彼を愛する人々は親しみをこめて、アンキさんと呼んだそうです。大野さんも、恋人を見つめるような眼になりながら、《安規《あんき》さん》といいます。

安規さんは、明治三十年、奈良県に生まれました。一般の版画の他にも、装丁、挿絵の仕事が数多く、田中貢太郎『日本怪談全集』に始まって、佐藤春夫『ＦＯＵ』、下村湖人『次郎物語』、岩下俊作『富島松五郎伝』、新美南吉『花のき村と盗人たち』といった書籍を手掛けています。読んだことのある本が多いのに驚きます。

なかでも内田百閒との繋がりが深い。装丁をまかされただけではなく、百閒の文章中に《風船画伯》として、たびたび登場しています。ふわりと現れては消える安規さん。どこでも、よく木に登ったり、即興の踊りを踊ったりしたといいます。

こういう歌があります。

みちたりてをどるにあらず苦しみのときがたなくてわれはをどれり

《ときがたなくて》の《がたなし》は《何々するのが困難である》という意味の接尾語。古語です。

今も昔も、版画で生計を立てるなどというのは大変なことです。まして安規さんは、戦中戦後の混乱期を生きねばならなかった。

昭和二十一年、安規さんは焼け跡の小屋の中で衰弱しきった体を養っていました。九月になれば、育てているかぼちゃが食べられると心待ちにしていたそうです。明るい辛子色のかぼちゃの花が、その眼を楽しませたことでしょう。

しかし、待ち望んだ九月が来て九日目の朝、面倒を看てくれていた人が行ってみると、安規さんはすでに息を引き取っていたのです。

## 2

安規さんは、様々な片思いのエピソードのある人です。身を投げ出すような愛し方も、大川を連想させます。しかし、それとは別の意外なものが、わたしの頭の中で二人を結び付けました。歯です。

栄養が足りないせいか、歯の性が悪いのか、大川は《歯が抜けた》と、よく書いています。実は、安規さんもそうなのです。抜けたところをそのままにしてあるので、人が《入れないのか》と聞くと、《抜けていた友達が入れたから》と答えました。《だからもう、すんだ》という口ぶりだったそうです。

やれかがみひそかにわれとわが顔をくづし笑へば齒のひとつなき

現実問題として、洞穴のように黒々と口を開け、ぼろぼろの衣服をまとった男が現れ、求愛して来たらどうか。普通の女性は尻込みしてしまうでしょう。

しかし、次のような歯を巡る文章は、奇妙に美しい音楽のようです。大野さんに見せていただいた雑誌『野火』昭和十四年九月号（人文会出版部）の文章、

「堂庵の永日」。安規さんは、ここでは自分を宇田川堂庵と呼んでいます。なお、旧仮名遣いの表記などについて正しくないところもあります。

長い間ぐらついてゐたが、無理にぬいてもと、其儘にしてをいた臼齒が、根こそげぬけたのでさつぱりした。同時にふところも涼しく、いづれは旱天慈雨のうるほひをもたらす仕事は一應片づけたし、この永日に閑散を得た堂庵氏が机のへりに兩肱をつき、その拔けた齒をつまみあげたが、片方の指にもまさぐつた子供の齒とかちあはせ、すりあはせ、手のひらにうけてふつて見る、その小粒で指輪の玉にして不自然と思へぬ艶々しさは、村坂氏の長女春美さんのぬけて間もない前齒で、千代紙につゝみ大事さうにしてゐたのを、せがまれて描いた畫《え》のお駄賃にもらつたもので、今度は堂庵氏が大事さうに自分の齒と一緒に紙につゝみ机の引出しへしまひこんだ、それを取り出して手のひらの上、指の先、まさしく生あるものゝかたわれと眺めいつてゐるうちに、思ひは

——《思ひは》村坂氏の妹、絹枝さんのことにうつっていきます。その美しい人との生活を空想したこともあった。しかし絹枝さんは、今は家庭を持ち、遠く離れた地にいる。

ある時、まったく手元不如意となり、少しの融通をしてもらおうと、遠い道を村坂家まで歩いて来た。ぽつぽつ雨が、夕刻に本降りとなった。これはいけないと足を速める《眼の前を、生け花がへりか、まだ蕾もかたい梅ケ枝の、くるんだ紙の端にのぞいたを片手に、傘さしてゆく娘さん》。あっと思った途端、くしゃみが出て、はずれかかった金歯が飛んだ。

あわてゝひろつた耳元で、アラ、宇田川さんぢやありません、どうなさつたんですの、と言ふ聲は絹枝さんだつた、をりふしは夢にも通ふ人を前にして、さすがに蓬頭にして垢面、あけたら、ぬけた歯のあともをかしと恥らはれたか、一瞬、口籠つてゐるに、こだはりもなく、まアお濡れになりますワ、と蛇の目をかざし、ドウ見ても不似合な相合傘となつてから、イヤドウモすみません、クシャミと一緒に歯がぬけたんですと、やつと口もほどけた、その金歯を、絹枝さんが不斷に向ふ机故、その上の筆立も匂はしく、わざ〳〵そのなかへしのばせてあづけてをいた堂庵氏だつたが、やがてそれも金銀高く買ひますと看板を出した店でうそ寒い日の兵糧にかはつた、かつて、その金歯の保管者であつた伯母さんの、いまは姪御にあたる春美さんのこゝにつまぐる幼い歯とて、これまた女性一顆《いっか》の歯、古代の鏃《やじり》めいて脂黒い歯と、ふたつ揃へて、こればかりが、ちぎりも深い偕老同穴と思ふばかりに、堂庵氏は再びぬけ歯同志を紙につゝみ引出しの奥へしまひこんだ。

ダウスンの詩について、某女性編集者に話し、《われはわれとてひとすぢに恋ひわたりたる君なれば、あはれ○○○よ》といわれたらどうですか……と聞いてみました。答えは、

「相手しだいですね。アハハハ」

それは、まったくその通りです。同じことをしても、評価は純愛にもなりストーカーにもなる。

幼女の歯と、自分の《古代の鏃めいて脂黒い齒と、ふたつ揃へて、こればかりが、ちぎりも深い偕老同穴と思》い、弄《もてあそ》ぶ男を現実に見たら、不快なだけかも知れない。しかし、時に文章というのは不思議な力を持つ。こういう形でそれを定着されると、至純な人間の姿を見る思いになります。

勿論、それを支えているのは垢じみても無垢な安規さんの存在です。一目見たら不気味かも知れません。しかし、実際に安規さんの面倒を看ずにはいられなかった、何人もの男女がいたのです。

安規さんが主に作品を発表した短歌誌は、坪野哲久《てつきゅう》の『鍛冶』です。安規さんは、先ほどの文章からもうかがえるように、子供と共に時を過ごすことを喜んだ人です。坪野

哲久の御子息、坪野荒雄氏は『お伽ばなしの旅びと　谷中安規と短歌』（雁書館）のあとがきで、安規さんのことをほとんど覚えていないと語りつつ、《けれども、私はいつもそうなのですが、安規を追想するとき、いいようのない懐かしさで胸がしめつけられます。彼といっしょにいるときのうれしさ、そしてふしぎな安らぎが、いまも身うちによみがえってくるのです》と付け加えます。

わたしは今、安規さんの歌を、この本と『安規歌集』（草露舎）とで読み、引いています。後者をまとめたのも坪野荒雄氏です。それらの歌の中に荒雄氏のことを詠んだものがあります。

紙の虎ふくらませてのり高空ゆあらをのそばにわがいたりなむ

《高空ゆ》の《ゆ》は、《田子の浦ゆうち出でて見ればま白にぞ富士の高嶺に雪は降りける》でおなじみの古い助詞。《～を通って》の意ですね。紙の虎にまたがり、空の高みを抜けて、小さな男の子のところに行こうという安規さんです。《あらを》という音が、あつらえたようにぴったりです。

## 3

『お伽ばなしの旅びと』の中には、坪野哲久が、安規さんに捧げた挽歌が載っています。出典は歌集『北の人』（白玉書房）。『お伽ばなしの旅びと』の中では現在の漢字の形になっていますが、ここでは原典の表記に従って旧字にしました。

生くるてだて他にあらずして窮死せり君の版畫を壁に掲げおく（谷中安規を悼む二首）

茶の中にひとつまみの鹽《しお》をかきおとし君は語りきお化《ばけ》の哭く話

寺山修司がこの歌を好み、よく口ずさんでいたそうです。《安規によると、お化けというやつは、ひゅうう、ひょおお……と、とても悲しそうな声で哭くのだそうだ。青森生まれの寺山修司は、お化けが哭くのはホントなんです、と自身の体験を哲久にかたり、この作品への深い共感を表明したということである》と、荒雄氏は書いています。

安規さんも、寺山修司も同じお化けの声を聞いていたのですね。

さて、『安規歌集』の作品の中で、最も忘れ難いのは、この歌です。

冬吟
さながらにお伽ばなしの旅のごとき一生をおくるわれを描かむ

その後で、『お伽ばなしの旅びと』を読みました。題になり、扉にも引かれています。確かに、安規さんをそのまま表しているような歌ですね。

この歌を読むと、身内の震えるような気になります。《お伽ばなしの旅》という言葉の調子からは、肩肘張った悲壮感は感じられません。しかし、それは夢のように楽しいものではあり得ない。巨龍や魔女や暴風雨、あらゆる非運の襲って来る旅です。お話の中でなら、艱難《かんなん》辛苦の末、宝物や美しいお姫様を手に入れることが出来る。しかし、普通の道を捨て、《お伽ばなしの旅のごとき一生をおくる》者に、旅の終わりはありません。求めるものは、限りある生の先にあるのでしょう。そういう自己を見つめて、まったく揺らぐことのない眼が、ここにあります。

現代の一般的な人間は、ガイドブックを見ながら、ある程度決められた人生のコースを歩いて行きます。勿論、その中に幸せもあります。

しかし、この歌はそういう生き方とは別なところで歌われています。《われを描かむ》という強い意志にうたれます。

# 三十三、「あまりにも」「めしひたる」谷中安規
# 「木のもとに」正岡子規

## 1

安規さんを愛する大野隆司氏は、《何か、書く上での参考になれば》と、大量の資料を送って下さいました。おかげで、『安規歌集』にもない歌と巡り合うことが出来ました。

見ていくと、『版芸術』（昭和七年六月一日号・白と黒社）という同人誌のコピーがあったのです。限定四百部といいますから、こういう機会でもなければ出会えなかったでしょう。それに安規さんの、機械摺り木版画が載っていました。

まず「習作1」として、

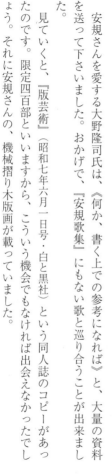

足踏みて一寸法師にしかられた赤鬼殿や昼顔の花

金棒を持った鬼が頭を掻いている絵が付いています。足元に一寸法師がいて、下駄の足先を指さし何やら抗議しています。昔話の国の、のどかな情景です。

これはまあ、それだけのことなのです。しかし、次の「習作2」を見て、資料をめくる手が止まってしまいました。

あまりにも長き尻尾をはかなみの花かざりたて犬死ぬところ

異様な歌です。

付された絵がまた、変わっている。腹切り刀をのせるような三方《さんぼう》の上に、徳利型の花瓶が置かれ、花が飾られている。その前に、鼠のように長い尾を持った犬が座り、大刀を喉に突き立てている。刃は深々と刺さり、後頭部から抜け出て天を指している。犬の口は半開きとなり、宙に訴えるがごとく、声を上げている。それは、傷による痛みを語るものではない。他の犬の知らぬ《あまりにも長き尻尾を》持ったことの苦悶が、死の瞬間に遠吠えとなって、糸のように紐のように吐き出されてくるのです。

犬は勿論、安規さん自身です。三方に、自らの花を《かざりたて》ずにはいられない。

それによって死は、犬死にを越えたものとなります。

この歌の印象があまりにも強かったものですから、電話で大野さんにお話しすると、

「あれは確か、他の版画にもなっていた筈です」

といって、探してくれました。昭和九年の「歌」と題する一枚ものです。五首の歌と絵が、貼り交ぜの屏風のような形に構成されています。原典のままの表記で引けば、

いにしえや古きろばたにぢゞとばゞ柴折りくべてむつみあひけり

などといった、懐かしく温かい作品が並ぶ中、巻頭ともいうべき、「歌」という題字のすぐ隣、右上の位置に《あまりにも》が置かれていました。ここでも、花の前で犬が喉を突いています。

この歌が、安規さんにとって思い入れの深いものだったことがよく分かります。

これを読んだ時、すぐに連想した歌が二つあります。一首は安規さん自身のものです。『安規歌集』にあります。


めしひたる犬はのぼりぬ獣毛よりどぶどろをたれ空のをちかたに

これまた一読すれば忘れ難い作です。《昇天》という言葉よりも力強く、死を越えて、ぐいぐいと空をよじ登って行く犬の姿が見えます。《あまりにも》の歌と合わせて読めば、《犬》が、自己を語るキーワードだということは自明です。

前述の『お伽ばなしの旅びと』(坪野荒雄)には、この歌の《テーマを小説にしたのが「古風な犬」である》と書いてあります。気になっても、普通ならなかなか探せません。しかし、今なら大野さんに頼めば可能です。

ということで、この小説のコピーも送っていただきました。

掲載誌は『半仙戯』。日夏耿之介の創刊になり、安規さんの手になる木版画が扉に貼られ、目次には中原中也などの名が並んでいます。何とも豪華な雑誌です。タイムマシンがあったら、当時に行って買って来たい。

さて、安規さんの「古風な犬」は、昭和九年の正月号に載っています。

——何者かに追われる私は、それ故に何者かを追おうとする。都会の群衆の中にあって孤独な私は、常にただ、わが犬と共にあった。その枯れ衰えた犬の姿は、人には見えぬらしい。やがて、私は気づく。《いままでは、永年私の妄想をかりたてた、追跡の正體が、この犬それ自身であると知るばかりでなく、この吠えんとして吠えも得ざる盲犬こそは私以外の何者でもなかつたのだと》。

私は、この犬が、いずれは自分を追い詰めるであろうという予感から、殺意を抱く。そして、どぶ河に蹴り落とし、沈めてしまう。

そして私は、穏やかな田舎に逃れる。だが、安らかな生活の中に、何故か飢えを感じてしまう。そんな時――


むくらが庭の日におしだまつた草影から、こなたをさして、もうろうと、あらはれきたつたものがある。

それは、まがうやうなく、半夜、どぶどろの底深くけりもしずめた盲犬だつた。いまや、盲犬は落魄きはまつて端麗にさへ見え、なほ汚水したゝるまゝの、灰だみた獣毛は、燦々ときらめくとばかり、うごぎもやらぬ私の眼前にをしせまり、そこに形をきざみつけでもスルやうに、再び、たゞならぬ追跡の相貌をもつて座つてゐるのだ。


これまた、表記の誤りが幾つかあります。《まがふやうなく》が《まがうやうなく》になっていたりしますが、原文のままです。《むくらが庭の日におしだまつた草影》の《むくら》は、おそらく《八重葎》の《むぐら》でしょう。《むぐらの宿》などという慣用句がありますが、ここでは《むぐらが庭》、つまり雑草の生い茂った庭ですね。そこに日が照りつけ、沈黙が支配しているのです。《半夜》は《夜半》と同じ。夜中です。

この犬の登場の場面は凄い。汚濁の中の荘厳――といったものを感じさせます。

要するにこれは、小説というよりは自らの心象風景なのです。《飛翔こそ私の願念》であったことに気づいた私は、犬の背に乗り都会に戻ります。《獣族の匂ひは》《田舎ぐらしの花》の《植物的な思念を蔑視》するかのようです。しかし、また迷いを感じた私は、どぶ河のほとりで《私と云ふ正體を完膚なき迄》、犬に食べ尽くされてしまいます。

それをまた、私自身が眺めています。

普通の生活と獣族としての飛翔の間で、思いの行きつ戻りつする様が、安規さんの心の揺れを率直に見せています。

2

さて、連想したもう一つの歌は、これです。

> 木のもとに臥せる佛をうちかこみ象蛇どもの泣き居るところ

正岡子規が、明治三十二年、『ホトトギス』に発表した連作中の、有名な一首です。

後に『竹の里歌』に収められました。

桜楓社の『秀歌鑑賞　Ⅱ』には、《「絵あまたひろげ見てつくれる歌の中に」と詞書のある、十首中の第五首目の歌である》となっています。しかし、うちにある『竹の里歌』の復刻本には《繪あまたひろげ見てつくれる　録九首》となっている。この遺稿集の編者、伊藤左千夫、長塚節などによって、採録の際、一首が削られたのでしょう。いずれにしても、どちらでも五首目になります。その前の四首はこうです。

なむあみだ佛つくりがつくりたる佛見あげて驚くところ
もんごるのつはもの三人《みたり》二人立ちて一人すわりて楯つくところ
岡の上に黑き人立ち天の川敵の陣屋に傾くところ
あるじ馬にしもべ四五人行き過ぎて傘持ちひとり追ひ行くところ

見た絵の情景が、そのままに歌われています。それに続くのが、釈迦入滅図を詠んだこの歌です。お釈迦様を囲んで、皆が嘆き悲しんでいる。人のことは歌わず、《象蛇どもの》というところに、生きとし生けるものの無限の悲嘆が表れています。

斎藤茂吉は、この作に深く感動しました。その影響下に、明治三十九年、「地獄極楽図」という連作を作り、それが『赤光』の中に収められています。

『斎藤茂吉全集』（岩波書店）の形で、いくつか引いてみます。

赤き池にひとりぼつちの眞裸《まはだか》のをんな亡者《まうじや》の泣きゐるところ
にんげんは牛馬《うしうま》となり岩負ひて牛頭馬頭《ごづめづ》どもの追ひ行くところ
をさな兒の積みし小石を打くづし紺《こん》いろの鬼見てゐるところ
白き華《はな》しろくかがやき赤き華あかき光を放ちゐるところ

安規さんは、熱心に短歌を作っていた人です。子規や茂吉の、この連作を知らないとは、到底、思えません。まして安規さんは、絵の道を歩む人でもあります。絵画と短歌とが響き合う、このような作品に、一般の歌人以上の感銘を受けたのではないでしょうか。

さらに、《木のもとに》に描かれているのは、死であり動物の悲しみです。

また、安規さんは仏教とも関わりが深い。真言宗豊山派附属の豊山中学に学んでいるのです。釈迦入滅の歌は、忘れ難い筈です。

子規の場合には、絵があって歌が出来ました。おそらく、安規さんは頭の中に漠たる想念があり、それが脳中で形を整えると同時に、《あまりにも》の歌となり、発せられたのでしょう。

そして歌が出来てから、その幻の絵を再現するかのように、彫刻刀を取り、板を彫ったのだと思います。

安規さんが版画家だからこそ、そのような形で子規や茂吉の後を追うことが出来たのです。その意味でも、これは実に谷中安規らしい作品だと思えるのです。

# 三十四、「北尾改め」「押してください」

1

担当編集者の方（故あって匿名）と、いつも素敵な挿絵を描いて下さる群馬さんと、集まって食事をしました。

当然のことながら、『詩歌の待ち伏せ』の話になりました。あれこれやり取りがあった後に、こう聞いてみました。

「お二人にも、どこかでふと出会って、忘れられない言葉があるでしょう？」

担当さんが、

「そうですねえ……」

と考え、上げたのが、

北尾改め双羽黒

何だろう?――と思うでしょう。

かなり昔のことになってしまいましたが、北尾という強い力士がいました。彼が横綱になった時、《相撲史に名を残す巨人、双葉山や羽黒山のごとくなれ》と、つけられた四股名が双羽黒でした。王イチローのようなものです。

ところで、担当さんは某都立高校に通っていました。昔風の、一種特別な高等学校らしさ――つまり、洒落の通じるところがあったといいます。一年生の時には知らなかったが、上の学年に進むと、どこからともなく耳に入って来た。――学校には《植樹祭》という、陰の習わしがある、と。

これが単なる学校伝説ではなく事実なのです。《植樹祭》は体育祭の前日に行われる。深夜、三年生の有志が学校に忍び込み、校庭の真ん中に、何かを植えて来るのです。成功すれば、祭りの朝、ある筈のないところにある筈のないものが出現する。――要するに、ケの日をハレの日に変える儀式ですね。

《植樹祭》といっても、木とは限らない。植えるのは、サルビアでもコスモスでも何でもいいそうです。極端なことをいえば、自由の女神像を置いて来たっていいのかも知れない。しかし、植物は生命を持つ。そこに神が宿るのでしょう。

担当さんが三年になると、誰いうとなく、

「今年の《植樹祭》をやるのは、野球部の誰、サッカー部の誰……」

と、情報が入って来たそうです。そういう時になると張り切るオトコ達が、いるものです。

体育祭の朝、登校すると、校庭の中央はすでに平たくならされていた。しかし、行事は無事に行われた、今年はチューリップだったという陰のニュースが伝わりました。

先生達は、毎年のことだから、悪童連がやって来るのを知っている。しかし、植えさせるだけ植えさせて、そこで、

「こらっ！」

と、出て来て追い払い、後始末をするそうです。

つまり、先生方が、神の降臨を邪魔する鬼の役をするわけです。鬼は、わざとしてやられて《植樹祭》を成功させる。伝統的な民俗行事の形をとっています。

舞台となるのが、こういう学校である——というのが前提です。

さて、体育祭の時にはクラスが、赤軍、白軍、青軍というように分けられ、優勝を競う。それぞれの組が、毎年、自分達の標語を作る。要するに、《羽ばたけ、赤軍、空高く》とか、《白軍、ガッツで勝ち抜くぞ》などというやつです。それが当日の朝、開会

式の時、発表される。屋上から順番に、垂れ幕が下ろされるそうです。

高校生だった担当さんは、《自分達の標語は何だろうな》と思いつつ、次々と下ろされる垂れ幕を見ていたそうです。すると、下がったのが、

北尾改め双羽黒。

校庭中が、どっと沸いた。受けたそうです。ナンセンスのおかしさですね。

大昔、『シャボン玉ホリデー』というテレビ番組で、まったく関係のないところに、

まったく関係のない扮装をした植木等が登場し、《お呼びでない？　あ、お呼びでない。

こりゃまた失礼いたしました》とやって、爆笑を誘っていました。余裕がないと、これ

は笑えない。緊張しか許されない場では、これは出来ない。軍隊では出来ないでしょう。

昔、ワープロを使って、子供と一緒にでたらめな話を作って遊んだことがあります。

こんな具合です。

ともんかーこが、あねぜらを持って、町にまのねらせ。そこに、きみまがやって来

て、いいました。

「おい、ともんかーこ。そのあねぜらをよこせ」

そして、ひまなしくを、ぶんぶん振り回すのです。ともんかーこは、しかたなく、

あねぜらを置いてにげました。

きみまはニヤリと笑って、あねぜらを頭に乗せ、走りだしました。
そこに雨が降ってきました。水を吸ったあねぜらは、ぐんぐん伸びていきました。
黒い雲の中に、あねぜらの先が……

《まのねらせ》という動詞も、《あねぜら》や《ひまなしく》というものも、何だかよく分からない。だからこそ、妙におかしかったものです。

2

群馬さんは、元は卓球台だった机を使っています。机にとっての前世、軽い白球がピン、ポンと撥ねた板の上で、木の葉の細密な絵を描いています。

群馬さんの作品とは、神田の三省堂書店で出会いました。たまたま『木の葉の美術館』（世界文化社）という美しい本を手に取ったのです。絵のことは絵が語るから、何もいう必要もありません。わたしは、その文章にも強く心を魅かれました。

群馬さんは、本の中で、美大の学生の頃のことを語っていました。

「この世の中で一番美しいものをつくりあげよう」。三ヵ月制作に没頭し、その通りの作品をつくりあげた。それは、無数の極彩色の目が全身にはりついたケロイド状の

巨大な人型オブジェだったのだけれど――。学園祭で発表し、会期中も見事な作品の出来に、心踊る思いでウキウキしていた。思わぬ出来事はその直後に起きた。展示を終え、下宿先の軒下に『世界で一番美しいもの』を保管していた。二、三日後、大家さんと管理人のおばさんが血相変えて訪れた。

「裏の家の子どもが、あの作品を見て恐がって泣いているから、なんとかして欲しい」

コワガッテ、ナイテイル？　この言葉の意味が初めは理解できなかった。この世の中で一番美しいものを見て、どうして恐がって泣くのだろう？――この疑問は四六時中つきまとい、そのうち何もつくれなくなってしまった。

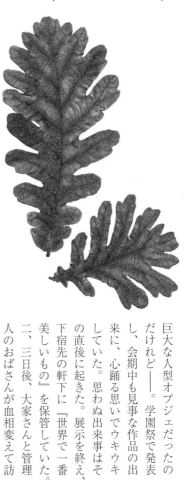

ここには、創作する者、鑑賞する者の行き当たる《美とは何か、良いものとは何か》という、切実な問いがあります。

実際、現代美術には、どう見てもわけの分からないものがある。しかし、それが眼力のある人に評価されている。となれば、普遍的な価値を持つものなのでしょう。ピカソは人に何をいわれようと描き続けたでしょうし、彼は結局のところ、《ピカソ》でした。しかし、他人の評価に不平不満を抱き続けている場合、ただの独りよがりである方が確率的には多い筈です。天才は稀だからこそ天才なのです。

一方、常識の軌道をはずれ空を翔《かけ》るような天才の仕事を、正しく評価出来る人も多くはない筈です。椅子なら、誰もが心地よく座れ、疲れないものが、良いものといえるでしょう。表現においては、そうはいかない。少なくとも、分かりやすいものがいいわけではない。電気製品の解説書とは、わけが違う。高峰は往々にして、急峻な崖を持つものです。その素晴らしさを教え導いてくれる、特別な案内人を必要とする。わたしも、敬愛している方の褒める作品の良さが、全く分からなかったりします。そういう時は、越えられない壁を見る思いがして、実に寂しい。

作るにしろ味わうにしろ、結局、善し悪しは個々人の持つ物差しによって計るしかない。当たり前のことです。しかし、その物差しが信用出来るものかどうかは、真剣に考える者には、大きな、苦しい問題です。

悩んだ群馬さんが、ある日、見上げた眼の先に、天の啓示のように輝く木々の葉があった。《これを描け》と、その時、何かが囁いたのでしょう。

大切なことは、それが決して撤退ではないということです。《この世の中で一番美しい》《無数の極彩色の目が全身にはりついたケロイド状の巨大な人型オブジェ》と通じるものが、緻密に描かれた木の葉、一枚一枚の中に、絶対にある筈です。

一見、実物と寸分違わぬ葉を、画面の上に写し取る作業を、人間が行うことの意味が、そこにあります。

さて、その群馬さんは、根を詰める細密な仕事をするだけではなく、実はダンスもしています。

一時は先生についていましたが、何年か前から、近くの体育館で自主練習をしているそうです。体育館が一般に開放される日に行くそうです。そうやって、体を動かして帰る時、体育館の重いドアに向かう。そこには、ぼろぼろになった緑色っぽい紙が貼られ、青いマジックで、こう書かれているそうです。

押してください
時には
つよく

後の二行によって、妙にこれが心を捕らえるものになっている。勿論、ただの伝達として書かれたものです。しかし、受け手の心によって、様々な膨らみを見せるものが言葉です。

群馬さんは、このドアを押して帰って来ます。

## 3

こういうお話をした後、担当さんのところに群馬さんから、大きなドングリが届いたそうです。そのゆったりとした表面を使って、お相撲さんの顔が描かれていました。さらに、群馬さんお得意の細字で《北尾改め双羽黒》と書かれていたそうです。

# 三十五、「To say good-bye is to die a little」アロオクール／チャンドラー

1

《さよならを言うのはわずかのあいだ死ぬことだ》（清水俊二訳、早川書房、以下も同様）とは、ハードボイルドファンにはおなじみの名台詞です。レイモンド・チャンドラーの『長いお別れ』に出て来ます。

チャンドラーは、その直前に、《こんなとき、フランス語にはいい言葉がある。フランス人はどんなことにもうまい言葉を持っていて、その言葉はいつも正しかった》と断っています。もともとはフランスの詩人アロオクールの書いた一節なのですね。

しかし、これがポピュラーになるにつれ、いつしかチャンドラー自身の言葉と思い込む人も出て来ました。実際、名文句集などに、そう出ていたりします。しかも困ったこ

とに、この訳文の形で載せているのに、清水俊二訳と書かれていない。これは、いけません。チャンドラーが日本語を書くわけはないのですから。

　さて、以前、西條八十《やそ》が、原詩であるアロオクールの『別れの唄』を愛し、特にこの魅惑的な一節を《パルチール・セ・ムーリール・アン・プウ…》と口ずさんでいたことを書きました。

　そうしたところが、作家であり、大学で語学を教えていらっしゃる光原百合さんが、

「今までは、清水訳をそのまま覚えていましたが、原詩を知ると引っ掛かります。《アン・プウ》を、ことさら《わずかのあいだ》というのは不自然です。ここは八十の訳している通り、《いくぶん死ぬことだ》とするのが妥当でしょう」

　と、おっしゃいました。あまりにも有名な訳文なので、そういうことは考えもしませんでした。光原さんは、続けて、

「《わずかのあいだ死ぬ》のでは、《わずかの》時が経つだけで立ち直ってしまいます。これは、やはり《大切な人と別れるのは、自分の何分の一かが死ぬことだ》ということでしょう」

「なるほど」

「次の問題は、チャンドラーがこの引用を原語で行っているか、英語に直しているかです。もし後者だとしたら、英文がどうなっているかを確認しなければなりません」

そして、調べた結果を教えて下さいました。Vintage books の一九九二年版によると、チャンドラーは、

《To say good-bye is to die a little》

と訳しているようです。《アン・プウ》が《ア・リトル》。英語でも、このままだと《しばらくのあいだ》という意味にとるのは苦しい。その場合なら、普通は《for a little》、あるいは《a little while》という形になるようです。

おそらくは、清水氏が分かりやすさと口調の良さを考慮して、《わずかのあいだ死ぬ》と意味を変えたのでしょう。

これを知ってから、わたしの頭の中で、問題の詩句の形が変わりました。《さよならを言うのは、わずかに死ぬことだ》となったのです。

大沢在昌氏にこの話をしたら、チャンドラー・ファンというのは凄い、清水訳は当然ですが、《To say good-bye is to die a little》という原文も、たちどころに口をついて出て来ました。

「《わずかのあいだ》では、意味としておかしいそうですが」

と聞くと、氏は、

「それは《さよなら》という言葉を口にする瞬間をさし、それをいうのが死ぬことだ——と考えていました」

と、おっしゃいました。《さよならを口にする時、人は、つかの間、死ぬ》それも、《清水訳》の自然な取り方ですね。ただ、日本文の解釈であって、やはり原文とは違うようです。

光原さんによれば、白水社の辞典で《mourir》を引くと、何と文例として、アロオクールの詩の、この一節が出て来るらしい。それほど有名なのですね。

ちなみに例文につけられた訳は《去るはやや死するに似たり》です。

2

これだけでも、わたしには十分過ぎるほど面白かったのです。

しかし、さらに別の方向から切り込んで来る方もいらっしゃいました。無類の読書家の佐藤夕子さんが、こういうお手紙をくださいました。

「……さて、アロオクールの「パルチール・セ・ムーリール・アン・プウ」。これ、チャンドラーより先にクリスティが引用しているのですよ」

ええっ！　と、叫んでしまいました。その本は『バグダッドの秘密』。「ご存じでしょうか」とありましたが、まったく知りませんでした。現在のハヤカワ・ミステリ文庫版（中村妙子訳）によれば、

「さよなら、ヴィクトリア。別れとは死に似たり《パルティール・セ・ムーリール・アン・プー》」とエドワードはすこぶるイギリス人らしい発音でいった。「フランス人はうまいことをいいますね。われわれイギリス人は〝別れ、そは甘き悲しみ〟てなことをぼやくだけで——揃いも揃って馬鹿ばかりですよ」

佐藤さんは、こちらを先に読んでいた。そして、

「そのあと、チャンドラーでよく似た表現を見かけ、しかもこちらの方が有名だと知って、ちょっと悔しく思ったものでした」

こうなると、日本クリスティ・ファンクラブの数藤康雄氏に話を聞いてみたくなりま

す。早速、電話して、これまでのことを説明し、

「あの名台詞は、クリスティの方が早く使っている――などという声はあがりませんでしたか」

　一番、《悔しく思》うのは、ファンクラブの方でしょう。しかし、

「いや、そういう意見はありませんでしたね。クリスティ・ファンとチャンドラー・ファンは重なりませんから」

　さらに、古い方のハヤカワ・ポケット・ミステリ版（赤嶺弥生訳）には、イギリス人が引くという《別れ、そは甘き悲しみ》の出典が出ている――と教えて下さいました。シェークスピアの『ロミオとジュリエット』二幕二場です。

《私たちがバラと呼んでいるあの花の、名前がなんと変ろうとも、薫りに違いはないはずよ》（中野好夫訳）等々、有名な台詞が次々に出て来る見せ場です。その終わりのところで、ジュリエットがいいます。

《Parting is such sweet sorrow》

　中野訳では、《別れといっても、考えてみれば悲しいような、嬉しいような》となっている部分です。

クリスティの文章がどうなっているか、毎度のことながら戸川安宣氏にうかがいました。当然のように、『バグダッドの秘密』の原書も持っていらっしゃる。こうなっていました。

《Our English chaps just maunder on about parting being a sweet sorrow》

続く部分で『ロミオとジュリエット』について言及されていますから、この言葉がシェークスピアを踏まえていることは明らかでしょう。

3

これには驚きましたし、考えさせられました。クリスティとチャンドラーという二人の作家が、同じ詩句を引いている。そのことが、二人の違いを際立てているのです。原文を見てみます。クリスティの場合は、登場人物のエドワードが、フランス語のまま、口にします。しかし、一部が違っている。

《Partir, say mourir un peu》

つまり、原語の《c'est》＝《セ》の部分を《say》＝《セイ》に置き換えているわけです。これが即ち、《すこぶるイギリス人らしい発音》ということでしょう。

エドワードは、大変な美青年であると書かれています。ヒロインは彼に好意を持ちます。しかし彼は、きちんとした発音も出来ないのにフランスの詩を引き、シェークスピアの名句を軽んじる男なのです。ここでは引用のしかたが人物描写になっています。イギリス人にとって、それは我々以上に分かりやすいことでしょう。

軽薄な男に心を魅かれるヒロインを見て、読者は《どうなることやら》と不安にかられつつページをめくるわけです。

となれば、このアロオクールの一節が『バグダッドの秘密』の読者に愛誦されるわけがありません。

ミステリの世界で、先にこの句を引いたのはクリスティでした。しかし、効果的ではあるが、多くの人の心に残るような使われ方ではなかったわけです。それを覚えていた佐藤さんは凄い。

一方、『長いお別れ』で、詩句を引くのはいわずと知れたフィリップ・マーロウです。しかし、マーロウ＝チャンドラーは前述の通り、フランス語のまま、使ってはいない。英訳しています。

わたしは、《さよならを言うのはわずかのあいだ死ぬことだ》が引かれる時、訳者名が記されないのは不当だと思い、怒りを感じました。同じことが、この場合にもいえるのです。

チャンドラーのあの名台詞は、アロオクールのものだ——と知って、発見の喜びを感じました。しかし、正確にいうなら、それは《アロオクールの詩の、チャンドラーによる訳》なのです。改めて書いてみましょう。

To say good-bye is to die a little

正しい意味——という観点から、後半に着目して来ました。

今までは、清水訳がすでに当然のものとして頭にありました。しかし、その記憶を消し去った眼で見ると、訳の勘所が前半にあると気づきます。

後半は忠実な直訳です。しかしチャンドラーは、《別離とは——》となる筈の出だしを、《さよならを言うのは》としたのです。抜き出してしまえば格言的でもある一節が、そのことにより、人の息遣いを持ちました。

この一節が愛され口ずさまれて来たわけは、ここにあるのでしょう。おそらく、巧《たく》んだり、苦労したりせずに、この訳はすらりと出て来たのだと思います。そこが、まさにレイモンド・チャンドラーなのでしょう。

# 三十六、「サブマリン」吉岡生夫

## 1

「夏の文学教室」という講演会に行きました。場所は、有楽町のよみうりホール。町田康氏が、大阪言葉について述べられ、持参のCDをかけました。上田正樹の『悲しい色やね』が会場に流れました。

それから、しばらくして小池光氏の『現代歌まくら』（五柳書院）を読んでいたら、大阪という項目があったのです。あげられていた歌のひとつが、これでした。

サブマリン山田久志のあふぎみる球のゆくへも大阪の空

思わず、「分かるなあ……」といってしまいました。これは読解力云々の問題ではありません。

まず、野球に興味のない人なら、《サブマリン山田久志》さえ分からない。潜水艦の関係者かと思うかも知れません。山田は黄金時代の阪急ブレーブスの、――というより、パシフィック・リーグのエースでした。

《同時代に生きて、幸せだなあ》と思える人が何人かいるものです。大投手、山田もそうでした。実に美しい、独特のフォームで投げ、居並ぶ強打者を撫で斬りにしました。秋になると来日する大リーグのバッターが、山田の球にきりきり舞いしていました。

――となれば、これは彼がホームランを打たれた場面だと分かります。しかし、それだけではいけない。たとえば、これが、

サウスポー江夏豊のあふぎみる球のゆくへも大阪の空

と、いい換え可能か。断じて否です。こうなった場合、相手のバッターは王貞治ということになります。それはいい。場所は甲子園。そして試合はナイターになってしまいます。これが、いけない。《あふぎみる球のゆくへ》という時、白球の背景に広がるのは、深い蒼天の筈です。

そして山田には、まさにこの、秋空に飛ぶ《運命の一球》があるのです。事実としては、その球は東京の空に舞いました。

有名な話です。しかし、ある年代より後の人には、実感として分からないでしょう。これまた読解力を越えたことです。ある芸能人が山田監督に、現役時代の思い出を聞き、《あの時》のことに水を向けかけたら、《それだけは止めてくれ》といわれたようです。

わたしは、十七、八の頃まで、プロ野球には全く関心がありませんでした。ただ、スポーツマンガの格好の素材と思っていただけです。ところが、ある秋、ふと気が付くと前年と同じ、阪急対巨人という組み合わせで、日本一が争われていました。

「去年、巨人が勝ったようだから、今年は阪急が勝つ番だな」

と、単純に思いました。ところが、そうはいかなかった。二人の子の真ん中に、お菓子が置かれている。そういうことが続けてあった。見ていると、同じ子供が、二回とも、お菓子を持って行った。そんな気がしました。そこから、プロ野球というものを観るようになりました。

しかし、日本シリーズは一年に一度しかない。日常的に放映もされ、巨人と戦っているのはセ・リーグです。さて、観るからにはどこを応援しようか、となる。あの頃なら必然的に、江夏・村山の阪神ということになります。以来、《世の中に絶えて野球のなかりせば》ということになってしまいました。ああ、《――なかりせばのどけからまし》。

まことに、野球さえなければ、どれほど穏やかな日々をおくることができるでしょう。

## 2

さて、西本監督率いる阪急ブレーブスは、何度も日本シリーズに駒を進めつつ、常勝巨人の前に、敗れ去りました。そして、昭和四十六年、期待の山田を擁し、またも挑戦の時を迎えたのです。山田は第二戦に先発、七回までを投げます。阪急はこの試合を取り、一勝一敗のタイ。舞台は後楽園球場へと移ります。

そして、第三戦。日本中があっと驚いたことに、西本監督は、中一日で再び山田を先発させたのです。何としてもシリーズの主導権を握りたいという、鬼気迫る采配です。時こそ十月十五日。よく晴れた秋の日でした。わたしは、早稲田で仲間の溜まり場となっていた喫茶店にいました。皆なで、小さなラジオに耳を傾けていました。

阪急が勝っていました。一対〇。若き山田は入魂の投球を続け、無失点のまま、九回ランナー二人をおきながらも二死までこぎつけました。

巨人ファンの仲間が、

「うー、たまらん。走って来る」

と叫んで、明るい外に飛び出して行きました。針で突いても破れそうな緊張の一瞬。まさに、後一人のところで、投じられたボールを王貞治のバットがスタンドに運びました。逆転サヨナラスリーランホームラン。

ちょうどそこに戻って来た仲間が、喫茶店の入り口で放送を耳にし、グリコのマークのように、大きく両手をあげたのを、まざまざと覚えています。

翌日、ラジオをつけたらアナウンサーがいっていました。《昨日ほど、勝負の残酷さを見せつけられたことはありません。わたしはマウンドに崩れ、立つことの出来ない山田の周りに鮮血が流れるのを見る思いがしました》。

一瞬にしてすべてを失った阪急は、脱力したように続く二試合を落としました。

勿論、この試合を歌に重ね合わせるのは、作者の意図と違うのかも知れません。しかし、《サブマリン山田久志――》と、そっと口にしてみると、どうなるか。わたしには、あの日、白球が飛んだ瞬間、後楽園の上に一瞬《大阪の空》が出現した――としか思えません。そういう意味で、ここに歌われているのは、昭和四十六年十月十五日を下敷きとした普遍の《ある試合》です。

《大阪の海は悲しい色やね》と、上田正樹は、歌いました。《大阪の空》もまた悲しい。そして、その《大阪の空》は、大阪にだけあるものではありません。人々の《あふぎみる》彼方に、いつも遠く広がっているものなのです。

# 三十七、『狐物語』

1

中学生の頃、駅前の本屋さんで『狐物語』という文庫本を見つけました。「—フランス中世古典—水谷謙三訳」となっていました。既視感のある本でした。《ああ、あの狐の話か》と思いました。

読み始めると無類の面白さです。暗黒小説の非情さが話題になることがあります。しかし、この『狐物語』も、裏切りと卑劣と狡智と殺戮に満ちた、悪の栄える物語であり、裏返しの英雄譚なのです。

そして、内容と同じ程度に心をつかんだのが訳文でした。角川文庫の一冊です。今も持っています。上篇の出だしはこうなっていました。

狼イザングランは膂力衆に優れ、勇気凜冽、権勢並びなき殿《との》であつたが、惜しいことに、あまりお利口ではなかつた。

どういうわけか、《殿》だけにルビが振ってある。何を基準にしているのかと思ってしまいますね。このアンバランスが、妙に嬉しい。他にも《蹣跚と》《尤物》などという言葉がルビなしで出て来ます。しかし、読みやすい読みにくいは、そんなことでは決まりません。心地よく進む文章でしたから、中学生でも、一向に抵抗は感じませんでした。

殆ど同じ色合いで進んだ物語が、結びの直前に悪のクライマックスを迎えます。狐ルナールは王位を奪い、王妃まで自分のものにしてしまうのです。現代教養文庫などの歌舞伎の本を何冊か読んでいたので、ここでは思わず、

「おお、《国崩し》！」

と膝を打ってしまいました。

狐が鬘《かつら》を被り、舞台で、

「まこと正体は、天下を狙う大伴のルナール」

とでもいっているようでした。

それに続く死の場面では、使者に対し、ルナールの姿は終始見えず、ただ声だけが対応します。これが、まことに印象深い。

（俺は）死んだんだ。（中略）門の外に出ると、俺の墓が見える筈だ。（中略）俺の名も刻んであるよ。『狐《ルナール》』と呼んだ賤しい奴《やつこ》の名前だ。

この《奴》というのが、今までの物語を一点に受けて、実にいい。見事です。希代の悪漢は、すでに死んでいる身で、自らの埋まる墓所を自ら示します。――ルナールは実に稀な、物語的な《死》を迎え、同時に不滅を手に入れたのだと思います。

2

さて、『詩歌の待ち伏せ』に、この作品を取り上げるのは、場違いと思われるかも知れません。しかし、『狐物語』は、元々、中世の叙事詩なのです。さらに、数回前に登場した谷中安規とも関わりがあります。

中学生のわたしが《あの面白い狐の話だ》と思って、角川文庫を手に取った。――それなら、小学生のわたしは、どういう版で読んでいたのか。

安規さんのことを知ってから、改めて考えると、わたしが子供の頃、読んだ狐の話は、十中八、九、内田百閒の文、谷中安規の絵による『狐の裁判』だったのです。復刻本を見て、そう思いました。

　百閒・安規の二人によって作られた本は、何冊もあるようです。あの『冥途』も初版本こそ違いますが、後には、谷中安規の絵によって飾られました。

『狐の裁判』は、昭和十三年に小山書店の『少年少女世界文庫』の一冊として出ています。「おくがき」で、百閒は《悪者のライネケ狐が、悪智慧をはたらかせて、立身出世するといふこのお話は、どんなに正しい者でも、どんなに強い者でも、智慧がなかつたら、悪者に勝つことが出来ないといふ教訓であります》と書いています。そうとでもいわないと『少年少女世界文庫』に入れにくいからでしょう。

　これを読んだような気がします。角川文庫の主人公が《ルナール》となるので、《フランスでは、ライネケとは、いわないのか》と思った記憶もあります。

　谷中安規の研究家、大野隆司さんに、聞いてみました。

「戦前の本が、たまたま小学校の図書館の片隅に残っていたんじゃないでしょうか？」

すると、

「それも考えられますが、実はあの本は、戦後、同じ小山書店から装丁を変えて出ているんです。『梟文庫《ふくろう》』という双書の一冊です。表紙も違い、文章も手が入っていますが、中の安規さんの絵は、殆ど残されています」

と、そのコピーを送って下さいました。表紙に《日本図書館協会選定・児童文学者協会推薦・日本読書組合推薦・NHK推薦・P．T．A推薦》と並んでいます。いうまでもなく、『梟文庫』という双書全体に対する《推薦》なのでしょう。しかし、物語の内容が内容だけに、《ライネケ狐がしてやった！》——という感じがして楽しい。

おそらく、わたしは、この本で安規さんにも、百閒にも、そして狐にも初めて出会ったのだと思います。

安規さんのことを書いていた頃、そんなことに気づきました。そこで、十年以上前に買ったまま、しまっておいた『狐物語の世界』原野昇・鈴木覺・福本直之（東京書籍）という本を、書庫から出して来ました。水谷版の『狐物語』が大好きだったから、買った本です。

その中の《わが国への紹介》の章を見て、びっくりしてしまいました。水谷訳についての《これはショヴォーの現代語訳（一九二五年）からの翻案である》と書かれていたのです。

《ひょっとして、これってあのレオポルド・ショヴォー？・》と興奮してしまいました。

中学生の時、何も知らずに読んだ『狐物語』が、『年をとったワニの話』などで多くのファンを持つ、あの風変わりな作家の息のかかったものだった。――それは、わたしにとっては大事件でした。

さっそく、うちにある『ショヴォー氏とルノー君のお話集』（福音館書店）に当たりましたが、よく分かりません。図書館で『名医ポポタムの話』（国書刊行会）を見つけ、出口裕弘氏のあとがきを読むと、《中世の動物寓話『狐物語』の、ショヴォー版現代語訳は名訳のほまれが高い》とあります。やっぱりそうなんだ、と思いました。

食うか食われるか（このニュアンスは説明しにくい。実際に『年をとったワニの話』などを読んでいただくしかない）といったお話を書いたショヴォーが、『狐物語』を愛していた。さらに、その再話をしていたというのは、実に頷けます。

出口裕弘氏に、その辺りの事情をおうかがいすると、ショヴォー訳の『狐物語』なら、その子供版が、山脇百合子氏の訳と絵により、『きつねのルナール』（福音館書店）として出たばかりだ、と教えて下さいました。そして、さらに知りたいことがあるなら――と、福音館書店の松本徹氏を紹介して下さいました。

信じられないような偶然ですが、原典の『狐物語』（鈴木覺・福本直之・原野昇訳）が、従来のものに加え、同じ頃岩波文庫からも出ました。日本中で簡単に手に入るようになったわけです。こちらは、原型を伝えつつ、背景となる中世の知識もコラムのように入った、読みやすく楽しい本になっています。

さて、水谷訳で、一番気になるのは先程も書いた、結びの部分です。本来の古典『狐物語』の、ルナール臨終の挿話は、こうなります。狐は、王からの使いに苦しそうな姿を見せ、死んだと伝えてくれといいます。そして、《門を出たところにルナールという名の百姓の墓があるはずだ》（岩波版）というのです。――こちらだと、生きているルナールがしゃべっています。

水谷訳のルナールは、これに対し、生きてはいません。生死を越えています。古典の側から見れば、その処理はいかにも現代的です。声だけがしゃべるという魅力的な部分が、賢《さか》しらに思えることでしょう。それはよく分かります。しかし、わたしにとっての『狐物語』の結びは、長いこと、これだったのです。

となれば、最も知りたいのは、これがショヴォーの考えた形なのか、ということです。彼がいかに、原典を料理したか――です。

福音館の松本氏に、その辺りのことをうかがいました。まず、

「死の場面でのルナールが声でしか現れないという点は、古典的な感覚ではないと思います。これはショヴォーがやったことでしょうか？」

「ええ、ショヴォー版がそうなっているんです」

嬉しいお答えでした。続けて、

「墓の件ですが、これは同名の農夫のものを、身代わりに教えたのでしょうか？　それともルナール自身のものなのでしょうか？」

「水谷訳の《賤しい奴》に当たる言葉が、古語では《農民》を表すんです。しかし、現代フランス語では《つまらない奴》という意味になる。ショヴォーは二重の意味をかけているように思えます」

声のことを考えれば、あの忘れ難い場面の演出は、ショヴォーの意図したものといえるでしょう。

わたしはさらに、

「水谷版では、王位まで奪う場面が、最後の一歩手前に置かれています。これは、いわば悪のクライマックスを作るということでしょう。現代的な構成感覚だと思います。これも、ショヴォーの考えなんでしょうか？」

「そこは、原典の『皇帝ルナール』という挿話ですね。ショヴォーの本は、まさに、そういう配置になっています。こういう構成が他にあるかどうかは、はっきりしません。しかし、ショヴォーが自分の版では、こう並べたということは確かです」

水谷謙三は、原典と現代語訳を《併置して》訳したといっています。しかし実際には、

『狐物語の世界』で指摘されている通り、殆どショヴォーの本によっているようです。責めようとは思いません。むしろ、それが切り捨てられそうな今の情勢がさみしいのです。古典とは別に、ショヴォーの仕事を伝えてくれたところにこそ、この本の価値があると思います。

わたしは、《ショヴォー氏とルノー君のお話集》を子供の時に読むことが出来ませんでした。そして、幼い頃に読んだら、どんな印象を持ったろうと、思いました。『年をとったワニの話』から始まる全五巻が、現在では福音館文庫におさめられています。特異な作家の本が、多くの人の手に入りやすくなるのは嬉しいことです。

ショヴォーが戦前から、一部の熱心な読者にとって忘れられない作家だったのは、山本夏彦氏の訳になる『年《とし》を歴《へ》た鰐《わに》の話《はなし》』という、幻の訳書があったからです。秋の夕べ、山本氏の訃報を聞きつつ、この回を書くことになってしまいました。

付記　長い間、入手困難だった山本氏訳『年を歴た鰐の話』ですが、二〇〇三年九月、文藝春秋から復刻版が刊行されました。嬉しいことです。

# 三十八、「蝶」「蛇」ルナール／岸田國士訳 「へび」ルナール／辻昶訳

## 1

朝日新聞に、神戸女学院大教授の内田樹《たつる》氏が「漢文消えて失うものは」という文章を寄せていました。大学入試に漢文が出題されなくなり、その結果として漢文の授業が消えつつあります。生徒が無駄な科目を勉強したがらないからでしょう。

内田氏は書きます。《「軽減された負担」の代償として、若い日本人がそのあとどれだけのものを失うことになるのか、その損得を計算してみる必要はないのだろうか》と。

わたしも少し前あるところに、ほとんど同じことを書いたばかりでした。それだけに頷きながら読みました。

内田氏は、漢文の授業を受けていたおかげで落語のギャグを笑えた、という例をあげ

ていました。わたしにも、そういうことはありますし、逆に子供の頃ラジオの落語で覚えた漢文に、後から本で出会ったこともあります。落語は庶民のための芸であり、難しいものではない筈でした。そこに文化の厚みを感じます。ある程度の基礎体力がなければ、運動することは困難です。考えると恐ろしくなります。

いうまでもなく、漢文の授業で教わるのは中国語ではありません。日本語です。それを支える大事な柱のひとつが漢文なのです。読み、聞くだけでなく、書く場合にも、その調子でなければ表現出来ないことがあります。別に試験などしなくてもいいのです。ただ、日本中で、代表的な名文句や名詩を、繰り返し読み、幾つかは暗唱するだけでも、大事なものを失う度合いは少なくなるでしょう。

桜も咲こうかという、うららかな日、五十人ぐらいで集まったとします。一人があくびしながら《あーあ、春眠……》といった時、誰もわけが分からないのは哀しい。せめて何人かの頭に《……暁を覚えず》と浮かんでほしい。そういう言葉の共通基盤が、なくならないでほしいのです。

かといって、眼を血走らせている受験生の中には《他人がやるのはいい。しかし、なぜ俺が、他ならぬこの俺が、そんなことに時間を割かねばならないのか。もし俺が入試に落ちたら責任をとってくれるのか！》と思う人も多いでしょう。同じことを、論理や説明抜きの現代語で、ただひと言《ムカつく！》と表現し、机を叩いて激高する者もいるでしょう。

時代の違いを考えなければいけないのかも知れません。高校生なら、この程度の常識は身につけるのは当然――という意識では、もう漢文の授業は成立しない。それなら、期待出来るのは小学校しかありませんね。大昔のように、低学年辺りで、ただただ声を出して読む。気持ちがいい筈です。大きくなった時、故郷を思い出すように、そのリズムが遠くに響いている。それでいいのではないでしょうか。

さて授業といえば、ついこの間、神田で福永武彦の『枕頭の書』（新潮社）という本を買いました。「読書遍歴」という随筆の中で、高等学校時代が回想されています。――《フランス語の主任教授が石川剛先生で、独特の教授法によって一年の一学期で初等文法がひとわたり終るから、そのために夏休みにはもう原書が読めるようになった。僕はこの夏休みにメリメの「モザイク」を買って来て、辞書と訳本とを首っぴきであらかた読みあげたが、そのあとは手当り次第に読み耽った。ドストイェフスキイの「白痴」の仏訳などは、メリメに引き続いて読んでひどく感激した覚えがある。ボードレールやランボーも、原書を買って来て紙ナイフで頁を切る時の嬉しさといったらなかった》。

何とも楽しそうですね。学ぶこと、知ることの喜びが伝わって来ます。それにしても、《一学期で初等文法がひとわたり終る》というのは凄い。我々は英語の文法の授業を、中学高校と六年間受けました。その結果、どうなったかはお恥ずかしい限りです。――しかしですね、驚くのはまだ早い。これを読んだ時、すぐに思い出す本がありました。高橋義孝の『すこし枯れた話』（講談社文庫）。次の一節が忘れられないのです。

高橋義孝は昭和七年、東京帝国大学文学部独逸文学科に入学します。勿論、専門はドイツ語です。しかし、《大学一年の時、仏文科の鈴木信太郎助教授の「フランス語初級」の講義に出た。最初の時間に、指定されたフランス文法教科書を持って教室へ出かけたら、先生はその一時間で全フランス文法の講義を終えてしまって、次の時間からいきなりボードレールの『パリの憂鬱』を読み始めたのには吃驚した》。

本当にびっくりしますね――しかし、今、自分が受けている立場でさえなければ、実に爽快な話です。高橋義孝は《今でもそのテクストを書架から抜き出して、鉛筆で沢山書き入れのしてある頁を繰ることがある》と続けます。つまり、これは懐かしき、――良き（過ぎてみれば）思い出なのです。こうやって福永武彦は福永武彦になり、高橋義孝は高橋義孝になったのですね。

授業のレベルというのは、上げて行けばきりがないと分かります。それは、つまり下げて行ってもきりがないということでしょう。

ところで、こんな例だけ見ていると、それは、よほど特別な人のことだといわれそうです。

わたしが、ここを書いていて思い出したのは太宰治です。年譜を見たら、太宰は高橋義孝の二年前、昭和五年に東京帝国大学文学部仏蘭西文学科に入学しています。『逆行』の中の「盗賊」は《ことし落第ときまった。それでも試験は受けるのである。甲斐ない努力の美しさ。われはその美に心をひかれた》と始まります。名調子です。仏文科なのに、フランス語はまったく分からないというのですから、こちらもまた爽快ですね。

また、太宰が迷惑をかけた中の一人、佐藤春夫は慶応の文科ですが、

ひともと銀杏葉《いてふ》は枯れて
庭を埋《うづ》めて散りしけば
冬の試験も近づきぬ
一句も解けずフランス語

と書いています。

実はわたしは、大学時代、この一節をクラブの溜まり場のノートに書き付けて、試験に向かったことがあります。後輩が《凄ーい》といってくれたので気は良くしましたが、成績の方は良くなりませんでした。

出来る人は出来たし、出来ない人は出来ない。個々人によって事情は異なる。——当

たり前のことです。しかし総体として見れば、以前の学問の方が、より《学問》らしかったのではないでしょうか。

「盗賊」を探して太宰の本をぱらぱらとめくっていたら、こんな一節がありました。

むかしの日本橋は、長さが三十七間四尺五寸あったのであるが、いまは二十七間しかない。それだけ川幅がせまくなったものと思わねばいけない。このように昔は、川と言わず人間と言わず、いまよりはるかに大きかったのである。（『葉』）

こう引いたからといって、《昔はよかったなあ》と繰り言をいいたいわけではありません。いつの時代でも、打ち込んでやれることを見つけられたら、かなりのことが出来るわけでしょう。フランス語が出来ようと出来まいと、太宰治は太宰治です。

ただ、何でもやさしく楽にしてしまうと、その結果、以前は簡単だったことが今は難しく、難しかったことが、多くの人にとって越え難い壁になってしまう――というのも事実でしょう。

2

さて、福永武彦や高橋義孝のように興味関心能力を持って励むなら、外国の詩も原語で読めます。それの出来ないわたしには、翻訳の詩を読むという楽しみがあるわけです。

しばらく前に、ルナールの『博物誌』の辻昶《とおる》訳が岩波文庫から出ました。辻訳は、以前、旺文社文庫の一冊でした。買わないでいるうちに書店の棚から消え、手に入りにくくなっていたものです。

さて、我々の時代には『博物誌』といえば岸田國士訳と決まったものでした。わたしは、駅前の本屋さんで新潮文庫版を買いました。中学生の頃の愛読書のひとつです。繰り返し読みました。かの有名な、

蝶

二つ折りの戀文が、花の番地を捜してゐる。

などは、もうこの形で頭に入っています。わたしにとっては、動かしようのないものです。

しかし、現代の若い読者の前に置いた時、古めかしい部分があることも確かでしょう。

新潮文庫版のボナールの絵は忘れ難いものですが、岩波文庫版はロートレックの絵がつき、増補された原本によっています。この二冊は、本棚に並べて置いておきたい本です。

さて、岩波版が出た時すでに、ごく簡単に書いたことなのですが、——実はわたしが真っ先に見たページがあります。『博物誌』の中には、《いくら何でも、他に訳しようがないだろう》というところがあるのです。岸田訳で引けば、

> 蛇
>
> ながすぎる。

これです。ところが新訳を見たら、こうなっていました。

> へび
>
> 1
>
> 長すぎる。

《1》となっているのは、増補されたもうひとつの文章が載っているためです。比べてみて、とても面白いと思いました。これだけ見ると、いかにもいい換えという感じがします。しかし、それは狭い、浅い見方なのです。

部分だけ見ていては分からないことがあります。辻訳には、さらにこういう注が付け

られていたのです。《「長すぎるという文章が短かすぎるところにこっけい味がある。」》

　こう書かれると、はっきりとした意図があることになります。《ながすぎる》より《長すぎる》の方が、確かに短い。単純ないい換えではなく、自分が出ていることになります。大事なのは、そこです。

　表題の方の「へび」がひらがな書きになっているのも、この作だけのことではありません。《短か過ぎて換えるところがないから、いじった》というわけではないのです。他の「蚯蚓」「蝸牛」など、多くのものが「みみず」「かたつむり」というように、ひらがなになっています。現代の訳書として、そうしたいという明確な方針があるのです。

　また、二つを並べると、よりはっきり見えて来ることがあります。岸田訳のひらがな書き──《ながすぎる》の、にょろりとした感じです。実際、岸田は「蚯蚓」の訳の中では《長々と》──と漢字を使っているのです。他にも漢字の使用が多い。となれば「蛇」のここを、五文字ひらがなで埋めたのは、当然、意識してです。

　ローマ字にしたら同じでも、朗読する場合、岸田訳はねっとりと、辻訳は速めに読まなければいけないことになります。

　──こういうことを、わたしは面白いと思ったのです。

　いずれにしろ、後から訳す人は難しい。前の訳を読んでいなければいい。しかし、記憶に残っていたら、やりにくいでしょう。自分が《絶対だ》と思う言葉を選び、それがたまたま、既にある訳と重なったら、どうするか。――換えるべきではないと思います。そんなことは出来ない筈です。

理想的なのは、何も知らないまま、まず自分で訳し、誤りの有無を前人の訳で確認することでしょう。実際には、そう簡単にはいかないのでしょうけれど。

付記　現在の新潮文庫版は、どういうわけか《長すぎる》になっていました。それについては、わたしの『本と幸せ』（新潮社）中の「ながすぎる、長すぎる」にくわしく書きました。《ながすぎる》に戻ればよいと（ああ、ややこしい）願っています。

# 三十九、「Everytime we say goodbye」コール・ポーター／村尾陸男訳

## 1

かなり前のことになりますが、《そうだ村の村長さんが……》という子供の唄について書きました。小さかった頃、実際に口ずさんだことがあるのです。しかし、干支《えと》でわたしの《二回りぐらい下になると、もう、この唄をご存じないようです。ちょっと寂しい》と感想を述べました。

　これには、《今の子供は、知らないだろう》という思い込みが、まず、先にあったのです。そして、一回りぐらい下の編集者の方二人に聞いたら知っていた。次に、二回りほど下の方一人に質問してみたら——今度は、分からなかった。そこで単純に、《やっぱり！》と思い込んでしまったのです。先入観があったために、何と調査対象三人です

ましてしまったのです。いけないことですね。

テレビで高校生のクイズ大会を観たことがあります。そこに、《一円玉より軽い硬貨は世界にない。○か×か》という問題が出ました。これはもう、問題を見ただけで答えが分かりますね。×と考えていいでしょう。案の定、そうでした。

「どうして、分かるの?」

と子供に聞かれて、ちょっと得意になり、

「だって、一種類でもそういう硬貨を見つければ×だといえるだろう。○と答えるためには、世界中のありとあらゆる国の、ありとあらゆる硬貨を調べ尽くさなくちゃあいけない。それは、とても難しいことだよ。一度、○を正解にして、後から、《イロハニ共和国の百ホヘト硬貨は、ずっと軽いぞ》なんて、持ち込まれたら困るだろう」

と胸を張ったものです。

それより、ずっと乱暴な推測をしてしまいました。一人だけに聞いて、《それより若い人は知らないだろう》だなんて、とんでもない。単行本になった『詩歌の待ち伏せ』で《そうだ村》の唄のことを読んだ大分の麻生祐子さんが、こう教えてくださいました。

――《私は十八歳ですが、この唄を知っています。確か、私が小学校三、四年生の頃によく友人達と歌っていた記憶があります》。

この唄の結びは、実に多様です。麻生さんの覚えたバージョンは《葬式みんな悲しそうだ》と終わるそうです。

あっと驚いて、それから何人かの人に聞きなおしたら、思いのほか、若い方でもご存じでした。自分の独り合点を反省すると共に、こういう伝承が、まだまだ残っていることを嬉しく思いました。

さて、そこで今回ですが、実に多くの方のお力を得て書き上げることが出来ました。

2

まず、お手紙で教えていただいたことが、他にもあります。

チャンドラーの『長いお別れ』に出て来る名台詞、《さよならを言うのはわずかのあいだ死ぬことだ》（清水俊二訳）について、何度か触れました。これは元々、フランスの詩人アロオクールの書いた一節です。英米では、よく知られた名言で、クリスティの小説にも引かれています。しかし、原典で《別離とは――》となっているところを、《さよならを言うのは――To say good-bye》としたところが、まさにチャンドラーと、書いたのです。

ところが東京の鈴木慧さんが、《さよならを言う》はジャズのスタンダードナンバーにあると教えて下さったのです。コール・ポーターに『Everytime we say goodbye』という曲があるそうです。

ジャズは全くといっていいほど聴いたことがありません。作詞作曲者のコール・ポーターという人名も、そういえばどこかで耳にしたような……というわたしですから、これはご教示いただかなければ、永遠に分からなかったことです。

『ジャズ詩大全1』（村尾陸男・中央アート出版社）によると、『Everytime we say goodbye』は、一九四四年の《レヴュー作品【Seven lively arts】に挿入されたもの》でした。興行的には失敗しましたが、この歌だけは人々に愛され、後々まで残ったそうです。

まず、相思相愛なのにどうして僕達は喧嘩ばかりするのだろう、という語りの部分があり、曲がそれに続きます。《さよなら》といった後、ちょっとだけ死んだ気になる、つまり、そこでアロオクールの詩句が胸をよぎるわけです。

近所の郊外型書店に行ってCDコーナーを見ると、この曲の入っているものがありました。買って帰って、聴いてみると、すぐに曲が始まる。語りがない。

首をかしげながらも、ある用事があったので東京に出掛けました。小泉吉宏さんにお会いし、最近の出来事として、ここまでのお話をしたら、

「知り合いにジャズに詳しい人がいるから、聞いてみましょう」

と、いってくださいました。劇団「ラッパ屋」主宰の脚本家、鈴木聡さんでした。お話によると、ジャズのスタンダードナンバーには、こういう語り部分の付いていること

があり、歌われる時、省略されることも多いそうです。――なるほど。

語りの部分を受けると、好きなのに、ついつい喧嘩をしてしまい、別れ別れになるつらい気持ちを歌っていることになります。

『長いお別れ』は、一九五三年の作です。チャンドラーは、この曲を耳にしていたろうと思います。アロオクールを引く際、意識無意識の別はともかく、その響きが言葉に表れたのではないでしょうか。そこで、本来なら《別離とは》となる箇所が、《さよならを言うのは――》となったのでしょう。

前記の通り、こちらの方が、よりチャンドラーらしい表現です。

3

わたしの買ったCDは女性歌手のものでした。それを聴いて、日本語と英語の違いの面白さを感じました。本来、これを歌うのは男か女か——という問題です。【Seven lively arts】の舞台では、どうだったのでしょう。語りの部分で、相手に《スィートハート》と呼びかけていますから、男の歌のような気がします。しかし、これを女性歌手も歌っている。語りを除いた英文なら、どちらにも取れるのでしょう。《I》が《女》になると、詩全体の感触も変わります。

語りなしで曲だけ歌われると、《喧嘩》などといった要素が消えてしまいます。そこにあるのは、愛しながら別れの言葉を交わさなければならない女の嘆きでした。

歌い手によって、また別の世界が開けてくる。《歌というのは生きているのだなあ》という妙味を感じました。

そういったことを考えている時です。前回、クリスティの作中に、この言葉が出て来ると教えてくださった佐藤夕子さんが、ヘレン・マクロイの『割れたひづめ』（好野理恵訳・国書刊行会）にも引用例があると、ご教示くださいました。早速、読んでみました。おませな子供達が、大人のラブレターを偽造する場面です。

男の子が書きます。《あなたと別々に暮らしている間、わたしは束の間、死んでいるのです……》。

「けっこういい線行ってるわよ。でももちろん、それってパクリだよね」

「どういう意味だよ、パクリって？」

「フランスの誰かが、〝別れは束の間、死ぬことである〟とか言ってなかった？」

「だから何だよ？　文化なんてみんなパクリだろ」

早熟とはいえ、子供でも知っているのです。この言い回しが、いかに浸透しているか分かります。

それにしても今回は、三人よれば文殊の知恵どころではなく、大勢の方のご協力をいただきました。ありがとうございます。

# 四十、「少年探偵江戸川乱歩全集内容紹介」

1

江戸川乱歩の「少年探偵団シリーズ」について、対談をすることになりました。お相手は、その道の権威、戸川安宣氏。

わたしが子供であった昭和三十年代には、《ぼ、ぼ、ぼくらは少年探偵団——》の歌がラジオから流れていました。『透明怪人の巻』を聴いたような気がします。当たり前のことですが、ラジオというのは、音が耳から入って来るだけです。情景の方は、自分で自由に作りあげるのです。だからこそ、広がる世界の奥行きが深かった。自分が透明になってしまったのではないか——と思う少年の焦燥。それは、画面にして見せられても、あまり伝わらないと思います。

町の本屋さんには、このシリーズが七、八冊置いてありました。お金をためて、月一冊買うのが楽しみでした。小学校低学年の頃です。

本屋さんにあるだけ買ってしまうと、子供ですから、注文するということを知りません。他の本が読みたくてたまりません。そこで、宝物のリストのように眺めたのが、巻末にある、全巻の内容紹介でした。

この紹介文は、子供心をつかむという点では、掛け値なしの傑作でした。

わたしだけの意見ではありません。あの頃の町という町、家という家では、光文社版を読んだ二人以上の子供が顔をあわせさえすれば、まるでお天気の挨拶でもするように、この内容紹介の噂をしていました――というのは、シリーズ第一作『怪人二十面相』冒頭の名文句のパロディですけれど、そういいたくなるぐらい、印象が強烈でした。

丸く切り抜かれて添えられた妖しい挿絵と共に、こんな言葉が続きます。

大金塊

「しいがえぼしをかぶるとき、からすのあたまのうさぎは三十、ねずみは六十…」奇怪な暗号にひきよせられてやってきた、離れ小島の地の底…聞えるのはゴウゴウとうずまく水の音ばかり。もう小林少年の胸のへんまでもジャブジャブとまっ黒な水がのぼってきたのです。

勿論、乱歩の文章から、ここぞというところを選んで切り貼りするわけです。しかし、見事につぼを押さえています。その頃は、烏帽子というのがどういうものか、分かりませんでした。けれど、暗号というより呪文といった方がいい、この文句の妖しさは分かります。《からすのあたまのうさぎ》などのイメージは強烈です。これは読みたくなる。

中でも、忘れ難いのがこれです。

宇宙怪人

怪人は、もう二メートルほどのところへよってきました。銅仮面のまっ黒な三日月がたの口が耳までさけてニヤニヤと笑っていました。なんともいえない、なまぐさいにおいがただよってきました。「キミ、フルエテイルネ」人間の声ではない言葉がきこえてきました。

この《「キミ、フルエテイルネ」》という言葉が、まるで囁かれたように、耳に残っています。

2

「少年探偵団シリーズ」は、やはり子供の時、手に取るから面白いわけです。しかしわたしは、三分の二ほどあった未読分を、大学生の時に読みました。今回の対談のお相手、戸川さんのお宅に全巻、揃っていたのです。

戸川さんご一家が旅行か何かに出掛ける時、留守番に来ないかといわれました。クーラーの効いた部屋で、鮨をとって食べ、『少年探偵団』を読んでいればいい――というのです。これはうまい話だなと思いました。

しかし、印象が強いのは、やはり子供の時に読んだ分です。留守番しながらページをめくった方は、ほとんど記憶に残っていません。

戸川さんは、一九九四年、お仲間の橋本直樹、濱中利信両氏と共に『少年探偵団読本』（情報センター出版局）を、お出しになりました。この中に、《検証「少年探偵団」全作品》という章があります。それを読んでいてニヤリとし

てしまいました。

『黄金豹』の担当は戸川さんです。そこに、こう書かれていたのです。《豹が脅迫的言辞を弄し、電話をかけてくる、という設定は、いささか興醒めだ》。

大人の眼で見て、どうこういっても仕方がありません。荒唐無稽や不自然なら、ページごとにあるようなシリーズです。戸川さんの言葉も、子供の時の実感でしょう。幼心にあんまりだ——と思ったのでしょう。

実はわたしは、『黄金豹』を子供の時に読んではいないのです。留守番の時に読んだ、覚えていない方の作です。自分だったら、どう思うか、いえないのです。ただ、幼い戸川少年が、その場面で顔をしかめているところが浮かび、何とも嬉しくなったのです。

さて、対談が翌々日に迫りました。予習というわけでもないのですが、池袋で開かれていた江戸川乱歩に関する展覧会に出掛けました。

最終日でした。歴史的な展示物が並び、生きた日本ミステリ史を見る思いがしました。その中に、あの『内容紹介』が、ありました。『黄金豹』のところは、特に注意深く見てみました。明後日、戸川さんに会う——と思ったからです。

黄金豹
真夜中に、おうせつ間にしいてあった豹の毛皮が、ムクムクと起きあがり、ノソノソ歩きだして、どこかに消えてしまったというのです。そして、しゃがれ声の、恐ろしい電話がかかってきました…「こちらはごぞんじの黄金豹だよ。人間みたいに口のきける、千年の魔豹だよ。」

感心しましたね。そうか、豹は豹でも、《千年の魔豹》だものなあ——と頷いてしまいました。

対談の時には、勿論、このことを話し、

「戸川さん、電話をかけて来たら興醒めだ——なんていっても、《千年豹》に出られちゃあしようがないでしょう！」

戸川さんも苦笑していました。

さて、ことはそれだけで終わらなかったのです。意気揚々と引き上げて、うちの書棚にある光文社版の「少年探偵団シリーズ」を取り出してみました。『黄金豹』の、名文句を再確認してみたかったのです。ところが、巻末の『内容紹介』を見ると、まったく違うのです。

「黄金豹」東京にあらわる！　ただの豹が町にあらわれただけでも大さわぎなのに、これは金色《おうごん》にかがやく、ふしぎな豹なのです。しかもそいつは、忍術使いのように自由に消えてしまうのです。もう東京都民は、おちおち眠ることもできなくなりました。

こちらの方がつまらない。そりゃあ、《おちおち眠ることもできなくな》るでしょうよ。でも、あの《千年豹》は、どこに行ったのだ――と思ってしまいます。

乱歩展で見たのは、単行本についているのとほぼ同じ『内容紹介』です。そこには、宇宙怪人の《「キミ、フルエテイルネ」》という声も、妖怪博士の《「少年探偵団なんて生意気なことをいったって、おばけにかかっちゃ、かたなしじゃないか」》という声も響いていました。では、この『黄金豹』に関してのみ、別バージョンがあるのでしょうか。

展覧会がまだやっていれば、もう一度出掛けるところです。しかし、わたしの行った日で、展示は終わってしまったのです。分からないとなると、よけい気になります。《当日、目録を売っていた。あれを買わなかったのが失敗だ》と思いました。資料としては、すでに持っているものが多い――と判断したのです。早速、戸川さんに電話してみました。ところが、目録には、肝心の（わたしにとっては、ですけれど）部分が載っていなかったのです。さあ、どうしたらいいか……。ここから先を書いていると長くなります。紆余曲折があったのですが、結論をいうと、評論家の新保博久、東京書籍の石松春彦両氏のおかげで、問題の展示のコピーを見ることが出来ました。
雑誌（おそらくは光文社の『少年』）の、見開きを使った『内容紹介』でした。スペースの関係で、こちらの方が少し長いのです。そこで、誰かが単行本の『内容紹介』に手を加えたわけです。元を、書籍担当の編集者A氏の作としましょう。雑誌担当の編集者B氏は、それに修飾語を足したりして、引き伸ばしています。
しかし、中には添削しているものもあるのです。例えば、

虎の牙

こんなふしぎなことがあるでしょうか？　天野勇一君の体が空気よりもかるくなってフワフワと宙にまいあがったのです。そして首がきえ、腹がきえ、足だけがしばらく空中に残っていましたがそれもフッときえて、ウオーッという猛獣の声が聞えてきました…

というA氏の最初の一文を、B氏が削っています。《ふしぎなのは、読みゃあ分かるじゃねえか》というわけでしょう。そして、こうなります。

天野勇一くんの体は、空気よりもかるくなって、フワフワと宙にまい

あがったのです。そして首がきえ、腹がきえ、足だけがしばらく空中にのこっていましたが、それもフッとかきけすようにくらやみにきえて、遠くのほうからウオーッという、恐ろしい猛獣の声がきこえてきました……

書き癖にも個性があり、同じ単語をA氏は《恐しい》、B氏は《恐ろしい》と表記しています。

B氏は、さらに自分でつまらないと思ったものは、全文差し替えているのですね。それが、『黄金豹』と、次の『魔法人形』です。

まず、一般的なA氏による単行本バージョン。

「わしは魔法使いのような発明家だよ。ふしぎな薬を発明したんだよ。この薬を注射すると、人間の体はだんだんかたくなって、人形になってしまうのだよ。おい、小林君、どうだ、きみも人形になりたくはないかね。」怪老人はぶきみにささやくのでした……。

ところが、雑誌ではこうなっています。

魔法人形

「おねえさまは、ほんとうに人形なの？」ルミちゃんがたずねると紅子さんは、なんだかわけのわからないことをいいました。「人形じゃないわ。生きている人間よ。でも、半分しか生きていないのよ。そしてもうじき、あとの半分も死んでしまってほんとうのお人形になるの……」

Ａ氏のものの方がより「少年探偵団シリーズ」の紹介的であり、Ｂ氏の方がより作品の本質をつかんでいるように思えます。これらの文章は、幼い我々にとって、まさに闇に手招きしてくれる散文詩でした。

多忙なお仕事のかたわらペンをとった、光文社の編集者であり、少年探偵団を愛した詩人――Ａさん、Ｂさんがどんな方々か、今となっては知りようもありません。ただ、このシリーズを間に置いて会話しているようなお二人の姿が、とても懐かしいものに思えるのです。

# 四十一、「衆視のなか」中城ふみ子
# 「書簡」中井英夫・中城ふみ子

## 1

そこに、その歌があった――ということが記憶に残る。これは、普通でしょう。しかし、そこに、その歌がなかった――という、《空白感》が印象に残る例は、珍しいと思います。

何年か前になります。編集者の方と、ある本屋さんに行きました。平台に眼をやると平凡社ライブラリーの新刊に、『女うた　男うた』（道浦母都子・坪内稔典）が出ていました。

「これは嬉しいな」

と、手に取りました。一つのテーマを決め、それに対して、道浦・坪内の二氏が思い浮かぶ短歌・俳句をあげ、文章を付す、というものです。いい本という記憶がありました。だから、入手しやすくなったのを喜んだのです。

「最初に、中城ふみ子が載っているんですよ」

といって開くと、これがない。

「あれ、おかしいな」

突こうとした手を、外されたような気になりました。それなら冒頭ではなかったのかと、ページをめくって探しました。中城ふみ子の歌はありましたが、記憶していたものとは違う。

編集者の方に、これこれこういう歌が載っていた筈なんです――と説明しました。完全にいえればいい。しかし、後半こそ口から出て来ますが、出だしの辺りがおぼろになっている。五七五七七が浮かばなければ、《忘れ難い歌です》といって示すことも出来ません。第一、《忘れてるじゃないですか》と、突っ込まれてしまいます。

けれど実際には、暗唱出来ずにもどかしくとも、その歌の作っていた空間の感触が明瞭に残っている場合はあるものです。

過去のある時、『女うた　男うた』という本を開いた瞬間、眼に飛び込んで来たのが《その歌》だった――という記憶は鮮やかなのです。

平凡社ライブラリー版は買って帰りました。ある筈のものがないのは、どうにも不思議なので、調べてみました。すぐに分かりました。わたしがイメージしたのは、続編の『女うた　男うたⅡ』（リブロポート）の方だったのです。開くと、待っていたように、《その歌》が眼に入りました。

最初のテーマが《嫉妬》。ページ下段にある坪内選の句は、三橋鷹女の《鞦韆《しゅうせん》は漕ぐべし愛は奪ふべし》。そして上段、まさに冒頭、道浦選の、この歌がありました。

衆視のなかはばかりもなく嗚咽して君の妻が不幸を見せびらかせり

この、《見せびらかせり》は一読、忘れ難いものです。中城ふみ子は、離婚の後、短歌の道に入ります。ここに詠まれている男性と恋に落ちますが、彼は死によってふみ子の元から去って行きます。

こういう感情自体は、同じ状況にあれば、多くの人が抱くことでしょう。しかし、いわれてから《まさにそうなのだよ》と思うのと、動かし難い言葉を、自ら積み上げられるのは、全く別のことです。

ここには、ただ一人立ち、この世のことを見つめている眼があります。それは、中城の広く知られた歌の一つ、《冬の皺よせゐる海よ今少し生きて己れの無惨を見むか》という眼でもあります。

2

年譜を見ると、中城が歌を作っていた期間の短いことに、改めて驚かされます。三、四年に過ぎないのです。まして、昭和二十九年四月、死の床にある歌人として、中城が華々しく（という言葉の意味合いは単純なものではありません）世に出てから、札幌医大の病室で生を終えるまでの時は、わずか半年に満たないのです。

『中井英夫全集［10］黒衣の短歌史』創元ライブラリ（東京創元社）は、掌の上に載る文庫版でありながら、千鈞《せんきん》の重みを持つ本です。

すでに文学史上の事件として、歴史の中に刻まれている、中井英夫による中城ふみ子の発見。これが、実は簡単ではなかったと知るのは、読むということが、どれほどの力を必要とするかを教えてくれます。『短歌研究』（日本短歌社）第一回五十首募集の選考について、中井は「現代短歌論」の中で語っています。後からよく、中城の歌なら一も二もなく《飛びついたのは当然だと》いわれたそうです。しかし、三人の選考者が揃ってAをつけたのは、別の作品でした。

『冬の花火―ある乳癌患者のうた―』という題のリボンで結ばれた中城ふみ子の原稿は、三人ともBにして顧りみなかった。（中略）全体を読み終わっての感懐はまことに索漠としたもので、所詮野に遺賢なしかといい合って二人は帰っていった。しかし、編集責任者の私にしてみれば、そのままではどうにもやり切れない。何かを探すといっても、ここにある歌稿が俄かに変貌して輝き出す筈もないが、やむを得ず二、三日を社にも出ず、候補作二十篇ほどを机の周りに散らかして、一つ一つを睨みつけているうちに、やっとのことで『冬の花火』のほうがよほど優れていることが納得でき、ついで石川不二子の『農場実習』も、これまでにない新鮮な輝きにみちている確信が持てたのだった。

今度の『中井英夫全集［10］』が、今までの版にない格別の輝きを発しているのは、この時点から始まる、中井・中城往復書簡が、初めて収録されているところにあります。書簡文学の白眉といっていいものです。ぜひ、多くの人に読んでいただきたいと思います。

わたしは、東京創元社の編集の方と親しくしています。中井先生の書簡が、まだ編集部に置かれていた時、中井先生の残されたものを整理し後世に伝えるお仕事をなさっている本多正一氏の御好意もあって、それらを見せていただくことができました。そして、深い感銘を覚えました。

こういう機会に、全集に活字として入っていない、一般の方の眼に入らない部分について、お伝えすることを許していただきたいと思います。

　往復書簡は、全集本六九三ページ、「3月22日　中城ふみ子宛中井英夫葉書」から始まっています。これは「冬の花火」の一位決定を伝え、あわせて題名を、作中の語からとって「乳房喪失」とさせて貰えないか、また写真も送ってほしいと頼む事務的な通信です。

　実際の葉書を見ると、これは中城の帯広の実家に出されています。中井は「黒衣の短歌史」の中で、連絡先として実家と共に、《札幌医大の病室名が「当分の間」として記されていた。しかし、正直な話、私には初めのうちその意味が判らず、なぜ住所が二つあるのだろうと考えていた。つまり私には彼女が本物の乳癌患者で入院中だということが、その歌稿を見ながらもよく理解できなかったのである》と語っています。中城ふみ子とは、中井にとって、ひとつの物語だったのです。葉書は実家の呉服店から、病院へと転送されています。

　そして、中井の連絡の脇に、中城の実家で書き添えられた一言があるのです。これは、二人のどちらの言葉でもありません。当然のことながら、全集には載っていません。

　葉書の左隅には一行、こう墨書されているのです。

◎大イニ感心ス（父ヨリ）

中井の激賞は、もとより中城に身の浮くような喜びを与えたことでしょう。それに加えて、波乱に満ちた人生を送って来た娘にとって、父の書き添えたこの言葉が、どれほど嬉しかったことでしょう。筆をとり、この一行を贈った父にも、無量の思いがあった筈です。中井の葉書は、帯広と札幌の親子を結んだのです。

さて、今まで中城の言葉は、中井が文章の中で引いたものしか見ることが出来ませんでした。こうして書簡集の形で見ると、やはり珠玉のような部分が抜かれていると分かります。

《中井さん私たちは敗れましたよと思はずつぶやきました。賭はやぶれました》と、中城は書きます。『短歌研究』特選となった後、ライバル誌の『短歌』にも川端康成の推薦を受けて登場することになるという、考えもしなかったような、華々しさを知った時のことです。中井は《他でもない、中城の類い稀れな才質をもっとも輝かしく世に示すというのは、そのときすでに二人だけの黙契であり、二人だけの賭けだったたからである》（「ゴモラの百二十日」／「暗い海辺のイカルスたち」収録）といいます。今度の書簡集によって、この中城の手紙が五月三十日のものであると分かります。

そしてまた、同じ「暗い海辺のイカルスたち」に収録された「風のやうに」の忘れ難い結びはこうなっています。

死ぬ前にどうしても逢いたいといわれ、資生堂で見つけた〝ヴィーヴル〟という香水の和名が〝生きる歓び〟となっていたので、その一壜を携えて私は札幌へ飛んだ。しかしその名の甲斐もなく、中城は私が帰京した翌日の八月三日に息を引き取った。最後の手紙には鉛筆書きで、次の一行が添えられている。

何もかも風のやうに過ぎてしまひますわ、もうぢき。

書簡集によれば、中城の《最後の手紙》の終わりの部分はこうです。

中井さん
来て下さい。きつといらして下さい
その外のことなど　歌だつて何だつて

ふみ子には必要でありません
お会ひしたいのです。

ふみ子

きつと電報下さい。母も帰つて私ひとりで
すのでお部屋きれいにしておきたいの
もつとも自分ではあまり動けませんし
お魚のやうに声も出ませんもの

そして、中井の引いた《何もかも――》は、先程の五月三十日の書簡に含まれる一句だと知れるのです。

これを作為とはいえません。明白なことがあります。二人にとって、全ての書簡が《最後の手紙》だったのです。中井は真実を語っているのです。

最後にまた、活字からはうかがえないことを述べるなら、最初、日本短歌社の封筒を使っていた中井が、やがて特別な封筒、便箋を使い出します。封緘の部分に、美しい色紙を細かく切ったものや、赤い飛行機、青い飛行機の飛ぶ絵柄の、外国の切手を貼るようになります。そして、便箋の枚数を左上に、壹、貳、參、肆、伍と記し、次に「ロク忘れちやつたムツカシイ字」と書いたりするようになるのです。

差出人の住所氏名ですが、最初は《東京都日本橋局本町一丁目十番地　株式会社日本短歌社　中井　英夫》です。それが、五月八日のものから《東京・杉並・西高井戸　中井　英夫》などというものが混じりだします。

そして、ついに中城が生きて受け取ることのなかった八月二日の封筒に至って、かつて記されることのなかった、自らの居場所が書かれるのです。

東京都杉並区西高井戸二―一九
青雲荘　　　中井　英夫

この、住所の表記の流れは、まさに一つの音楽のように思えます。

残されたやり取りは、《中城ふみ子》が死に向かいつつ、生まれ行く過程です。そしてまた、それぞれが一人の内に沈む、彼と彼女が、ただ死を目前にしたことによってのみ開かれる道をたどり、互いの物語の内に入り込み、世にも稀な《二人》となって行く過程なのです。

# 四十二、「朝食」プレヴェール／内藤濯訳　「朝の食事」プレヴェール／小笠原豊樹訳　「朝の食事」プレヴェール／平田文也訳

## 1

神田を歩いていたから手に入った本に、色々な雑誌の復刻版があります。勿論、専門に研究をなさっている方なら、そういうものがあると先刻御承知でしょう。わたしなどは、たまたま店先で見つけ、初めて、その存在を意識します。

萩原朔太郎の個人雑誌『生理』（冬至書房新社）も、そうして買いました。表紙の臓器の図が、いかにも朔太郎らしい。ページをめくり、《なるほど、「郷愁の詩人與謝蕪村」は、これに連載されたのか》などと実感します。単に知識として知る以上の喜びがあります。

昔の雑誌の、雑文や広告を見るのは楽しいものです。『生理』には、個人雑誌という

舞台だったからこそ、朔太郎が思うがままに書いた文章も載っています。忘れ難いのが、第三号の「詩の翻譯について」です。あることをきっかけに、詩の翻訳の不可能性について語っています。立腹しながら書いているので、かなり辛辣な書きぶりです。

そこに、こういう一節がありました。訳された詩は、原作者のものではなく、翻訳者のものだと語る部分です。

▲（中略）堀口君の譯詩を通して、ヱルレーヌを愛讀し、ヱルレーヌに私淑して居るといふ一青年が、かつて私に自作の詩を示して言つた。「ヱルレーヌの影響があると思ふのですが……」その詩を讀み終つた後で私が答へた。「ヱルレーヌの影響なんか一つもない。みんな堀口君の詩の模倣ばかりだ。」

▲或る若い新進詩人の詩が、ヱルハーレンの影響を受けてると言ふので評判された。私がその詩を讀んで驚いたことには、それが川路柳虹君の詩そつくりの模倣であつた。そして當時川路君は、ヱルハーレンの詩を盛んに譯して居たのである。

皮肉極まるコントのようです。これを読んで、わたしは痛快でもあり、滑稽《こっけい》でもあり、哀しくもありました。

痛快なのは、凡庸な眼には霞んで見えないことを、実に明快に提示する、朔太郎の頭の良さです。滑稽なのは、ここに現れる若い詩人達の、自分の立つ位置の見えない姿です。堀口大學の、訳の調べの影響を受けた――といえばいい。しかし、そうは思わない――のではなく、思えない。そして哀しいことに、傲慢な傍観者の立場から離れれば、外国語の妙など分からない自分も、ついにヴェルレーヌを読めない側に立っているのです。

しかしながら、嬉しいこともあります。日本人だから、朔太郎の、稀には名訳もあると語る《ボードレエルは、ポーを佛蘭西人に正價で賣つた》という言葉を読めるのです。それは即ち、《ボードレエル訳のポー》はアメリカ人には読めまいということにも通じ、《堀口大學訳のヴェルレーヌ》は、フランス人には読めなかろう――ということにもなるのです。

そうですよね?

## 2

以前、安野光雅先生とお話をする機会がありました。その時わたしは、学生時代に神田で買った一冊の本を持って行きました。

古本屋さんの平台の中にあった『私の中の一つの詩』（文理書院ドリーム出版）です。

発行は昭和四十二年。七十二人の方々が、自分がめぐりあった忘れ難い詩をあげ、それについて語っています。

巌谷大四が室生犀星の「悼詩」を、星新一が稲垣足穂の「星を拾った話」を――などと列記していけば切りがありません。わたしが、この本で知った詩は少なくないのです。

ところが、安野先生の文章を読んでいたら、このような本を串田孫一氏と一緒に作ったことがある、と書かれているではありませんか。それが、何に載ったどういう文章だったか、忘れてしまったのですが、驚いたという記憶は鮮やかです。学生時代に愛読した本が、思いがけないところで登場したのですから。

『私の中の一つの詩』には、串田孫一編と書いてあるだけです。装幀は安野先生ですが、どうも本造り全体にかかわっていらしたように思えて来ました。

お会いして、ドリーム新書第五巻『私の中の一つの詩』を取り出し、うかがいました。

「いつか、ご本の中で書かれていたのは、これではありませんか」

安野先生は手に取り、びっくりされました。そして、懐かしそうにおっしゃるのです。

「……そうそう。いやあ、この本は僕も持っていないよ」

買っておいてよかったなあと、しみじみ思いました。

さて、ジャック・プレヴェールの次の詩にも、この本で出会いました。愛する詩としてあげたのは、内藤濯《あろう》。『星の王子さま』の翻訳で知られていますね。

自ら、こう訳しています。

## 朝食

茶碗にコーヒーをつぎました
コーヒー入りの茶碗にミルクを入れました
ミルク入りのコーヒーに砂糖を入れました
小匙でかきまわしました
ミルク入りのコーヒーを飲んで
茶碗を下におきました
わたしに物を言わないで
シガレットに火をつけました
煙の輪をいくつもつくりました
灰を灰皿に落しました
わたしに物を言わないで
わたしを見ないで立ちあがりました
帽子をかぶりました

レーンコートを着ました
雨が降っていたからです
そして雨の中を出て行きました
物ひとつ言わないで　わたしを見ないで
わたしは両手で頭を抱えました
そして泣きました

うまいなあ、と思いました。同時に、フランスだなあ、と思いました。押さえに押さえた沈黙が続き、最後の嗚咽《おえつ》が音楽となって流れ出て来る感じです。

内藤濯は、《この詩は、見る詩ではなく、声にのせる詩です。したがって私は、声をとおしてこの日本語訳をこころみました》といっています。

シャンソン「枯葉」の作詞者だというプレヴェールのことを、わたしはこれで初めて知りました。そして本屋さんに向かいました。詩の棚で見つけたのが、小笠原豊樹訳の『プレヴェール詩集』（ポケット版　世界の詩人11・河出書房）です。

小笠原豊樹といえば、詩人の岩田宏です。信頼出来る名訳者として、すでに親しい名前でした。集中、記憶に残る詩は多いのですが、やはり、あの「朝食」がどう訳されているかが気になりました。

小笠原訳は、こうなります。

朝の食事

茶碗に
コーヒーをついだ
茶碗のコーヒーに
ミルクをいれた
ミルク・コーヒーに
砂糖をいれた
小さなスプンで
かきまわした
ミルク・コーヒーを飲んだ
それから茶碗をおいた
私にはなんにも言わなかった
タバコに
火をつけた

けむりで
環《わ》をつくった
灰皿に
灰をおとした
私にはなんにも言わなかった
私の方を見なかった
立ちあがった
帽子をあたまに
かぶった
雨ふりだったから
レインコートを
着た
それから雨のなかを
出かけていった
なんにも言わなかった
私の方を見なかった
それから私は

私はあたまをかかえた
それから泣いた。

行数だけみると、何と長さが倍近くなっています。言葉は、ぽつりぽつりと雨垂れのように続きます。スローなテンポに、息詰まるような重い時間が表現されているようです。

最後のあたりは、《それから》と《私》の使い方がうるさいようですが、これは勿論、意識して、混乱した私の心を示しているのでしょう。実際には、ここは《なんにも……言わなかった　私の方を……見なかった　それから……私は　私は……あたまを……かかえた　それから……泣いた》と読まれるもののような気がします。

面白いことに、内藤濯も小笠原豊樹も、《男》の代名詞を訳していません。まるで、示し合わせたようです。ここでは日本語の持つ、主語がなくても通じる特性を生かし、後から出て来る《女》の代名詞《わたし》――または《私》を、紺地の上に現れた朱のように、効果的に浮かび上がらせています。

《彼は――》《彼は――》と続けて、単調なリズムを作る行き方もあるとお思いでしょう。三番目に読んだ、平田文也訳がそれでした。『プレヴェール詩集』（世界の詩65・彌生書房）に載っていたのがこれです。

朝の食事

彼はコーヒーをついだ
茶碗のなかに
彼はミルクをいれた
コーヒー茶碗に
彼は砂糖をおとした
ミルク・コーヒーに
小さなスプーンで
彼はかきまわした
彼はコーヒーを飲み
茶碗をおいた
わたしに　くちもきかずに
彼は　煙草に
火をつけた
彼は　煙で

輪をふかし
灰をおとした
灰皿に
わたしに　くちもきかずに
目もくれないで
彼は立ちあがった
彼は　帽子を
かぶった
彼は　レーンコートを
着た
そとには雨が降ってたから
そうして彼は出ていった
雨のなかを
くちもきかずに
目もくれないで
わたしは　両手で
頭をかかえ

### そして泣いた

三十二行。これは小笠原訳と同じです。となると、このリズムの方が原詩に近いのでしょう。難しい言葉は使ってありません。日常生活に出て来る表現ばかりです。元の詩を見たら、あれこれ訳し分けようがないと思うでしょう。だからこそ、見比べて面白くなって来ます。

さて、ここまでは三十年ほど前に思ったことです。ところが、今回、久しぶりに書棚の平田訳を開き、「あとがき」を読んだら、こう書いてありました。プレヴェールの訳詩集には、《小笠原豊樹氏訳『プレヴェール詩集』（一九五六年・書肆ユリイカ）、北川冬彦氏訳『パロール抄』（一九六〇年・有信堂）、大岡信氏訳『プレヴェール詩集』（一九六八年・「世界詩人全集18」・新潮社）の三冊があるばかりだ》、と。

昔、読んだ筈なのに、全く覚えていませんでした。最初の小笠原訳は、わたしの買った河出書房版の元になったものでしょう。

そして、続く二人も凄い。北川冬彦と大岡信です。当時は、そこまで追いかけなかったのです。

## 四十三、「朝の食事」プレヴェール／北川冬彦訳
## 「朝の食事」プレヴェール／大岡信訳

1

北川冬彦訳のコピーを、担当の方に送っていただきました。次のようになっています。

朝の食事

かれは茶碗に
コーヒーをついだ
コーヒーの茶碗に
ミルクをいれた

そのミルクコーヒーに
砂糖をいれた
小匙で
かきまわした
ミルクコーヒーを飲んだ
それから茶碗を置いた
あたしにはものも言わないで
シガレットに
火をつけた
煙で
環をつくった
灰皿に
灰をおとした
あたしにはものも言わないで
あたしを見ないで
立ちあがった
帽子を頭に

おいた
レインコートを
着た
雨がふっていたから
それから
雨のなかを
ひと言も話さないで
あたしを見ないで
出かけた
あたしは　頭を片手でかかえて
それから　泣いた。

ことさら、頭を《片手》でかかえることになっています。内藤訳と平田訳は《両手》です。原文がどうかは別として、わたしの胸に浮かぶのは両手でかかえている姿です。しかし、それよりも先に気のつくことがあります。
女が《あたし》になっています。これは考えていませんでした。最初に読んだ内藤訳が頭にあるからでしょう。つまり、女の像が、がらりと変わってしまうのです。何といったらいいのでしょう。――感じたままをいえば、内藤訳は本の中にいる女のようで、北川訳の女は、白黒のフランス映画の中にいるようです。

勿論、それぞれが訳者にとっての、《原詩の中にいる女》なのですね。翻訳を読むというのは、そういう形で作品を手渡されるということになります。意味が分かればいいというだけの場合ならともかく、言葉が何らかの表現の手段になっている時が難しい。

知り合いに、翻訳家の方がいらっしゃいます。ただ英語が分かるのではない。様々な響きや含みの違いまで、感じ取れる方です。この方が、日本映画に英語の字幕がついたものを観にいらした時のことです。つらくて、途中で出て来てしまったそうです。その翻訳、――並びに翻訳を付すという試みは、新聞の文化欄などでも、かなり好意的に取り上げられていました。普通に英語の分かる人が観る分には、まったく差し支えないのです。むしろ、上手にやられていたのでしょう。

しかし、意味以上のことまで分かってしまうからつらかった。つまり、様々な階層の登場人物が出て来るのに、その違いが見えて来ないのです。字幕という制約があることは分かります。一般的には、それでいいのでしょう。しかし、貴族が、ニューヨークの街を歩いている人のように話したりする。犬が猫の声で鳴くのを見るような違和感があった。そうじゃない、そうじゃないのに――と思えてしまったそうです。

意味だけをいうなら、プレヴェールの詩の訳は、それぞれに内容を伝えています。しかし、和訳を日本人である我々が読む場合には、そこから先が問題になります。

2

表現というもの自体、もともと心の内にあるものが、一回、当人によって、文章や音や絵の具などを使って翻訳されたものである——ともいえます。

印象深い言葉があります。テレビで『20世紀　日本の名優たち』という番組が放送されました。NHKでした。何年何月の放送かは、残念ながら記憶していません。山本安英の回です。日色ともゑさんが、こう語りました。

日色さんは、以前、『おんにょろ盛衰記』という芝居で、老婆の役を演じました。その時、演出の宇野重吉が、いったそうです。その老婆の声は、

「レースのような声。それもまっさらのじゃなくて、一回、編んだのをほどいてちりちりになったような声だよ」

と。

このエピソードは、日色さんの『宇野重吉一座　最後の旅日記』（小学館文庫）にも出て来ます。テレビの印象が深かったもので、飛びついて買いました。そちらには、この件がより詳しく書かれています。

さて、テレビの話は、こう続きました。山本安英は以前、『おんにょろ盛衰記』で老

婆の役を演じていました。そこで、日色さんが《一回、編んだのをほどいてちりちりちりになったレース》の指示について話しました。すると、山本安英は、こういったそうです。

「わたしもね、『夕鶴』の時に、木下さんから《硝子《ガラス》のような声》っていわれた」

勿論、演出家が全て、こういうことをいうわけではありません。実は、これを書いている《今》から見て《昨日》、大竹しのぶさんのトークショーを聴きに行って来ました。大竹さんは、演出家のやり方は様々だと語っていました。細かく指示を出す人もいる。一方、あの蜷川《にながわ》さんは《女優なんでしょ、やって》。

それぞれの組み合わせにとって、最良の方法が採られているわけです。

日色さんがあげていたのが、言葉による指示の例です。それにしても、これから初めて『夕鶴』を演じようという山本安英に向かい、木下順二が《硝子のような声》――といっているところを想像すると、それ自体、ひとつの劇の場面のよ

うです。

さらに、日色さんは《『沖縄』という芝居の時には、深海魚のような声といわれた》と語り、こういうのです。

「そういう表現をしていただくと、あっなるほどと分かる」

演出の、宇野重吉のうちにある《そのもの》は手渡せない。宇野重吉は、それを言葉の形にして示し、日色さんは《分かる》のです。宇野重吉以外の人がいったら、駄目かも知れない。ここに、向かい合った人と人の間で成立する《受け渡し》があります。《伝わる》ということの美しさがあります。

それは、ただのコピーということではありません。演出家が、絶対権力者であった場合には、自分の思いどおりのことをさせたいわけですから、いわば正解のようなものが、あることになります。しかし、実際には演じ手の個性が演出家の意図と融合して、一つの解釈となって舞台に表れるわけです。演じ手は、今度は自らの演技によって、伝える側に回るのです。その点は、翻訳家と似ています。

さて、わたしは新潮社の編集の方とも親しくしています。大岡信の訳については、すぐにコピーをファックスしてもらうことが出来ました。

正直なところ、これだけの訳を見てしまうと、もうやり方もなかろうと思っていました。ところが、見た瞬間に嬉しくなってしまいました。その手があったか、と思いました。

朝の食事

あの人 コーヒーをついだ
茶碗の中に
あの人 ミルクをいれた
コーヒー茶碗に
あの人 砂糖をおとした
ミルク・コーヒーに
小さなスプーンで
かきまわした
あの人 ミルク・コーヒーを飲んだ
それから茶碗を置いた
あたしにひとこともいわず
煙草に
火をつけた

煙草の煙を
輪にしてふかした
灰皿に
灰をおとした
あたしにひとこともいわず
あたしを一度も見ずに
あの人　たちあがった
あの人
帽子を頭にかぶった
あの人
レイン・コートを着た
雨が降っていたから
あの人　出ていった
雨の中へ
ひとことも話さず
あたしを一度も見ずに
そしてあたしは

頭をかかえた
それから　泣いた。

《あの人》という言葉が出て来ました。男と女をどう表現するかに関していうなら、何と五つの訳が全て違っているのです。

内藤訳　主語なし――わたし
小笠原訳　主語なし――私
平田訳　彼――わたし
北川訳　かれ――あたし
大岡訳　あの人――あたし

ということになります。

凝ったいい回しなどない、この詩でさえ、これほどに違って来るのです。

これらは、それぞれがプレヴェールに向けて開かれた窓です。五つの窓の向こうに、フランスの詩人が見えるのは勿論です。しかし、窓の違いもまた際立っています。北川訳で感じた以上に、大岡訳の男女の姿は、内藤訳の「朝食」とは別のものです。家の様子、家の建っている周囲の様子も違います。単純にいうなら、「朝食」の家の方が、山の手にあります。

これらの訳を見た時、思います。別々の女優が舞台に立ち、自分の好きなものを読んだらどうだろう。想像すると、わくわくします。日色ともゑや大竹しのぶなら、どの本を取り上げるのでしょう。そして、今、これをお読みのあなたなら、どの訳を選びますか。それこそまさに、これらの訳詩を持つ日本人にゆるされた《わくわく》です。

そういうと、わたしはどうかと問われそうです。

音楽の場合、最初に接した演奏が刷り込みとなり、後から聴くものに違和感を感ずることがあります。翻訳もまた原曲を演奏するようなものです。というわけで、やはり、一番、最初に接した内藤訳の《演奏》が、わたしの場合は、もっともすんなりと受け入れられます。

北川訳や大岡訳を読むと、内藤濯の選択した、ですます調の敬体は元の詩の響きと比べて柔らか過ぎるのだろうと思います。多分、そうなのでしょう。しかし、この詩を思う時、わたしの耳元には、どうしても内藤訳の調べの方が流れて来るのです。

内藤濯には、『フランス近代詩評釈』（白水社）という本があります。ヴァレリーなどが取り上げられている正統的なものです。はたして、プレヴェールのシャンソンをまとめて訳したことがあるのでしょうか。

ともあれ、この「朝食」は、《思い浮かぶ詩は？》という問いを受けた彼が、いい意味で肩の力を抜き、楽しみながら日本語に移したものでしょう。そういうよさが出ているように思えます。

# 四十四、「手回しオルガン」プレヴェール／大岡信訳

## 1

プレヴェールの「朝の食事」という詩を読み比べたおかげで、新潮社版『世界詩人全集』第十八巻を手に取りました。『アラゴン　エリュアール　プレヴェール』が収められています。

この本を読んで、《そうなのか》と分かったことがあります。プレヴェールの詩には忘れ難いものが幾つもあります。そのひとつ、「手回しオルガン」の題についてです。

新潮社版は、大岡信が訳しています。

ぼくは弾く　ピアノを

と一人がいった
わたしは弾く　ヴァイオリン
もう一人がいった
わたしはハープ　わたしはバンジョー
ぼくはチェロ
ぼくは風笛……わたしはフルート
じゃあぼくはがらがら。
みんなしゃべった　しゃべった　しゃべった
それぞれ自分の楽器のこと。
もう音楽は聞えない
だれもかれも　しゃべった
しゃべった　しゃべった
だれも　演奏しなかった
けれど隅に黙りこくった男がひとり。
「そこの黙って　なんにもいわないお方
あなたはどんな楽器ですか」
演奏家連は男にたずねた。

「わたしが弾くのは手回しオルガン
それにナイフもすこしは弾くね」
いうが早いか　ひとことも口をきかなかったこの男
ナイフを手にして進み出て
演奏家たちを一人残らず刺し殺し
それから手回しオルガンを弾いた
その音楽はまさに本物
生き生きとして美しい音楽
あまりのすばらしさに家主の娘
退屈してうとうと寝ていた
ピアノの下から這い出して
さていったものだ
「わたし輪まわしして遊んだし
ボール投げもしたし
石蹴りもしたし
バケツで遊んだし
シャベルで遊んだし

おままごとでパパやママにもなったし
陣取りごっこもやったし
お人形と遊んだし
弟と遊んだし
妹と遊んだし
おまわりさんにもなったし
泥棒にもなったし
でももうおしまい　おしまい　おしまい
人殺しごっこをやりたいの
手回しオルガンを弾きたいの」
そこで男は娘の手をとり
出かけていった　いろんな街
いろんな家　いろんな庭
そして二人はできるだけ多勢を殺し
それから二人は結婚した
子供をたくさん作った。
ところが

一番上の子はピアノを習い
二番目はヴァイオリン
三番目はハープ
四番目はがらがら
五番目はチェロ
みないっせいにしゃべりだした　しゃべりだした
しゃべった　しゃべった　しゃべった
そしてもう　音楽なんか聞えない
こうしてすべては　また元通り！

印象に残る、特異な詩です。演奏せずに、《自分の楽器のこと》についてしゃべるだけの人間たちが否定されているのは明らかです。こういう譬《たと》えをしたくなるような現実があったのでしょう。そういう者たちを抹殺したところに、真実の音楽が生まれている。しかし、その継続は難しい。

さて、新潮社版には、大岡信の注がついています。そこには、こう書いてあったのです。――《Orgue de Barbarie（オルグ・ド・バルバリ）、すなわち「手回しオルガン」だが、「バルバリ」は普通名詞 barbarie なら、野蛮人とか残忍といった意味になる。つまり、この題名には「残酷オルガン」の意味も隠されているとみてよい》。なるほど、と思いました。見えないものを見せてくれるのが、注の効用です。これは、あって嬉しい注の典型ですね。

さらに、内容についても、比較的、詳しく触れられています。——《演奏も忘れて自分勝手なおしゃべりにふけっている連中を、黙って皆殺しにしてしまう手回しオルガン弾きとは何者なのか。「まさに本物」の「生き生きとして美しい音楽」を演奏するこの殺人者とは何者なのか。わたしたちの潜在意識にひそむ暴力への衝動、皆殺しの衝動に、ふしぎにカタルシスを与えてくれる一人の男がここにいる。しかし、この残酷オルガンの主も、やがて自分が殺した連中とそっくり同じ子供を大量に生む。世界創造以来続いている人間喜劇がそこにある》。

この中の、特に《わたしたちの潜在意識にひそむ暴力への衝動、皆殺しの衝動に、ふしぎにカタルシスを与えてくれる》という部分と、次の文章とが重なり合いました。

　人間精神が驚愕するのは、犯罪はその本質からして奇怪で、神秘的で、おぞましいからである。人間精神が興味をおぼえるのは、われわれみんなが、善人であれ悪人であれ、それに基づいて生きているところの、あの昔ながらの飢えと愛との素質をあらゆる犯罪の裡に再発見するからである。犯罪者は非常に遠くからやって来た者のように見える。犯罪者は森林や洞窟に住んでいた時代の人類の恐るべきイメージをわれわれに再びもたらす。原始民族の精髄が犯罪者の裡によみがえる。犯罪者は失われたと思われていたもろもろの本能を持ちつづけており、われわれの智慧が知らない策略を持っている。犯罪者はわれわれ普通一般人の裡に眠っているもろもろの欲望によって駆り立てられる。犯罪者はまだけだものであり、しかもすでに人間である。われわれが犯罪者に憤慨をおぼえながらも感嘆するのはそのためなのだ。犯罪の光景は劇的であると同時に哲学的である。それはまた絵画的でもある。世間が寝静まっている時刻に、奇怪な徒党が集まったり、壁の上に兇暴な人影が見え隠れたりすることによって、さらには悲劇的なぼろ切れで覆面しているために、その秘密がわれわれをいらだたせる顔の表情によって、犯罪の光景は人を魅惑する。

　幾世紀このかた犯罪は大地をうるおして来た。野生的で、その母なる大地の上を這っている犯罪は、魔法のような夜の闇や、月光の下の友好的な沈黙《しじま》や、自然の中に散らばっている恐怖や、田畑や川の憂愁と結びついている。

　これを書いたのは、アナトール・フランス。随想集『エピクロスの園』（大塚幸男訳・岩波文庫）に収められた「美しい犯罪」という文章の一節です。文庫版が出た時、すぐに買って読んだのですが、今も覚えているのはこの「美しい犯罪」だけです。忘れられなかったのは、読んだ途端にそれが、「手回しオルガン」と結び付いたからです。といっても、ここに引いた一節が直接的にプレヴェールの詩と重なったわけではありません。

アナトール・フランスは、こう書き始めます。

《美しい犯罪は、美しい！》、とJ・J・ヴァイス〔一八二七―一八九一年。逆説で聞こえたフランスの批評家〕は、ある日、ある大新聞〔「ジュルナル・デ・デバ」紙〕で叫んだ。

この不埒な発言は、世の良識ある人々の顰蹙《ひんしゅく》を買います。三十年来、この大新聞を読んできた司法官が、新聞を配達人につき返したといいます。しかし、フランスは『マクベス』の例を引いていいます。自分もまた、ヴァイスの意見に賛成だ――と。

その後に先程の部分が続くのです。

確かに、自分の周囲の人間が犯罪の被害者となった時、ヴァイスのように叫ぶ《芸術家》を見たら、腹にすえかねるでしょう。しかし、表現の上に現れるものと、現実とは違うのです。

年末に、テレビで《大石内蔵助をどう思うか》という番組をやっていました。まとめ方に困っているようなところがありました。それはそうでしょう。長い年月を経て『忠臣蔵』の主人公として作り上げられて来た大石（大星由良之助）と、歴史上の人物大石は、全く別の存在です。同じ土俵で論じられるわけがありません。
《尊敬する人物は》と問われて、《織田信長》と答える人がいても、人間性を疑う人はあまりいないでしょう。決断力や先見性などといえば、納得する人も多いでしょう。しかし、彼による容赦ない大殺戮《さつりく》が現代のことで、被害者の遺族が各地に残っていたなら、何をいっても許されはしないでしょう。

2

さて、ヴァイスをして《美しい犯罪は、美しい！》といわしめたのは、《フュアルデス事件》だったといいます。
それについては、『エピクロスの園』の巻末にこういう訳注がついています。

一八一七年に起こったセンセーショナルな殺人事件。株式仲買人ジョシヨンほか二人が、ロデスのいかがわしい家で、元《もと》帝政時代の司法官フュアルデスを惨殺したかどで死刑を宣告されたが、犯罪のおこなわれていた間、共犯者の一人は街上で手廻しオルガンをやかましく鳴らして、物音の外に洩れるのを防いでいたという。

わたしは、ここを読んだ時、《ああ、プレヴェールの「手回しオルガン」には、この事件の楽の音が響いているのか》と思ったのです。それで、この文章を覚えていたのです。

現実の事件としては、陰惨極まりないものです。しかし、映画や舞台の殺人に、底抜けに青い空や、浮き立つようなカーニバルが配され効果をあげるように、この狂騒的な音は一読、忘れ難いものです。

実際に、こんな殺され方をしつつ、異様な美を感じるなどということはあり得ません(絶対にない!)。しかし、観念の舞台にあげた時、不思議なことに、この場面は輝き出すのです。

プレヴェールは、映画『天井桟敷の人々』の脚本を書いたことでも有名です。わたしは、それを最初、NHKテレビで観ました。はるかに昔の話です。プレヴェールの詩を読むのと、どっちが先だったかは、よく覚えていません。

その中で、主人公が鏡に映る自分の顔に、自己否定の意味で×印をつけるシーンがありました。引き込まれて観ていたのですが、そこだけは現実にかえってしまいました。

今、画面に向かっているわたしの目から見て主人公の顔が映っているところに、彼は×をつけました。そんなことは、現実にはおかしい。彼の目から見て、彼の顔の映っているところは、そこではない筈です。進行する物語を追いながら、頭では《彼は、観客の視点、つまり鏡の中の撮影用カメラのレンズの映っている部分に×をつけたんだな》と考えてしまいました。

作り物であろうと、そうしなければ、画面が変なものになってしまいます。現実のままにやれば、主人公が何もない空間に×をつけたようになってしまいます。それはまずい。表現上の嘘が必要になる。――つまり、それこそが真実になるわけです。

《美しい犯罪は、美しい!》というのも、日常の良識の秤《はかり》にはかけられない言葉です。

実際には、そんなことはありっこない。あってはならない。しかし、同時に《真実》でもあり得るのです。

プレヴェールが、この事件を知っていて「手回しオルガン」を書いたのは間違いのないところでしょう。世間を騒がした事件なのですから。――とはいえ、ヴァイスの発言が物議をかもしたところまで踏まえていると考えるのは行き過ぎでしょう。

しかしながら、ひとつの解釈としてなら、《美しい犯罪は、美しい！》的真実のあり方に対する、世間の批判への否定（それをも世間は、呑み込んでいく）――とも、とれないことはありません。

# 四十五、「おくじょう／中学二年、ふゆ」他

天野慶

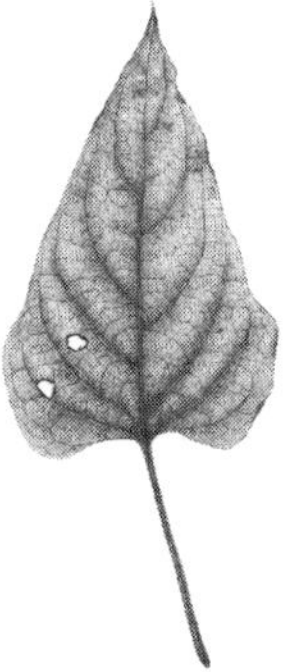

1

池袋のジュンク堂で、柴田元幸さんのトークショーがありました。これを逃す手はないでしょう。

行ってみると、柴田さんは天才バカボンのＴシャツを着て現れ、「あまり難しいことを聞かないで下さい」。――質疑応答があるのです。

次々に手が上がりました。ＳＦ的作品に対する評価の日米比較など、なるほどと思いました。また、翻訳をする際、「原作者には寝ていてほしい」というのには、大きく頷きました。勿論、作中の事物についての疑義なら確かめるべきです。しかし、柴田さんは親しくしている原作者にも、内容に関する問いかけは一切しないそうです。これは、

翻訳家でも評論家でも読者でも、同じですね。

うっかり聞いたら、作品が作者のものになってしまう。小さくなってしまう。人とつきあう時、まず「あなたはどういう人ですか」と聞いたりはしないでしょう。その人自身の見る《あなた》と、こちらから見る《あなた》は当然違います。自作解説というのは、多くの場合、子供のデートに顔を出す親のようなものです。

さて、そのジュンク堂の詩歌のコーナーに立つと、天野慶《けい》の歌集が目に入りました。『短歌のキブン』（ディスカヴァー・トゥエンティワン）です。若者向け——という作りの本なので、ある程度以上の年齢の人は、手に取りにくいかも知れません。

わたしは、たまたま、初期の小さな作品集『あこがれ／Longing』を読む機会がありました。さらに、彼女がテレビ番組に出て歌を作っているところも見ました。——ここから、ちょっと脇道に入ります。ラーメンズという二人組が、しばらく前から色々な形で活躍しています。公演は即日完売という人気。力があるから人気があるわけで、舞台を見ていると、「天才だよなあ」と口に出してしまいます。わたしは、その片方の片桐仁《じん》と、実は知り合いです。そこで対談の企画が持ち上がりました。見本の雑誌が送られて来ました。開くとまた——天野慶の短歌創作講座が載っていたというわけです。

つまり、縁があったのですね。

この人の歌を読んで、とても嬉しい思いをしたことがあります。

『あこがれ／Longing』では、「おくじょう／中学二年、ふゆ」という連作の印象が、他を圧して強かったのです。

一日の時間の数、二十四首からなっています。十首を引きます。

泥臭い机と消えた椅子それは宣戦布告よく晴れた朝

いちめんにゆきふりつもる白墨のかかったシチューが今日の給食

こんなのはどん底じゃないセーターのほつれはどんどん広がっていく

「先生も頭痛がするほど悩んでいる」なぜか私があやまっている

あいつらと仲のいい保健の先生は今日もきれいに花瓶を洗う

屋上に鍵がかかって空にさえ飛べなくなった白鳥になる

ストレス性心臓疾患こころよりさきにからだがだめになってく

武器になるものは自分の身体だけみんなの前で髪切り落とす

「内申に響くからもうやめるよ」と戦いの日々突然終わる

透明な膜に覆われてるみたい平和な朝に雨が降り出す

これらの前で、いったんは口を閉じるしかなくなります。嬉しいといったのは、間を置いて、天野慶の、その後の作品を読めたからです。わたしが、ことに魅かれたのは次の歌です。

夕方は夕方用の地図がありキヨスクなどで売っております

この《夕方》は決して暗くありません。柔らかな明るさに包まれています。薄暮の空でもあり、気づかないうちに、それが街路灯の白い光に変わります。そして、《地図があ》るのです。そうなると、踏み迷う絶望の夜に繋がるものではありません。小学校の門を出て、まだ家に帰らない頃の、懐かしい気分も漂います。《地図》は《キヨスクなどで売》られることにより、交通機関という移動の手段を持ちます。歩行の範囲、つまり日常の束縛から離れる、ぼんやりと軽い自由の香りがしてきます。

作者は、《夕方用の地図がありキヨスクなどで売って》いることを、もう知っているのです。即ち、それは、自らの手にあるということです。「おくじょう／中学二年、ふゆ」の少女が、この地図を手にしたこと――その他の作品にも、普遍的な広がりを感じられたことが、わたしには、とても嬉しかったのです。

天野慶は、高校三年で初めて作った短歌が、俵万智選の『読売歌壇』に掲載されたことから、作歌活動を始めた――と、作者紹介に書かれています。そのスタートラインとなった歌は、

屋上に智恵子の青空思いおり薄ぼんやりと見える新宿

の、ようです。一読すると、いかにも初心の女子高校生の歌に見えます。しかし、『あこがれ／Longing』を知った目には、そう簡単ではありません。

ここにも《屋上》が現れるのです。《薄ぼんやりと見える新宿》、――すなわち《薄ぼんやりと見える現実》の重苦しさは一通りのものではありません。高校生の女の子が《智恵子の青空》といえば、ロマンチックなものに思えます。しかし、「おくじょう／中

学二年、ふゆ」を踏まえた時には、別のものが感じられます。

そう思うと、《ストレス性心臓疾患こころよりさきにからだがだめになってく》は、智恵子の《――わたしもうぢき駄目になる》という慟哭《どうこく》を踏まえているもののようにも思えてきます。

「おくじょう／中学二年、ふゆ」は、高校時代以後に書かれたことになります。澱《おり》のように身内に沈む重苦しいものを、一度、具体的なものとして表に出さなければならない。連作は、そのため、必然的に書かれたのでしょう。《屋上に鍵がかかって空にさえ飛べなくなった白鳥になる》と、天野慶は歌います。すらりと《智恵子の青空》を思う作者なら《白鳥》には牧水のそれが響いているのでしょう。しかし、こちらは漂うのではなく、飛べない。しかも、ありふれた飛べない白鳥――という比喩的存在ではないのです。屋上から空に飛ぶことは、自由の獲得ではありません。

この作と、現実との関係について、作者に聞く必要はないでしょう。作品集に載せて、発表した以上、それは作品です。

いうまでもないことですが、虚構という意味ではありません。作者が口を出す必要のないものになった――ということです。

『短歌のキブン』は、今までの作をまとめたものですが、そこに「おくじょう／中学二年、ふゆ」は収められていません。歌集全体の色合いから見れば、入れるのはそぐわないでしょう。しかし、天野慶という人が歌おうとした時、まずこれらを作らないわけにはいかなかった、というのも事実です。

『短歌のキブン』という快い軽みの広場は、この道を抜けることによって初めて行き着けたものだと思います。

## 2

アメリカ大リーグで、野茂のいたのがドジャース。この球団名は、古くから耳にしていました。しかし、ラジオで由来を聞くまで、意味を考えたことはありませんでした。今はロサンジェルス・ドジャースですが、昔はニューヨークのブルックリンを本拠地にしていた。その辺りは路面電車が通っていて、ブルックリンっ子は器用に車や電車を避けながら歩いていた。そこで《避ける人達》という意味のドジャースにした――というのですね。この辺のセンスは、いかにもアメリカらしい。なるほどと思いましたが、次の言葉を聞いて、さらに合点しました。

——ほら、ドッジボールってあるでしょ。あれって、ボールを避けるから、ああいうんですよね。

そんなに、身近な言葉だとは思いませんでした。サッカーなどでも、《何人抜き》などというのをやるのをドッジングというそうです。そこで、『短歌のキブン』には、こんな歌もあります。

逃げることばかり上手くて気がつけばドッジボールの最後のひとり

また、次の歌なども作者の調べのよく出ているものでしょう。

まだそれが恋と呼ばれる感情と知らないふたりの摘むヘビイチゴ

普通に作ると《まだそれが恋と呼ばれる感情と知らぬ二人の摘む蛇苺》となるのでしょう。蛇苺は小さく、可愛らしい。けれど、わたしなどは両親から「あれは毒だ」といわれて育ちました。触らないようにしていたものです。一般にそう思われていたらしい。どうやらそれは誤りのようです。ただ、言葉としての《蛇苺》の妖《あや》しさは残っています。ただの幼い恋とは、ちょっと趣が違ってきます。天野慶が《ヘビイチゴ》と書くと、そこからじめりとしたものが抜け落ち、たどたどしい子供の片言の持つ危うさと入れ替わります。

君たちが言わなくなれば死語になる戦隊ヒーロー正義を叫べ!

これは『あこがれ/Longing』にもあるのです。ただ、そちらには最後の《!》がない。時を経て、文字の列に記号を加えられるのも、「余分である」という他からの評より、自己の意志を取ることのできるようになった、作者の強さかも知れません。

# 四十六、「白木の位牌」「しっぽを捨てる」「非」

## 木村信子

### 1

『女たちの名詩集』（新川和江編・思潮社）という本を手に取り、木村信子の詩に巡り合いました。

亡き父母、祖母、伯母などについて語られる時、読む側の心と——そして体さえも、すっとそこに寄り添ってしまうような不思議な思いがしました。

この人の作品をもっと読みたくなり、探してみました。比較的、新しい詩集と思われるのが『日めぐり』（思潮社）です。一九九六年に出ています。現在、入手困難なものも、図書館で見つけることができました。

著者紹介などを見ると、『女たちの名詩集』に引かれた『木村信子詩集　おんな文字』

（四海社）が一九七九年の出版、それ以前にも、すでに一九七一年に『木村信子詩集』（銀河社）があります。児童詩の本も、出されているようです。長く、広く活動され、多くの人に知られている方だと思います。

『女たちの名詩集』に引かれた作品は、さすがに強い印象を残します。ここでは、それ以外の詩を、いくつかご紹介したいと思います。

木村信子の詩は、描くべき対象、というか世界への入り方が独特です。

わたしというまつりは
自分で収穫した米と小豆で炊いた赤飯をそなえて
いまはなやいでいる

（「わたしというまつり」『わたしというまつり』所収、花神社）

わたしという銅版画の街
美しい従弟がらっぱを吹く

（「銅版画の街」『仮り仮り』所収、かど創房）

などという入り方が典型的な例です。それは否応無しに、《わたし》のことであり、視点の重なる読者は、すんなりその世界の人となります。
仮想は遠くのものではありません。
まず、『木村信子詩集　おんな文字』の作品を見ていきます。

白木の位牌

その村ではこどもが生まれると白木の位牌を作って仏壇に供えて
そのこどもが大人になって家を出る時や嫁入る時にはそれを持たせてやる習わしなのだ
そして死ぬとそれに戒名を書き入れるのだ

ある時わたしの家の仏壇に猫が上ってじゃれて
妹の位牌を倒した
すると妹はしなしなと崩れて死んだ

他所の村では人が死んでから位牌を作るので
大人は大きくこどもは小さいのに

この村ではこどもで死んでも大きな位牌だから
余った分はどうするんだと祖母に聞いたら
それは向こう側でちゃんと大人になれるから大丈夫だと言うが
ひとりぼっちで大人になる妹が可哀想だとふたりで泣いた

めったに位牌が倒れる事件など起ったことがないので
不思議がりながら調べてみると
仏壇の天上から赤い紐がぶら下っていて
きっと猫がその紐にじゃれついたのだと話しながら
その紐を切ろうとすると
猫が飛び出して来てわたしの手に嚙みついたので大騒ぎになって
祖母が猫のしっぽを踏んだので
猫は余計強く嚙んでわたしの指を一本食い千切った

わたしは命に別状はないが
嚙み切られた指一本の戒名も書いてもらえるのだろうかと聞くと

祖母もそんな事までわからないと困った顔をした

この詩は《その村では――》と始まります。よそから眺めている視点です。しかし、第二連になった途端、《ある時わたしの家の仏壇に――》となります。こういう転換は、われわれがよく経験することです。そう、――夢の中でのカメラワークとは、まさにこういうものではありませんか。それによって、非現実的な世界が、今、われわれの前にあるものとなります。

《不思議がりながら調べて》見つける赤い紐は、夭折を誘う運命のようです。それがそこにあるという理不尽さは、調べたことの答えではないはずです。しかし、夢の中のわたしはなぜか納得し、死にはしない代わりに指を失います。

2

版画家の谷中安規《たになかやすのり》の歌、《あまりにも長き尻尾をはかなみの花かざりたて犬死ぬところ》について書いたことがあります。木

村信子の歌にも尻尾の出て来るものがありました。

安規の犬は、他人（他の犬）とは違う長い尻尾を憂えました。だから《死ぬ》しかない、と書き、書くことによって生きました。

木村信子は、捨てるといいます。

しっぽを捨てる

しっぽを自慢するなんておかしいだろう
しっぽは恥部なのだ
しっぽは畜生の証なのだ
そのしっぽを毎朝夕ていねいに梳きながら自分でうっとりしているなど気狂い沙汰だ
けど本当はわたしのしっぽなんて有りふれたうすぎたないつまらないものなのだ
だれも特別わたしのしっぽに関心を持つ者なんていないないし
踏んづけて通ってもその事にすら気づかない者の方が多いのだ
なのにわたしはしっぽがある事が生きがいだった

（おまえは縄とびも出来ないんだねえ）
（うん）でもわたしにはしっぽがあるんだ
（おまえは歌も唄えないのかえ）
（うん）でもわたしにはしっぽがあるんだ
（おまえの画いた絵はただまっ暗な穴みたいだねえ）
（うん）でもわたしにはしっぽがあるんだ

そのしっぽを捨てに行くところなんだ
おんおん泣きながら引きずって
だれも知らない山奥のやわらかい草の生えている上にそっと置いて来よう
帰ったら毎日しっぽの事を思って暮らそう
すべすべした手ざわりを
だきしめると孤独をあたためてくれたことを
しっぽが生えていることをわたしよりもしっぽ自身の方が恥かしがってい
たことを
しっぽが生えていたあたりをまさぐりながら
しっぽがなくなったしっぽがなくなったと念仏のように唱えながら

しっぽが残していった諸諸を抱きしめて
また新しいしっぽが生えるかもしれないなんておかしな事思って
いつの間にかそれを本気で信じて
子供が新しい歯が生えるのを待っているように待っていよう

《でもわたしにはしっぽがあるんだ》という言葉は、自意識の表れそのものです。われわれは、子供の頃から意識するしないにかかわらず、こう繰り返して来たような気がします。——《でもわたしにはしっぽがあるんだ》。

さまざまな現実に突き当たり、ついにいつか、それを《捨てよう》と思う日も来る。この哀しみは、多くの人の経験するものでしょう。だから、共感できる。

次の詩では、作者は尻尾のある狐です。《もしわたしがきつねだったら》と語りだしながら、すぐに狐そのものになっています。しかし、題名が「非」である通り、《わたし》はそのことを疑います。

非

もしわたしがきつねだったらおなじきつねの夫と一緒でこんこんと夫が

鳴けばこんとひとつ控え目に答えて暮しているこんこんと言うとこんと言っているうちにふとわたしはこんこんだけの日常を疑いはじめて他の鳴声に憧れ出すいつか沼端で見た鶴にあこがれるが鶴の鳴声を知らないのでこんこんと夫に呼ばれたとき黙っている訳にもいかないのでいろいろ思ってみてまあ分相応に鴉になることにするかあと小さな声で言ってみるそれからも少し大きな声でかあと言ってみるとだんだん自分が鴉に思えてきて外から帰った夫がこんこんと鳴いたのでかあと答えるとわたしはまるっきり鴉だ驚いた夫がこんこんこんとわたしの分まで鳴いたのでかあかあとやっぱりひとつ控えて鳴く夫はうろたえて表に飛び出して行ったかと思うと大きな鳥篭をぶらさげて来てわたしをその中に押し込めてしまう鴉が鳥篭に入っているのは可笑しいがいくら飛べる自由があってても飛ぶ術を知らないから飛んでみろと言われる心配もなくてかえって気楽だと思いながら夫がこんこんこんと鳴くたびかあかあと鳴いて暮しはじめるきつねの仲間が鳥籠のまわりに集って来てこんさんは可哀想だと泣いてくれるがわたしにはなぜ可哀想なのかわからないのでかあかあと仲間にお愛想する

ある日一羽の本物の鴉が飛んで来てわたしに鴉の餌を置いていってくれるようになった

この詩も、一読忘れ難いものです。《可哀想だと泣》かれるのは不愉快だし、《分相応》や《お愛想》などという言葉も嫌だ。《なぜ可哀想なのかわからない》という主人公の姿は後ろ向きだ——などといった、現代的な感想があるかも知れません。けれど、そういう批判は当てはまらないような気がします。これは《きつね》を描いた詩ではありません。同様に《女》を描いたものでもなく、女のうちにある《人間》を描いた詩と思えるからです。

# 四十七、「非」「ひつじ」「花火」「真珠売り」
## 木村信子

### 1

自分は何者なのか、自分の内に《何か》があるのではないか、という思いは、若い時には誰もが持つものでしょう。それが、前の詩の《しっぽ》になります。「非」の主人公も、そう思う。

さて、わたしは、小さい頃からミステリが好きでした。中学生の頃から、いささか系統的に読み始めました。そうすると、江戸川乱歩の評論集『幻影城』というのが必読の書らしい――と分かって来ます。田舎町ではそんなものは見つかりません。高校生になってからだと思いますが、神田に出掛けました。しかし、本の街でさえ、目的の書は発見出来ませんでした。ただ、乱歩の、似たような題名の本ならありました。『彼・幻影の城』（東都書房）です。東京堂書店の、お茶の水側の棚にあったような気がします。手に取って見ると、《自伝的文章》だと書いてあります。箱入りで、四百円。当時の高校生にしてみれば、随分と高い本だったと思います。しかし、東京まで電車賃をかけて来たのです。ただ帰るのも無念極まりない。

題名に《幻影》と《城》が入っているのだからな……と、分かったような分からないような理屈で自分を納得させ、買って帰りました。

その本の内容自体は、後になってみれば乱歩の色々な随筆集と重なりました。しかし、「彼」の冒頭に引かれていた一文は、見た瞬間にこちらの胸に飛び込んで来ました。

「僕は皆と同じでないんだ、僕は皆と同じでないんだ」十一歳のアンドレ・ジードは母の前に啜《すす》り泣きながら絶望的に繰り返した。

――「一粒の麦若し死せずば」

「彼」は、乱歩が幼年期を振り返って書いた文章です。その最初に、これが置かれているのです。

気になりながら、開いていない本というのはいくらもあります。実は、わたしは『一粒の麦若し死せずば』（より一般的な訳題は『一粒の麦もし死なずば』）を読んでいません。どういう前後関係があって出て来る場面なのか、未だに知りません。しかし、戸の透き間から垣間見た鮮烈な一瞬のように記憶に残っています。これを引く乱歩に共感したことは、いうまでもありません。

同じように、高校時代に読み、印象に残っているのが、「キリマンジャロの雪」（いうまでもなくヘミングウェイ）の巻頭に置かれた言葉です。

キリマンジャロは、高さ一九七一〇フィート、雪に覆われた山で、アフリカ大陸の最高峰といわれている。西側の頂上はマサイ語で“Ngàje Ngài”（神の家）と呼ばれている。この西側の頂上に近く、ひからびて凍りついた豹の死骸が横たわつている。こんな高みにまで豹が何を求めてやつてきたのか、誰も説明できるものはいない。

（『ヘミングウェイ短編集』大久保康雄訳・新潮文庫）

友達に、《最後まで読んでから、ここに返ってみろよ》といって、文庫本を渡しました。その友達は絵を描いていました。しばらくして彼の家に行くと、キャンバスに、この一節が書き込まれていました。嬉しかったものです。ジードのように繰り返しつつ、豹の幻影を見るのは、いかにも若さです。

『木村信子詩集　おんな文字』には、自負の思いと現実の相克を直接に語った詩もあります（「まぬけな草」「耳になっていると」など）。しかし、「非」の主人公は、肩肘を張りません。

《もしわたしがきつねだったら》と、平仮名が十三字続く間、《わたし》は確かに人間です。しかし、言葉は句読点なしに《おなじきつねの夫と一緒でこんこんと夫が鳴けばこんとひとつ控え目に答えて暮している》と続きます。《暮している（だろう）》や《暮している（に違いない）》といった省略形ではない。これは、文字通りの《いる》なのです。ここに魔術的な言葉の力があります。

さらにいうなら、きつねは地団駄も踏まず、高みにも上らない。《分相応に鴉になることにする》。《こんこんこん》には《かあかあ》と答える。――《かあかあ》と鳴いても、《わたし》はきつねでしょう。だから、うろたえた夫の持って来る鳥篭は大きい。しかし、《鴉が鳥篭に入っているのは可笑しいが》といわれると、《鴉》になってしまったようでもあります。

《仲間が鳥篭のまわりに集って来てこんさんは可哀想だと泣いてくれるがわたしにはなぜ可哀想なのかわからない》。なぜ《わからない》か。――可哀想ではないからでしょう。《お愛想する》などというところからは、腰の低さよりもむしろ強《したた》かさを感じます。《可哀想だ》というのは客観です。千変万化する主観に客観は追いつけません。

結びは、《わたし》の本質は、きつね側にはない――ということでしょう。客観的に見れば、破滅でさえあるかも知れない。しかし、餌を運んでくれるのは、《本物》の鴉なのです。

結局のところ、巡り巡って《もしわたしがきつねだったらわたしはきつねではない》ということになるわけです。それが《非》なのかも知れません。

## 2

『木村信子詩集　おんな文字』の解説（藤原定）には、《否応なしに読者を異常世界の中へさっと連れ込んでゆく方法こそは彼女の常套手段であり、その手並みは巧妙な奇術師のように、天狗にさらわれたか、狐につままれたようにあざやかである》とあります。さらってこその天狗、つまんでこその狐とすれば、木村信子は実によくさらい、つまんでくれます。その器に、祖母や母などの哀しみや、父への複雑な愛情が盛られます。そちらの詩が、彼女の中心となるものなのです。

しかし、ここでは詩集『日めぐり』から、いかにもこの人らしい世界を見せてくれるものを三つ、ご紹介したいと思います。

「ひつじ」の画面には、隅から隅までライトが当たっています。明るい陰惨といった感じの崩壊の姿があります。「花火」の土手は、内田百閒の小説を開くと見えて来そうです。手垢のつき過ぎた構成の「真珠売り」ですが、それでも魅力に満ちています。結局、訴えるのは筋ではないのです。

ひつじ

土間からざしきから家じゅう
ひつじがぎっしりうごめいている

これの場所も少しあけてやってくれ
父がひつじたちにいう
ひつじなんか外で飼えばいいのに
いまではおれのほうがひつじに飼われているようなものだ
と父はいう

おくのざしきで
母がカーテンをつくろっている
おまえのへやのカーテンだという
わたしのへやなんてありもしないのに

おまえがぶきようだから
ちょっとの風にもすぐやぶれてしまうという
風なんかぜんぜん吹いていないのに
母がつくろうそばから
カーテンはもっとやぶれていく

食卓のほうでもひつじの声がする
花のサラダのいいにおいがする
ひつじの肉を食べるなんてことは
もうけしてないのだろう

あの頃はずいぶんひつじの肉たべたね
いつも伯父さんが殺して
肉はやまもりいっぱいあって
きんじょへもくばって
あの頃はよかったね
ひつじは小屋の中でおとなしかったし

なにもかもみんなちゃんとしていたものね

ひつじの数はふえつづけている
家からあふれて
庭からもはみだして
はたけもめちゃめちゃにして
もう山のむこうのほうまで

## 花火

Kさんが死んだ
四つ辻までくると
KさんのおくさんとむすめのEちゃんがいる
あのひとはね
あのとしになって背がのびつづける病気でね
死んでからまでのびつづけているのよ

だから早く済ましてしまわないと困るんだけど……
おくさんはおろおろしながらはなしている
Kさんのお棺はとほうもなく長い
長すぎて霊柩車へ乗らないので
それより長いリヤカーを持ってきて
男たちが右往左往している

みんなで貸切バスに乗って
川土手を走っていく
花火があがる
いくら行っても土手ははてしない
ときどき花火があがる
きれいだね
こんやの花火はとくべつきれいだわ
Kさんのおくさんがいう
また花火があがる
もうだれもKさんのことなんか忘れたように

## 真珠売り

真珠売りになって
ぶた飼いのところへくると
ぶたに真珠は用ないから
ここでぶた飼いになれという

わたしのしごとは
ぶたにえさをやることと
その肉を剝ぐことだ
いくら剝いでも肉は次の朝には
もうちゃんともとどおりになっている
わたしは毎にち肉剝にはげんでいる
ひれ肉はひれ肉の箱にロース肉はロース肉の箱に

きちんとつめて
商人と取りひきするのもわたしのしごとだ
ぶたはとてもわたしになついている
ここへきてから
わたしはとてもけんこうになった

真珠売りがきた
ぶたに真珠は用ないから
ここでぶた飼いになれといって
しごとをおしえた

この頃わたしは日ましに肉づきがよくなる
ぶた飼いはわたしをとくに気に入っているらしく
毎朝いちばんにわたしの肉を剝ぐ
だからわたしは毎にち朝からえさをたべるのに忙しい

# 四十八、「旅商人の妻のうた」李白／奥平卓訳

1

ある町の図書館に行きました。

児童書の書棚に、見覚えのある、空色の背表紙が並んでいました。『中国の古典文学』（さ・え・ら書房）シリーズです。この中の『唐代の詩』（奥平卓訳）を、ふた昔以上前、町のヨーカドーの書籍売り場で買いました。今では、ヨーカドーそのものが、町から消えてしまいました。時は、色々なものを押し流します。本と同時に、それを買った頃が懐かしくなり、『唐代の詩』を抜き出してページをめくりました。そして、

――そうそう、あの時もこうしていて、李白の「長干行《ちようかんこう》」の訳を見つけたのだ。これは買うしかないと、すぐレジに本を持って行ったのだ。

　と、思い出しました。題は「旅商人の妻のうた」となっていました。外国の詩は、わたしなどは翻訳の形でしか触れることが出来ません。詩の翻訳は不可能だと言われます。萩原朔太郎は《ボードレエルは、ポーを佛蘭西人に正價で賣つた。しかしながら他の翻譯者等は、概ね原作者の價値を下落させ、捨値で賣りつけてゐるのである》と、手厳しいことをいっています。——けれども、その一方で、我々には様々な訳者の試みに接する喜びがあるわけです。

　漢詩については、どうか。

　我々は、訓読という、特殊な形の翻訳に慣れています。例えば、李白の「静夜思」なら、《牀前月光を看《み》る　疑ふらくは是れ地上の霜かと……》という言葉の並びが浮かんで来ます。これらは、中国詩の訳という以上に、大事な日本語の古典になっています。

　一方で、その自在さゆえ、人によく知られ、愛されているのが、井伏鱒二訳「勧酒」の一節《「サヨナラ」ダケガ人生ダ》でしょう。これは『厄除け詩集』（講談社）中に収められています。また最近では武部利男氏の『白楽天詩集』が入手しやすい平凡社ライブラリーに入り、一部で評

判になったのも記憶に新しいところです。
しかし、児童向けの本でなされた訳業は、比較的、一般の目に触れにくいのではないでしょうか。ヨーカドーの書店に立っていたわたしの胸に、すらすらと入って来たのは奥平卓氏の訳です。長いものなので、まず冒頭を引きます。

旅商人の妻のうた

前髪が額に垂れそめたころ
わたしが花を手にして門口《かどぐち》で遊んでいると
あなたは竹馬にまたがってかけてきて
青梅《うめ》を見せびらかしては家のなかをにげまわる
おたがいに長干の町に住む
くったくのない子ども同士だった

十四の年　あなたのもとへ嫁いだものの
恥ずかしさばかりが先に立ち
暗がりに向かって顔をふせたまま

よばれても　よばれても
ふりむくことさえできなかった

それでも十五になるころは
やっと気持ちもらくになって
共白髪までそいとげよう
操を守って死にもしようと思いつめ
はなればなれに暮らそうとは夢にも思わなかったのに

書き下し文もついています。ここまでの部分は、こうです。『唐代の詩』の形で引きます。

長干行《ちょうかんこう》

妾《しょう》が髪　初めて額を覆いしとき
花を折りて門前に劇《たわむ》る
郎は竹馬《ちくば》に騎《の》りて来たり

牀《しょう》を遶《めぐ》りて青梅《せいばい》を弄す
同じく長干里《ちょうかんり》に居り
両《ふたり》ながら小《おさな》くして嫌猜《けんさい》無し

十四　君が婦《つま》と為り
羞顔《しゅうがん》　未だ嘗《かつ》て開かず
頭《こうべ》を垂れて暗壁《あんぺき》に向かい
千《ち》たび喚《よ》ばるるも一たびも廻《めぐ》らさず

十五　始めて眉を展《の》べ
塵と灰とを同じくせんと願う
常に抱柱《ほうちゅう》の信を存し
豈《あに》　望夫台《ぼうふだい》に上らんや

この連の分け方も、奥平氏によるものです。原作に、くぎれはありません。児童書であるため、分かりやすくしたのでしょう。それに従って話を続けます。

訳詩では、《牀を遶りて青梅を弄す》のところが現在形で結ばれています。これが非常に効果的です。黄金の時が、生き生きと浮かんで来る。

一連の最後を、《おたがいに長干の町に住む／くったくのない子ども同士だった》というのは、何でもないようでいて実は見事だと思います。ちなみに、うちにある本の中から、いくつかの例を拾ってみると、『唐詩三百首1』（東洋文庫二三九・平凡社）の目加田誠訳は《どちらも長干の町で育ち　子供同士で遠慮もなかった》、『唐宋詩集』（筑摩世界文學大系8・筑摩書房）吉川幸次郎閲　今鷹真・入谷仙介・筧文生・福本雅一訳は《同じ長干里の町に住んでいて、二人とも小さいこととてむじゃきでこだわりがなかった》となります。

それらが悪いというわけではないのです。しかし、例えば《嫌猜無し》は《くったくのない》といってもらった方が、ある程度の年齢になって、ふうっと昔を振り返り、息を吐くように、自然に出た言葉という感じがします。

二連の最後は、《千たび喚ばるるも一たびも廻らさず》です。《千》と《一》との対に心ひかれ、残したくなるところでしょう。その方が、原語に忠実ではある。先程の『唐宋詩集』は、実際《千べん名を呼ばれても一度もふりかえらない》です。それを奥平訳は、「よばれても　よばれても」という繰り返しにしています。幼い妻の、可憐に染まった頬が見えるようです。

『唐代の詩』は児童書です。それだけに、《あの箇所や、この語を訳出していない》と

いった批判を考えなくてもすみます。一方、大人を相手にすると、一語一語の解釈を不足なく盛り込みたくなるのでしょう。さもないと、手抜きととられかねない。

その良い例が、三連の最後の《常に抱柱の信を存し／豈　望夫台に上らんや》という箇所です。一読して分かるように、ここは故事や伝説を踏まえた部分です。読者は知っている――というのが前提ですから、中にその説明まで入れてしまうと、太り過ぎの体のような訳になってしまいます。しかし――説明したくなりますよね。

そういうハードルを、奥平訳は実にスマートにクリアしているのです。

実は、これを書くにあたって、岩波文庫の松枝茂夫編『中国名詩選』中巻を買って来ました。一九八四年に出た本です。「長干行」を見ると、訳の個性的な部分が見事に一九七七年の『唐代の詩』と重なります。凡例の最後に、協力者があげられています。そこに、奥平卓という名もありました。となれば、この文庫本の「長干行」は、奥平氏が担当したと考えて間違いないでしょう。

二つの訳を比べた時、最も大きな変更は、竹馬にまたがって来た幼い《あなた》の行動です。前は《家のなかをにげまわ》っていたのに対し、岩波版では《井筒のまわりをぐるぐる廻りましたね》となります。

問題は、《牀前月光を看る》の《牀》であり、《牀を遶りて》の《牀》です。「長干行」の、この字に関しては、角川ソフィア文庫の『李白』で、筧久美子氏が、こう語っています。《中国では井戸の井桁を「床」または「牀」というのです。李白の有名な望郷の詩「静夜思」に「牀前月光を看る」の句があり、それを「ベッドのそばまでさす月明かり」と間違って訳したことがありますが、この場合の「牀」もやはり井戸端をさすでしょう》。

これには、驚きました。「静夜思」は、『中国名詩選』では「長干行」の数ページ後に出て来ます。訳は《寝台のあたりに射しこむ月かげ》となっています。多くの人がそう記憶しているでしょうし、わたしもそうでした。それを間違いと断言されると、へえーっ、と思ってしまいます。なるほど、《疑ふらくは是れ地上の霜かと》への繋がりは、確かに《井戸端》の方がいい。

ところで、「長干行」の場合はどうか。男の子は、竹馬に乗ってやって来るのです。しかも、それというのが、現代人の知る遊具ではありません。昔の竹馬は、絵などを見ても分かる通り、枝のついたままの、一本の竹に跨がるものです。つまり、魔女の箒《ほうき》のようなものです。砂ぼこりは立ち放題。汚れていることでしょう。その竹馬で、外からやって来て、《家のなかをにげまわる》のは無理があります。今までの訳にも、二種類ありますが、これは『伊勢物語』との連想もゆかしい、井筒の方がいいでしょう。

さて、部分を見ればそういうところが目につきますが、全体としてはどうか。大人向けの岩波版では説明が多くなる。長いのです。わたしとしては、『唐代の詩』を最初に見た時の、無理なく、よどみのない文の流れが好きです。子供向けの本だからこそ、この訳が生まれたのではないでしょうか。

以下に、後半を引きます。《八月》とあるのは陰暦、今の日本の季節感とは違って秋の半ばです。

十六の年　あなたは遠く長江をのぼって行った
水かさの増す五月の時節は舟もかよわず
猿の声が絶壁にかなしくこだまするという
天下の難所　瞿塘峡《くとうきょう》をとおって

あなたが門口に残して行った足あとの
ひとつひとつに緑の苔がはえました
はらいのけることもできぬほど厚みをました苔の上に

風はもうつめたく木の葉を散らせます
いまは八月　胡蝶がやってきて
二羽うちつれて庭草の間を飛びまわります
それを見るにつけても胸は痛み
やるせなさに頬のつやもあせてゆくのです

そちらをお発ちになるのは　いつの日でしょうか
まえもって手紙でしらせてくださいね
おむかえになら　どんなに遠くてもかまいません
まっすぐ飛んで行きますわ
長風沙《ちょうふうさ》の波止場までも

# 四十九、「アリカンテ」プレヴェール／村松定史訳

1

うわっ、な、な、なに⁉

朝起きて宿の窓を開けたら、目の前が真っ白だ。十一月初旬でもう雪が降ったのか？　しまった、タイヤ・チェーンも用意していないのに……と、眼鏡をかけてよく見たら、雪じゃない。

ヒツジである。ヒツジがびっしり。

鴻巣友季子さんの『翻訳のココロ』（ポプラ社）を読んでいて、こういう一節に行き当たりました。前々回、木村信子さんの《ひつじの数はふえつづけている／家からあふ

れて／庭からもはみだして／はたけもめちゃめちゃにして／もう山のむこうのほうまで》という「ひつじ」を引いたばかりでした。直後に、これです。

鴻巣さんが見たのは、北イングランドはヨークシャーの羊。『嵐が丘』新訳という大きな仕事を前にし、鴻巣さんは、ブロンテゆかりの地をめぐる計画を立てました。すると、ある人から、羊をかきわけて行くことになる――と教えられたそうです。実際にそうだった。

続けて出会って、頭の中が羊の白でいっぱいになるような、不思議な気がしました。

それだけではないのです。

『翻訳のココロ』の中では、「wineを持って来い」という部分をどう訳すかという考察がなされています。《ワイン》という言葉が普通に使われ出したのは、比較的、新しい。わたしが大学に入った頃、《最近、ティッシュという言葉を、そのまま訳せるようになって有り難い》という文章を読みました。それまでは、《ちり紙》とするしかなかったわけです。《ティッシュ》と《ちり紙》は違う。今の我々から見れば、ニューヨークでアメリカ人がちり紙を使っていたら滑稽です。

変化と共に失われるものは、多い。ただ、欧米の作品の翻訳に関していえば（日本の社会全体が次第に翻訳されつつあるようなものですから）、分かりやすくなっている。

――これは確かでしょう。

昔は違っていた。鴻巣さんの本には、こう書いてあります。《『ブドウ畑と食卓のあいだ』（麻井宇介著）なる著をひもとけば、「ほんのひと昔まえ、われわれ（日本人）は、生葡萄酒という言葉をもっていた」とある。キブドウシュと読む。「甘口葡萄酒」に相対することばだ》。

なるほど、赤玉ポートワインなら、高校生の頃、クリスマスの時期辺りに、《お酒》という感じではなく、飲んだことがあります。とろりと甘い。昔の、田舎の高校生のイメージする葡萄酒とは何か。洋風甘酒のような、あれでした。それに対して、本来のワインが《キブドウシュ》と呼ばれていた――というのは、頷けます。そして、ここでも、偶然の繋がりを感じました。

というのは、数カ月前、《生ビール》と書いて、どう読むかという話を聞いたのです。最近のことは記憶から抜け落ちるようになっているので、出典をはっきり示せません。しかし、これ、《ナマビール》では当たり前でしょう。問題にならない。確か、大正ぐらいまでは、そう書いて《キビール》と読んでいた――という話でした。こいつぁ、生きのいい本物だぜ、という気になる。《キブドウシュ》や《キビール》。耳にするだけで、時代の香りがします。

ワインやビールが、一般化されるまでには、言葉の面から見ても、こういった変遷があるのですね。

で——、まだ、続きがあるのです。そんなことを考えながら、夜のテレビのチャンネルを回していました。すると、たまたまＮＨＫの料理番組になりました。魚か何かの食材に、ひたひたと赤ワインをかけています。

そこで、画面の人物の口から、こういう言葉が出て来ました。

「ＮＨＫの料理番組で、ワインという言葉を使うようになったのは昭和五十七年からなんですって」

へぇー、と思いました。wine をどう訳すか、という文章を読んだ途端に、これです。何というタイミングでしょう。

ＮＨＫが《公式見解》にするのは、それが一般化し定着化した後だと思います。実際に、《ワイン》が《葡萄酒》に取って代わったのは、それより前になるでしょう。とにかく、昭和五十七年。——ここをお読みのあなたは、何をしていらっしゃいましたか。その頃、ＮＨＫの言葉が、ひとつ替わったわけです。

2

鴻巣さんは、現地に行かなければ訳せない——とは、考えないそうです。しかし、それは一般論。『嵐が丘』は特別だったのです。

ヨークシャーの荒野を歩き、そこに建つ家を見た。だからこそ、知ることの出来た原語の意味合いについて語られる部分には、《なるほど》と思わされます。

　大袈裟な表現か、と思っていた眺めが眼前に現れるところなども、印象深いものです。烈風のせいで、《本当に大木が真横になって「四十五度のお辞儀」の姿勢で固まっている》そうです。

　日本のテレビカメラが、初めて中国に入った頃のことを思い出します。桂林の様子が画面に映し出されました。茶の間でいったものです。

「中国の風景画って、本当なんだね！」

　それまでは、てっきり白髪三千丈式にデフォルメされたもの、と思っていたのです。奇岩奇勝が次々に現れるのは、夢が現実になったように不思議な眺めでした。

　さて、知らなければ分からない——といってしまえば、当たり前ですが——ことは、あるものです。

　先日、神田を歩いていて、『夜の扉―プレヴェールと芭蕉』（村松定史・沖積舎）という本と出会いました。

　少し前に、プレヴェールの「朝の食事」を、いくつかの訳で、ご紹介しました。だから気になって手に取りました。

　すると、これがプレヴェールの詩について、実に多くを教えてくれる本だったのです。ヨークシャーの荒野を導いてもらうように、《そうなのか、そうだったのか！》と、何度も目を見開いてしまいました。

「朝の食事」に関しては、「一杯のコーヒーから」という章で語られます。

その章は、パリの友人が、こう話すところから始まります。

「――女性をエスコートして歩く時、どちら側を歩くか知ってるかい」

昔は車道の側で、今は逆だそうです。なぜか。――車道側を行く方が危険そうですね。しかし、今はそれより、建物側の《いたるところ犬の糞があって、しょっちゅう踏みそうになる》方が問題だそうです。江戸の名物は《火事喧嘩、伊勢屋稲荷に犬の糞》とし

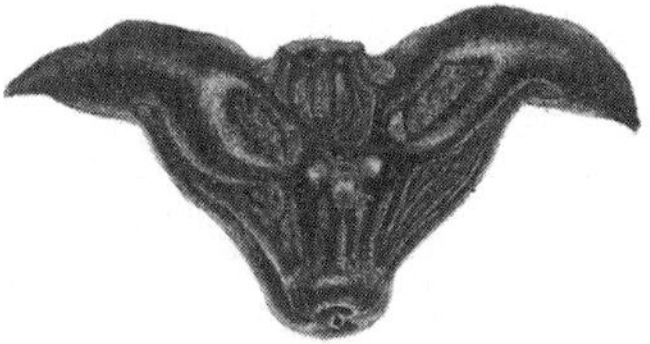

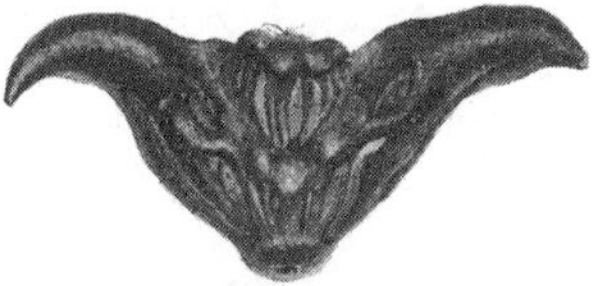

てあります。それは、徳川時代の話です。現代の東京ではありません。犬を散歩させる時、飼い主が落とし物を始末して行くのは、我々の常識です。

《いたるところ……》では、花の都パリという感じではありませんね。村松氏は、こうなるのは、パリという都市が《乾燥しているからであり、街が石造りだからだろう》といいます。《ゴミはすぐに乾いて、悪臭を放ったりはせず、ひと雨くればさっと洗い流されてしまう。しかもその雨も長くは降らず、やめばすぐに乾いてしまうのだ》。

これが、「朝の食事」と関係があるのか。――あるのです。この詩については何度も取り上げたので、改めて引きません。

詩の最後で、男は傘もささずに雨の街に出て行きます。帽子を被り、レインコートを着ただけで。我々からすれば、それは強い拒否の姿勢に思えます。しかし、村松氏はいいます。こういう街パリで、――《フランス人は傘をささない》。

この「朝の食事」は、《基本的な単語と文法事項のみで構成されているから》、フランス語入門の教材として、よく取り上げられるそうです。《大学時代の篠沢秀夫先生の「文体学」の講義ノートが、今これを解くのに大いに役に立つ》と書かれています。

村松氏は、学習院大学フランス文学科卒業。篠沢先生に直接、教えを受けたわけです。我々は、大修館書店から出ている名著、『篠沢フランス文学講義』のシリーズ五巻で、間接的に「フランス文学史」の教室を垣間見ることが出来ます。面白くてたまらなかったシリーズです。続きが出たと知ると、すぐ買いに走ったくらいです。それなのに、四十代で読んだわたしの頭には、ほとんど内容の記憶がありません。情けない限りです。ノートをとっておけばよかった。そういうわたしが、今度はここで、「文体学」の講義に出会うとは思いませんでした。

以下、細かい解説があるのですが、ここでは結びの、またまた膝を打ったところを引くと、題名は《正確には「朝の昼食」の意》だといいます。《日常語とのズレ、矛盾語法に詩人は何かを語らせようとしているようだ》。男が《ごくありふれたフランス人の朝食で、朝はこれ以外あまり口にしないのが普通》であるミルクコーヒーを、《昼食として》《飲んでいるのは、これが昼近い朝のことで、実際はその日最初の「朝食」だということである》。

フランス人には、説明されなくともこれが分かるわけです。詩を読んで浮かぶ時刻は、いつ頃か。翻訳と原詩で二、三時間ずれて来るようです。それ以前の《朝》や《早朝》に、何があったのでしょう。大いに想像させるところです。

さらに、《ところで、語法上の性数に厳密なフランス語ながら、この詩の語り手である「わたし」の性を女とも男とも決定する要素は、文法的にはどこにもない。二人はどういう関係で、いかなる愛を抱き、棄てたのか。ここは、誰のアパルトマンか、「かれ」はどこへ行き、「わたし」はどうするのか。愛の詮索は限りを持たない……。》とまでいわれると、これはもう、諸手を挙げて降参するしかありません。考えもしませんでした。日本語訳でも、《あたし》を使っているものはともかく、《わたし》や《私》で訳している場合、なるほど《男》と読めないこともありません。それは曲げて考えれば——ということです。ところが原詩について《語法上の性数に厳密なフランス語ながら》といわれてしまうと、うなりますね。うーん、解釈というのは面白い。

さて、次の詩の説明にも、あっといいました。

アリカンテ

テーブルの上に　一つのオレンジ
じゅうたんの上に　おまえのドレス
そして　私のベッドの中のおまえ
今という時の甘い贈り物
夜の涼気よ
私のいのちの熱情よ

これも、プレヴェールの印象深い詩の一つです。アリカンテは《スペインの港町》で

《温暖な、果実の豊かな土地である》。これは、今までの注でも読んだことがありました。瑞々《みずみず》しいオレンジが恋人のイメージと重なっています。それだけに、村松氏が続けた言葉が、わたしには衝撃でした。

スペインのオレンジは、黄色というよりは赤に近い。その果肉から血にそっくりの果汁の出る柑橘類もある。

まさに、目からうろこです。今まで、考えていたのは、わたしも口にするオレンジでした。

ちょっと興奮して人に話しました。すると、今はイタリア料理店などで、ブラッドオレンジのジュースというのが、普通に出るそうです。気をつけて食品売り場を見てみたら、身近な紙パック飲料でブラッドオレンジを含んでいるものまでありました。わたしが遅れていたのですね。しかし、イタリアのそれは、皮まで赤くはないようです。中が赤いグレープフルーツと似ています。スペインのオレンジは、また違うのでしょうか。ともあれ、内に血のような果汁を含んでいるオレンジ――というのが落とせないところです。このイメージがあって詩が完成します。

こういったら、また別の人が、ほかならぬ『夜の扉』を買った神田にある、三省堂二階のお店で、真っ赤なオレンジジュースを売っている、と教えてくれました。さっそく、次の機会に飲んでみました。——《こんなもの、昔、プレヴェールを読んでいた時には想像もしなかったよ》とつぶやきつつ。

# 五十、「あしひきの」柿本人麻呂 他／佐佐木幸綱訳
# 「五月闇」藤原実方

1

前回も引いた鴻巣友季子さんの『翻訳のココロ』は、ページをめくっていると、あちらこちらで《そうそう！》といわせられる本でした。しかしながら、人によって強く記憶に残る箇所は違うものです。ある女性編集者に、この本の話をしたら、次にお会いした時、

「――読みました、読みました。とても面白かった。わたしも合気道を、やりたくなりました」

というのが、開口一番の言葉でした。《そういえば、どこかで合気道が出て来たな》と思い、家に帰ってさっそく本を開き、《合気道黒帯の女性編集者》の登場するくだり

を読み、納得しました。全文を覚えているというわけには、いきません。

わたしの印象に強く残ったところのひとつに、鴻巣さんの知り合いの編集長氏が語るくだりがありました。《「僕の記憶にある限り、和歌が日本語の現代語に訳されている例は知りません」》。――ここだけ見ると、不思議な気がします。だから、記憶に残ります。

和歌の解釈に、現代語訳が添えられる例は枚挙に暇《いとま》がないでしょう。しかし、それらは、解釈のための便宜的なもの、つまりは意味を明らかにするための手段であり、《訳す》という意識を持ってなされたものではないということでしょう。

けれど、例えば瀬戸内寂聴の『源氏物語』などは、明らかに和歌をも訳しています。となると、この編集長氏の言葉は、続く鴻巣さんの《和歌ともなると、形式だけでなくまさに字数までが作品の「味わい」に含まれるから、散文的な情報だけを訳してもダメ》、あるいはその前の《詩とは「形」も中身の一部だ》という意味なのでしょうか。

つまり、《和歌が、日本語の現代語を使って、五七五七七の形式に訳されている例は知りません》ということなのでしょうか。

鴻巣さんが、近代の作品に対する例として、俵万智の『みだれ髪 チョコレート語訳』（河出書房新社）を思い浮かべ、これは《本歌どりに近いかもしれない》といっていますから、そうかも知れません。

しかし普通、翻訳というのは、体系の違う言語の間でなされるものでしょう。同じ形式にはなり得ない、というのが前提です。また、字数という外枠が守られたところで、中の言葉がいい換えられていたら、同じ韻律、味わいを平行移動したとはいえないでしょう。

そう考えれば、五七五七七でなくとも、和歌の現代語訳はあり得るように思えます。わたしが、すぐに思い浮かべたのは、『百人一首をおぼえよう　口語詩で味わう和歌の世界』（佐佐木幸綱編著　吉松八重樹絵、さ・え・ら書房）です。題名から分かる通り、若い読者のための入門書です。佐佐木幸綱は、子供たちに、《理解する前に、まず感じてほしい》という思いで、この本を作ったといっています。

例えば、人麻呂の歌のところは、こうなっています。

あしひきの　山鳥の尾の　しだり尾の
ながながし夜を　ひとりかも寝む

山にすむ　山鳥の
山鳥の　長い尾の
長い尾の　長い夜
長い夜の　夜の長さを

最後の、《一人ぽっち》は拡大鏡も使ってみたのですが、どうしても《ぽ》に見えました。《一人ぽっちで寝る》時は《ぼ》、《何だ、こんなに荷物を運ぶのに、一人ぽっち来たって仕方がないよ》などという時は《ぽ》のような気がします。誤植かも知れませんが、とりあえず、原書のまま引用しました。

さて、この場合は、人麻呂が使った序詞《じょし》が想起させる、《長い》という感覚を訳しているわけです。

鴻巣さんは、原文の《すべての要素》を訳出することは不可能に近い、翻訳においては《「いちばん訳されたがっているパーツ」》《をより敏感に見つけられる訳者が、健全な役割を果たせる》といっています。まさに、佐佐木幸綱の訳し方が、そうなのですね。《僕》前の和歌をAとし、後の訳詩をBとするなら、AとBは合同ではあり得ません。《僕》や《あなた》が、この世にもう一人いないのと同じことです。それぞれに唯一無二のものです。——しかし、AとBは内に相似の部分を含むわけです。

こういう点から、詩は訳せないともいわれるわけです。しかし、考えれば世の中で一番多く行われている《翻訳》は、その先にあります。いうまでもない。《読む》という行為がそれです。Aであれ、Bであれ、読者の頭に浮かぶのは、実は合同のAやBではありません。読者、それぞれによって変形されたCなのです。

同じ人物が読んでさえ、年齢や境遇によって、対象Aは、Cのままではいません。DともEともなります。価値あるものが理解できなかったり、逆に新しい見方で作品に価値を加えたりするのです。

2

一般の翻訳の場合、我々は（わたしは、というべきでしょうか）原語を知りません。訳者を信じ、訳出された文章が相似なるものを含んでいる、と思って読むわけです。

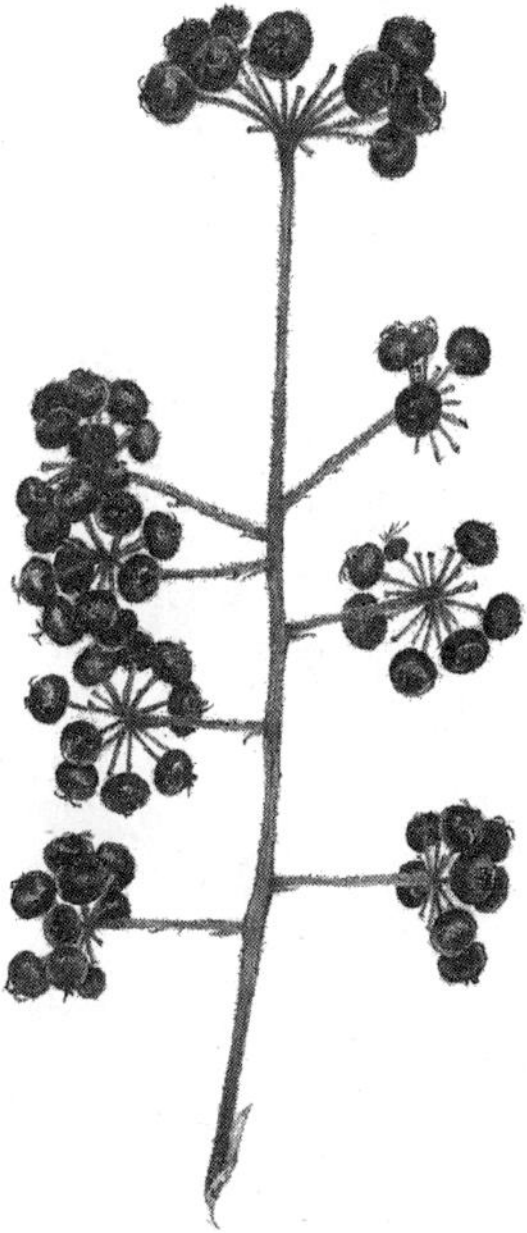

しかし、『百人一首をおぼえよう』なら、Bを読み、すぐ、前のAに目を転じることが出来ます。古語であれ、日本語ですから、注と訳詩を参考にすれば、水が染み込むようにじわじわと、何かが読めて来ます。

双方は、音叉の二本の棒のように響き合います。Aに行った目はBへと、また戻り、《山…山…山》の連なりが《長…長…長…長…長》に変じていく様を見、その《長》が対比的な《一》を際立たせるところを味わえます。

伊勢大輔の場合は、こうです。

いにしへの　奈良の都の　八重ざくら
けふ九重に　にほひぬるかな

旧都
奈良の
八重の桜
宮中に今日
輝き咲き盛る

この視覚的効果については、あれこれいう必要もありませんね。子供の時、わたしがこれらを読んだら、多分、《面白い》と思ったでしょう。読者にこう思わせるのは、大事なことでしょう。

わたしがさらに面白いと感じたのは、次の例です。

かくとだに　えやはいぶきの　さしも草
さしも知らじな　燃ゆる思ひを

**い**ぶきのもぐさじりじりじり
**も**え、じりじりともえる
**お**もいを、もやしつづけ
**る**男のまごころ。こころ
**ゆ**くまであなたにしって
**も**らいたいこの火の想い

作者は、藤原実方です。そして、この場合の《面白さ》は、単純ではありません。子供の時には決して分からなかった。――そこまで行っています。

子供であっても、行の頭を左から読んで行けば、《もゆるおもい》となることは理解出来るでしょう。それを、この歌一首に限って、暗号解読を読むように楽しむことは出来たでしょう。しかし、この凝り方が《藤原実方》という作者、そして彼の人生をも浮かび上がらせている――とまでは思えない。思えっこありません。

元の歌が技巧の限りを尽くしたものですから、まさにその《アクロバティックな感じ》が訳しどころになるわけです。だから、こうなるわけで、さすがは佐佐木幸綱と思うところです。

それに加えて、今のわたしなら、逆行して戻って来る、不毛な《もゆるおもい》の響きに、凝り過ぎるものの、《知の哀しみ》をも感じてしまうのです。

といっても、わたしが藤原実方の名を意識したのは、百人一首によってではありません。『古来風躰抄《こらいふうていしょう》』の中で、彼のこういう歌と巡り合ってからです。

五月闇《さつきやみ》倉橋山の郭公《ほととぎす》おぼつかなくも鳴き渡るかな

これは、《倉橋山でほととぎすが鳴いている》という絵を見て作られたものです。『日本古典文学全集50　歌論集』（小学館）の有吉保氏の校注・訳によって話を進めます。「五月闇」は「くら」の枕詞。「倉橋山」の「くら」は「暗」と掛けられています。

梅雨時の暗夜の倉橋山が、まず墨で塗られたように、画面に浮かびます。「闇」や「暗」からは「おぼつかなし―心細い」という言葉が引き出されて来ます。ほととぎすは心細げなのです。そして、「鳴き渡る」という一見、当たり前に使われているような動詞さえ、前に「倉橋山」とあるから「橋」と縁があって「渡る」が出る――となるのです。流れも美しく、浮かび上がる眺めは、五月雨時《さみだれ》――梅雨の山を、心細げに鳴いて行くほととぎすです。だが、絵の裏を返せば、技巧でがんじがらめになっています。

『古来風躰抄』の著者、大歌人にして大評論家の藤原俊成は、この歌を素晴らしいといいます。しかし続けて、あまりにも危うい所で踊っているような歌風を、《学ばんことはいかが》と、いっています。

研がれ過ぎた刀のような若い秀才を前にして、老大家が微かに眉を動かす様子が、見えるようです。――といっても実際の実方は平安中期の人、俊成が生まれる前の人物なのです。彼の頭の切れ方が、そう感じさせてしまうのです。

わたしは、たまたまここを読んで、

「そういえば、百人一首でも、この人の歌は凝りに凝っていたよな」

と思いました。それが《かくとだに》です。

# 五十一、「花の色は」小野小町／橋本治訳

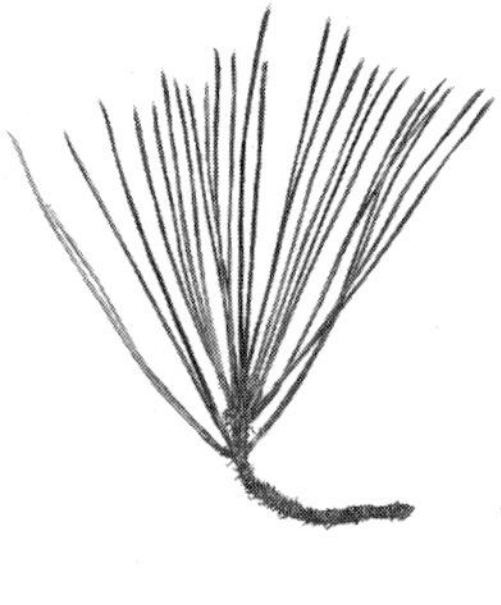

## 1

前回は、佐佐木幸綱の百人一首現代語訳に始まり、藤原実方のことになりました。そこで終わったのです。

さて、ひと月が経ちました。《そろそろ続きを書こうかな》と思いつつ、新聞を開きました。すると、新刊広告欄に『桃尻語訳　百人一首』（海竜社）という文字。何というタイミングでしょう。和歌の現代語訳がない――ということから、こうなったばかりです。まさに、待ち伏せされたようです。

予定を変更して、この本のことになるのは、むしろ当然でしょう。

大判の本で、全体は三部に分かれています。最初に、現代語訳が載っています。それ

に続いて、切って使えるカルタが刷られています。第一のカルタは、元々の百人一首の形です。読み札の絵は、《江戸の浮世絵師、勝川春章の名作「錦百人一首あづま織」の版画を、英国生まれの木版画家デービッド・ブルさんが再現したものを本邦初で使用させていただきました》と書かれています。ブルさんの見事な復刻に対して、第二のカルタは、いうまでもなく桃尻語訳、こちらには《おもちゃ作家の塚原一郎さんが、桃尻語訳から新たなイメージをふくらませて、一枚一枚を精魂こめて、切り絵で制作したもの》が読み札となっています。

こう聞いても、あまり驚かないでしょう。実はわたしも、本をぱらぱらと見た時には、《ふーん、新旧のカルタがついてるんだ》としか思いませんでした。だからこそ、後でびっくりしてしまいました。《橋本治って、やっぱり天才だなあ》と感嘆しました。

そのことより先に見たのは、やはり訳文です。例えば有名な小町の歌は、こうなっています。

花の色は　うつりにけりな　いたづらに
　我が身世にふる　ながめせしまに

花の色は　変わっちゃったわ　だらだらと

最初に、橋本は、この桃尻語訳は百人一首に対する《冒瀆》ともいえる、と断ります。そして、続けます。《でも、それを言う前に、元の歌を見てください》《どんなことでも、言い方によっては、美しくなるし、深くなるのです。現代語訳は、そんな古典の言葉の美しさを知るための、参考だと思ってください》と。前回も述べましたが、原典が日本語である場合、我々にも、この響き合いを味わうことが出来ます。原典に返り、また訳にも戻れます。

すぐに分かるのは、橋本訳が、多少の字余り字足らずはあっても、五七五七七の形をとっていることです。難敵に挑む荒武者のようです。この歌だけならともかく、全てそうしようというのですから、実に困難な戦いです。しかも、出来る限り、第一句は第一句に持って行こうと、条件を厳しくしているのです。

こうなると、どうしてもあの『桃尻語訳　枕草子』（河出書房新社）が出た時の、「まえがき――Male Version」の言葉を思い出します。《あまりにも過激》ではあるが《これは正真正銘の〝直訳〟であります。ここまでストレートに直訳である方が珍しいような、これは翻訳であります》と、橋本はいっています。

といわれると、そこに存在するものを出来るだけいじらずに移動したような印象を受けます。しかし、それなら《過激》になるわけがない。

冒頭部分について、橋本はこういっています。

【春は曙】ただこれだけ。それがいいんだとも悪いんだともなんだとも、彼女は言っていない。普通ここを現代語に訳す時は【春は曙（がよい）】という風に言葉をこっそりと補って訳しますが、本書ではそういうことはしません。いいとも悪いともなんとも言っていないそこを押さえて、【春って曙よ！】これであります。これだけしか言ってないんだからこれだけが正しい。これが一番正しい直訳だと訳者は信じております。

これは、わざと書いているのでしょう。普通に考えたら、おかしい。魔術的論法です。だって、《なんとも言っていないそこを押さえて》訳したら、《春は曙》になりますよね。そうでしょう？　デパートは三越、お芝居は帝劇、花は橘、男は次郎長――まあ、これは古過ぎるとしても、百人一首の選手からすれば、ゲームは百人一首、ということになるでしょう。ごく普通のいい方です。出来るだけ補わない直訳という観点に立てば、《て》や《よ》を付け加える必要はない筈です。

しかし、当たり前では妙味もない。《和菓子は人形焼き》あるいは《和菓子なら人形焼き》に対して、《和菓子って人形焼きよ！》というのは、かなり個性的ないい方でしょう。この《て》や《よ》によって、結界が作られ、その向こうに、確かに橋本治の世界が広がるのです。

百人一首の例でいうなら、《花の色は　変わっちゃったわ　だらだらと　ひとりでぼんやり　してるあいだに》と、一旦、橋本治が口に出してしまえばどうか。少なくとも、この線で行く限り、《花の色は　あせちゃったわよ　ただむだに　ひとりぼんやり　してるあいだに》などと、簡単にいい替えられないなあ――という気になります。《我が身世にふる》は三プラス四の七音ですが、橋本は、そこをわざわざ《ひとりぼんやり》ではなく《ひとりでぼんやり》としているのです。この《で》の所で、読みの流れが停滞します。そのよどみに、大事なものが訳されているような気になるのです。

また、

ちはやぶる　神代もきかず　竜田川
　からくれなゐに　水くくるとは

ミラクルな　神代にもない　竜田川

こんな真っ赤に　水を染めるか！

これも凄い。《ちはやぶる　神代》を《ミラクルな　神代》と、同じ字数に収めることが、他の誰に出来るでしょう。確かに、いわれてみれば、枕詞から繋がるこの《神代》のイメージは《ミラクルな　神代》なのですね。

こうしてみると明らかですが、ここでは、『百人一首』が訳されて『一人百首』になっている――という感が強い。

桃尻語訳だけがそうではありません。それが翻訳というものです。ただ、その特質が、ここでは、拡大鏡を覗いたように見えやすくなっているのです。佐佐木訳は、個々の歌に応じて形を変えていました。しかし、そういう方法をとった全体が佐佐木幸綱のものであることは、いうまでもありません。『海潮音』は上田敏のものであり、『月下の一群』は堀口大學のものなのです。

## 2

橋本治は凄いな——と、さらに思ったのは、この百人一首の《遊び方》を読んだ時です。二組のうち、《まず現代語訳のほうで練習しましょう》と書かれています。これには、眼がくらくらしました。

百人一首の訳については、どうしても原典が主、訳が従という頭がありました。佐佐木訳も、児童のための入門書ではありました。しかし、それを見てさえ、訳が先にあるという風には思えなかったのです。しかし、橋本治は《現代語訳に慣れたら、古典のほうにチャレンジしましょう》というのです。

『源氏物語』の現代語訳を先に読み、それから古典に入るという人はいるでしょう。けれど、このカルタを使えば、原典は知らないけれど、百人一首のカルタ取りをしている——ということが成り立つのです。これは想像もしませんでした。

橋本治は、それを可能ならしめるために、五七五七七の形で現代語訳をしたのです。《秋の田の　刈り入れ小屋は　ぼろぼろで　わたしの袖は　濡れっぱなしさ》を、まず身につけていて、それから《秋の田の　かりほの庵《いほ》の　苫《とま》をあらみ　わが衣手は　つゆにぬれつつ》を知る。どういう気持ちがするのでしょう。通い慣れた道の辻を、普段とは別に折れた時、思いがけず壮麗な建物に出会ったような気になるのでしょうか。それは当人でなければ、体験出来ないことです。

しかし、頭が固いといわれるでしょうが、小学校などで、桃尻語訳のカルタ大会をするのは、ちょっと難しいでしょう。《セックスが――》と始まる歌などがあるからです。うら若き女の先生が、これを音吐朗々と読み上げ、校長先生が眼を白黒させているところなど、場面としては面白い。百人一首大会の札のうち、秘密の何枚かが金庫に隠され、子供たちがそれを探しに行くというのも、いい。しかしながら、現場としては、古典の方が扱いやすいですね。

ところで、これでやると、百人一首の技も通用しません。例えば、わたしは《憂かりける》と読み始められたら、取り札は《はげしかれ》だと分かります。家でやった時、《うっかり――はげ》と覚えたからです。しかし、桃尻語訳のカルタを使ったらどうなるか。

憂かりける　人を初瀬の　山おろし
はげしかれとは　祈らぬものを

冷たいな　初瀬に祈って　山颪《やまおろし》
ひどくなれとは　頼んでないよ

《つめた―ひど》になる。化学で、アセトアルデヒドなんていうのが出て来たのを、思い出します。元の百人一首とは、まったく違う。勿論、何字決まりなどというカルタの法則も、全く無効になってしまう。

わたしは最近、こういう変化についていけなくなっています。しかし、人のやっているところは見たい。特に、カルタの上手な人がどうなるか見てみたい、という好奇心が湧きます。

最後に、いよいよ、同じ大きさのカルタが二組ついている理由です。これには、あっ！　といいました。こういうことなのです。

――《もっと慣れたら、「取り札」を古典にして、現代語訳のほうを読みましょう。逆もＯＫです》。

凄いでしょう。まさに不思議の国のゲームです。お正月の、百人一首選手権が、この形で行われているところを夢に見そうです。

# 五十二、「桜狩」藤原実方
# 「逢坂は」藤原行成

## 1

驚きは続くものです。

百人一首現代語訳のことを話題にしていたら、その折も折、橋本治の『桃尻語訳　百人一首』が出ました。これが最初の、びっくり。それからしばらくして、知り合いの方から電話がありました。

「この前、書いてらした佐佐木幸綱さんの本が、新刊案内に出ていましたよ」

その方は生協に入っています。共同購入の情報誌に、『口語訳詩で味わう百人一首』という本の広告が載っていた、というのです。編著者が佐佐木幸綱、出版元がさ・え・ら書房――前々回のこの欄で読んだ『百人一首をおぼえよう』に間違いない、と思った

そうです。欲しかったので渡りに舟、早速、購入したところ、まさにその通り。和歌の通釈などを加えた新版だったといいます。

勿論、刊行に合わせて書いたわけではないのです。わたしが元の本を買ったのは、もう十年以上前になります。時が流れて、ちょうど今、新版が出るという暗合に、驚きました。

さて、藤原実方のことです。

『百人一首をおぼえよう』中の、佐佐木幸綱訳――《かくとだに　えやはいぶきの》を、六行詩にし、その行頭を逆さにたどれば《もゆるおもい》となるようにする――このやり方に、わたしは共感しました。遊びのようで、真剣で、しかし、(複雑な意味で)無駄であるような感じ――これが実によく出ていると思うのです。

前述の通り、実方の別の歌――《五月闇《さつきやみ》倉橋山の郭公《ほととぎす》おぼつかなくも鳴き渡るかな》を評して、大歌人藤原俊成は、「素晴らしいが、あまりにも技巧に走り過ぎている。むやみに真似するべきではない」といっています。そして、百人一首で有名な、この《かくとだに》の歌については、藤原定家の子(つまりは俊成の孫)為家の言葉が残っているのです。『百人一首』(安東次男・新潮文庫)に、こう書いてあります。

為家の詠歌《えいが》一体《いったい》(八雲《やぐ》口伝《もくでん》)に、「かくとだに」の歌を引いて、「あしからねども、すずろにこの筋を好み詠むことあるべからず」と註記している。恋歌の達者には違いないが、うかつに真似るべき詠み様ではない、とする見方は実方に対する評価としてかなり早くからあったのではあるまいか。

要するに実方は、おじいさんからも、孫からも同じことをいわれているわけです。《実方の歌は、こういうものだ》という、よくいえば公式見解、悪くいえば固定観念があったわけです。

今から、数十年前になりますが、この《知的処理に対するマイナス評価》を読み、わたしは実方という人物に心魅かれたのです。何というか、《あはれ》を感じたのです。そして、多くの人の目には触れないところに、短い文章を書きました。その時の資料などを、今回、引っ張り出して来ました。

百人一首といえば、まず見るのが『百人一首一夕話《ひとよがたり》』（尾崎雅嘉著　古川久校訂・岩波文庫）でしょう。江戸時代に書かれた百人一首並びにその作者についてのエピソード集です。

ここでの実方は、一条天皇の御代の名高い歌詠みとして登場します。

ある年の春、東山で花見が行われた時、突然、雨が降って来た。一同がうろたえ騒いでいると、実方は一人、つと桜の木に寄り、《梢洩り来る雨にさながら濡れて装束も絞

るばかりになり》ながら、

桜狩雨は降り来ぬ同じくは濡るとも花の蔭に宿らん

と、歌を朗唱した。ずぶ濡れになりながらの風流に、人々は感嘆し、このことを帝にも奏上した。——と、まあ、ここまでならありふれた話です。しかし、その時、脇にいたのが藤原行成。彼は、即座にこういった。《歌は面白し実方のふるまひこそをこがましけれ》。

同じことなのですが、この行成の台詞《せりふ》は、挿話の原典と思われる『撰集抄』巻八第十八「實方中將櫻狩歌事」のものの方が、より簡潔で優れています。

——《歌はおもしろし。實方は痴《おこ》なり》（岩波文庫）

寸鉄人を刺すとは、このことです。なるほど歌は風流だが、作る奴は馬鹿だ、というわけです。

《いざさらば雪見にころぶ所迄》という、人に知られた芭蕉の句があります。これを川柳の世界から見ると、たちまち、《雪見には馬鹿と気の付く所まで》となる。こちらは笑えます。諧謔《かいぎやく》です。しかし、行成の言葉は笑みを消します。

問題なのは、何をいわれても芭蕉の句は揺るがないのに、実方の歌の方は、この言葉の前に、たちまち色褪せて来ることです。

そうなると、今度は行成という人物にも興味が湧いて来ますね。対比すると、互いの像がより鮮明に浮かんで来るような人がいるものです。実は、実方と行成も、そういう好対照の二人なのです。

この《桜狩》の歌は、『拾遺和歌集』によみ人知らずとして入っているものです。岩波の『新日本古典文学大系』の注には、《撰集抄八などに、藤原実方をめぐる説話として伝えられる》となっています。実際に実方の作かどうか分からない。彼の作品を集めた『実方集』にも載っていません。もっとも、現実にこういうことがあったとすれば、自撰にしろ他撰にしろ収録は控えるかも知れません。

そして一方、これが作られた伝承とするなら、物語として具体化させられるだけの、実方と行成のイメージがあったことになります。

2

藤原行成といえば、書道で名を残した人物——と思ってしまいますね。広辞苑を引いても、まず《平安中期の書家》と書いてあります。小野道風、藤原佐理《すけまさ》と並ぶ三蹟の一人です。

しかし、色々な逸話に接して、まず思うのは《頭のいい人だなあ》ということです。

実方の頭脳も、歌を作る時には激しく回転しました。けれど、行成の頭の良さは別の方向に向かいます。

昔、最も手頃な歴史の本といえば中央公論社から出ていた『日本の歴史』でした。色々なところで見かけたものです。その『5　王朝の貴族』（土田直鎮著）を見ると、平安後期の学者大江匡房《まさふさ》が、一条天皇の御代の人材の豊富さに感嘆し、《二十の分野にわたって総計八十六人の名を掲げ、「皆これ天下の一物《いちもつ》なり」と》いったそうです。

実方は、和泉式部などと共に、《和歌》のジャンルの七人中に入っています。行成の名もあがっているのですが、芸術家としてではありません。《九卿《けい》（公卿《くぎょう》）》の代表として選ばれているのです。

政治家で《趣味は田中角栄》といった人がいるそうです。行成の場合は《趣味は藤原道長》になるのでしょう。その腹心でした。

広く知られている通り、道長は自分の娘彰子を中宮にしたいと思いました。当時の中宮は皇后と同じ格でした。皇后の名は先帝の后遵子《じゅんし》のもので、ふさがっている。中宮位には、死んだ兄道隆の娘、定子がついています。いかに家運の傾いた定子とはいえ、この位を無理には奪えない。その時、智恵を巡らしたのが行成だというのです。

細かくいうと複雑になるのですが、当時、遵子も定子も出家していました。つまり、仏教サイドの人ということになる。行成はそれを材料にしました。《藤原氏出身の皇后がおこなうことになっている大原野祭に奉仕する皇后が》いないのは《神にたいして申しわけないことであり、このさい、もう一人藤原氏の皇后を増して祭を奉仕することは、神国たる日本において》当然だという論理を展開したそうです。

その結果、遵子を皇太后に上げ、定子を皇后にし、彰子は中宮になりました。一人の帝に二人の后がいるという、不自然な形になったのです。

政治上の問題とは、政治家にとって多くの場合、まず結論が先にあるものでしょう。理論が後から追いかけて来る。これなどは、その好例でしょう。

行成の頭は、こう動く。その忘れ難い例は『大鏡』にもあります。後一条天皇が幼なかった頃、人々が金銀を使った華美な玩具を献上した。しかし、行成はただの独楽《こま》をさしあげたのです。どうなったか。「これ、なあに」「回してごらんなさいませ」——というわけで、すっかり気に入られた。それはそうでしょう。相手は子供です。他の人にはそれが見えなくなってしまう。ただ、行成の眼はあやまたない。

そういう彼ですが、『大鏡』には《この大納言殿、よろづにととのひたまへるに、和歌の方や少しおくれたまへりけむ》『日本古典文学全集』（小学館）と書かれています。歌道には暗い。

そこでいうなら、実は行成、百人一首に出て来る別の歌と、関わりがあるのです。清少納言の《夜をこめて　鳥のそら音は　はかるとも　よに逢坂の　関は許さじ》です。

行成は、道長―彰子―紫式部側の人間ですが、ライバルである定子―清少納言の方にも顔を出しています。清少納言の才気煥発なところを面白がっているのです。『枕草子』によれば、ある時、行成は「昨日の夜は、早く帰ってしまいました。鶏の声がせきたてたもので……」などと、さも何事かあったような、思わせぶりな手紙をよこします。清少納言は「昔、鶏の鳴きまねをして、朝の開門の時間をごまかし、関所を越えた者がいるようです。あなたのおっしゃる鶏の声とやらも、そういった当てにならないものでしょう」と、いなします。すると、「関所は関所でも、ほら、わたしがいっているのは、あなたとわたしの……ほら、男と女の間の逢坂の関のことですよ……」と、いやらしくなって来る。この辺は二人とも、そういう会話を楽しんでいるわけですね。

そこで、清少納言は、《夜をこめて》の歌を返します。「わたしの逢坂の関は、越えさせないわよ。《心かしこき関守》が守っていますからね」。すると、歌道に暗い行成から、こんな歌が返って来ます。『日本古典文学全集』から引きます。

逢坂は人越えやすき関なれば鳥も鳴かぬにあけて待つとか

いや、ひどいものですね。ニヤニヤ笑う顔が見えて来そうです。オフィスで、女性社員にこんなことをいったら、大顰蹙《だいひんしゅく》でしょう。立派なセクハラです。

# 五十三、「忘れずよ」藤原実方

## 1

百人一首でも比較的よく知られている歌、藤原実方の《かくとだに　えやはいぶきのさしも草――》から、一連の、《実方と藤原行成》というテーマに入ったわけです。

さて前回、《驚きは続くものです》と書きました。今回は、《続きに続くものです》というしかありません。

年が明けた一月二日、栃木の裏道を車で走っていました。同乗者が、外の空気を吸いたくなった、というので、橋の近くで車を停めました。降りてみると、自然、川に足が向かいます。浅いが速い、綺麗な流れです。

一月の空気は爽やかだなあ、と思いつつ、立ててあった表示をふと見ると、《伊吹川》。

あれっと、左手を見ると、すぐ側に神社があります。要するに、そこが《かくとだに――》の歌ゆかりの地だったわけです。

『百人一首一夕話』にも、《伊吹山は下野の名所なり》とあります。近江という説もありますが、下野の場合は、栃木県栃木市になる。それは知っていました。しかし、まったく歌のことなど頭にない瞬間に、自分がいるのが伊吹の地だと知り、神秘的な感じさえしました。

一方、百人一首競技についての講演とも巡り合いました。年末、手に取った、『百人一首の文化史』（東洋大学井上円了記念学術センター編・すずさわ書店）の中に載っていたのです。

演題は『競技かるたの魅力』、講演者は渡辺令恵《ふみえ》さん。この本では渡辺さんに、《かるた永世クイーン》という肩書がついています。かるたの日本一を決める試合は、毎年一月、近江神宮で行われます。テレビでも放映される、お正月の名物です。渡辺さんの姿は、去年まで、毎年のように見て来ました。チャンピオンの地位は、奪うより守る方が難しいといいます。それを驚くほど長く続けて来られた方です。ところで、今年の新聞を見たら、百人一首の女流名人位は、即ち《クイン位》となっていました。

そういわれれば、ダイヤのクイーンを表紙にした北原白秋の詩集『思ひ出』の、序詩の一節はこうです。

匂ならば天鵝絨《びらうど》、
骨牌《かるた》の女王《クイン》の眼《め》、
道化たピエローの面の
なにかしらさみしい感じ。

こう見ると、《クイーン》より《クイン》、《ピエロ》より《ピエロー》の方が古い表記なのでしょう。昔の本では、よくこの形に出会います。してみると、固有名詞としては《永世クイン》なのかも知れません。

講演の中には面白いエピソードが、いくつも紹介されていました。例えば、渡辺さんは、いつもは《会社に勤める普通のOLです。会社の上司が椅子に深々と座り込んで新聞を広げながら「渡辺さん、世の中はいろいろあるね」って言ったんです。私は「はっ、世の中は二つです」と思わず言ってしまいました（笑）》。

百人一首の札の中には、藤原俊成の《世の中よ――》と、源実朝の《世の中は――》の二枚があるわけですね。

ユーモラスな中に、一つの事に打ち込む姿勢がよく出ています。場をなごませながら、それを伝えてしまう渡辺さんのお話は、読んでも実に名講演だと思いました。

2

ところで、前回のように、藤原行成は清少納言と、よく回転する頭が重なることを楽しみ、じゃれているわけです。

《仲よし》などという言葉は新しいもののような気がします。しかし、『枕草子』（日本古典文学全集）の中で行成は清少納言に向かって、わたしとあなたは《仲よしなど人々にも言はるる》（五十七段）と話しかけて来ます。――うちの娘に、この話をしたら、《りぼん、マーガレットはないけど、なかよしはあったんだね》といいました。

行成は若い女房には、ひどく評判が悪いと書かれています。そういう評語の中で、一番心に残るのは《世間すさまじく》（五十七段）の語です。《世の中に面白いことはない》といった顔をしている。

もっとも、これは能因本と呼ばれるテキストを使った『日本古典文学全集』の中でだけ、見られる表現なのです。一般的なテキストは、三巻本と呼ばれる系統のものです。小学館版でも、現在、出ている『新編日本古典文学全集』の『枕草子』は、三巻本によっています。同じ箇所が、こちらでは四十七段になります。そして、《興ざめだ》という意味の《すさまじ》の語の、置かれ方が違っています。

能因本の若い女房たちは行成について、こういっています。

「こと人のやうに読経し、歌うたひなどもせず、世間すさまじく、なにしにさらにこれかれに物言ひなどもせず」

松尾聰・永井和子の口語訳は、《ほかの人のように読経したり、歌をうたったりもせず、世の中はさも興ざめだという顔で、いったい何だっていっこうにあれこれの人に物を言いかけたりもしないで……》となっています。

しかし、三巻本ではこうなります。

「こと人のやうに歌うたひ興じなどもせず、けすさまじ」

ちなみに旺文社の『全訳古語辞典』で、接頭語《け》の付いた《けすさまじ》の形を引くと、この部分が使用例としてあげられています。出典は、また別のテキストからで、四十九段。単語の意味は《おもしろくない、興ざめだ》。訳は、こうなっています。

「(藤原行成〈ゆきなり〉は)ほかの人のように、歌をうたいおもしろがったりすることなどもせず、おもしろくない」

《あのおじさん、つまんなーい》というところでしょう。行成も、まさか千年後、辞書の中で自分が《面白みのない人間だ》と書かれるとは思わなかったでしょうね。

違いは明確です。現在、普通に読まれている『枕草子』では、《すさまじ》という語が、行成に対する評価なのです。若い女房達の主観です。

しかし、能因本では、彼の方が、世間を冷ややかに見ているのです。藤原行成といえば、あの道長政権を支えた――プロ野球でいえば、道長監督のもとで、ずっとヘッドコーチを務めた――まことに見事な実務家です。その彼に《世間すさまじく》という語が使われた時、鮮明に人間像が浮かんで来ます。例えば、からくり人形を見た時、百人がその魅惑的な動きに心を奪われ喝采する中で、一人だけ、秘められた機械仕掛けを見切る。《……あれには水銀が使われているのだ……》と思い、人の形の奥に流れる液状の金属の流れをも見つめる眼を、彼は持っているのです。

こういう眼の持ち主なら、実方の風流のからくり仕掛けなど、一刀のもとに斬り捨ててしまう。《歌はおもしろし》という言葉も、世間に合わせていってみただけでしょう。行成は、瞬時に思う。《ああ……つまらない》と。

こう考えた時、実方と行成が、十二色相環の、向かい合った赤と青緑のように思えて来ます。わたしの想像だけに止まらず、現実の二人にも、おそらくはそんなところがあったのでしょう。だからこそ、前述のような挿話が作られたのだと思います。

行成のこの気性が、清少納言には合うのですね。わたしだけは、彼の《奥深き御心ざま》を知っている――と書いています。

こういう二人の結び付きは、普通の男女のそれとは違う。どこか重なる部分を見つけた魂が呼び合うのです。

以下は、普通に読まれている三巻本の『新編日本古典文学全集』によって引用します。清少納言は、宮仕えの最初の頃に、《世にある人の手はみな見知りてはべらむ》（一七七段）、つまり、今の世の人の書は、全て識別出来るだろうといわれています。優れた書道鑑賞家だったのでしょう。藤原行成は、いうまでもなく三蹟の一人です。清少納言が彼と会う時には、絵画の大好きな女性が、当代一流の画家と親しく会話を交わすような喜びがあったでしょう。

しかし、それだけではない。清少納言は行成への悪評を並べつつ、彼の醒めた孤独を

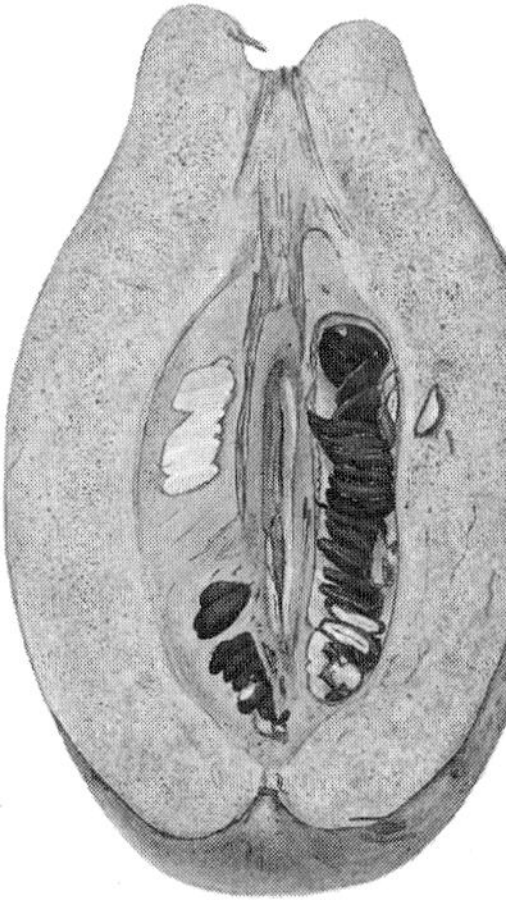

見ていた筈です。

さきほどの四十七段では、『史記』の「刺客列伝」の言葉が引かれます。《士ハ己ヲ知ル者ノ為ニ死シ、女ハ己ヲ説《よろこ》ブ者ノ為ニ容《かたち》ツクル》です。

清少納言が『枕草子』を書くことになる紙を貰った時、主上の方ではこの紙に『史記』を書かせたのだ、と聞いています。そういう点でも、『史記』は印象深い古典でしょう。

常に「『女はおのれをよろこぶ者のために顔づくりす。士《し》はおのれを知る者のために死ぬ』となむ言ひたる」と、言ひ合はせたまひつつ、

という部分です。いくつか説があるところです。ここでは、『新潮日本古典集成』（萩谷朴校注・新潮社）の、《行成はいつも「『女は――』とね［古人は］いってるよ」と、話をお合わせになったりして》というのを、まず引いておきます。それだと、二人の親密な仲を、この言葉によって確認しているということになります。男と女が漢籍の文句を言い合っているのです。それだけでも、当時としては普通ではない。だからこその、通じ合いがある。わたしは、それだけだと思っていました。

《女》と《士》の前後が入れ替わっている点については、『枕冊子全注釈一』（田中重太

郎・角川書店）に、《行成が清少納言に言いたい中心が「女は」であるから、彼は、「士は」と逆にしたのである》と書かれています。ここも《あなたは女だけれど、女性の場合はこうで、一方、男の場合はこう。人が、心の深いところで通じ合うのはこういうことで、わたし達がそうですね……》というような感じだと思っていました。

しかし、『枕草子　表現の論理』（有精堂出版）の中の「〈門〉の風景──額縁・枠取りとして──」の章で、三田村雅子さんは、こういっているのです。あっと思いました。

この二人の関係はこれまで親しい親友ではあっても、素顔を見せない距離のある付き合いであって、「女はおのれを喜ぶ者のために顔づくりす。士はおのれを知る者のために死ぬ」という言葉を合い言葉のように繰り返して、化粧した取り繕った姿しか行成に見せようとしなかったと清少納言は言うのである。

確かに、この段の続く部分で、行成が女の顔についてあれこれいうのです。そして、段の結びは、当時の女性なら絶対に見せない寝起きの素顔を、彼女が彼に覗かれてしまうところです。すぐ後なのですが、そこにまで重々しい『史記』の言葉が響いているとは、考えませんでした。三田村さんの文は、知的な美しいジャンプのようでした。

当時の宮中で、女に化粧していない顔を見せろというのは、裸を見せろというに等しいのでしょう。行成は、清少納言には、そういってしまう。

あれこれ考えると、この部分がこんな風に見えて来ます。《あの人は、わたしに夜の顔、化粧していない顔を見せろという。でもわたしは、「女はおのれを喜ぶ者のために顔づくりするものでしょう」といなし、あの人は「士はおのれを知る者のために死ぬものかい？」と笑う。いつも、こんなやり取りを続けて来たの》。

見られてしまった――という当たり前なら屈辱の瞬間。それを記す清少納言の筆は、妙に高揚しています。《いみじく名残なくも見つるかな》――《すっかり見てしまいましたよ！》と笑う男は、女神の水浴を覗いた者のように罰を受けることは、ありません。三田村さんは、こう続けています。《距離を置いた付き合いが、この場の遠慮ない覗き見によって打ち壊され》《すべてが》《曝された後に、この二人が友人関係を越えた特別な男女の仲となったことを示唆してこの章段は終っている》。

このように清少納言は、『枕草子』中に行成のことを何度も書いています。しかし、黒板伸夫氏の『藤原行成』（吉川弘文館）によると、行成の日記『権記』に、彼女のことは一切書かれていないそうです。男の日記は、主に公のこととその感想が書かれます。とはいえ、この辺りも実に彼らしいと思えてしまうのです。

一方、実方もまた、清少納言と関係を持っていた一人です。彼女から《近頃、来ないわね》といわれた時にやった歌があります。行成の身も蓋も無いような迫り方に比べた時、その違いが際立ちます。『平安私家集』（新日本古典文学大系28・岩波書店）から引きます。《かはらや》とは《瓦屋》、瓦を焼く煙に自分の気持ちを譬《たと》えています。対極の位置にいる男は、こんな歌を作ってみせる。

忘れずよまたわすれずよかはらやの下たく煙したむせびつゝ

# 五十四、「年を経て」藤原実方 他

## 1

かなり、前のことです。ライオンと虎が、あるいはカバとサイが、象とナントカが――といった風に、これとこれが戦ったらどうなるかを書いた本が出ました。目次に、そういう対決がずらりと並んでいたのです。売れていたと思います。

ライオンと虎などは、居住空間が違うから出会うこと自体ない。また、動物は必然性がなければ戦いません。身に迫った危険もないのに、獣のように殺し合ったりはしない。この場合は、ただ身体能力、攻撃力などから推理して、《もし、試合をしたらどうなるのかなあ?》という疑問に答えたわけです。同じ土俵に上げてみたくなる組み合わせは、確かにあるものです。飛躍しますが、藤原実方と行成も、当時の人から見ればそうだったのでしょう。

『百人一首一夕話』には、前述の《桜狩》の歌の件で自分を否定された実方は、《深く恨みを含まれける》と書かれています。それに続けて、『十訓抄《じっきんしょう》』の有名なエピソードが現れるのです。

実方は、宮中でふと行成と口論になります。激した彼は、行成の冠を叩き落としてしまいます。

頭は人前で出すものではありません。『源氏物語絵巻』には、危篤になった柏木が描かれています。何と、横になったその重病人でさえ、人と会う時にはちゃんと烏帽子《えぼし》を被っているのです。そういう時代ですから、これは大変な侮辱であり、屈辱だったでしょう。

ところが、行成少しも騒がず。役人に冠を拾わせ、身なりを整え直すと、「どういうわけで、こうまでなさるのか。おうかがいいたしましょう」と《ことうるはしくいはれけり》（『十訓抄』新編日本古典文学全集51）となる。つまり、《折り目正しくおっしゃった》――のですから、子供と大人の喧嘩になってしまう。

それを覗き見た帝が、《行成はいみじきものなり》といって蔵人頭《くろうどのとう》に抜擢した。一方、実方には、《歌枕》を、つまり歌の題材となる名所を《見て参れ》といって、奥州に左遷した――というのです。

現代の注では、この話も、ほぼ創作だろうといわれています。蔵人頭は、誰もが望み、ずば抜けた力量がなければ務まらない要職です。いくら鶴の一声があったところで、そんなに簡単になれる筈がない。今なら、内閣官房長官だといいます。行成がその地位につくにあたっては、《出来る男》としての彼への評価と、推薦してくれる人物があってのことです。また、実方の陸奥守任命も、必ずしも左遷とはいえないようです。

しかし、――面白い。《桜狩》の件に、これを続けたくなるのも無理はない。ところが、『撰集抄』のあの場面で《實方は痴《おこ》なり》と、冷静な言葉を吐く行成は、すでに《その時蔵人頭にておはしける》と書かれています。『百人一首一夕話』では、そこを見なかったことにしているのです。見てしまうと、『十訓抄』に繋げることが出来ない。矛盾してしまうのです。

とはいえ、火の無いところに煙は立たない。こういうエピソードを作らせてしまうだけの何かが、あったわけでしょう。

実方が陸奥守になったのも、行成が蔵人頭になったのも、同じ長徳元年（九九五）。この年、定子の父であり、最高権力者であった関白道隆が死にました。政治の実権は、道隆の弟道長の手に移って行きます。そして、実方は落日の道隆派、行成は旭日昇天の勢いを見せる道長派の人物です。共に、清少納言と関係があります。普通、対立の構図として、こんなところが、あげられるわけです。

勿論、それらも大きいでしょう。しかし、根本のところにあるのは、二人の人間の違いではないでしょうか。挿話は物語を通して、人を語る。道隆派や道長派という枠を越え、物事に対する興味の持ち方、頭の構造が別なのです。共に、よく回転する頭脳を持っています。だが、回り方が全く違う。実方という独楽は虚の世界でよく回り、行成という独楽は実の世界でよく回る。こういう二人が、同じ時代、同じ場所にいたことが、わたしにはとても面白く思えます。

《桜狩》や《喧嘩》のエピソードは、基本図書ともいうべき『百人一首一夕話』にまとめられ、載っています。それだけに、『百人一首』や『奥の細道』の案内書で実方を紹介する時、よく引かれます。当然のことです。

しかし、それは実方を語ると同時に、相手役、藤原行成の像をも浮かび上がらせているのです。

2

『奥の細道』では、笠嶋の地に入った芭蕉が、実方の墓を探しています。彼が、その地で果てたと伝えられるからです。しかし、折からの五月雨《さみだれ》のため、道はぬかるみ、行き着くことが出来ませんでした。そこで詠まれたのが《笠嶋はいづこさ月のぬかり道》です。

都に帰れぬまま陸奥で生を終えた実方については、様々な言い伝えが残されています。彼が中将であり、政治的敗北者の側にいることから、在原業平と比較もされます。その墓を見て詠んだという西行の歌もあり、西行が実方の亡霊に会うという謡曲もあります。

ここでは、北へ下る実方と、藤原隆家との間で交わされた贈答歌を引きましょう。

隆家は、亡き関白道隆の子。中宮定子、並びに若くして内大臣となり政権の後継者と目されていた伊周《これちか》の、弟に当たります。

時代は動いて行きます。実方が陸奥守となった長徳元年、《七月二十四日には仗座《じようのざ》において道長・伊周が激論して人々を驚かせ、また三日後の二十七日には伊周の弟隆家および道長の従者の間で路上の乱闘があり、さらに八月二日、道長の随身《ずいじん》が隆家の従者に殺されるなど、物情騒然たるものがあった》（『藤原行成』黒板伸夫）といいます。家運の衰退は支え難い。父、道隆の死んだ四月十日からわずか半年で、自分達を取り囲む世界がすっかり変わってしまったのです。この年の秋は、隆家にとって、まさに《秋》だったわけです。

さて、以下の歌は、『実方集』と『新古今和歌集』とでは違っています。後者の形で引きます。『日本古典文学全集』によります。

実方朝臣の陸奥国《みちのくに》へ下り侍りけるに、餞《はなむけ》すとてよみ侍りける

中納言隆家
別路《わかれぢ》はいつも嘆きの絶えせぬにいとど悲しき秋の夕暮

返し
藤原実方朝臣
とどまらんことは心にかなへどもいかにかせまし秋の誘ふを

左遷かどうかはさておき、北への旅は心楽しいものではなかったのです。実方は、陸奥に向かいます。一方、隆家は明けて長徳二年（九九六）の正月、兄伊周と共に、一大不祥事を引き起こします。色々な本に出ていることですから、細かい事情は記しませんが、彼ら兄弟の従者が、あろうことか花山法皇に矢を射掛けたのです。この事件で、彼らは完全に政治生命を断たれます。

陸奥の地での実方は、幾つかのエピソードを残しますが、最後のそれは死因についてのものです。

『百人一首一夕話』の実方は、笠嶋の地を馬で行く時、小さな祠《ほこら》を見つけ、何の神かと聞いています。村人が答えます。《出雲路の道祖神の御女《むすめ》、父の神の怒らせ給ふ事ありてこの国へ棄てられ給ふ》《霊験ある御神にて候へば、殿にも御下馬ありて額づかせ給へ》。

実は、同じ『百人一首一夕話』に似たような話が載っています。紀貫之が和泉の国を通っていたところ、急に馬が動かなくなったというのです。村人が、ここにいらっしゃる蟻通《ありどほし》明神のせいだといいます。貫之は、すぐに馬を下り歌を詠みます。

かき曇りあやめも知らぬ大空にありと星をば思ふべきかは

ただ、《蟻通《ありとほし》》の名を中に読み込んだだけのものです。しかし馬は元気になり、無事に通過出来たそうです。

この話はほかならぬ『枕草子』にも載っています。紹介した清少納言が、《いとをかし》といっています。《蟻通》というのも変わった名前です。『枕草子』では、その名の由来についても語られています。割合に知られている話でしょう。

——昔、ある帝が若い人だけをお用いになり、四十を越した者は殺していた。孝行な中将が、老親を家に隠し面倒をみていた。その頃、唐土《もろこし》からは、日本の国の程度を測ろうと、次々と難題が寄せられていた。中将が親に相談すると、どれも答えを知っている。最後に、七曲がりにくねって穴の空いた玉がよこされる。紐を通してみろ、というのである。老親がいうには《大きな蟻に細い糸を結び、それにもう少し太い糸を結ぶようにして穴の口から入れよ。反対側の口には蜜を塗っておけ》。こうして紐が通される。感心した唐《から》の皇帝は、日本を攻めるのをやめた。この後、老人を殺すこともなくなった。その老親が、蟻通の《神になりたるにやあらむ》（新編日本古典文学全集）。

　清少納言が、こう書くのです。今現実に中将である実方も、当然、よく知っていた話でしょう。

　しかし、いい伝えに残された実方は、田舎の祠を前にして、お得意の歌を詠もうとはしません。《そんな汚らわしい神に下馬など出来るか》と押し通ろうとします。馬は、たちまち倒れて死に、実方もほどなく世を去ったといいます。

　親神に棄てられ、地にうずくまるようにして、彼を待ち構えていた路傍の女神は、実方の運命そのものですね。

　さて、わたしが実方に関心を持ったのは、彼の技巧的な歌《五月闇倉橋山の郭公《ほととぎす》おぼつかなくも鳴き渡るかな》を知ってからでした。ほととぎすは北に飛び、その地に落ちます。

陸奥国にまかり下りて後、郭公の声を聞きて　実方朝臣

年を経てみ山隠れの郭公聞く人もなき音をのみぞ鳴く

素直な歌です。

行成はといえば、実方の死後も三十年近く、確かな柱として道長政権を支えます。そして、万寿四年（一〇二七）十二月四日に没します。世を去ったのは、御堂関白道長と同年同月同日でした。行成という人物を、《形に対する影》と簡単にいってしまえないことは勿論です。しかし、これもまた見事な、補佐役の死といえるでしょう。

彼ら全てを知っていた藤原隆家は、それからさらに二十年近く後まで生きています。時には、月を見つつ杯を取り、父道隆や、叔父道長、そして実方、行成などの、遠き日の姿を回想したことでしょう。

# 五十五、「蟬」「漱石碑」堀口大學

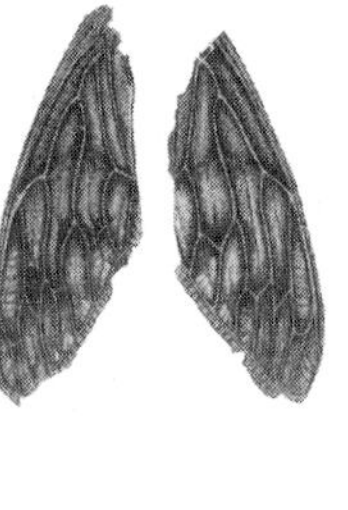

## 1

先日、彩の国さいたま芸術劇場で、蜷川幸雄演出の『タイタス・アンドロニカス』が上演されました。わたしは埼玉に住んでいます。この劇場では、それまでにも《観たいなあ》と思うものを多くやっていました。しかし、どうも足を向ける最初の一歩を踏み出せずにいたのです。

というわけは、埼玉というところはすぐ南が東京なのです。南北に移動することに慣れている。気分的に楽なのです。これに対して、東西に動く交通機関は、割合に発達していない。子供の頃から、そういう動きをすることが少ない。したがって、埼玉で初演されたお芝居も、東京の再演でやっと観たりしていました。

しかし、今回の『タイタス・アンドロニカス』では、訳者の松岡和子さんのお話が聞ける日があると知りました。それが強く背中を押してくれ、出掛けたのです。松岡さんと、タイタス役の吉田鋼太郎さんのお話が聞け、舞台も期待以上の素晴らしさでした。

それについて書いていると、どんどん長くなります。実は、この時、頭をよぎったあることが、堀口大學に繫がったのです。ちょうど、前回の原稿を書いている時にも、堀口大學のことを考えました。これは偶然だなあ、と思いました。

どういうことか。『タイタス・アンドロニカス』という劇では、残酷な復讐の連鎖が描かれています。《日本でいうと、何かなあ》と思った時、

「あっ、『カチカチ山』だ！」

と思ったのです。《婆あ喰う爺い、流しの下の骨を見ろ！》という狸の台詞は、確か、二十ぐらいになってから、何かで読んだと思います。しかし、それより前、小学校高学年で出会った『日本の昔ばなしⅠ』（関敬吾編・岩波文庫）の「かちかち山」も凄かった。《粉をつくふりしていきなり婆さまの額をごつんと打って、婆さまを叩き殺してしまった。そして、婆さまの皮をはがしてかぶり、婆さま汁をつくって、爺さまの帰りをまっていた》というのです。我々は、その残虐さに震えます。太宰治は、《お道化にも洒落にもなってやしない。狸も、つまらない悪戯をしたものである》（「カチカチ山」）といいます。しかし、狸の行動は、実は人間が彼らに対して行っていることの、忠実な裏返し

です。そうでしょう？　行動の意味は、そこにある。

だが「カチカチ山」を書いたのはシェークスピアではない。したがって、狸サイドの雄弁な独白もない。そして、彼は、こちら側の代理人、兎によって、徹底的な罰を受ける。物語の終結と共に、こちら側の世界の安定が語られる。

残酷さは物語の要求する必然で、それなればこそのエネルギーを持ち、その土壌から太宰の「カチカチ山」、曽野綾子の「長い暗い冬」といった名作が生まれて来ました。

しかし、太宰の当時、すでにこのままでは子供に与えられないとして、「カチカチ山」は改変されていました。絵本などではすでに、お婆さんが殺されないバージョンもあったようです。

まあ、こちらは納得出来ますね。元々、昔話は、語り手によって内容が変えられたものでしょう。古い型が不明になってしまうのは、伝承の途絶という意味で問題です。しかし、幾通りかの型が出て来るのは不思議ではありません。

対象が子供の場合だけとは限りません。ハリウッドの映画などでは、原作の結末が、脱力するようなハッピーエンドに変えられることも珍しくありません。舞台でも、そういうことがあったのです。シェークスピアの『リア王』でさえ、確か、結末が残酷すぎると書き換えた人がいた筈です。今、その人の名は文学史上の嘲笑の対象となっている、という文章を読んだ記憶があります。《可哀想だなあ》と思い、《文学的センスは別として、実は、その人、なかなかの好人物だったんじゃないかな》と思ったりもしました。

しかし、「アリとキリギリス」はどうか。あれは『イソップ寓話集』のもので、単純なテーマがある。《なまけていると因果応報、自分が困るよ》というわけでしょう。社会常識として、《掃除の時間、皆がやっていたら自分もやろうよ》といったことを教えている。そういうレベルの話です。掃除をしていなかった彼が、次の日、飢えて戸を叩くという話ではないのです。アリがキリギリスを閉め出すのは、《お前、死ねよ》ということではなく、《人が掃除してたら、自分もやれよ。恥ずかしくないのか》ということです。それが譬えというものです。友達が《昨日は、燃えたぜ》といった時、《どうして今日、灰にならずに生きているのか》と首をひねるのは妙でしょう。

あの話のキリギリスは、《働くべき時に、なまけている》ということを具体化するため、便宜上、勝手な歌を歌っているわけです。それは人を困らせ、いらだたせることはあっても、誰の心をも慰めることのない歌です。キリギリスが冬には飢える。それは寓話の趣旨からして、当然の帰結ですね。

《困っている人は助けましょう》というのは、また別の話になります。寓話は、全てのテーマを盛る器ではありません。そんなことをしたら、形式そのものが崩壊してしまいます。《責任》や《務め》に関する話で、そこまで考えたら、《アリが一匹で冬籠もりに入ったところに、百匹のキリギリスが来たらどうするか》ということになってしまいます。キリギリス的生き方をされたら、世の中はなりたたない。困っている人を助けることも出来なくなるのです。まずキリギリス君に、「アリとキリギリス」の話を読んで、考えを変えてもらわないといけないのです。

さて、新聞か何かの投書で、この寓話を読んであげたら、子供が《どうして、キリギリスさんを、おうちに入れてあげないの?》といった、というのを読みました。かなり前のことです。親としたら、嬉しい言葉ですよね。《この話のテーマから考えて、お門違いの発言だね、坊や》などという必要はないし、いう親もいないでしょう。《そうだねー、本当にそうだねー》といって、ぎゅっと抱き締めてあげればいい。ひとつの話に、そういう色々な反応が出て来ることこそが、読みの面白さであり、人間の豊かさです。

この話は結末も含めて、ひとつの常識となっています。そこから、色々な会話の材料にもなるわけです。そこで、いよいよ――堀口大學になるのですが、彼にこういう詩があります。

蟬

ラ・フォンテーヌのは寓話
さてこれはわたくしの愚話

蟬がゐた
夏ぢゆう歌ひくらした
秋が来た
困つた、困つた！
（教訓）
それでよかつた

堀口大學ですから、イソップではなく、それを受けて作られたフランスの『ラ・フォンテーヌ寓話』が出典になっています。こちらでは、キリギリスが蟬になっています。《それでよかつた》――いや、実に小気味よい。こういいたくなる気持ちは、どんなに真面目な人の内にもありますよね。この断定が小気味よいのも、我々に「アリとキリギリス」の話という《常識》があるからです。それが染み付いているから、最後の一行が生きるわけです。

パロディの元となり得る古典は、それだけの内在する力を持っているわけです。共通の常識となるような、そういうものは、あまり変わらずに伝えられてほしいと思います。

さて、大學先生の詩では、蟬という生き方は、蟬という死に方でもあるわけです。《困つた》からといって夏の《歌》が否定されるわけではない。それは決然たる《覚悟》

といってもいい。わたしなどが、つい常識的にいうなら、《これは、単なる享楽的生き方について述べているのではない。詩人、堀口大學が語っているのだ。ここにあるのは芸術的生き方でもあるのだ》となります。

そうすると、大學先生は、あっさり、

「……あのね、その《単なる》という言葉がいけないのよ」

と、否定なさるのでしょう。いや、差し向かいで否定されたら気持ちがいいでしょうね。

「アリとキリギリス」の話、その新しい結末版、この「蟬」の詩、金子みすゞの、今は広く知られている《みんなちがって、みんないい。》という「わたしと小鳥とすずと」――などを順々に並べ、《いい》とはどういうことか、子供達と話し合ったら面白いことでしょう。いうまでもなく、結論よりも考えることが大事なのです。

## 2

さて、長くなりましたが、そういう連想から、『タイタス・アンドロニカス』――堀口大學と繫がったのです。

それ以前に、堀口大學のことを考えていたというのは、次の文章が頭にあったからです。『堀口大學全集』（小澤書店）では第七巻の随想のところに入っています。

長いものなので、まず前半を引きます。

漱石碑

漱石碑が見たくなつて、修善寺へ行つて來た。
僕が漱石の書を愛するやうになつたのは、つひまだ近年のことだ。
最近は僞《に》せものが手引をしてくれた。
或る人が祝ひに、漱石の五字額を贈つてくれた。
これが僞せものだつたのである。
僞せものでも仲々いい僞せものだつた。
僕はこの額を茗荷谷の家の客間に掲げて置いた。
懷素と良寬を合せたやうな、やさしい華やかな書風だつた。
僞せものの悲しさには、よく出來てゐても、どこか力の足りないところがあつた。
僕にそれを贈つた人は、書のことなんか何も知らない種類の人だつた。
道具屋が持つて來ていいものだといふから、買ひ取つて僕に贈つたのだつた。

價も相當出したらしかつた。

僕が漱石の書を見るのはこの僞せものが最初だつた。

僞せものと思はずに僕はこれを茗荷谷の家の客間に揭げて置いた。

僞せものだけによく似てゐた。

或ひは本物以上に似てゐたかも知れない。

或る時、松岡讓が遊びに來た。

僕の漱石五文字を見ると彼は顏色を變へた。

買つたのか？　と訊《き》くから、貰つたのだと答へた。

高價《たか》かつたか？　と訊《き》くから、相當したらしいと答へた。

彼は、鼻から出て來るやうなあの甲高い聲で、こんなものはおろしてしまへと言つた。

僕は、よしおろす、と答へた。

松岡は、その代り、本物を贈る、と約束して歸つた。

五六年前のことだ。

その後、松岡はまだ僕に本物を贈らない。

僞せものの五文字は、道具屋が買つて行つた。

僞せものでも結構なお品ですと言つて、金八十圓也を置いて行つた。このいきさつを知つた長谷川巳之吉が、一昨年本物の漱石を僕に贈つてくれた。

今度のは、松岡譲のところから出たものだから、松岡譲に僞せものの折紙をつけられる心配はない。

これはさすがにいいものだ。

大いに樂しめる。

掛けて見てゐると、神怡《しんたの》しく、こころ靜かになるいいものだ。

大いに珍重してゐる。

今度の五文字は半折に縱に、

始隨芳草去

と書いてある。

『こころ』を佛譯してゐた當時は、よくこれを床に掛けて、原作者を身近かに感じるよすがとした。

付記　「アリとキリギリス」の『イソップ寓話集』における教訓は、実は《かういふ風に、盛んな折に將來のことを豫め考へない人々は時節が變つた折にひどく不幸な目に遭ふものです。》（新村出校閲　山本光雄訳・岩波文庫）でした。ちなみに『イソップ』では「蟻と甲蟲」。甲虫とはつまりフンコロガシのようです。それにしても、博愛について語る話でないことは確かです。《なまけていると因果応報》というのは、フランスからイギリスを経て、日本に入って来る途中でそうなったのでしょう。

# 五十六、「漱石碑」堀口大學

## 1

――というわけで、大學先生は、漱石の書を入手なさった。さて、しかしわたしには、その五文字《始随芳草去》というのが、何のことか分かりません。口惜しいから、『図説漱石大観』（吉田精一・荒正人・北山正迪監修・角川書店）で調べたら、《始随芳草去又逐落花回》という言葉の前半分らしい。解説（北山正迪）によれば、鏡子夫人が《夏目が好んで書いた句》といい、また、この《十字の句は、漱石の死に際して富沢珪堂が弔電としてうっている》そうですから、よく分からないが、なかなかいいものを手に入れたわけですね。

富沢珪堂宛ての手紙の解説（熊坂敦子）を読むと、この人は鎌倉帰源院住職となった禅僧。

そこで、『茶席の禅語大辞典』(有馬頼底監修・淡交社)を引いたら出ていました。仏書『碧巌録《へきがんろく》』の言葉です。《始《はじ》めは芳草《ほうそう》に随《したが》って去り、又落花《またらっか》を逐《お》うて回《かえ》る》と読む。散歩から帰った長沙《ちょうしゃ》禅師が、どこに行って来たのかと聞かれ、《「行きは野に咲く花を見ながら気ままに歩き、また帰りは花びらのヒラヒラ舞うのを追いかけて帰っただけさ」と答えた。無念無心の洒脱な境涯》と書いてあります。

なるほど、禅僧のうつ弔電としてぴったりで、まして漱石の好んでいた句ならなおさらです。最初の五字だけ知って、弔電として見ると《去》の字が逝去を指すように思えます。しかし、十字の意味を聞くと、あちらの世界から芳草を眺めつつ、こちらに来て、今、花びらを追いながら本来の世界に帰って行ったようです。

大學先生の文章は続きます。

芳草五文字は、漱石と僕とをつなぐ血脈の役をして呉れた。
『こころ』の佛譯は、僕に、この小說の精讀を强ひた。
僕のこころは、漱石の偉大さに今更のやうに驚いた。
『こころ』の佛譯が終ると、僕は非常に漱石が好きになつてゐた。
芳草五文字がよく床に掛けられた。

今年三月十二日、漱石碑が見たくなつて、修善寺へ行つて來た。

町から碑のところまで二十二丁あると聞いた。

足弱の僕には、大登山だつた。

風は冷たいが、快晴の好天だつた。

梅は梢に老いて黄ばみ、櫻は蕾が紅らんでゐた。

碑は大師松の丘の上に、不二山を見晴して建つてゐた。

表側の碑面に陽が當つてゐた。何といふ石材か、あんまり石碑なぞには見かけない種類の石だつた。石質は如何にも膩氣のある肌のきれいなものだが、細かく雜色の斑點があるので、漱石の麗筆を樂しむには、ちらついて不適當だつた。

濡らしたらよからうと思はれた。

丘の麓の人家に水を乞ふて、運んで貰ひ、碑面に注いだ。

これでよかつた。濡れた碑面に漱石の草書がくつきり浮び出た。

碑の背景をなしてゐる遠景の不二山も、南アルプスの連峰も西風の吹く空にくつきりと浮んでゐる。

漱石の詩の句には、白雲動かずとあるが、今日の青空には、白雲がちぎれ飛んでゐる。

成る程、いい場所を選んだものだ。漱石は多分一度もこんなところまで登つたことはないだらうが、來て見たら氣に入つたらうと思つた。

僕は、この時、どうした理由か、漱石が市《まち》の湯屋の浴槽中で放尿することが好きだつた事を思ひ出した。

中村武羅夫氏が漱石に、先生は湯の中で放尿なさいますか？　と訊《たづ》ねたら、漱石は驚いて、しない人がありますかね？　と反問したときいてゐる。

僕は、漱石碑を背に、はるか不二山を前にして、この山頂ではればれしく放尿した。

いい氣持だつた。

漱石を案内して來て、すすめてみたかつた。

彼は詩を作つたかも知れないと思つた。


昭和十四年五月の『文學者』という雑誌に載ったものです。味のある文章です。しかし、実は、わたしがこのことを思ったわけは別にあるのです。

藤原実方や行成について書きました。幾つかのエピソードがありました。おそらくは後から作られたものでしょう。《その人らしいと感じられる話》が、《その人のもの》となり、人間像が作られていく。そういうことを考えていた時、これを思い出したのです。

となると、何となく先が見えて来ますね。そう、菊池寛が、昭和十四年六月の『話の塵』に「夏目漱石の放尿」という文章を書いているのです。曰く、《まことに気の毒である。これは、正にその逆なのである。中村武羅夫が放尿すると云ったら、漱石が顔をしかめたと云うのが真相である、謹厳な漱石が銭湯の中で、放尿するわけはないのである。これはたしか中村氏自身が話した話なのだ、それが逆になってしまったのである》。

さらに続けて、神西清が、芥川龍之介は《青年時代に貧しくて家庭教師をした》と書いている例もあげます。《これは、著者が、芥川の「大導寺信輔の半生」とか云う作品を、芥川の自叙伝だと思ったことから起っているらしい》。

なるほど『大導寺信輔の半生』には、《信輔は本を買うためにカフェへも足を入れなかった。が、彼の小遣いは勿論常に不足だった。彼はそのために一週に三度、親戚の中学生に数学（！）を教えた。それでもまだ金の足りぬ時はやむを得ず本を売りに行った》と、書いてあります。《彼は本を買われなかった。夏期学校へも行かれなかった。新らしい外套も着られなかった。が、彼の友だちはいずれもそれ等を受用していた》とも書いてある。しかし、菊池はいいます。——《芥川は我々の仲間では、一番富裕であった》。

何かを当事者に取材しても、そこに記憶違いがないとはいえません。嘘をつくわけではないのです。真実はこうだ、と思い込んでいるのです。人のことはいえません。わたし自身、自分の身に起こった出来事を、誤って記憶していたりもしました。順を追って、確かな記憶としてあったのに、それが誤りだったのです。歴史上の事件も、語る人が一人しかいなければ、それが真実として残っていくわけですね。

漱石の件に関して、菊池寛の言葉が真実だ、という絶対の確証もありません。しかし、いかにも菊池の方が正しそうです。

堀口大學の「漱石碑」を読む人が、同時に菊池の『話の塵』をも読む可能性は、限りなくゼロに近いでしょう。ある人に、この話をしたら《漱石さん、可哀想》といっていました。『堀口大學全集』に、こんな注がつくわけはありませんから、ここで書いておきます。

さて、堀口大學の文章をご紹介する意味と、エピソードは作られるという実例を示す意味と、実はもうひとつの理由があって「漱石碑」を引いたのです。それは、ここには推理の余地がある――ということなのです。

## 2

中村武羅夫のものであった筈の行為が、なぜ、漱石と入れ替わったのか？

あまり上品とはいえないことが、テーマとなって申し訳ありません。しかし、昭和十四年、大學先生の頭の中に起こった現象を、時を経て平成の今、推理するのです。何だか、胸がおどるではありませんか。

多くの人は、おっしゃるでしょう。——そんなのいうまでもないよ。名僧の奇跡の話なら、いつの間にか弘法大師のことになってしまう。何てったって、夏目漱石だ。漱石がしたんでなければ、面白みがない。それだけの話だよ。第一、推理するといっても、こんなことに、考える材料などありっこないじゃないか！

いや、これがあるのですね。わたしには、「漱石碑」中の一節が鍵と思えて仕方ないのです。

『こころ』の佛譯は、僕に、この小説の精讀を強ひた。

同年同月に堀口大學は「修善寺の漱石碑」という文章を書いています。全集では「漱石碑」の次に載っています。そこにも《去年半歳を、友人ボノオと共に、『こころ』の佛譯に文字通り心膽を砕いて過ごした》と書かれています。また、詩集『白い花束』には、「『こころ』を共に佛譯しつつ　G・ボノオに」という詩が載っているのです。

堀口大學は、フランス人ボノオ氏と一緒に、『こころ』を一字一句ずつ精読していった。――このせいだと、わたしは推理するのです。『こころ』は、印象的なシーンの多い作品です。「上　先生と私」で、学生の私は、先生と一緒に散歩をします。植木屋らしい家の庭に勝手に入り込み、二人は縁台に腰をおろします。そこで先生は、

「突然だが、君の家には財産がよっぽどあるんですか」

と聞いて来ます。そして、

「――鋳型に入れたような悪人は世の中にあるはずがありませんよ。平生はみんな善人なんです、少なくともみんな普通の人間なんです。それが、いざという間際に、急に悪人に変るんだから恐ろしいのです」

というのです。大事な場面です。

植木屋を出た私は、

「さっき少し昂奮なさいましたね。あの植

木屋の庭で休んでいる時に」

といい、先生が返事をしないのを、手応えのあったようにも、的がはずれたようにも感じます。

どうなることか、と読者も息を詰めるところです。《――すると先生がいきなり》となる。


するると先生がいきなり道の端に寄って行った。そうして綺麗に刈り込んだ生垣の下で、裾をまくって小便をした。私は先生が用を足す間ぼんやりそこに立っていた。

「やあ失敬」

先生はこういってまた歩き出した。


まさに、思ってもいない行動です。抽象的な論議が、身も蓋も無い生理的行為によって断ち切られる。完全な断絶が生まれます。私は、そこでとうとう先生をやり込めることを断念してしまうのです。

小説としては必然ですが、若いわたしはやはり、こういうことを読まされ、嫌な感じがしました。それで、強く印象に残っています。『こころ』は、こういう一節を含んでいます。堀口大學が、ボノオ氏と共に精読した時、この部分についても二人で討議したはずです。多分、フランスの近代小説で、主人公がこういうことをする場面は珍しいでしょう（パリが清潔な街ではない、というのは、いつかも話題にはなりましたが）。

漱石が書いたこのシーンを精読し、強い印象を残したことが、中村武羅夫とのエピソードの配役を、無理なくすり替えさせたのではないでしょうか。

文学的にどうこうということではありません。しかし、思いがけない小さなきっかけが、心理のある部分を押し、記憶を変貌させることがある――これは、そういう例ではないかと思います。

# 五十七、「因果応報」
## アネッテ・フォン・ドロステ＝ヒュルスホフ／大澤慶子訳

1

　本屋さんで、詩歌の書棚を見ていると、『詩女神《ミューズ》の娘たち　女性詩人、十七の肖像』（沓掛良彦編・未知谷）という背表紙が目に入りました。

……十七人とは、どういう人達なのだろう？

と思って、手に取りました。目次を見ると、その一人が、アネッテ・フォン・ドロステ＝ヒュルスホフ。《おやおや》と思い、縁を感じて買ってしまいました。

　こう書くと、いかにもドロステ＝ヒュルスホフについて、よく知っているようです。

しかし実際には、はるか昔にただ一冊、岩波文庫の小説、『ユダヤ人のブナの木』を読んだだけです。若い頃には、文庫本の背表紙に聞いたことのない著者名があると、とにかく手に取ったものです。まして岩波文庫の赤帯です。背表紙の方から、《えっ、知らないのっ？　あのドロステさんを！》といわれたような気がしました。

何十年も前に読んだものですから、《とにかくドイツの森の感じがよく出ていたな》ぐらいのことしか覚えていません。そのままなら、あまり強い記憶に残らなかったかも知れません。しかし、ドロステさんを忘れられなくなる、ちょっとしたきっかけがあったのです。本とは関係のないことです。

二十年ぐらい前、東京の地下鉄に乗り、何げなく車内の広告板を見ていました。金融関係のものでした。世界のお札シリーズといった感じで、その時はドイツの紙幣がカラーで刷られていました。ほとんどの場合がそうであるように、歴史上の人物が顔を出しています。

……へぇー、ドイツは文学者がお札になってるんだ。

と、思いながら見ていきました。多くは――例えばゲーテのように（ゲーテがあったかどうかは、覚えていませんが）――誰もが聞いたことのある人です。ところが、中の一枚が女性だったのです。勿論、アネッテ・フォン・ドロステ＝ヒュルスホフ。

向こうでは、お札になるほど有名なのか、と改めて、びっくりしました。同時に、

《この車内で、彼女の名を知っている人間は他にいないだろうな。待て待て、さらにその本を一冊読んでいる人間は……三キロ四方にいないだろうな。フフフフ》と、子供の

ようにたわいなく、ほくそ笑んでしまいました。

この一件が、試合の中押しの得点のように効いて、彼女の名を印象深いものにしていたのです。しかし、この《ドイツ最大の女流詩人》の訳詩を読もうとは思いませんでした。たまたま、『詩女神の娘たち』に出会ったのを機会に、入り口から中を覗くことぐらいしてみようかと思ったのです。

2

ドロステ＝ヒュルスホフを担当しているのが、大阪市立大教授の大澤慶子先生。北ドイツ地方貴族の娘アネッテの経歴について語り、「因果応報」という物語詩から、作品に入ります。

この詩が面白かったのです。そしてまた、説明の《日本ではあまり知られていないが、ドイツの教科書にはよく掲載されている》というところにも、心引かれました。母国より日本で人気のある作家もいます。その逆です。ドロステ＝ヒュルスホフの場合は、ドイツ文学の専門家でなければ、まず知らないでしょう。その一方、あちらでは少年少女すら教科書で読んでいるという詩がある。どんなものか、ご紹介してみたくなりました。

ところで、紙数の関係から、『詩女神の娘たち』に載っているのは詩の一部なのです。全訳がないか図書館などで調べてみましたが、見つかりませんでした。となれば、大澤先生に訳していただけたら嬉しい。もしも、本邦初の全訳なら、それも意味のあることだと思いました。

幸い、大澤先生の東京出張と合わせ、東京駅でお会いして、お話をうかがうことが出来ました。

既訳については、『ドロステの詩』（山田博信訳・築地書館）という、三百ページを越える訳詩集があるそうです。刊行は、一九八四年。山田氏は、早稲田大学法学部教授の歌人であり、ドロステ＝ヒュルスホフの研究家でした。『ドロステの詩』は、山田氏の死後、知友によってまとめられた書です。大澤先生に見せていただきました。美しい本です。ただ、現在、一般の人にとって、入手しやすいとはいえません。その書の存在を記しつつ、ここでは大澤先生による新訳をご紹介します。

「因果応報」という訳題は、山田氏のものと同じです。仏教の響きを持つ言葉なので、迷いつつも、やはり、これ以上ぴったりの語はなかったそうです。

全体は、二部に分かれる長い物語詩です。まず、前半が、こう始まります。

一
船長はマストの下に立っている。
日に灼けた手に望遠鏡を持ち、

黒い巻毛の乗客に
背を向けて。
二人は二本の柱と化したごとく
ひとすじの雲のほうをもの思わしげに見つめている。
乗客が言う、「あそこに湧き上がるのは何ですかね」
「悪魔でさ」と船長は仏頂面で答える。

そのときひとりの病人が
古びた角材から汗に湿った額を上げる、
空の青、海のきらめき、
ああ、すべてが彼の熱っぽい脳髄を苦しめる。
彼のまなざしは、重く暗く、
みずからの堅い褥《しとね》、角材に沿ってさまよう、
そこに読まれるのはこう彫りこまれた文字だった。
「バタヴィア　五一〇」

雲が湧きあがる。真昼どき、

船は波に持ち上げられて高みで喘ぐ、かと思えば
荒漠たる海底から湧き起こるきしみ、咆哮。
厚い船板が呻くように音立ててしなる。
「イエスさま、マリアさま、もうだめです」
水夫はマストから投げ出され、
がらがらと砕ける鈍い音が響きわたり、
船体はゆっくりと崩壊してゆく。

病人はまだ上甲板に横たわり、
角材にしっかりとしがみついている。
そのとき大波がかぶさってきて、
彼は荒れ狂う海にぐいぐい押し流されてしまう。
体力に物を言わせて角材から離れずにいるのは無理だったろうが、
ひたすら痙攣的にしがみついていることならできた。
そして一本角のイッカクさながら
波しぶきとどろく中へ一直線に突っ込んでいく。

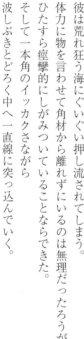

どれほどの時間そうしていたことだろうか。皆目わからない。
そのときひとすじの光が彼の眼を射る。
彼は角材とともにゆっくりと
空漠たるきらめく水晶のような海面を泳いでいるのだ。
船よ！　乗り組みの人々よ！　――何もかも沈んでしまった。
いや、そうではない。あそこ、水脈の上に
黒い髪の乗客が、崩れそうなぼろ木箱を
舟にして漂っているのが見える。

なんとひどい箱だろうか。今にも沈んでしまうだろう。

病人はしゃがれた声を張り上げて、

「さあ、急いで。ほら、左へ重心をかけるんだ」

木箱はどんどん近づいてくる、
角材もどんどん近づいてゆく、
風に吹かれるかもめの巣のように。

「元気を出せ」と泳いでいる病人は声をかける、

「西のほうに陸地が見えるような気がするよ」

いまや二つの乗物の端が触れ合う、
病人は相手の眼が妙に光るのを見た、
と思うや、いきなり強い両手につかまれて、
ものすごい力で角材から引き離されるのを感じた。
「お慈悲を。私には闘う力がないのだから」
彼はこちらにつかまり、あちらに突っ張りなどする。
かすれた悲鳴があがったが、それは波音に消されてしまった。
角材には黒髪の乗客がつかまって泳いでいた。

それから彼はひらりと角材にまたがって
身をひとゆすりして空漠たる青い世界に乗り出してゆく。
彼の眼には、陸地らしい影がぼんやりと浮かんでは
また灰色に溶けて消えるのが見える。
そうやって彼はまだ長いこと漂流していた、
かもめの叫び声に囲まれて。
それから一隻の船が彼を救い上げてくれた。

万歳！　これで彼は自由になった。

この角材が二人つかまれば沈むものなら、黒髪の乗客の行為は、いわゆる《緊急避難》になります。道徳的評価はともかく、現代の法律では罰することが出来ません。しかしながら、そうでもなさそうに書かれ、しかも、相手は善意の病人となっています。髪の色のごとく、黒い男ということになります。彼は、続く後半では《黒い髪のフランケン人》と呼ばれます。これが前述の、山田訳では《黒髪のフランス人》になっているのです。大澤先生にうかがいました。

「ドロステさんのような、昔のドイツ人が、《フランス人》を悪役にするのは、非常に分かりやすい気がします。シェークスピア時代の、イギリス対フランスもそうですが、地域的な対抗意識が表面に出てくるのは、昔ならありがちだと思いますが」

「シラーが、《フランケン人》を《フランス人》という意味に使ったことはあるようです。ドロステも、当然、シラーは読んでいました。したがって、《フランス人》という可能性はあります。しかし、例外的な用法ですし、古風でもあります。フランケンといえば、現在の南ドイツ・バイエルン州の北部にあたる地域です。少なくとも、今のドイツ語圏の人は《フランス人》とは思わないでしょう」

そこで、大澤訳は《フランケン人》になっています。

# 五十八、「因果応報」

アネッテ・フォン・ドロステ＝ヒュルスホフ／大澤慶子訳

1

さて、船に救い上げられた黒髪の男はどうなったか。場面は、後半が始まった途端に、がらりと変わります。

二

三ヶ月があっという間に過ぎ去った。
そしてその三本マストの帆船は浜辺に打ち上げられている。
真昼になるとアザラシが日向ぼっこをし、
男の子たちは船べりによじ登って遊ぶが、

女の子たちにしてみれば、離れた岩礁からそのようすを
見ているだけでもうどきどきする。
なぜなら、廃船になってもなお
恐ろしい海賊船はなにやら気味の悪いものだから。

そして町はずれでは、水をはねかしたり、
砂利をきしませて歩く人たちで大変な騒ぎ。
だれもが悪名高き海賊どもの
処刑を見たいものだから。
絞首台は、浜に打ち上げられていた廃材、
虫食いのぼろ木を使って、
急ごしらえで海岸に立てられた。
絞首台は砂丘を背にして脅かすようにこちらを見ている。

男を拾ったのは海賊船で、その船もまた難破し、浜辺に打ち上げられたことが分かります。息も絶え絶えになっているところを、一網打尽。さしもの荒くれ男達も、処刑の時を待つばかりとなりました。

大澤先生は、《シェイクスピアの『あらし』一幕一場に「きさまみたいな奴は潮が十回満ちひきするあいだ、海に晒しておきたいわい」というせりふがある》と書きます。《どの訳を参考にしたかも、付け加えておいて下さい》とのことでした。和田勇一訳（『シェイクスピア全集　3』筑摩書房）です。大澤先生のおっしゃるように、《当時、海賊は干潮のとき、海辺で絞首刑にされ、潮が三回満ち引きするあいだ、海に晒された》という注が付いています。うちの本棚にもある本ですが、持ってはいても、この詩の、この場面で思い浮かんだりはしません。

わたしは、あの素晴らしい蜷川演出の『テンペスト』を観ています。日生劇場でした。嵐吹き荒れる冒頭は、鮮やかに記憶に残っています。しかし、この罵《のの》しりの言葉までは、勿論、覚えていません。

ここで『あらし』の言葉や注が引かれるというのが、わたしなどには、実に魔術的に思えます。こういってもらえたのは、実に有り難い。この海賊に対する処置が、広く知られた《習わし》である──というのは、大きなポイントだと思います。

さらし者にされるのが、《三回干満を繰り返すあいだ》とあります。ペテロがキリストを知っているかと聞かれて、三度否定した──という有名な話について、ある人が《三度というのは、徹底的に、激しく、ということを象徴しているんだよ》といいました。となれば、この処置は、海賊という存在に対する当時の人達の、限りない憎悪と否定を示しています。

この指摘がなければ、海賊の仕置きについて調べてみようなどとは思わなかったでしょう。

『図説　海賊大全』（デイヴィッド・コーディングリ編　増田義郎・竹内和世訳・東洋書林）を開くと、冒頭に、《中世以来、イギリスおよびその海外植民地において、それは絞首刑をもって罰せられるのがふつうであった。ロンドンのむかしからの海賊処刑場は、テムズ川北岸のワッピングにあった。処刑波止場として知られるようになったその桟橋につけられた干潮と満潮の印のあいだに、木の処刑台が立っていた。処刑した死体は、三回潮に洗われてから取りのぞかれるのが習慣になっていた。著名な海賊の死体は、防腐剤にタールを塗って、鉄の輪と鎖の篭の中に入れ、ロンドン港を使うすべての船乗りたちから見えるように、デットファド、グリニッチ、またはウリッジの河岸に沿った高い場所で、さらしものとして吊された》と書かれています。本文では、有名なキッド船長の場合の実例に触れています。そこには《海事法の規定どおり、死体は河べりの柱に鎖でくくりつけられ、潮が三度それを洗うまでそのままにされた》とあります。少なくともキッドの死んだ一七〇一年には、それが単なる慣習を越え、法律となっていたことが分かります。

ワッピングにおける絞首刑の様子は、版画にもなっており、日本でいえば小塚原《こづかっぱら》の処刑場のように、広く知られていたわけです。読み物などにも出て来たことでしょう。

2

『図説　海賊大全』では、ドイツの有名な海賊一味が、ハンブルクの広場で首を斬られたことなども出て来ます。しかし西洋では、一般的に絞首刑が行われていたようです。

ドロステは、シェークスピアからは二百年以上も後の生まれで、海賊の最も盛んであった時代が過ぎてからの人です。ドイツの内陸部に住んでもいましたから、詩は当然、空想によって書かれているのでしょう。

前記の書、第五章には、こういうことが書かれています。

海賊たちは、一八世紀のメディアの寵児であった。大衆は彼らの冒険を熱心に追いかけた。同時代の年代記や裁判記録に残された海賊たちの華々しい活躍ぶりや奇行は、

ブロードサイド［片面刷りの印刷物］やビラで粉飾されて人々の耳目《じもく》を引きつけたのだった。海賊の裁判にはいつも大勢の見物人がつめかけた。人々がいちばん見たがったのは「見ごたえのある」絞り首だった。悪者どもの多くもまた、絞首台でそれまでの生涯にふさわしく、さっそうと見栄をはった。絹とビロードで派手に装った死刑囚は、吊される前に金貨や真珠を群衆にふりまいたりもした。

見物人たちは死刑囚が絞首台にのぼる前に話す「最後の言葉」を聞こうと、固唾《かたず》をのんで見守り、「みごとに死んだ」海賊たちには拍手を浴びせ、そうでなかった連中をやじった。そしてだいたいのところ、楽しんだのだった。

ドロステは、十九世紀前半を生きました。海賊に対する、こういった前世紀の雰囲気というのは、活字や何かから伝わって来たことでしょう。勿論、真面目なカトリックの婦人であったドロステからすれば、それが完全否定されるべき《悪》であることはいうまでもありません。しかし、詩の結びの場面で悪あがきする海賊は一人もいません。一言も発せず、悪行の報いは淡々と受け入れます。そうなることは承知で世を拗《す》ねたのだ、という気配があります。

ただ、浜に打ち上げられた海賊が村人の手で処刑されるのだ——と思うと、この場面が了解しにくい。そうなるのが当然のことが、行われているのです。我々は、絞首刑を見ようとわくわくする観衆の方にも邪悪なものを感じてしまいます。だが、それは咎められることのない、普通の反応だったわけです。

その中で一人、――黒髪の男だけが、うろたえています。

柵のあたりは蜂の巣をつついたような大騒ぎ――
「あそこに来たのはフライの奴だ、次のがヘッセルだ――
あそこに連れて来られたのは黒い髪のフランケン人だが、
最後の最後まで罪を否認したんだよ」
「船が難破して海賊船に泳ぎついたんだってさ」と
ひとりの老婆が嘲るように、「なんと厚かましいことさね。
だけど誰もあいつの有利には言ってくれなくて、
一味のものはみんなあいつの言うことを否定しているんだよ」

絞首台の下に立ったあの乗客は
勇気も萎えてうつろな目をし、
海賊のひとりひとりに哀れっぽくささやきかける、
「無実のわたしが、いったいあんたになにをしたっていうんだ、

後生だから。――それでは俺は
悪党どもの偽りの言葉で死ななければならぬのか。
おお、おまえらの魂など滅んでしまうがよい」
そのとき、はや死刑執行人が彼を引いてゆく。

群集が波打って二つに分かれるのが見える――
人ごみの中にざわざわささやく声が聞こえる――
今こそ彼は、天がみそなわすなどというのは
坊主どものたわごとに過ぎないと知った。
そして彼が嘲りをこめて誇らしく
蒼穹のかなたを見つめようとしたとき、
絞首台の材木に読んだのは
「バタヴィア　五一〇」

わたしが『詩女神《ミューズ》の娘たち』を読んだ時、この最後の一行だけが、ページをめくった次のところに書かれていました。たまたまそうなったようですが、本の形として効果的でした。

こういった《最後の一撃》タイプの作品に、我々は食傷しています。よくある話――といってしまえばそれまでです。しかし、わたしは、ここに物語の、ごく古い形を見る懐かしさを覚えました。

宗教的には、ごく初歩のものであり、すでに多くの思索の対象となって来た疑問も、思い浮かんでしまいます。――黒髪の男を最終的に罰するのであれば、神はなぜ、病人の角材を奪おうとした時、大波のひとつも起こして沈めてしまわなかったのか。

いずれにしても、現代のわたしは、この詩の最後の一行に、《神意》を見て畏《おそ》れるより、むしろ、怪談の一つの典型である《運命の恐怖》を感じました。大澤先生からは、お会いした時、ドロステの肖像の描かれた絵葉書を頂戴しました。そのドロステの眼は、右方を睨むきついものです。この眼の人が、この最後の一行を書いたのかと思いました。

これもまた、大澤先生に教えていただいたのですが、海賊の名の《フライ》や《ヘッセル》は実在の人物であり、また《バタヴィア》というオランダ船が沈没した――という事実もあるそうです。机に向かうドロステの頭の中で、これらの情報が、混然と一体になったのでしょう。それらは、日常を離れたものであるが故に魅惑的です。

海もまた、彼女にとって遠いものだったでしょう。山深いドイツの地で、アネッテ・フォン・ドロステ＝ヒュルスホフという女性が、一人、机に向かい、この詩の一行一行を書き綴って行ったということ自体も、また、いたって物語的なことに思えるのです。

# 五十九、『膽大小心録』上田秋成

1

以前、堀口大學の「漱石碑」について書きました。漱石が浴槽の中で放尿することを好んだ——という意味の一節があり、それを否定する菊池寛の言葉があると、ご紹介しました。

その回をお読みになった半藤一利氏から、ご著書のコピーをいただきました。半藤氏は、『続・漱石先生ぞな、もし』(文春文庫)中で、すでにこの件について触れていらっしゃいました。それによると、「漱石碑」にも登場する、義父の松岡譲氏から、あの件は《勘違いし書いていているらしいことを》《懇々として教えられ》ていたそうです。当時、漱石を知る人々が眉をひそめたことが分かります。

実は、わたしは『続・漱石先生ぞな、もし』を読んでいるのです。ところが、この件が取り上げられていることを、すっかり忘れていました。自分の忘却力に、赤面するばかりです。

わたしの文章の眼目は、《なぜ、そういう誤りが生まれたのか》という推理でしたが、半藤氏は、『漱石先生　お久しぶりです』（文春文庫）の中で、この件について、また別の展開を見せていらっしゃいます。

さて、古本屋さんの前の平台を見ていたら、早川書房の『ミステリマガジン』が何冊か並んでいました。そのこと自体は、別に珍しくもありません。ただ、揃って八月号だったのです。一瞬、《おや？》と首をひねりました。続いている《888……》。偶然にしては出来過ぎです。

背表紙の特集名を見て、疑問はあっさり解決しました。『ミステリマガジン』の八月号というのは、《幻想と怪奇》系の特集が組まれるのです。日本では昔から、夏には怪談がつきものです。頷ける企画です。きっと毎年八月号を買う怪談好きの読者がいたのです。その人が本を処分したのでしょう。

怪談には、独特の魅力があります。実際に恐い目にあうのは願い下げでも、活字を通してならいい。さて、今回は、ちょっとばかりぞくりとする題材を扱います。気の弱い人向きではないかも知れません。

かなり昔のこと、具体的にいえば昭和四十五年の秋、岩波書店の『図書』十月号を開きました。すると、座談会「子どもの不幸と幸福——少年漫画をめぐって——」の中で、金沢嘉市氏が、ある短文を紹介されていました。一度読んだだけで、文章が体に張り付いたように、忘れられなくなりました。

『オール讀物』で十年ばかり前、あるアンケートがあったのをいい機会として、それについて書きました。気になっていたことを、ようやく人に告げるような思いでした。アンケートの趣旨からは、少しずれていたかも知れません。小学二年生の作文だといいます。

引用もしましたから、ほぼ二十年間、問題の『図書』を持っていたことになります。ところが、書いて気持ちにひと区切りついたせいか、今、本棚を探しても見つかりません。話の都合上、ここから始めたいのです。孫引きをすることになりますが、切り抜きを見て写すと、こうです。

「カエルを殺した」

りょうのはしっこでカエルをころした。まず友だちをよんで、友だちがぼうをもってきてカエルのおなかをつきさした。つぎはぼくがほんもののカミソリをひろってきて友だちにわたした。友だちはカミソリをぎゅうっともって、カエルのおなかを切った。切ったあとで見たら、血がだらだら出てくる。そのカエルをぼくと友だちでわりばしではこんだ。ローラーの前までできてから、ローラーの前においた。おいたらすぐローラーを押した。二人じゃできないから、もう一人友だちをよんできておした。すこしずつうごいていって、ローラーでダンプカーのようにひいてしまった。カエルはおなかに手をあてて死んでしまった。そのあと三人で「きもちわるかったね」と口々に言った。ぼくはこれでほっとした。みんなも「こわかったね」と言っていた。ぼくもこわかったな。

どういう趣旨で、この文章が引かれていたのか覚えていません。そういうことを越えて、記憶に残ります。座談会出席者の一人、安岡章太郎は、これを見せられ、《名文ですな》《ハードボイルドだな》といいました。

事が終わるまでは、行動の描写の連続です。そこは、まさにハードボイルドです。《そのあと》となってから堰《せき》を切ったように、感情を表す言葉が溢れて来る。しかし、《きもちわるかったね》も《こわかったね》も、実は口に出される前の一語一語に、すでに書かれているのです。確認に過ぎません。

《ほんもののカミソリ》の《ほんものの》、ローラーが《すこしずつうごいていって》の《すこしずつ》などと念を押す容赦のない緻密さや、子供らしい擬態語の使い方に、分かりやすい恐さがあります。しかし、どこを選ぶというより《りょうのはしっこ》から始まる一字一字に異様な力があるのです。筆者の、終始ぶれることのない瞳を通して情景を見せられる。そこで我々も、一緒にいて、同じ行為をしているかのような苦しさを覚えるのです。

昔の子供は、この手の残酷さと隣り合わせで暮らしていたものです。小学二年生の書くカエルの《血》は、生々しく匂います。「カエルを殺した」で描かれているのは、《そんなことをするんじゃないよ》と説教する大人など、足を踏み入れることのない領域、──子供の領分における、タブーを犯す時の、独特の緊張感でしょう。それが、張り詰めたまま続くところが凄い。

犯罪の第一歩が小動物の殺害から始まる例もある、といいます。しかし、そういう場合の《殺害》には、ここにある《おそれ》、──恐れでもあり畏れでもあるような感情が欠けているのではないでしょうか。ここにあるのは、至って人間らしい《おそれ》なのです。

さて、長々と述べましたが、以前「カエルを殺した」を引いた時には、続けて、《これと並ぶくらい気味が悪いのは、上田秋成『膽大小心録』中の一節ぐらいだ》と書きました。それが、どういうものか説明してはいません。いってみれば、問題だけ出して解答を隠しているようなものです。いささか人が悪い。

十年ほど経って、それに触れられるようなきっかけがありました。

2

白石加代子さんの、朗読「百物語」シリーズで、上田秋成の『雨月物語』が取り上げられました。中の「青頭巾」は、人食いの話です。

秋成で人食い——というところから、《『膽大小心録』のその部分を、白石さんが読んだらどうなることか》と思いました。しかし、朗読しただけでは、ほとんどの人に分からないでしょう。理解が、読みの速度に追いつかない。本なら、注釈も並行して読めます。しかし、朗読では前以て解説するしかない。要するに耳で聴くのに向いてはいない。

ところが、それも承知の上で、なおかつ、《どうなることか》と思ってしまうのです。

白石さんの朗読と秋成の文章に、それだけの魅力があるわけです。

さて、『膽大小心録』は、上田秋成の随筆集です。岩波書店の、以前の『日本古典文學大系56　上田秋成集』に収められています。紅色の表紙です。少し前なら、日本中どこの図書館の書棚にもありました。ところが、緑の表紙の『新日本古典文学大系』が出てからは、他の巻と共に書庫に入っていることが多い。いえば出してもらえると思います。これが、一番、入手しやすい版でしょう。

ご紹介したいのは三十二段ですが、ここでは、『古典文章宝鑑』（小田切秀雄・川口久雄・松田修編著・柏書房）から引きます。

> 河内の国の山中に一村あり。樵者あり、母一人男子二人、女子一人ともに親につかへて孝養足る。一日《ひとひ》村中の古き林の木をきり来たる。翌日兄狂を発して母を斧にて打ち殺す。弟亦これを快しとして段々《だん〳〵》にす。女子も又俎板《まないた》をさゝげ、庖刃《はうちやう》をもて細かに刻む。血一雫も見ず。大坂の牢獄につながれて、一二年をへて死す。公朝その罪なきをあわれんで刑名なし。

樵者《しょうしゃ》とは、きこり。親孝行で評判だった子供たちが、楽しげに起こした事件です。江戸の昔ですが、狂気ゆえとして罰せられなかった、と書いてあります。母殺しに人食い。ここにあるのは、タブーを失う恐さ――まさに人間かどうかのスイッチが、カッチンと別の方向に切れてしまう恐さです。

わたしは、『古典文章宝鑑』を拾い読みしていて、これに出会ったのです。《日本のショートショートの、あるいは散文詩の、傑作のひとつだな》と思いました。こういう文章を採って示すのが、アンソロジストの腕でしょう。読ませてもらえてよかった、と思いました。

松田修の鑑賞が完璧です。《「血一雫も見ず」の一句に籠められた無惨絵の描かれざる血の量の夥しさには驚くべきものがある。凡手ならば、兄が、最初の一切をつまんだとか、弟が血をすすり尽くして舌なめずりしたとか書くところである。それら一切は「血一雫も見ず」に凝集しているのだ》。

この点で「カエルを殺した」は、幼い作品であり、秋成の文は大人のものです。前者に対しては、《子供が、これを書くか！》という我々の側の思いがあります。その異様な魅力が付加され、より忘れ難くなります。しかし、本来、恐怖に関する文章は何もかも書かれ過ぎるとうるさい。むしろ、顔をそむけたくなるものです。訴えるのは、沈黙の部分です。

アメリカ恐怖小説の第一人者といえば、スティーヴン・キングです。その中で、わたしが一番恐かったのは、『ゴールデンボーイ』の、結びの前の空白だ——と書いたことがあります。これまた、人間としての切り替えスイッチがカッチンと鳴ってしまう話でした。以下で細かく説明してしまいます。未読の人は、とばして下さい。

主人公の模範的少年が異常をきたし、四百発以上の実弾を集める。そして、出掛けて行く。一行空いて、《それから五時間後、日暮れ近くなってから、警察はやっと彼を取り押さえた》（浅倉久志訳・新潮文庫）と終わるのです。読んだ途端に、頭がくらくらしました。間の空白から血が噴き出すようでした。これは、どう書かれるよりも恐い。

まさに同じことが、この河内の国の件にもいえるのです。《人食い》という言葉は一語も使われません。ただ、《俎板、庖刃》という単語が、それを暗示します。

書かない、という点について、松田修の鑑賞は、こう結ばれます。この悲惨事の《原因は、古木を伐った祟りにあると秋成が語っているわけではない。「きり来たる」だから狂ったというような因果関係を拒否している。「きり来たる」と、「翌日兄狂を発して母を斧にて打ち殺す」とは時間の流れの上に乗りながら、それぞれに偶発的行為としての独立性をもっている。奇怪な事件を語るにふさわしい方法である》。

まさにそうでしょう。これほど凄惨な話が、あるでしょうか。しかし、秋成はその様子を書かずに書くのです。だから、一層、身が震えます。単なるグロテスクを越え、人間存在の不安定さ、恐ろしさを語って、余すところがないのです。

# 六十、「我がやどの」大伴家持『夜の靴』横光利一

1

生きていると、色々な疑問が解決するものです。そういうと大袈裟ですが、何年か前、この連載で《はてな》と首をひねったことに、答が出ました。

新派の十八番、『滝の白糸』。昔なら誰もが《ああ、あの水芸の……》と、女主人公白糸の、あでやかな舞台姿を思い浮かべたことでしょう。映画にもなっています。わたしが最初に白糸の話を聞いたのは、小学生の頃だと思います。ラジオの歌謡漫才でやっていました。それぐらい一般的だったのですね。しかし、今となっては、いかにも涼しげな《水芸》という言葉そのものが、若い人には分からない。

原作は泉鏡花の『義血俠血』。見せ場のひとつが、白糸と出世前の村越欣彌の出会い

です。金沢の泉鏡花記念館では、入り口近くに、舞台のまさにこの場面の装置模型が置かれていました。

白糸はそこで、学費がなくて困っている欣彌に援助を申し出ます。欣彌は《縁もゆかりもない人からお金をいただくわけには……》と、とまどう。白糸は、《そら、あそこに見えるあの橋も、渡らばこその橋じゃございませんか。あなたがこのお金を受け取れば、それが一つの縁じゃあございませんか》と柔らかく説得する――わたしは、そう記憶していたのです。確か、白糸は花柳章太郎、欣彌は森雅之。

ところが、実際に新派を観に行った時、この《橋の譬え》が聞けなかったのです。舞台は生き物です。たまたまその時、台詞が抜け落ちたのか、それともわたしの記憶違いなのかが気になりました。

そういうことを書いて数年、疑問は疑問のままでした。さて、ふとしたことから古いテープを引っ繰り返していると、NHKラジオの『思い出の名人集』という録音が出て来ました。記憶ではついこの間のようですが、実は三十年以上前の番組です。

豊竹山城少掾《やましろのしょうじょう》、五代目清元延寿太夫、十五代目羽左衛門といった名前が並んでいます。それぞれの《名人》について《思い出》を語っているゲストの声までもが――例えば、中村勘三郎――今は貴重に感じられます。その中に、花柳章太郎の回がありました。

……おや、ひょっとしたらこれが？

と、思いました。再生してみると案の定、こういうやり取りが流れて来ました。

欣彌（森雅之）　だが、縁もゆかりもない他人の……。
白糸（花柳章太郎）　縁ですって、欣さん。
欣彌　はあ……。
白糸　初めは他人、それからが縁……。これ、お前さんがあたしの志しを受け取って下さりゃあ、それが縁になろうってもんじゃありませんか。あ、ご覧なさい、あれだってさあ、渡ればこその橋ですよ。ね、後生だ、お願いだ。あれを渡って、今夜ここから、東京に行っておくんなさいな。

疑問が解けてすっきりしました。それにしても、聞いていて気持ちがいい。《後生です、お願いです》ではないのですね。《後生だ、お願いだ》。これが、いかにも白糸らしい。そして、《渡ればこその橋》は、舞台の背景にぴったりです。

橋は、こちら側からあちら側にかかるものです。今の境遇から未来へ通じるものでもあり、男と女の間にかかる心の橋でもあります。一度聞けば、耳に残る台詞です。

わたしは《渡らばこそ》と記憶していました。花柳章太郎は《渡ればこそ》といっています。《渡ったとしたら、それでこそ橋としての意味を持つ》でも《渡るからこそ

――》のどちらでも通じると思います。

ただ、わたしが前者の形で覚えたのはおそらく『勧進帳』のクライマックス、《もとより、勧進帳のあらばこそ》のせいでしょう。舞台上の見せ場で、共に《――ばこそ》となるのですから、どうしても連想してしまった。いうまでもなく、『勧進帳』の場合の《あらばこそ》は《ない》という反語です。しかし、『滝の白糸』を花柳の声で確認してしまえば、こちらはもう《渡ればこそ》というしかない。――ともあれわたしは確かに、《橋の譬え》を耳にしていたわけです。

この場合は、記憶と事実が合致しました。しかし、頭の中のことは自分好みにねじ曲がりやすいものです。わたしは、学生時代、横光利一の『夜の靴』を読みました。長い間、そこに《人類が滅びた後も、本当の芸術は虚空に残る》という意味の一節があった――と記憶していました。そして、例として次の歌があげられていた、と思い込んでいたのです。

我《わ》がやどの　いささ群竹《むらたけ》　吹く風の　音のかそけき　この夕《ゆふへ》かも

大伴家持の、広く知られた歌。ここでは、『新編日本古典文学全集9　萬葉集④』（小学館）の表記によりました。

イメージとしては、暗黒の宇宙が広がっています。かつて地球のあった空間。何もないそこに、笹のかすかな葉擦れの音がさやさやと鳴っているのです。

科学的にいうなら、無論、真空の世界に音は存在しません。宇宙空間の戦闘シーンで、派手に音が響いているSF映画もあります。砲撃や、ロケットが破壊されるところで、地上の戦争のように、盛大な音がしている。こんなことはあり得ない。全ては、遠い日の花火の回想のように、静まりかえった中で進行していく筈です。音という空気の波は存在し得ないのですから。

この原稿を書く前に、ある編集者の方と会ってそういう話を交わしました。すると、直後にページを開いた『ダ・ヴィンチ』誌上でも、呉智英さんが同様のことを書いていらっしゃいました。――『ゴルゴ13』の中に、主人公が宇宙空間で弓を射る場面がある。その時、弓が《ヒョッ》と鳴り、矢が《カッ》と当たっている。《どうも真空という意味がわかっていないらしい》と。

それはそうなのです。しかし、わたしの想像の世界では、闇の中に、ほの白い光のように《我がやどの》の歌が浮かんでいます。その歌は、笹の葉擦れの音そのものです。

2

――という筈だったのです。しかし、昔のテープを聞き返すように『夜の靴』を読んでみると、これが違っていました。

三十数年前に開いたのは、講談社版『日本現代文学全集65　横光利一集』でした。今度は河出書房新社の『定本　横光利一全集11』を読みました。こうなっていました。

日本の全部をあげて汗水たらして働いてゐるのも、いつの日か、誰か一人の詩人に、ほんの一行の生きたしるしを書かしめるためかもしれない、と思ふことは誤りだらうか。

淡海のみゆふなみちどりながなけば心もしぬにいにしへ思ほゆ（人麿）

何と美しい一行の詩だらう。これを越した詩はかつて一行でもあつただらうか。たとへこのまま國が滅ばうとも、これで生きた證據になつたと思はれるものは、この他に何があるだらう。これに竝ぶものに、

荒海や佐渡によこたふ天の川（芭蕉）

今やこの詩は實にさみしく美しい。去年まではこれ程も美しく違ふものかと私は思ふ。

あがっていた歌は柿本人麻呂のものでした。さらに、芭蕉の《荒海や》も書かれてい

たわけです。

どうして、こんな風に記憶が変換されてしまったのだろうと、最初は我ながら不思議でした。しかし、横光のあげている歌と言葉を見ていると分かりました。わたしは、これを《芸術の永遠性についての文章》と記憶していました。しかし、実際には、違うのです。

横光利一。――勿論《文学の神様》と呼ばれた作家です。

高見順の『昭和文学盛衰史』は角川文庫（後に文春文庫刊）で六百ページを越える厚い本です。これまた、わたしは学生時代に読みました。しかし、今でも覚えているのは、お恥ずかしいことながら、次の部分だけでした。逆にいうなら、それほどに印象深い一節ということになります。

築地小劇場を見ての帰り――恐らくそれは私が一高に入りたての、大正十三年のこ

とだったと思うが、友人とコーヒーを飲もうと「不二家」の前に行って、

「あ……」

と、足をとめた。足がすくんだと言う方が、ほんとうか。

入口から見える、すぐのテーブルに——ライオンみたいな蓬髪にソフト帽子を無雑作にのせた男が、ステッキに肘を当て、右肩を傲然と聳えさせている。唇をへの字に結んで、街路を（すなわち、私たちの方を）はたと睨んでいる。

「横光利一だ」

雑誌の写真で見て知っていた。この横光利一という作家は、当時の私たちにとっては、実に輝かしい存在だった。その実物を眼の前にして、私は、ほんとに輝かしい、いや、強烈な光をいきなり当てられたおもいだった。私はまだ小生意気なダダイスト気取りで心を歪ませてない純真な頃だった。

後年、いや、今でも、私は横光利一というと、そのときの印象が浮かんでくる。（中略）私が横光利一という作家の風貌を思い出そうとなると、私の心に浮かんでくるのは、（中略）片肩をあげて空間を凝乎として睨んでいたその姿である。強いポーズを持ったその姿こそ、横光利一という作家の姿であり、そしてそれは横光文学というものの姿である。

高見は、その横光のポーズのない姿に一度だけ接したといいます。文藝春秋の講演旅行に出掛けた時、誰もが《神様》と同じ部屋に寝るのを敬遠しました。ありそうな話です。結局、若い高見が、横光と枕を並べることになりました。高見がそこで、ふと《時勢の重圧に嘆息を洩ら》すと、横光はこういいました。《僕などは、何度も重圧に苦しめられてきたですな。最初は既成作家の重圧。これも、なかなか、きつかったですな。そしてやっと文壇に出たと思うと、今度はプロレタリアが出てきよった》《ブルジョア文学を撲滅しろの、ブルジョア作家は抹殺しろのと、えらい目に会ったですな。メチャメチャにやられたですな。どうやらそれがすんだと思うと、今度は、君、軍部だ。三度も、つづけざまに、やられている》。

そして、四度目の、最後のそれが敗戦による価値観の逆転ということになります。『横光利一全集　月報11』で、木村徳三氏は、戦後の横光は《燦然たる業績を黙殺》され《戦時中の思想偏向を憫笑》されたといいます。後、十年生きたとすれば、横光がどのような作品を生み出したか、大いに興味のあるところです。しかし、彼は昭和二十二年十一月に出た『夜の靴』を生前最後の本とし、十二月三十日に世を去ります。そして、年が明けた一月三日の告別式には、川端康成が有名な弔辞を読むことになります。

そう思えば、《淡海のみ》の歌は、芸術的価値よりも、まず第一に、夢のごとく消え去った近江朝廷をしのぶ懐旧の歌であることが頭に浮かびますし、《荒海や》を《實にさみしく美しい。去年までとはこれ程も美しく違ふものか》というのは、そこにもう人間を見ていないさみしさのように思えてしまいます。これらは、まさに夜の思いのようです。繰り返しになりますが、さて朝が来た時に、横光はどんな仕事をしたかと思えてしまうのです。そんなわけで、わたしはこれらの例歌や句を、記憶から消したのでしょう。

後はもう蛇足めいて来ますが、なぜ、千鳥の声が笹の葉音にすり替わったのか。あげられている歌も立場も全く違いますが、丸谷才一『笹まくら』の、あまりにも強い印象ゆえか――と思い当たります。笹の葉音がして、《淡海のみ》ほどにポピュラーな歌。それを記憶の穴に埋めたのです。ただし、人麻呂の《笹の葉は　み山もさやに　さやげども　我は妹思ふ　別れ来ぬれば》には行きませんでした。虚空に鳴る音としては、人情が入ってしまうからでしょう。

# 後記

今回の刊行にあたり、いくつかの付記を加えた。また、他に書いた内容との重複などに留意し、削除、整理した部分がある。

北村　薫

# 解説

佐藤夕子

「自己《おのれ》を知る天才だっているぜ」（山岸凉子『舞姫　テレプシコーラ』）

詩的といえばまずは大賛辞なのに、散文的だと無味乾燥の代名詞とは、これいかに。後塵を拝する側の宿命だとしても、言の葉を指して、散る、とは究極の意地悪ではないか。仮に文学におけるインパクトファクター値を計測したら、古今東西のほとんどが聖書と詩歌で占められることだろうが、それも韻を踏む側の絶対的優越と、散る側の極端な劣等感のせいではないのかと思えてしまう。

現代詩をナリワイとする母を持ちながら詩歌の良い読者ではなく、結果、詩歌とはほぼ、別の誰かが引く形でしか脳裏に刻まれていないせいかもしれない。〈アガメムノン〉のカサンドラの悲鳴にも、〈どん底〉の不気味な沼にも、児童書の見開きや章冒頭で出会った。『長いお別れ』より先にアガサ・クリスティでアロオクールを見つけたのもその頃。少し後からは漫画も読んだので、ベスターのSFに「あ、ウィリアム・ブレイク」となったのもホラー漫画の傑作『影のイゾルデ』で〈虎よ、虎よ!〉全節を読んでいたから(ブレイクは画家でもあったのですね)。「くー、家持、巧いなあ!」と万葉集対訳を令和開始の二十年も前に買ってしまうくらい、大好きな長期連載漫画『Papa told me』中の〈春の苑〉〈うらうらに〉の引用はみごとだった。——そう、この、漫画、というのも、相当に礼を欠く語感だ。日本語表現にこれほど適した言語形式はないくらいなのに、明らかに軽んじ憫笑する目線。よりによって、合わせて散・漫とは。悔しいので(!)冒頭の引用もあえて漫画からとした。詩歌の形こそとってはいないが、豊饒な作品群の中に、描き手のオリジナルの詩性が無数に躍動していることが伝わればと願う。

引用といえば、生前、母から〈神は細部に宿る〉の出典を訊かれた。現代詩を読む会を開いていた頃なので正確に伝えたかったらしい。どうやら建築家みたいよとミース・ファン・デル・ローエの名を伝えると、ひどくがっかりしている。なぜかバイロン卿の言と思い込んでいたらしい。バイロンが適任かどうかはさておき詩人発ならば格好だったのだろうが、建築という他分野から詩そのものの名言が発信されたことも、それを詩人が詩のために探し求めようとしたことも、門外漢としてはひどく象徴的ではあった。

結局、恒星ではない人の身の営みゆえ、陰翳を礼賛するには影を造る光が不可欠なのだ。誰かが見つけることで詩ははじめて詩になる。ヴェルレーヌとランボオを引くまでもない。どちらかが詩人である必要もないし、仮にどちらも詩人でなくても、まるでかまわないのだ。かくいう亡母も終生北村薫推しで、建築家の格言を作家への賛辞にも引いている。

『詩歌の待ち伏せ』は、引用もモチーフも通奏低音もひっくるめて真正面から詩歌を評した詩論であると同時に、作家・北村薫が精妙に彫り上げた見事な創造物である。ミステリ論をこれまでに数多くものしてきた作家による詩歌評という、きわめて稀で新しい作品が誕生したのは、一にも二にも、この作家自身の稀な天稟による。

ことに「待ち伏せ」というタイトルの秀逸な語感は、既刊の文庫解説（快説！）においてもたびたび軸となっている。「全きの受動という究極の能動」（歌人・小池光氏）、「北村ミステリの醍醐味はエッセイにも充塡されている」（文藝評論家・齋藤愼爾氏）などには、思わず膝を打つ。さらに錦上添花にも遠く及ばぬ身で言い添えると、「待ち伏せ」という一言には、〈書き手・北村薫〉から〈これから語る詩歌〉に対しての、敬意と等価の、強固な矜持が感じとれるように思う。

北村薫は疑いなく現代の物書きの中でもっとも端正な日本語を書くひとりだ。だから、「最古で最高の」と言われ続けてきた言語芸術相手にも、力まない。眼高に釣り合う

「手高」たる自負が――といって強ければ、日常の謎物語であれ評論であれ他者の推薦帯であれ、多寡によらず言葉を綴ることは、唯一無二の北村薫の文章を示すこと、という覚悟がある。だから臆さず阿らず、同じ目線の高さで詩歌の小径を案内しつつ、精緻な名文を編み上げ、足元に敷いてくれる。その美しい敷物は実はメビウスの輪で、表と裏はいつしか反転し、読み手をもう一つの詩的世界へと連れてゆく。語られていた詩歌の森とは明らかに異なる世界、作家の巧緻な散文に鏤められた詩性がそのまま満天と輝く星空の下だ。

違う畑に踏み込む際に志大才疎な素人が犯しがちなのは、邂逅をセンセーショナルに演出すべくことさらに言葉を連ね飾り、選択眼の自賛に心血を注ぐ――という誤りで、結果はせっかくの引用も凡百の個人的体験を連ねた駄文の堆肥に埋もれてしまう（典型例は前段を参照のこと）という惨憺たるものだが、こうした自家中毒型の詩評を、作家は自らの内に沸き起こった感情を戒めるというかたちで、きちんと否定する。

「さて、要するに、わたしの内に自然に起きてしまった反応は、《言葉を読んで文章を読まない》類いのものだから、価値がないのです。

それを秤の片方の皿に載せても、もう片方の皿の上の《感銘》の方が重いのです」

厳しく厳かな裁定だ。作品が作者を語るものであればこそ、作品だけを材料に作者の人生や人格すべてを巻き戻し再生しようとする愚を、作者でもある作家は強く諌める。

作品は作者の形状記憶合金ではない。詩歌を生んだ人と生まれた作品とをどう結びつけ、どこで分けるべきかを、ここでは、読む側が糺されている。

詩歌のあらわされかたについての分析も、同時にそのまま散文の本質を突くものだ。

「詩は言葉の芸術だといっても、いや、だからこそ、それが印刷されていればいいというものではありません。書き手が言葉の周囲にどのような空白を配したか、分かる方が望ましい。それが、詩を読む速度とも関わって来るのです」

「空白もまた、作品のうちなのですから」

これはむしろ散文における改行や句読点が枢要であることを同時に証す名文だ。ゆっくりと味わい、じっくりと感じる速度を読み手に要求していることも見逃せない。「難解な文語体でそびえ立っている」詩歌を、本作ではあえて「「です・ます調」の語り口が柔らかく包み込む」（国文学者・島内景二氏）の指摘どおり、ここでは敬体も重要な役割を果たす。

作中に「児童詩と大人の読む詩の境界はすでにない」（齋藤愼爾氏）ことも言を俟たないが、作家はまず子供のしたたかさをきちんと指摘した上で、無心でも意識的でも「どちらにしても、並んだ言葉は力を持っています」と評価し、重要なのはむしろ子供の言葉に詩性を感じ取る感性のほうだ、という。

「幼児の詩などは、一般の詩以上に、鑑賞者次第で値打ちが決まるところがあります。

そこに宝物を見つけようと思うからこそ、幼い言葉が輝き出すのです」

全編を通じ「特に詩歌の「翻訳」ということに著者のアンテナが鋭敏に感応」（小池光氏）しており、難しいといわれる（母も自分の詩の英訳には首を傾げた）詩の翻訳可能性に対しても一貫してポジティブだが、その理由を、翻訳は原作者のではなくすでに訳者の作品で、読書や表現行為も究極的には翻訳作業といえる、とした上で、原作者の「自作解説というのは、多くの場合、子供のデートに顔を出す親のようなものです」。

うわあ、と叫んでしまうが、これも作家ならではの踏み込みかただろう。

そして、「「アンソロジー」という行為が内包する創造性を強調してやまない」（島内景二氏）、この人後に落ちぬ博覧強記、世紀の名伯楽にして稀代のアンソロジストである作家は、究極的には誰かの詩歌を選び語るという自らの行為を〈待ち伏せ〉と名づけたのだ。

「この場合は一首ではなく、二首並べてありました。そこが値打ちだと思うのです。（略）そこに選者の目があり、意図があるわけです」

「作品に関する作品が存在するのは、有り難いことだと思います。このように、見えない世界を開いてくれるのですから」

何度か用いられている〈値打ち〉という語彙の、なんと優しく、鋭く、そして置き換え難い一言として注意深く選ばれ置かれていることか。

本作は、破滅的社会的不適合型とは無縁の、稀な上にも稀なニュータイプの「天才」、冒頭の引用どおり「おのれを知る天才」だけが掌中にした、まろく輝かしい珠である。

このたび、三冊合わせたかたちで再び手に取れることを、書き手と読み手の双方のために喜びたい。

・本書は文藝春秋より刊行された『詩歌の待ち伏せ1』（文春文庫　二〇〇六年二月）、『同2』（同年三月）、『同3』（二〇〇九年十二月）の三冊を合本し、加筆訂正を加え文庫化したものです。

夏目漱石全集（全10巻）　夏目漱石

時間を超えて読みつがれる最大の国民文学を、10冊に集成して贈る画期的な文庫版全集。全小説及び小品、評論に詳細な注・解説を付す。

太宰治全集（全10巻）　太宰治

第一創作集『晩年』から太宰文学の総結算ともいえる『人間失格』、さらに『もの思う葦』ほか随想集も含め、清新な装幀でおくる待望の文庫版全集。

芥川龍之介全集（全8巻）　芥川龍之介

確かな不安を漠然とした希望の中に生きた芥川の全貌。名手の名をほしいままにした短篇から、日記、随筆、紀行文までを収める。

中島敦全集（全3巻）　中島敦

昭和十七年、一筋の光のように登場し、二冊の作品集を残してまたたく間に逝った中島敦——その代表作から書簡までを収め、詳細小口注を付す。

梶井基次郎全集（全1巻）　梶井基次郎

「檸檬」「泥濘」「桜の樹の下には」「交尾」をはじめ、習作・遺稿を全て収録し、梶井文学の全貌を伝える。一巻に収めた初の文庫版全集。（高橋英夫）

山田風太郎明治小説全集（全14巻）　山田風太郎

これは事実なのか？　フィクションか？　歴史上の人物と虚構の人物が明治の東京を舞台に繰り広げる奇想天外な物語。かつ新時代の裏面史。

シェイクスピア全集（刊行中）　シェイクスピア　松岡和子訳

シェイクスピア劇、待望の新訳刊行！　普遍的な魅力を備えた戯曲を、生き生きとした日本語で。詳細な注、解説、日本での上演年表をつける。

百人一首　鈴木日出男

王朝和歌の精髄、百人一首を第一人者が易しく解説。現代語訳、鑑賞、作者紹介、語句・技法を見開きにコンパクトにまとめた最良の入門書。

山頭火句集　種田山頭火　村上護編　小崎侃・画

自選句集「草木塔」を中心に、その境涯を象徴する随筆も精選収録し、〝行乞流転〟の俳人の全容を伝える一巻選集！（村上護）

尾崎放哉全句集　村上護編

「咳をしても一人」などの感銘深い句で名高い自由律の俳人・放哉。放浪の旅の果て、小豆島で破滅型の人生を終えるまでの全句業。（村上護）

**青卵**　東直子

現代歌人の新しい潮流となった東直子の第二歌集。花山周子の評論、穂村弘との特別対談により独自の感覚に充ちた作品の謎に迫る。

**回転ドアは、順番に**　穂村弘　東直子

ある春の日に出会い、そして別れるまで。気鋭の歌人ふたりが、見つめ合い呼吸をはかりつつ投げ合う、スリリングな恋愛問答歌。（金原瑞人）

**かんたん短歌の作り方**　枡野浩一

自分の考えをいつもの言葉遣いで分かりやすく表現する——それがかんたん短歌。でも簡単じゃない！（佐々木あらら）

**三ノ池植物園標本室（上）**　ほしおさなえ

植物の刺繍に長けた風里が越してきた古い一軒家。その庭の井戸には芸術家たちの悲恋の記憶が眠っていた——。『恩寵』完全版を改題、待望の文庫化！

**三ノ池植物園標本室（下）**　ほしおさなえ

井戸に眠る因縁に閉じ込められた陶芸家の日下さんを、彼に心を寄せる風里は光さす世界へと取り戻せるか。感動の大団円。（東直子）

**えーえんとくちから**　笹井宏之

風のように光のようにやさしく強く二十六年の生涯を駆け抜けた夭折の歌人・笹井宏之。そのベスト歌集が没後10年を機に待望の文庫化！（穂村弘）

**星か獣になる季節**　最果タヒ

推しの地下アイドルが殺人容疑で逮捕!?　僕は同級生のイケメン森下と真相を探るが——。歪んだピュアネスが傷だらけで疾走する新世代の青春小説！

**私の猫たち許してほしい**　佐野洋子

少女時代を過ごした北京。リトグラフを学んだベルリン。猫との奇妙なふれあい。著者のおいたちと日常をオムニバス風につづる。（高橋直子）

**私はそうは思わない**　佐野洋子

佐野洋子は過激だ。ふつうの人が思うようには思わない。大胆で意表をついたまっすぐな発言をする。だから読後が気持ちいい。（群ようこ）

**神も仏もありませぬ**　佐野洋子

還暦……もう人生おりたかった。でも春のきざしの蕗の薹に感動する自分がいる。意味なく生きても人は幸せなのだ。第3回小林秀雄賞受賞。（長嶋康郎）

**美食倶楽部** 谷崎潤一郎大正作品集　種村季弘編

表題作をはじめ耽美と猟奇、幻想と狂気……官能的な文体によるミステリアスなストーリーの数々。大正期谷崎文学の初の文庫化。種村季弘編で贈る。

**私の「漱石」と「龍之介」**　内田百閒

師・漱石を敬愛してやまない百閒が、おりにふれて綴った師の行動と面影とエピソード。さらに同門の友、芥川との交遊を収める。（武藤康史）

**阿房列車**　——内田百閒集成1　内田百閒

「なんにも用事がないけれど、汽車に乗って大阪へ行って来ようと思う」。上質のユーモアに包まれた、紀行文学の傑作。（和田忠彦）

**ノラや**　——内田百閒集成9　内田百閒

百閒宅に入りこみ、不意に戻らなくなった愛猫ノラの行方を嘆じ続ける表題作を始めとして、猫の話ばかりを集めた22篇。（稲葉真弓）

小川洋子と読む
**内田百閒アンソロジー**　内田百閒　小川洋子編

「旅愁」「冥途」「旅順入城式」「サラサーテの盤」……今も不思議な光を放つ内田百閒の小説・随筆24篇を、百閒をこよなく愛する作家・小川洋子と共に。

**三島由紀夫レター教室**　三島由紀夫

五人の登場人物が巻き起こす様々な出来事を手紙で綴る。恋の告白・借金の申し込み・見舞状等、一風変ったユニークな文例集。（群ようこ）

**肉体の学校**　三島由紀夫

裕福な生活を謳歌している三人の離婚成金。〝年増園〟の例会はもっぱら男の品定め。そんな一人がニヒルで美形のゲイ・ボーイに惚れこみ……。（群ようこ）

**反貞女大学**　三島由紀夫

魅力的な反貞女となるためのとっておきの16講義（表題作）と、三島が男の本質を明かす「第一の性」収録。（田中美代子）

**新恋愛講座**　三島由紀夫

恋愛とは？　西洋との比較から具体的な技巧まで懇切丁寧に説いた表題作、「おわりの美学」「若きサムライのために」を収める。（田中美代子）

**命売ります**　三島由紀夫

自殺に失敗し、「命売ります。お好きな目的にお使い下さい」という突飛な広告を出した男のもとに、現われたのは？（種村季弘）

**文化防衛論**　三島由紀夫
「最後に護るべき日本」とは何か。戦後文化が爛熟した一九六九年に刊行され、各界の論議を呼んだ三島由紀夫の論理と行動の書。（福田和也）

**恋の都**　三島由紀夫
敗戦の失意で切腹したはずの恋人が思いもよらない姿で眼の前に。復興著しい、華やかな世界を舞台に繰り広げられる恋愛模様。（千野帽子）

**尾崎翠集成（上）**　尾崎翠　中野翠編
鮮烈な作品を残し、若き日に音信を絶った謎の作家・尾崎翠。この巻には代表作「第七官界彷徨」をはじめ初期短篇、詩、書簡、座談を収める。

**尾崎翠集成（下）**　尾崎翠　中野翠編
時間とともに新たな輝きを加えてゆく尾崎翠の文学世界。下巻には『アップルパイの午後』などの戯曲、映画評、初期の少女小説を収録する。

**記憶の絵**　森茉莉
父鷗外と母の想い出、パリでの生活、日常のことなど、趣味嗜好をないまぜて語る、輝くばかりの感性と滋味あふれるエッセイ集。（中野翠）

**ベスト・オブ・ドッキリチャンネル**　森茉莉　中野翠編
週刊新潮に連載（79〜85年）し好評を博したテレビ評。一種独特の好悪感を持つ著者ならではのユーモアと毒舌をじっくりご堪能あれ。（中野翠）

**甘い蜜の部屋**　森茉莉
天使の美貌、無意識の媚態。薔薇の蜜で男たちを溺れ死なせていく少女モイラと父親の濃密な愛の部屋。稀有なロマネスク。（矢川澄子）

**貧乏サヴァラン**　森茉莉　早川暢子編
オムレット、ボルドオ風茸料理、野菜の牛酪煮……。食いしん坊茉莉は料理自慢。香り豊かな〝茉莉ことば〟で綴られる垂涎の食エッセイ。文庫オリジナル。

**紅茶と薔薇の日々**　森茉莉　早川茉莉編
天皇陛下のお菓子に洋食店の味、庭に実る木苺……森鷗外の娘にして無類の食いしん坊、森茉莉が描く懐かしく愛おしい美味の世界。（辛酸なめ子）

**贅沢貧乏のお洒落帖**　森茉莉　早川茉莉編
鷗外見立ての晴れ着、巴里の香水……江戸の粋と巴里のエレガンスに彩られた森茉莉のお洒落。全集未収録作品を含む宝石箱アンソロジー。（黒柳徹子）

**ことばの食卓**　武田百合子　野中ユリ・画

なにげない日常の光景やキャラメル、枇杷など、食べものに関する昔の記憶と思い出を感性豊かな文章で綴ったエッセイ集。（種村季弘）

**遊覧日記**　武田百合子　武田花・写真

行きたい所へ行きたい時に、つれづれに出かけてゆく。一人で。または二人で。あちらこちらを遊覧しながら綴ったエッセイ集。（巖谷國士）

**クラクラ日記**　坂口三千代

戦後文壇を華やかに彩った無頼派の雄・坂口安吾との、嵐のような生活を妻の座から愛と悲しみをもって描く回想記。巻末エッセイ＝松本清張

**落穂拾い・犬の生活**　小山清

明治の匂いの残る浅草に育ち、純粋無比の作品を遺して短い生涯を終えた小山清。いまなお新しい、清らかな祈りのような作品集。（三上延）

**小説 永井荷風**　小島政二郎

荷風を熱愛し、「十のうち九までは礼讃の誠を連ねた中に、ホンの一つ」批判を加えたことで終生の恨みをかってしまった作家の傑作評伝。（加藤典洋）

**コーヒーと恋愛**　獅子文六

恋愛は甘くてほろ苦い。とある男女が巻き起こす恋模様をコミカルに描く昭和の傑作が、現代の「東京」によみがえる。（曽我部恵一）

**てんやわんや**　獅子文六

戦後のどさくさに慌てふためくお人好し犬丸順吉は社長の特命で四国へ身を隠すが、そこは想像もつかない楽園だった。しかしそこは……。（平松洋子）

**娘と私**　獅子文六

文豪、獅子文六が作家としても人間としても激動の時間を過ごした昭和初期から戦後、愛娘の成長とともに自身の半生を描いた亡き妻に捧げる自伝小説。

**七時間半**　獅子文六

東京―大阪間が七時間半かかっていた昭和30年代、特急「ちどり」を舞台に乗務員とお客たちのドタバタ劇を描く隠れた名作が遂に甦る。（千野帽子）

**悦ちゃん**　獅子文六

ちょっぴりおませな女の子、悦ちゃんがのんびり屋の父親の再婚話をめぐって東京中を奔走するユーモアと愛情に満ちた物語。初期の代表作。（窪美澄）

**青空娘**　源氏鶏太

主人公の少女、有子が不遇な境遇から幾多の困難にぶつかりながらも健気にそれを乗り越え希望を手にする日本版シンデレラ・ストーリー。（山内マリコ）

**最高殊勲夫人**　源氏鶏太

野々宮杏子と三原三郎は家族から勝手な結婚話を迫られるも協力してそれを回避する。しかし徐々に惹かれ合うお互いの本当の気持ちは……。（千野帽子）

**御身**　源氏鶏太

矢沢章子は突然の借金返済のため自らの体を売ることを決意する。しかし愛人契約の相手・長谷川との出会いが彼女の人生を動かしてゆく。（寺尾紗穂）

**酒呑みの自己弁護**　山口瞳

酒場で起こった出来事、出会った人々を通して、世態風俗の中に垣間見える人生の真実をスケッチする。イラスト＝山藤章二。（大村彦次郎）

**山口瞳ベスト・エッセイ**　山口瞳　小玉武編

サラリーマン処世術から飲食、幸福と死まで。——幅広い話題の中に普遍的な人間観察眼が光る山口瞳の豊饒なエッセイ世界を一冊に凝縮した決定版。

**せどり男爵数奇譚**　梶山季之

せどり＝掘り出し物の古書を安く買って高く転売することを業とすること。古書の世界に魅入られた人々を描く傑作ミステリー。（永江朗）

**紙の罠**　都筑道夫　日下三蔵編

都筑作品でも人気の〝近藤・土方シリーズ〟が遂に復活。贋札作りをめぐり巻き起こる奇想天外アクション小説。二転三転する物語の結末は予測不能。

**私小説 from left to right**　水村美苗

12歳で渡米し滞在20年目を迎えた「美苗」。アメリカにも溶け込めず、今の日本にも違和感を覚え……。本邦初の横書きバイリンガル小説。

**ラピスラズリ**　山尾悠子

言葉の海が紡ぎだす、〈冬眠者〉と人形と、春の目覚めの物語。不世出の幻想小説家が20年の沈黙を破り発表した連作長篇。補筆改訂版。（千野帽子）

**歪み真珠**　山尾悠子

「歪み真珠」すなわちバロックの名に似つかわしい絢爛で緻密、洗練を極めた作品の数々。読んだらきっと虜になる美しい物語の世界へようこそ。（諏訪哲史）

内田百閒　ちくま日本文学

花火　山東京伝　件　道連　豹　冥途　大宴会　流
渦　蘭陵王入陣曲　山高帽子　長春香　東京日記
サラサーテの盤　特別阿房列車　他　（赤瀬川原平）

芥川龍之介　ちくま日本文学

トロッコ　蜜柑　お時儀　鼻　芋粥　地獄変　藪の
中　杜子春　奉教人の死　開化の殺人　魔術　枯野
抄　或る阿呆の一生　詩　発句　他　（安野光雅）

宮沢賢治　ちくま日本文学

革トランク　毒もみのすきな署長さん　風の又三郎
注文の多い料理店　猫の事務所　オツベルと象　セ
ロ弾きのゴーシュ　詩　歌曲　他　（井上ひさし）

尾崎翠　ちくま日本文学

こおろぎ嬢　地下室アントンの一夜　歩行　第七官
界彷徨　山村氏の鼻　詩人の靴　新嫉妬価値　途上
にて　アップルパイの午後　花束　他　（矢川澄子）

幸田文　ちくま日本文学

勲章　姦声　髪　段　雛　笛　鳩　黒い裾　蜜柑の
花まで　浅間山からの手紙　結婚雑談　長い時のあ
と　みそっかす　他　（安野光雅）

寺山修司　ちくま日本文学

誰か故郷を想はざる 抄　家出のすすめ 抄　毛皮の
マリー　サーカス　スポーツ版裏町人生 より　お
さらばという名の黒馬　田園に死す 抄 他　（池内紀）

江戸川乱歩　ちくま日本文学

白昼夢　二銭銅貨　心理試験　屋根裏の散歩者　人
間椅子　押絵と旅する男　防空壕　恋と神様　乱歩
打明け話　旅順海戦館　幻影の城主　他　（島田雅彦）

太宰治　ちくま日本文学

魚服記　ロマネスク　満願　津軽 抄　女生徒　千
代女　新釈諸国噺 より　お伽草紙 より　トカトン
トン　桜桃　ヴィヨンの妻　他　（長部日出雄）

坂口安吾　ちくま日本文学

風博士　村のひと騒ぎ　FARCEに就て　風と光と
二十の私と　日本文化私観　堕落論　白痴　金銭無
情　桜の森の満開の下　他　（鶴見俊輔）

三島由紀夫　ちくま日本文学

海と夕焼　中世　夜の仕度　家族合せ　幸福という
病気の療法　真珠　三原色　喜びの琴　私の遍歴時
代 抄　終末感からの出発　他　（森毅）

泉鏡花　ちくま日本文学
雛がたり　国貞えがく　三尺角　高野聖　山吹　天守物語　縁結び　歌行燈　湯島の境内（紀田順一郎）

中島敦　ちくま日本文学
名人伝　山月記　弟子　李陵　狐憑　木乃伊　文字禍　幸福　夫婦　雞　マリヤン　盈虚　牛人　巡査の居る風景　悟浄出世　悟浄歎異　他（池澤夏樹）

樋口一葉　ちくま日本文学
たけくらべ　にごりえ　大つごもり　十三夜　ゆく雲　わかれ道　われから　雪の日　琴の音　闇桜　うもれ木　あきあわせ　塵の中　他（井上ひさし）

谷崎潤一郎　ちくま日本文学
刺青　秘密　母を恋うる記　友田と松永の話　吉野葛　春琴抄　文章読本抄（杉本秀太郎）

柳田國男　ちくま日本文学
浜の月夜　清光館哀史　遠野物語　山の人生　抄　木綿以前の事　涕泣史談　笑の本願　不幸なる芸術　故郷七十年　抄　他（南伸坊）

稲垣足穂　ちくま日本文学
一千一秒物語　鶏泥棒　チョコレット　星を売る店　フェヴァリット　死の館にて　横寺日記　雪ヶ谷日記　異物と滑翔　他（佐々木マキ）

森鷗外　ちくま日本文学
大発見　鼠坂　妄想　百物語　かのように　護持院原の敵討　山椒大夫　魚玄機　最後の一句　高瀬舟　寒山拾得　舞姫　他（安野光雅）

澁澤龍彦　ちくま日本文学
空飛ぶ大納言　高丘親王航海記抄　狐媚記　鏡と影について　胡桃の中の世界　愛の植物学　サド侯爵　アンドロギュヌスについて　他（養老孟司）

永井荷風　ちくま日本文学
あめりか物語より　ふらんす物語より　すみだ川　西遊日誌抄　日和下駄　濹東綺譚　花火　断腸亭日乗より（小沢信男）

林芙美子　ちくま日本文学
蒼馬を見たり抄　風琴と魚の町　魚の序文　清貧の書　泣虫小僧　下町　魚介　牡蠣　河沙魚　夜猿（田辺聖子）

志賀直哉　ちくま日本文学
或る朝　速夫の妹　清兵衛と瓢簞　小僧の神様　赤西蠣太　クローディアスの日記　范の犯罪　城の崎にて　網走まで　盲亀浮木 他　（村松友視）

宮本常一　ちくま日本文学
忘れられた日本人より　いそしむ人々より　海をひらいた人びとより　すばらしい食べ方　私のふるさと　御一新のあとさき抄 他　（石牟礼道子）

幸田露伴　ちくま日本文学
太郎坊　貧乏　雁坂越　突貫紀行　観画談　鵞鳥　幻談　雪たたき　蒲生氏郷　野道　望樹記　（松山巖）

開高健　ちくま日本文学
流亡記　二重壁　声だけの人たち　笑われた　ベトナム戦記より　戦場の博物誌　一匹のサケ　河は呼んでいる 他　（大岡玲）

折口信夫　ちくま日本文学
古代感愛集抄　近代悲傷集抄　現代襤褸集抄　死者の書　「古代研究」追い書き　妣が国へ・常世へ　春来る鬼 他　（小松和彦）

川端康成　ちくま日本文学
葬式の名人　掌の小説より（有難う　夏の靴　心中　木の上　雨傘　化粧　貧者の恋人）　山の音　（須賀敦子）

菊池寛　ちくま日本文学
三浦右衛門の最後　忠直卿行状記　藤十郎の恋　入れ札　島原心中　恩讐の彼方に　仇討禁止令　屋上の狂人　父帰る 他　（井上ひさし）

梶井基次郎　ちくま日本文学
檸檬　桜の樹の下には　闇の絵巻　交尾　Kの昇天　ある崖上の感情　城のある町にて　橡の花　ある心の風景　冬の日　蒼穹 他　（群ようこ）

夏目漱石　ちくま日本文学
坊っちゃん　吾輩は猫である抄　夢十夜　思い出す事など抄　私の個人主義　（奥本大三郎）

色川武大　ちくま日本文学
ひとり博打　怪しい来客簿より　唄えば天国ジャズソングより　風と灯とけむりたち　善人ハム　男の花道　離婚　喰いたい放題より 他　（和田誠）

夢野久作　ちくま日本文学

いなか、の、じけん抄　瓶詰地獄　押絵の奇蹟　氷の涯　人間腸詰　猟奇歌　謡曲黒白談より　杉山茂丸　（なだいなだ）

岡本綺堂　ちくま日本文学

半七捕物帳より（お文の魂　冬の金魚他）三浦老人昔話より（桐畑の太夫他）青蛙堂鬼談より　修禅寺物語　相馬の金さん　（杉浦日向子）

石川啄木　ちくま日本文学

一握の砂　悲しき玩具　呼子と口笛より　我等の一団と彼　林中書　時代閉塞の現状　弓町より　郁雨に与う　日記　手紙　（関川夏央）

寺田寅彦　ちくま日本文学

団栗　糸車　病院の夜明けの物音　自画像　芝刈　電車の混雑について　自然界の縞模様　西鶴と科学　怪異考　俳句の精神　地図を眺めて　他　（藤森照信）

織田作之助　ちくま日本文学

馬地獄　夫婦善哉　勧善懲悪　木の都　蛍　ニコ狆先生　猿飛佐助　アド・バルーン　競馬　世相　可能性の文学　（多田道太郎）

萩原朔太郎　ちくま日本文学

純情小曲集　月に吠える　青猫より　定本青猫より　氷島より　猫町　郷愁の詩人与謝蕪村　日本への回帰　小泉八雲の家庭生活　自転車日記　他　（荒川洋治）

岡本かの子　ちくま日本文学

鯉魚　渾沌未分　金魚撩乱　みちのく　鮨　家霊　老妓抄　河明り　雛妓　太郎への手紙　短歌　（工藤美代子）

金子光晴　ちくま日本文学

詩人　どくろ杯より　マレー蘭印紀行より　日本人の悲劇より　詩〔水の流浪　鮫　蛾　洗面器　くらげの唄　二十五歳　落下傘　他〕　（茨木のり子）

堀辰雄　ちくま日本文学

鳥料理　ルウベンスの偽画　麦藁帽子　燃ゆる頬　恢復期　風立ちぬ　幼年時代　花を持てる女　姨捨　曠野　樹下　（池内紀）

正岡子規　ちくま日本文学

松蘿玉液抄　墨汁一滴抄　病牀六尺抄　車上所見　死後　歌よみに与うる書　俳句問答　古池の句の弁　短歌　俳句　他　（天野祐吉）

ちくま文庫

# 詩歌《しいか》の待《ま》ち伏《ぶ》せ

二〇二〇年七月十日　第一刷発行

著者　北村薫（きたむら・かおる）
発行者　喜入冬子
発行所　株式会社　筑摩書房
東京都台東区蔵前二―五―三　〒一一一―八七五五
電話番号　〇三―五六八七―二六〇一（代表）
装幀者　安野光雅
印刷所　株式会社精興社
製本所　株式会社積信堂


ISBN978-4-480-43680-1　C0195